文春文庫

箱庭

内田康夫

文藝春秋

目次

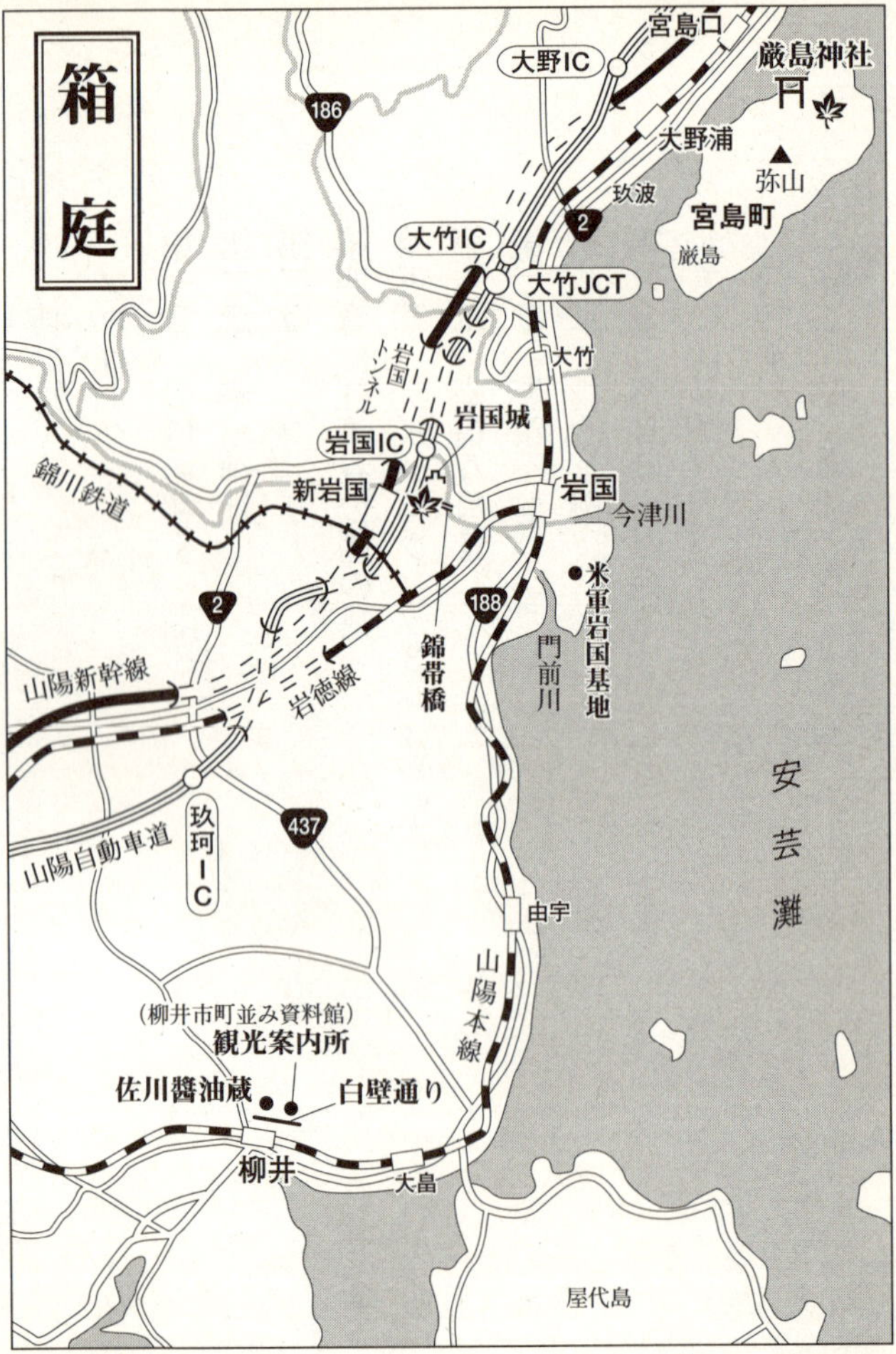
箱庭
宮島口
大野IC
厳島神社
186
大野浦
弥山
玖波
宮島町
2
厳島
大竹IC
大竹JCT
大竹
岩国トンネル
岩国城
岩国IC
新岩国
岩国
今津川
錦川鉄道
米軍岩国基地
2
188
門前川
錦帯橋
山陽新幹線
岩徳線
安芸灘
437
山陽自動車道
玖珂IC
由宇
山陽本線
(柳井市町並み資料館)
観光案内所
佐川醤油蔵
白壁通り
柳井
大畠
屋代島

……紅葉谷公園

箱庭

プロローグ

宮島《みやじま》町役場は港から街中へ五百メートルばかり入った、山裾《やますそ》のような場所にある。かなり豪勢な鉄筋コンクリート四階建てだが、観光課だけは独立して、宮島フェリー港の大きな建物の二階に間借りしている。宮島を訪れる観光客のすべてが、ここを通過して島内に入るのだから、このほうが業務を遂行する上で、何かと便利なのだ。

辻谷友理子《つじたにゆりこ》が訪れたとき、観光課の職員はだれもがソワソワと落ちつきなく、窓の外の空模様ばかりを気にしていた。

「このぶんだと、だいぶん荒れそうじゃね」

課長の野崎は心配そうに言いながら振り返り、はじめて友理子に気づいて「やあ、どうも」と手を上げた。

「参拝客のデータをお持ちしました」

友理子は権宮司《ごんぐうじ》に託された大型の茶封筒を、野崎に手渡した。

「わざわざ申し訳ないですなあ」

観光課長は茶封筒の中身を取り出しながら言った。

「ことしはだいぶん、お客さんの数が増えとります。神社もお忙しいでしょう」

「ええ、夏休み期間中の人出はかなりのものでした」

テレビの連続ドラマで、平家一門の盛衰を描いた作品を取り上げたのが影響したのか、このところ、毎年のように来島者は急増しつつある。神社はともかくとして、旅館も土産物《みやげもの》の店も活況を呈している。それはとりもなおさず町の繁栄そのものだ。

広島県佐伯《さえき》郡宮島町は厳島《いつくしま》全島が一つの町で、人口はおよそ三千。主たる産業はもちろん観光――それも、厳島神社の存在がすべてといっていい。

「このぶんなら、ことしは記録破りの数字が期待できますなあ。それもこれも、なんたって神社のみなさんのお蔭です。宮司さんによろしゅうお伝えください」

観光課長はよほど嬉しかったのか、ただの内侍《ないし》にすぎない友理子にまで頭を下げ、お世辞を言ってから、気掛かりそうに窓の向こうを窺《うかが》った。

「それはそうと、風が強くなってきましたなあ。辻谷さんは寮じゃけええけど、船で通うとられるひとは、はよ帰ったほうがええですよ。さっき、連絡が入って、六時ごろには欠航になるいうことじゃけん」

「ええ、社務所でもそう言うてました」

間欠的に強く降る雨は、いまのところやんでいるけれど、午後三時を回ったころから、急に風が強くなってきていた。いつもは波穏やかな大野瀬戸の狭い海峡にも、牙《きば》のような白波が見え隠れしている。高い空をゆく雲の流れが異様に速い。

気象庁はかなり早い時点で九州、四国、中国地方のほぼ全域に暴風雨波浪警報を発令した。「大型で非常に強い」と形容された台風十九号は、中心の気圧が935ヘクトパスカル、最大風速は五十メートルという勢力を維持したまま北上をつづけ、午後八時ごろには、広島県付近を通過する見込みであった。

友理子が表に出たとたん、すぐ目の前を小さなつむじ風が走って行った。ゴウゴウという風音と、上空はるかをカラスのように飛ぶ黒い千切《ちぎ》れ雲に脅《おび》えながら、友理子は足を速めた。浄衣《じょうえ》の袖《そで》や、袴《はかま》の裾《すそ》が風にあおられ、体ごと運ばれていきそうになる。

港から厳島神社へつづく参道に並ぶ土産物の店は、はやばやとシャッターを下ろしている。参道ですれ違った団体の観光客は、誰もが一様に背を丸め、心急《せ》くように桟橋《さんばし》へ向かっていた。白い浄衣に緋《ひ》の袴をつけた内侍姿の友理子が通っても、チラッと振り返るだけだ。いつもなら珍しがって、一緒にカメラに収まってくれと頼まれたりもするのに、それどころではないらしい。

群の中から「もうじき、連絡船が欠航になるそうじゃ」という声が聞こえた。

（岡野さん、間に合うじゃろうか？）

友理子は同僚の岡野《おかの》徳子《のりこ》のことが気になった。徳子は対岸の廿日市《はつかいち》市の自宅から通っている。帰りの時刻まで、船が欠航にならなければいいのだが――。

町家の角を曲がったとき、男が後ろ向きに歩いてくるのと、あやうくぶつかりそうになった。男は小ぶりのボストンバッグを下げて、弥山《みせん》の頂きの方角を見上げながら、ほとんど後ずさりするように歩いている。

友理子が飛び退《の》いた気配で、男はびっくりして「ひゃっ」と声を発して身構えた。まるで何者かに襲われるとでも思ったような様子だった。しかし、友理子を見てほっとして、「どうも」と軽く会釈した。悪い人間ではなさそうだ。

友理子が「どうも」と挨拶《あいさつ》を返すと、男は二歩三歩と近づいて、「ちょっとうかがいますが」と言った。

四十歳代なかばぐらいだろうか、中肉中背で、やや細面《ほそおもて》という以外、これといって特徴のない顔だ。むろん、まったく見知らぬ顔である。

少し前屈みになって近づく男の様子には、友理子の内侍姿にいくぶん敬意を表したような気配があった。

「紅葉谷《もみじだに》公園のお墓というのは、どこなのでしょうか？」

「は？……」

友理子は「墓」という言葉に、思わず体を引き、身構える恰好《かっこう》になった。

「すみませんね、とつぜん妙な質問をぶつけて」

男は友理子の警戒心を察知したらしく、苦笑しながら頭を下げた。

笑うと、いくらか人なつこい顔になる。

「紅葉谷公園にお墓があると聞いてきたのですが、いくら歩き回ってもどこにも、それらしいのが見当たらないのです。あなたは神社の方とお見受けしたもんで、たぶんご存じではないかと思いましてね」

「あの、紅葉谷公園のお墓ですか？」

友理子は問い返した。

「はいそうです」

「紅葉谷公園には、お墓なんてありませんけど」

「えっ、ほんとですか？」

男は素朴に驚いている。

「はい、紅葉谷公園にかぎらず、神社の近くは清浄な場所ですので、お墓みたいなもん、あったらいけんのです」

（何をあほなこと言うとるの……）と、友理子は無意識のうちに、少し高飛車な口調になっていたかもしれない。実際、友理子は男が口にした、神域を穢《けが》すような言葉に苦々しいものを感じたのだ。

厳島神社をいただく「安芸《あき》の宮島」はその名のとおり神を祀《まつ》る島、いわば全島が聖域といっていい。

宮島の本来の名は「厳島」で、昭和二十五年までは町名も「厳島町」であった。

厳島は古代から信仰の島として知られる。厳島神社の創建は推古天皇元年（五九三）という説がある。その信憑性《しんぴょうせい》はともかく、弥山を主峰とする島の姿を前にして、対岸の安芸国佐伯郡の住人たちが、自然発生的に厳島を信仰の対象にしたことは事実だ。

「厳島」の語源は、祭神「伊都伎島《いつきしま》神」からきている。

厳島が注目されるようになったのは、平清盛を中心とする平氏一族の厳島信仰によるところが大きい。清盛は壮年期に安芸守としてこの地に赴任《ふにん》し、現在わが国屈指の国宝である、平氏一門の写経「平家納経」を奉納するなど、厳島神社を深く崇敬した。

ところで、日本の「神」にとっては、人間に限らず、あらゆる生き物の死や死骸は、穢れ中の穢れとして扱われる。死者ばかりではない。かつては女性の産褥《さんじょく》も穢れとして敬遠されたのである。

もちろん、死者が厳島神社に近づくことは絶対のタブーだし、厳密にいうと、厳島神社の中心を南北に走るラインを、死者が越えることも禁じられている。かりに厳島神社より西側の住人が死んで、遺体を東側に運びたい場合、遺体は海岸から船に載《の》せられ、はるか沖合を回って、東側へ移動するのである。

まして、厳島神社の真裏といっていい位置にある紅葉谷公園は、厳島神社から霊山である弥山へ向かう道の途中に当たる聖域そのものだ。そんなところに墓地などありようはずがない。

友理子のきつい口調には気がつかなかったのか、男は「おかしいな……」と、しきりに首をひねっている。

「たしかに、紅葉谷公園の墓と聞いて来たのですけどねえ……」

当惑しきった様子で愚痴《ぐち》っぽく呟《つぶや》いて、空を見上げ、腕時計を見て、「あっ、もうそろそろ来ちゃうな」と、急にソワソワした。台風が迫ったことを言ったのだろうか。そ
れとも誰かを待っているのだろうか。夕暮れのせいばかりでなく、男の表情は青ざめて見えた。何か不測の事態が生じて、よほど困ったことになったらしい。

「どうもありがとう」

男は友理子に礼を言い、辺りに気を配りながら、土産物店の角に隠れるように立ち去って行った。

社務所に帰り着いたとき、平服姿に着替えた岡野徳子が現れた。権宮司の指示で、とくに用事のない女性は、早々に帰宅することになったということだ。

「ごめんね、私、お先に帰るわ」

徳子は空模様を見上げながら言った。

「うん、かまわんよ。急いだほうがええわ。船が欠航になるとか言うてたし」

「まだ大丈夫じゃと思うけど」

時刻は五時を回ったところだ。内侍の勤務時間はとくに厳密に定めていない。大雑把《おおざっぱ》に「明るい内」というのが不文律のようなもので、ことに友理子のように住み込みの内侍は、太陽が空にあるあいだが勤務時間といえる。九月末のこの時季、ふだんならまだ

明るく、参拝客は境内を散策したり、お守りや御札を求めているころだ。内侍たちはその応対に追われているはずである。

徳子につづいて、自宅通勤の四人の内侍たちが、つぎつぎに帰って行った。

残った三人の内侍とともに、友理子もふだん着に着替えた。男性の神職たちも身軽に動けるような服装になっている。

寮に引き上げる前に、友理子は回廊まで出て様子を見た。海は、波というよりもうねりが高い。満潮にかかって大鳥居を浸しはじめた海面は、時折、盛り上がるようになって、余波がヒタヒタと大舞台近くまで寄せてくる。このぶんだと、すでに岸壁付近は小型船舶の接岸が危険な状態になっているにちがいない。

宮島の連絡船はＪＲと、民間の「宮島松大観光船」という会社が運航しているが、岡野徳子が引き上げてまもない午後五時十分に、まずＪＲが経営する連絡船が休航し、午後六時には民間の「松大」船のほうも休航したと知らせが入った。

陽が沈むと同時に風雨がいっそう強くなってきた。峰から吹き下りてくる突風が、紅葉谷の木々をゴウゴウと鳴らし、ペキペキと小枝のはぜる音が不安をかき立てた。

宮司以下、神職たちは神社に居残り、警戒に当たることになった。

九人いる内侍は四人が島内在住で、その内の二人が寮住まいだが、六時半までには全員が神社を退出した。友理子は寮に戻ると、はやばやと食事を済ませ、窓のカーテンを引いて、いつでももぐり込めるように、ふとんを敷いておいた。

テレビの台風速報は、台風の中心が安芸地方に接近する様子を刻々報じている。アナウンサーは緊迫した声音で「満潮時にぶつかりますと、高潮のおそれがあります。進路にあたる地方の沿岸部は厳重な警戒が必要です」と言っていた。

風の強さは、これまで友理子が体験したことのない猛烈なものだった。寮はまだ新しく、しっかりした建物だが、まるで地震のように細かく揺れた。窓はいまにもはじけ飛びそうなくらい内側に膨《ふく》らんだ。

こわごわと窓辺に近寄り、カーテンの隙間から覗くと、一つ置いた家の屋根瓦がパラパラと剝《は》がれ飛ぶのが見えた。紅葉谷から峰々にかけての一帯で、モミの巨木が倒れるおそろしい地響きが何度も起こった。

午後七時、全島がいっせいに停電して、完全な闇に閉じ込められた。落雷があったのかどうか、島の人間は知らないのだが、あとで聞いたところによると、ちょうどその時刻、対岸の宮島口からは、厳島の尾根のいたるところで、セントエルモの火のような、青白い閃光が観測されたそうである。

風はいよいよ強まったが、雨はさほどでもなく、それだけが救いであった。厳島神社は過去に何度か台風被害に遭《あ》っているが、それはいずれも雨による土石流災害によるものといっていい。ことに一九四五年の枕崎台風の際には、紅葉谷を駆け下った山津波で厳島神社に大被害が出た。

野山権宮司は当時の記憶が鮮明なだけに、今回の台風が雨の心配はさほどでもないことで、いくぶん楽観ぎみなところはあったらしい。友理子たちを帰すときも、「風だけなら、なんぼ吹いても、大したことはない」と笑顔を見せていた。

たしかに、厳島神社の背後にそそり立つ宮島の峰々は、天然の城砦のように風を遮《さえぎ》る。平安の栄華を象徴するような優美な建造物が、長い歳月を超えて保存されてきたのは、そのためである。

だが、その夜の風は並大抵のものではなかった。厳島神社を囲むいくつかの峰を越えた風は、すり鉢状の谷底に吹き下ろし、凝縮した勢力をもろにぶつけて、紅葉谷を襲撃したにちがいない。そうでもなければ、直径が一メートルもある巨大なモミの木が根こそぎ倒れたり、大地に根を張った松の巨木がむざんに折れるようなことは考えられない。

突風の道筋にあたった家々は、まるで竜巻にでも遭ったような被害を受けた。いや、屋根瓦の飛び散り方を見ても、おそらく竜巻状に巻き上げる風が吹いたであろうことを思わせる。対岸の宮島口のフェリー乗り場で警戒に当たっていた職員が、厳島から天空へ向かって巨大な黒竜が昇ってゆくような光景を目撃したのが、ちょうどそのころである。

ほぼ同じ時刻、厳島神社はたてつづけに被害が発生しはじめていた。まず重要文化財の能舞台の屋根が落下した。フワッと浮いてから斜めに投げ出されるのを、野山権宮司が目撃している。前後して、国宝の左楽房がふっ飛び、国宝の渡り廊下の屋根が落下、社務所付近の巨松が倒れた。

建物のほとんど全部が国宝か重文に指定されている厳島神社である。柱一本、瓦一枚、床板一枚、おおげさにいえばクギの一本でさえ国宝の一部なのである。その国宝がむざんに飛び散るさまを、宮司以下神職たちは悪夢のように、なすすべもなくただ呆然と手をつかねて眺めているしかなかった。

風がいくぶん収まったと思ったとき、黒い波が押し寄せてきた。おそれていた高潮である。第一波が、大鳥居にもっとも近く突き出した火焼前を呑み込み、平舞台を襲った。「ババババッ」という機関銃の発射音のようなものすごい音がして、平舞台の床板が波の上に跳ね上がるのが見えた。

波はさらに侵入して、これまた国宝の祓殿《はらいでん》の床を突き上げた。巨漢の野山権宮司は、意味不明の叫び声を発して祓殿めがけて走った。浮かび上がり流れ出ようとする大きな床板にしがみつき、一枚また一枚と確保した。ほかの神職たちもそれに倣《なら》った。

高潮は第二、第三波と繰り返し神社を襲った。床板の多くは流出し、せっかく確保した物の一部も波にさらわれた。自然の巨大な破壊力の前には、あまりにもひ弱な抵抗にはちがいないが、それでもとにかく、最善を尽くして神社を守ろうとする意志が、彼らを突き動かしていた。

その努力にもかかわらず、被害が最悪のものになることは避けられなかった。暗黒の高波に足元を洗われながらの作業を思うと、まだしも人命の被害がなかったことが不思議なくらいだ。

一夜明けた神社の情景は惨憺《さんたん》たるありさまであった。いくつかの建物は屋根を失い、中には土台だけを残して、建物全体が消え失せたものもある。平舞台、高舞台、祓殿、回廊など、建物のかなりの部分で床板が失われ、ところどころでは柱だけが残っている。さながら戦火に焼け残った廃墟を思わせた。

大鳥居の内側の入江一帯はクリーム色の砂地が美しいのだが、まるで泥田のように黒ずんだ土砂に埋まった。

これがあの「日本三景」のひとつ、安芸の宮島か——と、目を疑う風景であった。荒れ狂った波は嘘のように静まり、大鳥居の付近まで後退し、初秋の陽射しにキラキラと輝いている。

そして、その波打ち際に、高潮の置き土産のように、男の死体が横たわっていた。

第一章　兄嫁の秘密

1

兄嫁《あによめ》の和子の異変に気づいたのは浅見《あさみ》だけではなかった。最初にそのことを浅見に告げたのは須美子《すみこ》である。

「坊っちゃま、ちょっと気になることがあるのですけど……」

深刻な顔でそう言った。例によって、浅見が遅い朝食のテーブルについた時のことだ。母親の雪江《ゆきえ》は自室に引っ込み、和子は長女の進学のことで、早くから学校へ出かけたとかで、ダイニングルームには二人のほかは誰もいなかった。

「何だい？」

浅見はトーストにバターを塗りながら、あまり熱意のない口調で応じた。うすうす須美子の言いたいことの内容は察しがついた。浅見自身、数日前からの兄嫁の様子が気にかかっていたから、たぶんその件についてだろうな——と思った。

「こんなこと、坊っちゃまに申し上げていいのかどうか、分かりませんけど……」

「ふーん、じゃあ言わないほうがいいよ」

浅見は素っ気なく言った。須美子は恨めしそうな目で浅見を睨《にら》んで、しばらく黙っていたが、やむにやまれぬ想いをぶちまけるように口を開いた。

「でも、やっぱり聞いていただきます」

「聞いてもいいけど、聞いたからって、僕にどうすることもできないのじゃない？」

「そんな……何も聞かないうちに、そんなふうにおっしゃらないでください」

須美子はもう、泣きだしそうな顔になっている。

「分かった分かった、聞くよ、聞きますよ。何なの？　言ってごらんよ」

「若奥様のことです」

「ふーん、義姉《ねえ》さんがどうしたの？」

「よく分かりませんけど、何かご心配なことがおありみたいで……」

「そりゃ心配ごとの一つや二つ……いや、三つや四つ……もっとかな？　僕がいつまでもこの家を出て行かないことも入れると、五つか六つぐらいはありそうだ」

「坊っちゃま、真面目に聞いてください」

「ははは、やけに深刻そうだね」

「そんなふうにお笑いにならないでくれませんか。ほんとに深刻なことなのです。坊っちゃまはいつもお留守ばかりだから、ご存じないでしょうけれど」

「そうばかにしたものでもないよ。義姉さんの憂鬱《ゆううつ》ぐらい、僕だって気づいているさ」

「まあっ、ご存じだったんですか？」

「ああ」

「でしたら、何とかして差し上げてくださいな」

「何とかしろったって、憂鬱の原因が分からなければ、どうしようもないじゃないか。それとも須美ちゃんは知っているの？」

「いいえ、知ってるはずがありません。ですから坊っちゃまにご相談しているのです。坊っちゃまなら、若奥様にそれとなくお訊《き》きになれるじゃありませんか」

「そんなこと訊けないよ」

「あら、そんなことって、どんなことか、ご存じなんですか？」

「いや、分かってはいないさ。しかし、義姉さんが誰にも打ち明けられないでいるくらいの、それこそ深刻な内容であることはたしかだからね。第三者がむやみに立ち入る問題ではないと思うよ」

「第三者だなんて、冷たいことをおっしゃって……」

「まあ、そう言うなよ。だけど、僕に話してくれてありがとう。おふくろには黙っていたほうがいいかもしれない」

「ええ、私もそう思いました」

しかし、雪江未亡人は嫁の心理的な葛藤《かっとう》ぐらい、ちゃんとお見通しなのであった。須美子の相談からほんの二、三十分後に、廊下で顔を合わせたとき、「光彦《みつひこ》、ちょっといらっしゃい」と奥の座敷に呼び入れた。初めは床の間の生け花の出来を自慢したり、庭木の手入れがどうのといった話をしていたが、いきなり、「光彦、あなたはどう思うの？」と言った。

「はあ、なかなかいい枝振りだと思いますけど」

浅見はとぼけて答えた。

「何を言っているの。わたくしはそんなことを訊いているのではありませんよ。あなたは勉強は駄目だけど、勘だけはいい子だと思うから訊いているのです」

「勘も時によりけりで、働かないことがあります」

「そうなの、頼りにならないのね……」

雪江はため息をついた。

「そんなに心配なら、母さんが自分で訊いてみたらどうなんですか」

「そう簡単に訊けるぐらいなら、苦労はしませんよ……あら、訊くって、光彦、誰に何を訊けって言っているの？」

「ははは、母さんも勘が悪いですね」

「まあ、いやな子ねえ。そうなの、気づいているのね、和子さんのこと。だったら、素直にそうおっしゃい。人がこんなに心配しているのに」

「母さんでも怖いことがあるのですね」

「怖いですって？　何のこと？　わたくしには怖いことなど……高いところはだめだけ

れど、何も怖がってなどおりませんよ」

「しかし、義姉さんの憂鬱の中身を知るのは怖いのでしょう？」

「………」

雪江は眉をひそめて反論しようとしたが、結局、言い負けたことを認めたらしい。その代わり、頭を反《そ》らすようにして、命令口調で言った。

「だったら光彦、あなた、和子さんにお訊きなさい。いいわね、上手にね」

有無を言わせぬ「天の声」である。今度は次男坊のほうが反論を断念した。

雪江が言った「上手に」というのは、もちろん、和子の気持ちを傷つけないようにという意味だ。

（そんなことを言われても困るな……）と、十三歳年長の義姉の、色白で美しいプロフィールを思い浮かべただけで、尻込みする気持ちが先に立つ。

浅見は兄嫁のことは、彼女が浅見家に嫁《とつ》いでくるまで、まったく知らなかった。兄の陽一郎《よういちろう》が和子と知り合ったのは、陽一郎が二十六歳、和子が二十五歳の年の正月、浅見家恒例のカルタ会でのことだそうだから、浅見がまだ中学に入ったばかりのことだ。

その年の夏は、浅見も軽井沢に行って、双方の家族みんなで離山《はなれやま》に登った記憶があるけれど、秀才で学問の虫のようだった兄に、遅まきのロマンスが芽生えたことなど、気づくどころか、興味もなかった。

それに、翌年、父親が急逝《きゅうせい》して、浅見家は未曾有《みぞう》のピンチに見舞われた。陽一郎は母親と三人の弟妹をかかえる一家の主として、ロマンスどころでなくなった。陽一郎と和子が結婚したのは、それから六年近くを経てからのことである。

それにしても、六年ものあいだ、よく待ちつづけたものだ——と、浅見は感心する。陽一郎のほうはともかく、女性である和子にとって、六年の歳月はあまりにも長い。和子の家は祖父が日銀の重役だったほどだそうだから、当然、縁談も降るようにあったにちがいない。和子自身も文字どおりの才媛《さいえん》で、キャリアウーマンへの道を歩んでいた。勤務先の商社では、語学力を買われて海外支店勤務の話もあったらしい。そういったあらゆる「誘惑」にも耐えて、陽一郎との愛を貫いたのだから、いまどき珍しい純愛物語だ。

浅見が二人の恋愛関係を知ったのは、結婚のほんの一年ぐらい前である。そのころになると、いくらのんびり屋の次男坊でも、兄が夜な夜なリビングルームの電話を独占して、何やらひそひそと、深刻そうな会話を交わしているのを見て、さすがに（怪しい……）と気づかないわけはなかったが、しかし、それ以上のことは知ろうと思わなかった。だから、和子の実家のことや、どういう生い立ちであるかといったことは、「公式発表」されたこと以外、ほとんど何も知らない。

和子は妻として、二児の母親として、それに嫁として申し分ない女性といっていい。さらにいえば、凡才の義弟にはもったいないほどの優れた義姉だ。美人で、賢くて、優しくて、如才なくて……と、挙げればきりがないほどの長所の持ち主である。

その和子の、ここ半月ほどの落ち込みようはただごとではない。いや、本人はさり気なく振る舞ってはいるけれど、日頃が完璧すぎるだけに、わずかの落差でも日本海溝ほどの深みに見える。

雪江からは「訊きなさい、上手に」と簡単に命じられたものの、浅見にとっては女性心理の機微に関する話は最大の苦手とするところである。それでなくても不肖《ふしょう》の義弟としては、敬愛する義姉に対してどういう機会をとらえ、どんなふうに切り出せばいいのか、思い悩むばかりでいるある日、和子のほうから「光彦さんに、折入ってご相談したいことがあるのですけど」と声がかかった。

（きた……）と思ったが、浅見は冗談めかして、「何のご相談ですか、お金の無心だったら、無駄ですよ」と言った。

「まさか……」と兄嫁は、しばらくぶりで顔をほころばせ、白い歯を見せてくれた。

「急なことではありませんから、お仕事がおひまなときで結構ですのよ」

「お仕事なんか、年中おひまですよ。いつだって構いません。何ならいますぐでもいいですけど」

「ほんと？　まあ、ありがとう。でも、ここでは……」

和子は奥の気配を窺うように小首を傾げてから、「もしよろしかったら、平塚亭《ひらつかてい》はいかがかしら？」と言った。

「ああ、いいですね。あそこの団子《だんご》、食べたいと思っていたところなんです」

いくら義理の姉弟だとはいっても、外でデートするとなると、世間の目はうるさい。そこへゆくと平塚神社の境内にある平塚亭なら開けっぴろげだから、あらぬ疑いをかけられずにすむだろう。

浅見と和子はべつべつに家を出て、平塚亭で落ち合った。いかにも偶然一緒になったように装ったのだが、あまり効果はなかったらしい。その証拠に、大福みたいな顔をした平塚亭のおばさんが、「あら、お珍しい」と目を丸くして、二人の顔を見比べていた。

緋毛氈《ひもうせん》を敷いた床几《しょうぎ》に座って、団子を頬張りながらの「密談」になった。

「こういうものが届きましたの」

和子はバッグから白い角封筒を出した。

宛《あ》て名は「浅見和子様」になっているが、差出人の名前も住所もなかった。消印には「益田《ますだ》」の局名と二十日前の日付が読めた。

「益田というと、島根県の益田ですかね」

「ええ、たぶん……」

「中、見てもいいんですか？」

「ええ、ご覧になって」

浅見は「拝見します」と、封書を軽くおし戴《いただ》く仕草《しぐさ》をしてから、中身を取り出した。

一葉の便箋《びんせん》と手札サイズの写真が一枚入っていた。便箋には下手くそな、おそらく筆跡を誤魔化したと思われる文字で「キジも鳴かずば撃たれまい」とだけ書いてある。写真はいくぶん色褪《あ》せてはいるけれど、かなり鮮明なものだ。

どこかの湖か海か、波静かな水面にボートが浮かび、セーラー服の少女が二人、こちらを向いて笑っている。

「これ、義姉さんですね？」

浅見は驚いて訊いた。向かって右の、オールを握っている少女の顔に、まだ稚《おさな》さが残るとはいえ、はっきりと和子の面影が見て取れる。

「ええ」

和子はコクリと頷《うなず》いた。少し面はゆい表情だが、緊張感は失わない。

「中学の修学旅行のときに撮った写真です」

「場所は？」

「厳島」

「厳島……」

浅見はあらためて写真の風景を眺めた。そう言われてみると、背後の山の左裾、波打ち際の辺りに神社らしい赤い建物の一部がぼんやり写っている。

「この写真と、キジも鳴かずば……ですか。何のことでしょうか？」

「分かりませんわ、何のことなのか。でも、何か悪意の籠もった意図があることは感じ取れるでしょう？　それも、とても陰湿で病的なもの……」

和子は首を左右に振って、寒そうに肩をすくめた。

「厳島に何かあるのですかねえ」

「ええ、そうかもしれません」

「ここに写っている、もう一人の少女は親友ですか？」

「親友というほど仲良しだったような記憶はないの。名前もうろ憶えだったくらいですものね。名簿を調べて、三橋静江《みつはししずえ》さんていうお名前だったって思い出しましたけど」

「その人から送って寄越したということはないですか？」

「さあ？……でも、かりにそうだとして、この変な手紙は何なのかしら？」

「キジも鳴かずば撃たれまい……というのは、一般的にいえば、余計なことはするなという意味に受け取れますね」

「でしょう？　それが気になりますの」

「義姉さんは、最近、何かしようと計画していることでもありますか？」

「いいえ、何も。取り立てて人様に影響を与えるようなことは何も考えてませんわ」

「そうすると、兄さんのほうかな？」

「ええ、私もそのことが心配ですの。何かの事件捜査が進行していて、それを牽制《けんせい》するために、私を脅して、間接的に捜査に圧力をかけるようなことでもあるのじゃないかしらって……ですからね、この写真のこと、陽一郎さんには内緒にしているんです」

「なるほど……」

浅見はかすかに頭を下げ、和子の判断に対して敬意を表した。

「それにしても、この写真の送り主は何者ですかねえ。それと、こんな写真が脅しの材料になるという理由が分からないなあ……」

「はたしてそれなのかどうか、はっきりしたことは言えませんけど、一つだけ思い当たることがありますのよ。それはね、この写真を撮ったのは、たぶん地元の高校の男子生徒だったと思いますけど、その人が写真を撮って、私たちの名前と住所を訊いて、あとで写真を送ってくださったの。でも、私はその写真、とっくに失くしちゃいましたけどね」

「高校生のくせにそんなことをするなんて、なんだか不良っぽいやつですねえ」

浅見は義姉が冒瀆《ぼうとく》されたような気がして、本気で腹が立ってきた。

「そいつの名前だとか学校名だとかは、訊かなかったのですか？」

「ええ、だって、その当時はいまと違って、女の子はおしとやかで、そんなはしたないことはできませんでしたもの」

和子が中学生だったころといえば、いまから三十年以上昔である。写真の中の、セーラー服姿で、少しはにかむように白い歯を見せて笑っている和子は、青春真っ盛りというより、思春期の羞《は》じらいを感じさせて、浅見は思わず顔が赤くなりそうだった。

「写真を送った犯人がもしそいつだとしたら、義姉さんのいまの住所を知っているのはなぜですかね？」

「たぶん聖智女子学園の同窓生名簿じゃないかしら。それには旧姓も載ってますし」

和子の旧姓は「設楽《しだら》」。比較的めずらしい名前だ。

「同窓生名簿は誰でも簡単に入手できるものですか？」

「そうでもないと思いますけど、でも、発行部数はかなりの数でしょう。その気になれば手に入れることは、それほど難しくないかもしれませんわね」

「この女性……三橋さんでしたか、彼女には訊いてみたのですか？」

「いいえ、名簿の住所は台東《たいとう》区仲御徒町《なかおかちまち》になっていますけど、そこに手紙を書いたら宛て先不明で戻ってきました」

「ほかのクラスメートに訊いても分かりませんかね？」

「それとなく訊いてみましたけど、誰も知らないらしいのね。三橋さんは中等部を卒業したあと、高等部には進まなかったのじゃないかしら。あまりしつこく訊いたり、この写真や手紙を見せて事情を話すわけにもいかないし、ほんとに困りました」

和子はため息を漏《も》らした。

「この先も兄さんには言わないほうがいいのですね？」

「もちろんですよ。こんな変なことで、余計な心配をかけるわけにはいきませんもの」

「しかし、スキャンダルでもないこんな写真が脅しの効果を発揮するとは思えないけどなあ……」

浅見はしげしげと写真を眺め、首をひねった。まったく、古ぼけ色褪せたスナップ写真は、二人の女学生の邪気のない表情同様、何の屈託もなく、平和そのものの気分を漂わせている。

2

同窓会名簿に載っていた「三橋静江」の住所は「台東区仲御徒町二丁目――」であったが、じつは、「仲御徒町」というのは現在は消滅してしまった住居表示なのであった。和子の送った手紙が「宛所不明」で戻ってきたのも無理がない。

昭和四十年八月一日付でこの付近の住居表示は大幅に変更されている。四十年というと、和子や三橋静江が聖智女子学園の中等部を卒業した三年後のことだ。

当時、仲御徒町は一丁目から四丁目まであったのだが、そのときの改正で、現在の上野三・五・六丁目に該当する部分に、ほぼ収まった。このほか、「黒門町」「長者町」「車坂町」をはじめとする昔馴染みの町名もまた、同時に「上野」の住居表示に組み込まれ、消滅している。

台東区役所で聞いたところによると、三橋静江が住んでいた「仲御徒町二丁目」付近はここ二、三十年のあいだに大きく様変わりしたところで、いまではビル街になって、純粋な住人はほとんど存在しないらしい。

ところが驚いたことに、三橋家は住居表示変更後も、その住所地から転出していない――つまり、まだそこに住んでいることになっているのであった。

「現実には住んでいないはずです」

区役所の職員は、まるで太鼓判を捺《お》すような口調で言った。

「というと、どういうことになるのでしょうか？」

「そうですねえ、まあ、転出の届けを出さずに転居されたということじゃないですか」

「はあ、そんなこともあるのですか」

「ありますよ。われわれのほうとしては、あまり歓迎できませんが、現実にはそういう、なんて言いますか……」

職員は言いにくそうに、「たとえば、たとえばですよ、俗に言う夜逃げみたいなケースがそれに該当《がいとう》すると思いますが」

「ああ、なるほど……」

「そのお宅がそうだったかどうかは分かりませんが、最近はサラ金から逃げるために、行方をくらます人が多くなりましてねえ」

三橋静江は聖智女子学園を中学だけで退学してしまったそうだから、三橋家もそういうケースだったのだろうか。

聖智女子学園は幼稚園から大学まである私立のミッション系の学園で、いわゆるお嬢さん学校として有名だ。そこに娘を通わせるくらいだから、三橋家もそれなりに裕福な家庭だったにちがいない。商業の街である仲御徒町に家があったことから推測すると、老舗《しにせ》の商家といったことが想像される。何かの事情で商売がうまくいかなくなって、没落の憂き目を見たのかもしれない。

　それにしても、二十数年もの昔の話だ。浅見は三橋家があったと思われる辺りを歩いてみたが、旧住居地に該当する付近の様子は、ビル街に一変して、住人といってもマンションの居住者のように、当時を知るよすがもない人ばかりである。ただ、貸しビル業を営む家が、昔からの土地っ子だというので、ある程度の話を聞くことができた。

「三橋さんていうと、丸橋《まるはし》商店のことじゃないかな、○の中に橋の字の屋号で、乾物《かんぶつ》の卸《おろし》問屋さんみたいなことをやってたのを憶えてますよ。うちは付き合いはなかったけど、噂では、なんだか知らないが、悪いやつに引っかかって破産したとかで、気がついたら、一家全員、いなくなっちゃってましたよ。ずいぶん古い話だねえ。そのあとしばらく、ヤクザっぽい連中がウロウロ、聞き込みをして歩いていたっけなあ。行く先？　いや、誰も知らないんじゃないですか。吉祥寺《きちじょうじ》のほうで見かけたっていう話もあったみたいだけど、あてにはならないねえ」

　要するに、消息は雲を掴《つか》むようなものなのであった。

　あとは、写真に写っている「厳島」と、手紙の差し出し地である「益田」だけが手掛かりだ。しかし、益田で投函《とうかん》したからといって、必ずしも益田市の在住者であるとはかぎらない。むしろそうでない可能性のほうが強いと考えていいだろう。

　とはいうものの、唯一の手掛かりがそれである以上、「捜査」を継続するには厳島と益田へ行くしか方法がない。そのことを和子に言うと、和子は「すみません」と恐縮し、恐縮しながら、すぐに十万円を出して浅見にくれた。兄嫁にヘソクリがいくらあるか知らないが、十万円は大きな出費のはずだ。

「こんなにいりませんよ」

「いいえ、引っ張りダコの光彦さんにお願いするんですもの、これでは足りないでしょうけれど、ごめんなさいね」

ほんとうにすまなそうに、頰をバラ色に染め、小首をかしげるようにして頼み込む。浅見は感激した。うだつの上がらない居候《いそうろう》次男坊をつかまえて「引っ張りダコ」などと言ってくれるひとはほかに一人もいない。ああこの義姉さんのためなら何でもしてあげちゃう——と、浅見は心に誓った。

その晩、陽一郎の遅い帰宅をリビングルームで待ち受けて、世間話のように「このごろは、何か難しい事件はないんですかねえ」と訊いてみた。

「なんだい、藪《やぶ》から棒に。難しいっていえば、事件はすべて難しいさ」

賢兄は相変わらず、官僚らしい公式見解的な答え方しかしない。

「その中でも、兄さんが手を焼いているような難事件はないのですか？　あったら捜査に参加させてくれませんか」

「捜査にきみを？　まさか、冗談を言ってもらっちゃ困る。そんなことを私の裁量でできると思っているのかい？」

「ははあ……」と、愚弟はニヤニヤ笑った。

「何がおかしいんだ？」

「いや、兄さんは否定はしないんですね」

「否定？　何を？」

「僕が、難事件はないかって訊いたことに対してですよ」

「ん？　なんだ、ばかばかしい、否定するまでもないことだろう。私が言いたいのは、たとえそんなものがあったとしても、きみには関係ないという意味だ」

陽一郎は、白皙《はくせき》の顔をそっぽに向けて、言った。

（あるってことか……）と浅見は確信した。ほんのかすかだが、兄ははっきりと動揺の色を見せたと思った。何の関心も予備知識もなしに見るかぎりは気づかないが、心臓に釘が刺さっても顔色を変えそうにない陽一郎の日常を知る弟から見ると、それは驚くべきことである。

それにしても、もしかりに陽一郎が思い悩むほどの「難事件」があるとすると、いったいどのようなものなのだろう。

警察庁刑事局長は、いわば全国警察の刑事の総元締めといっていいが、通常は現場の捜査に関係することなど、もちろんない。大きな事件の解決が遅れていたりしても、直接の責任は警視庁や道府県警察にあり、局長はそれを監督指導していればいい。形式的に遺憾《いかん》の意を表することはあっても、深刻に心を痛めなければならないこともない。

警察幹部が関与する刑事事件といえば、政界がらみのものが想像される。まず「汚職」「疑獄」といった活字が思い浮かぶ。しかし、その程度のものなら、またぞろ――という不快感はあっても、さっき見せたような、いわく言いがたい微妙に屈託した気配を示す方向に、心理が揺れることはないはずだ。

ことによると、何か、よほど複雑な事情の絡《から》む事件が進行中なのかもしれない――と、浅見の憶測は、次第に確信への度合いを深めていった。

かりに、警察や陽一郎が難事件を抱えているとして、そのことと、あの怪しい手紙とには、和子が心配しているような、何らかの関わりがあるのだろうか？――

弟の関心が注がれていることに気づかないのか、陽一郎は須美子が運んできた熱いウーロン茶を、旨《うま》そうな音を立てて啜《すす》っている。「疲れたときは、これにかぎるねえ」と須美子に語りかける横顔からは、最前の翳《かげ》りはすでに感じ取れない。

「兄さん……」と、浅見は優しい口調で言った。

「もし僕で役に立つことがあったら、いつでも言ってください」

陽一郎は不思議そうに弟を見つめた。

「どういうことかな？」

「たとえば、兄さんの足を引っ張るようなやつがいたら、僕がそいつの足に噛《か》みついてやりますよ」

幼稚なことを言ったにもかかわらず、陽一郎は笑わなかった。いや、笑いかけたのだが、すぐに真顔になって、真面目な低い声音で「そうか、ありがとう、そのときは頼む

言外に浅見の推測を肯定しているように聞き取れるが、しかし、陽一郎の口からそれ以上のことを引き出すすべはなかった。(何かある……)と浅見が思うだけで、実際には何もないのかもしれない。最前の気掛かりな表情だって、べつに意味のないものだったのかもしれない。

自室に戻ると、浅見はパソコンにインプットしてある、一ヵ月ばかり前からの新聞記事のファイルを読み出してみた。

相変わらず紙面トップを飾る頻度《ひんど》が多いのは、政治改革のゴタゴタである。政治家は口先ばかり「改革」を言いながら、結局何もなしに終わりたい連中の勢力が強い。若手を中心にした改革派が、はたして巻き返しを図れるか――という段階にあるらしい。

ついで多いのは国連平和維持活動に関する記事だ。カンボジアで民間ボランティアの青年が殺され、文民警察官が殺され、その結果行われた選挙が、事実上効力を発揮していないことだとか、アフリカやボスニアでは内乱状態がつづくし、北朝鮮は日本海にミサイルを打ち込んで、核の脅威を振りかざすなど、世界のいたるところで、紛争が進行中だ。

コメの自由化に象徴される貿易がらみの話題も少なくない。日本の貿易黒字が怪《け》しからんといって、アメリカは圧力のかけ通しだ。黒字減らしのために円高ドル安基調を維持するのだそうだが、浅見のような経済音痴にはその理屈が分からない。円高になればなるほど、日本は安く買えて高く売ることになるのだから、儲《もう》けの幅も黒字もどんどん増える一方だと思うのだが、違うのだろうか。

社会面関係では、外国人労働者問題や不法滞在外国人問題などが、よく取り上げられている。日本人が海外で事故や事件に遭遇したというニュースとともに、ほんの数年前まではあまりなかった国際性のある事件が、このところ増えつづけている。

一ヵ月前まで遡《さかのぼ》って調べて、このところ、比較的に汚職事件が少ないことに意外な感を否めない。政界の巨大汚職事件には五年の周期があると聞いた記憶がある。この前の大きな疑獄事件があってから、まだ二年ほどしか経っていない。現在は谷間のような時期にあたり、政治家どもはひっそりと鳴りをひそめている最中なのかもしれない。それとも、マスコミも気づかないところで、またぞろ、ワルどもが蠢《うごめ》いているのだろうか。

まあしかし、いずれにしても、これらの政治経済の問題が、刑事事件に結びつくとは考えにくい。

かといって、一般の刑事事件の中にも、とくに注目しなければならないような難事件があるようにも思えなかった。

ただ、その中で一つ、浅見の注意を引いた見出しがあった。

厳島神社修復工事完了

義姉の一件がなければ、とりたてて関心を惹《ひ》かれる記事ではないかもしれないが、浅見はためしに本文を検索《けんさく》してみた。

一昨年の台風十九号で国宝級の建物に大きな被害の出た厳島神社の修復工事が、このほどほぼ完了した――という内容の記事だ。総額八億円の費用と一年半の期間を要した大工事だったらしい。

それだけのことで、事件性のある出来事ではない。厳島神社だ国宝だといっても、ふだんだったら、何気なく見過ごしてしまう記事だが、身内の人間にささやかな関わりがあったというだけで、こだわってみたい気持ちが生じている。人間の心理とは不思議なものだ――と、浅見は妙に感心した。

もっとも、だからといって収穫があるわけではない。それからしばらく、浅見はパソコンと付き合ったが、結局、諦《あきら》めて、電源を切った。

デスクの引出しから、和子から預かった手紙と写真を取り出した。セーラー服の二少女が、あどけなさの残る顔をこっちに向け、羞じらいと喜びを満面に、笑いかけている写真には、どこにも犯罪を予感させるような雰囲気は感じられない。

あの義姉にも、こういう少女時代があったのか……と、浅見はなんだか厳粛《げんしゅく》な感慨を覚えた。

あたりまえのことだが、どんなに罪に汚れた人間にも、無垢《むく》のときがあったのだ。建設業界に金脈を広げ、百億近い蓄財に精を出したという、あの汚職の権化のような老政治家にも、きっと兵隊さんや学校の先生に憧れた、素朴で正義感に満ちた少年期があったにちがいない。

人生の幕を閉じるとき、「ああ、いい一生だった……」と振り返ることができる人間はどれほどいるのだろう。

（たとえば、このおれなんか……）と思いかけて、浅見は慌てて思考を中断した。真面目に思考を巡らすと、三十三年間も生きて、大したこともなく、この先も何か大きな仕事が出来そうにもない。ただただ、わが身の卑小さを思い知りながら、年老いてゆくことになりそうだ。

写真の少女、三橋静江はいま、どこでどうしているのだろう。

没落、夜逃げ、といった言葉から連想するせいばかりでなく、小さな写真で見ても、静江の表情には和子とは対照的な翳りがたしかにある。楽しいはずの修学旅行の最中だというのに、表情を曇らせるほど、このときすでに、彼女の家に何か差し迫った事情があったのだろうか。

浅見は消印の「益田」の文字を見つめた。投函の日時は「5　7・7　12～18」と印字してある。平成五年七月七日の正午から午後六時までのあいだか、それ以前に投函されたということだ。

島根県益田市――の街角のポストに、怪しい手紙と古い写真の入った角封筒を投じている男の姿が、頭の中のスクリーンにぼんやり映し出された。「男」と決まったわけではないのだが、浅見のイメージは、背中を丸めた陰気くさい「男」であった。

3

十月に入ってまもなく、浅見は益田を訪ねた。東京を夕刻に発つ寝台特急『出雲《いずも》』で浜田まで行き、普通列車に乗り継いで、午前十一時近くに益田に着く。新幹線網が各地に広がる中で、山陰本線はもっとも取り残された路線のうちの一つといっていい。いまどき、東京から行く本州内の旅に、寝台列車を使わなければならないなどということが、現実にあるのがおかしいくらいだ。もっとも、石見《いわみ》空港が出来たのだから、飛行機で行けばほんの一時間半の距離。それを利用しない時代遅れのほうに問題がある。

しかし、旅愁を楽しむのは、やはり列車の旅にかぎる。駅前広場に出て、長旅に疲れた腰を伸ばして見上げると、おだやかな秋晴れの空に、日本海の大漁を思わせるいわし雲がまぶしかった。

益田市は島根県の西端にある。西は山口県との境界線。そして津和野《つわの》町と隣接する。浅見はかつて、津和野で起きた奇怪な事件を追って、益田を訪れたことがある。駅前の繁華街付近を歩き回り、喫茶店に入っただけの、慌ただしい旅だったが、そのときの記憶と、いま見る風景がほとんど変わっていないことに、懐かしさよりも、むしろ驚きと一抹《いちまつ》のわびしさを感じてしまった。

益田市は人口が五万弱の、典型的な地方都市である。市域の中央を高津川が流れ、北は日本海、のこる三方を山に囲まれた、猫の額ほどの平野部の真ん中に、こぢんまりとまとまった街だが、中世のころは益田氏がここを本拠として勢力を誇示したところだ。

益田氏はもともと石見国司だったが、四代の兼高が源義経の武将として壇ノ浦合戦に参加した功により、この地を支配することになった。その一族は蒙古《もうこ》来襲の際や、後醍醐《ごだいご》天皇が隠岐《おき》から復権する際にも活躍して、日本の歴史上に重要な役割を果している。

とはいえ、関ケ原戦役の後、益田氏が須佐に封じられてからは、東の浜田藩と西の津和野藩に分割支配されて、あまり目立った存在ではなくなった。長州戦争のときには市街戦の戦場となってかなりの被害が出た。

浅見が益田に親しみを抱くのは、ここが柿本人麻呂《かきのもとのひとまろ》終焉《しゅうえん》の地であることによる。人麻呂の一生――ことに彼の最期にまつわるさまざまな憶測は、きわめてミステリアスなもので、推理小説の材料にもなっているほどだ。ついでに言うと、もう一つ、画聖雪舟《せっしゅう》が晩年を益田で閉じたことも、よく知られている。

駅前のレストランで、中途半端なブランチをしたためると、浅見はまず、試しに電話帳で「三橋」姓の家があるかどうか調べてみた。この地方では三橋という名前は珍しいのか、電話帳にはわずか三軒だけが記載されている。つぎつぎに三軒に電話して「失礼ですが、三橋静江さんのお宅でしょうか？」と訊いたが、すべて空振りに終わった。

考えてみると、三橋静江は結婚して、名前が変わった可能性が強いのだから、電話帳で調べるのは、無駄な努力なのかもしれない。当初の目的どおり益田郵便局に行った。

窓口で訊こうとすると、何やらややこしい客と思ったのか、奥の事務室に通された。集配物にかぎらず、郵便に関すること一切は郵便課というセクションの扱いだそうだ。例の手紙を出して訊くと、手紙のスタンプは、間違いなくここで捺《お》されたものであると認めた。

応対してくれたのは井原という中年の職員で、最初は浅見を刑事と勘違いしたらしい。こっちの質問に、明らかに警戒心を見せながら、慎重に答えを模索する気配だった。ひょっとすると、彼が若いころは、全逓《ぜんてい》労組が権力や警察と血気さかんに対決していた時代なのかもしれない。

「じつは、僕の義姉《あね》がこの手紙を受け取ったのですが、差出人が不明なので、困っているのです」

浅見が事情を話すと、急に態度が変わって、親身になった。

「なるほど、それはお困りでしょうなあ。そういううっかりミスはほんとうに多いのですよ。まあ、差出人不明ならまだしも、宛て先不明には迷惑します。町名まで書いて、番地を書き忘れたりされると、該当する名前を調べ出さにゃならんですからなあ。そこまでやらんでも、送り返せばええと言う人もおるけど、サービス面の充実いう点から言えば、そうもいかんのでして……」

しかし、親切な彼であっても、差出人不明に関しては、どうしようもないらしい。

「どの辺りのポストに投函されたかだけでも分かりませんか？」

浅見は無理を承知で訊いた。

「そうですなあ。たまたまポストの中身が少なかったりすればべつやが……それでも、集配係はいちいち宛て名や差出人が書かれているかどうか、確かめたりはせんですからなあ。たぶん分からんと思いますよ」

「封書の中でも、角封筒は珍しいでしょうから、目につく可能性があります。たとえば、集配係の人に訊くとかしてですね」

浅見は食い下がった。

「うーん、そうですなあ……しかし、かりに気がついておったとしても、誰が投函したかまでは分からんでしょう。国道沿いのポストなんかであれば、通りがかりの他県の人が投函することもあるわけだし」

「だめでもともとで、お一人お一人にお訊きしたいのですが、どんなものでしょう？」

「えっ、一人一人にですか？　そりゃまあ、お訊きになるのは構わんですが、大変でしょう」

「大変は覚悟の上です」

「ふーん……それほどまでして調べにゃならんいうのは、よっぽど重要な手紙いうことなのでしょうなあ」

井原は多少、疑わしそうな目になった。たしかに、警察でもない人間が、たかが不明の差出人を確かめるくらいのことで、遠路はるばるやって来ることからして尋常《じんじょう》ではない。裏に何かある――と考えるのが当然だ。

「じつは……」と、浅見は封筒の中から例の写真を取り出した。

「この写真は三十年前ころに撮ったものなのですが、ここに写っているこの女性が、それから間もなく学校をやめて以来、消息が分からなくなっているのです。そこへこの写真が送られてきたものですから、もしかすると、彼女の身に何かあったのではないかとも考えられるわけで、義姉としては、ぜひ彼女の行方を知りたいというのです」

「なるほど……」

井原は写真を眺めて深刻そうな表情になった。古びた写真に写る少女の、いかにも影の薄そうな雰囲気に、心を動かされたのかもしれない。

「そしたら、訊いてみますか。というても、集配係の者はたいてい出払っておりますのでね、戻って来る時間もまちまちだし、全員に会えるのは難しいですが」

「いえ、こっちはそのつもりで来ていますから、皆さんに会えるまでじっくりと粘らせていただきます」

「はあ、そうですか……」

井原は呆《あき》れたように、しかし、いくぶん尊敬したように浅見を見つめてから、集配係のセクションに案内してくれた。

彼の言ったとおり、集配係は責任者一人を残して全員が出払っていた。それでも、昼近くなるとバラバラに戻ってきて、食事と休息をしては、また出かけて行く。その間に質問する時間はたっぷりあった。

街頭のポストからの取集には軽自動車を使う。スタンプの時刻から逆算すると、取集時刻は午後の二回のいずれかだろうということだけは分かった。しかし、井原が予想したとおり、その七月七日に取集した郵便物の中に、該当する角封筒があったかどうかは、まったく分からないという結論しか得られなかった。

考えてみると、白くてスタンダードなタイプの角封筒があったからといって、三ヵ月も前のことを記憶しているはずがないのだ。

「何しろ数が多いですのでねえ」

井原は気の毒そうに言った。

「それに、街頭から集めた物ばかりでなく、局で投函するひともあるわけでして。中には配達先や道端で、配達係についでに委託する場合だってあるのです」

「それも調べてみます」

浅見は惰性のような気分になっていた。しかし、せっかくここまで来たのだから、少しでも可能性があるものには、何でもトライしてみるつもりではある。

そして、その努力は報われたのである。市内乙吉町地区の配達を担当している西田という職員が、それらしい郵便物のあったことを憶えていた。

益田市は南北に流れる高津川によってちょうど同じ程度の面積に分割されている。高津川とそのやや東を流れる益田川に挟まれた地域に益田駅周辺の中心街がある。益田市役所や県民ホール、郵便局、消防署などはすべてこの付近に集まっている。そして益田川に面している平坦地が乙吉町で、この付近は益田日赤病院をはじめ、大型スーパーなど、近年になって急速に発展しつつある地域だ。

乙吉町地区担当の西田は、まだ二十代の青年だった。浅見が白い角封筒の手紙を見せると、「ああ、これやったら、憶えていますよ」と、簡単に答えた。

浅見は「えっ……」と、西田の顔を見つめてしまった。

「ほんとですか？」

「ええ、憶えてますよ。差出人の名前がないし、この宛て名の文字の感じも、なんとなく憶えてます。それに、手渡しで頼まれましたからね」

「そうですか、手渡しだったのですか」

「そうです。これ、頼むいうて、渡されました」

「手渡しで頼まれるケースも、よくあるのだそうですね」

「ありますよ。田舎は家からポストまでけっこう遠いですのでね、配達に行った先で、ついでに頼まれることがよくあります」

「じゃあ、この手紙を頼まれた家も分かっているのですか？」

「いや、この手紙は違います。これは路上で渡されたものです。そのとき、差出人名が書いてないので、書き忘れていますよ言うて注意したら、それでいいから送ってくれと言われました」

「誰なのですか、その人は？」

「知りません。見たこともない人でした」

「どんな人でしたか？　男性ですか女性ですか？」

「男の人です」

「いくつぐらいでした？」

「そうですねえ……たぶん七十歳は越えているのとちがいますか」

「七十歳……」

義姉と同じか、例の写真を撮った高校生なら、せいぜい二、三歳程度の年齢差という期待ははずれた。

「路上というと、通りがかりということですね？」

「そうです」

「車でしたか？」

「いや、車で来たかどうかは知りませんけど、そのときは歩いてました」

「場所はどの辺ですか？」

浅見は地図を広げた。西田は躊躇《ちゅうちょ》なく、「ここですよ」と人差指を突きつけた。

益田駅から北へ向かう広い道路は「あけぼの橋」で益田川を渡り、やがて国道9号にぶつかる。西田はその交差点を示している。

「自分はバイクで走っていて、ここの角で信号待ちをしていたら、そのおじいさんが声をかけてきたのです。ポストを探していて、見つからなかったのとちがいますか」

「ほう……だとすると、地元の人じゃありませんね？」

「そうですね、たぶん違う、思います」

「国道沿いということは、やはり車で来ていたのでしょうか？」

「さあ……」と西田は首をかしげた。

「私はじきに走りだしたもんで、はっきり見ておったわけではないですけど、近くに車がある感じはしなかったですけどね」

浅見はあらためて地図を眺めた。一万分の一の、市街のかなり細かいところまで分かる地図である。

西田が示した交差点は、広い道路に関していうと丁字路状だが、実際には突き当たりに細い路地が抜ける、十字路である。その北側の角には「益田建設業協会」という文字が印刷されている。この辺りは市街地のはずれに近く、周辺には果樹園や畑も広がっているらしい。

交差点から国道9号を南西に行ったところに「日赤病院口」というバス停がある。文字通り日赤病院への入口で、その南に「益田日赤病院」の広大な敷地があった。そして、その西隣に「老人ホーム人丸園《ひとまる》」の文字が読めた。

「ここに老人ホームがありますね」

浅見は西田の注意を引いた。

「ああ、あります」

「ここのお年寄りということは考えられませんか？」

「そうですね、その可能性はありますが……しかし、人丸園の人だったら、わざわざ出かけなくても、園の中にポストもあるし、そこの職員さんに頼むのとちがいますか」

「なるほど……しかし、何かの理由で、手紙を出したことを知られたくなかったのかもしれません」

「はあ……どうしてですか？」

「たとえば、ラブレターを出すとかです」

「ははは、あのおじいさんがですか？　まさか……」

西田はおかしそうに笑った。浅見も付き合いで少し笑ったが、すぐに真顔に戻って、言った。

「まあ、ラブレターはともかくとして、差出人の名前を書かなかったくらいですから、少なくとも、手紙を出したことを他人に知られたくない気持ちがあった可能性はあるのではないでしょうか」

「それはそうですね」

「どうでしょうか、たいへんご面倒をおかけしますが、人丸園に行って、そのときのご老人がいるかどうか、確かめてみていただけませんか？」

「えっ、私がですか？」

　とたんに、それまで好意的だった西田の表情が曇った。

「それはまずいですよ。いや、面倒だとかそういうことよりも、やっぱし、それだとプライバシーを侵害することになるのとちがいますか。公務員としては、そういうのは具合悪いですよ」

「あ、そうですね、すみません、気がつきませんでした」

　浅見は素直に詫《わ》びた。たしかに西田の言うとおりなのだろう。

「いえ、こっちこそ、協力できなくて、すみません」

　西田のほうも、恐縮している。根っから気のいい人間にちがいない。

「それに、そのおじいさんが人丸園にいる人かどうかいうことは、分からないわけですしねえ」

　遠来の客を慰《なぐさ》めるように言った。

「では、こういうのはどうでしょうか？」と、浅見は諦めずに提案した。

「僕が人丸園へ行って写真を撮ってきますから、それを見ていただくというのは」

「ああ、なるほど……それだったら構わないと思いますよ」

　西田はようやく愁眉《しゅうび》を開いて、背を反らすと、大きく息を吸った。とりあえず厄介な客から解放されることに、ほっとした様子であった。

老人ホームというと、何となくうば捨て山のような陰気臭いイメージを想像してしまうが、このごろはそんな旧態依然としたものは滅多にないらしい。人丸園は建物も設備も新しく、明るい感じだった。

とはいえ、入園者が老人であるという点だけはどうしようもない事実だ。そのことを思うと、明るい施設や、聞こえてくる笑い声にも、そこはかとない寂寥《せきりよう》感があるような気がしてしまう。

4

浅見の奇妙な申し入れに対して、園の事務長はあからさまな拒否反応を示した。

「お年寄りの写真を撮って、何に使うのですか?」

浅見は「じつは」と、ある程度のことは正直に話すことにした。

郵便局のときと同じように、この写真が送られてきたのだが、差出人の名前が分からない。なんとか捜し出したい——と言うと、事務長の態度が軟化した。どうやら、この色褪せた写真の、セーラー服の少女には人の心を開かせる御利益《ごりやく》があるらしい。

「事情はよう分かりましたが、しかし、やっぱり写真を撮るのは勘弁してください。お年寄りの中には気難しい方もおられますのでね。写真を撮られるのは嫌いだいう人もいるでしょうし」

彼の言うとおりだ——と、浅見は思った。若いころならともかく、しわだらけの顔を撮られても、嬉しくないにちがいない。

それに、廊下で擦《す》れ違った老人たちの多くは、浅見が想像していたのよりかなり高年齢で、車椅子の人もいる。気軽に出歩けるようには見えなかった。

「こちらに入っていらっしゃる方々は、自由に外出できるのですか？」

「ああ、それは原則的には自由ですよ。と言うても、外出の際は、いちおう申し出てもらわんとなりませんけどね。なんぼしっかりしているいうても、やはりお年寄りですので、いろいろとね。中には付添いが必要な人もおるでしょう」

「というと、一人で外出される方もあるのですね？」

「それはあります。お元気でしっかりしておられるならば、問題ありません」

「その場合でも、外出の際には名前は記録するのでしょうか？」

「もちろん記録します」

「じゃあ、この手紙を出した日に外出された方が誰かは分かるのですね？」

浅見は勢い込んで言った。

「それ、調べてみていただけませんか」

事務長はちょっと思案したが、べつに拒否する理由もないと思ったらしく、いったん席をはずして、すぐに帳簿を持って戻ってきた。外出者ばかりでなく、外来者のデータも記録してあるという。

「その日は、単独で外出した人はおりませんなあ」

事務長は月日を確認してから、言った。

「外出者は三名おられますが、いずれも家族と一緒か、付添いが同行しております」

記録を見ると、二人が女性で一人が男性になっている。男性の名前は「志賀勇次」で年齢は七十五歳。

「この方はちょっと足が不自由な方で、一人で出歩くことはありませんよ」

「そうですか……どうやら別人のようですね」

浅見はがっかりしたが、考えてみれば、もともと、郵便を依頼した老人が入丸園の入園者である可能性は、現実にはごく少ない話なのだ。

「どうもご迷惑をおかけしました」と挨拶《あいさつ》をしてから、ふと思いついて、言った。

「念のためにお訊きしますが、こちらに、三橋さんという女の方はいらっしゃいませんか？」

「三橋さん？　いないと思うが……」

事務長は入園者名簿を開きかけた。

「いえ、そうじゃなくて、こちらにお勤めの職員の方……つまり看護婦さんだとか、介《かい》添《ぞ》えの仕事をなさっておられる方ですが」

「ああ、そっちのほうですか。それでしたらいませんよ。職員は三十名おりますが、三橋という名前の人はいません。しかし、その人と手紙を送ったお年寄りとは、何か関係でもあるのですか？」

「いや、そうではなくて、じつはこの写真の左側の少女が三橋さんというのです。ずいぶん昔の写真ですから、ひょっとすると……というより、おそらく結婚して、現在は名前が変わっているとは思いますが」

「なるほどねえ……しかし、その女の人がここにいるという根拠は、何もないのとちがいますか？」

「はあ、それはおっしゃるとおりなのですが……」

浅見は頭を掻《か》きながら、苦笑して言った。「ただ、さっきお話ししたように、この写真と手紙がこの益田から送られているということだけは、はっきりしているのです。しかも、ここから目と鼻の先のような場所で、お年寄りが郵便局の集配係に手渡されたことは、間違いのない事実なのでして、その唯一の手掛かりを頼りに探すほかはないのです」

「ふーん……」

事務長はまじまじと浅見の顔を見つめて、「なんだかあんた、刑事さんみたいですなあ……」と、感心したのか呆れたのか分からないような顔をした。

「それで、どうでしょうか。結婚前の姓が三橋さんという、だいたい四十五、六歳の女性の方が、従業員の中におられないかどうか、確認してみていただけないでしょうか？」

浅見は執念深く頼み込んだ。

「分かりました、いいでしょう。その程度のことなら調べて差し上げますよ。要するに、いるかいないか、それだけでいいのですね。ほかの細かいことは教えるわけにいきませんのでね」

「それで十分です」

事務長の調査は、それほど時間がかからなかった。女性職員で四十五、六歳という条件に該当する職員はそれほど多くない。採用時の履歴書などを調べるまでもなく、個々に口頭で訊いてもすぐに分かることだ。

「現在はいませんがね……」

事務長は勿体《もったい》ぶってそう言ってから、「ただ」とつづけた。

「以前勤めていた東尾《ひがしお》いう人が、結婚前の姓が三橋でした」

「えっ、ほんとですか？」

「しかし、その人は二年ばかし前に辞めてましてね」

「二年……」

浅見は期待と落胆のあいだを行ったり来たりしたが、これしきのことで挫《くじ》けるわけにはいかない。

「その方は三橋……いえ、東尾何っていう名前ですか？」

「東尾静江さんです」

「それです！」

浅見は思わず叫び声を発した。開けた口が固くこわばり、喉《のど》の奥までカラカラに乾燥したような気分だった。

「その人です、間違いない。この写真の人も静江さんというのです。その三橋静江さんは、東京出身じゃありませんか？」

「いや、本籍は静岡県ですね」

事務長は浅見の興奮に目を丸くしながら、対照的に冷淡に答えた。

本籍地が静岡県というのは意外だが、「夜逃げ」をしたのなら、本籍地を偽《いつわ》ったりすることもあり得るだろう。

「ここを辞めてから、どちらへ行かれたか分かりませんか？」

「えっ、東尾さんですか？　そりゃ、分からんことはないですが……しかし、ほんまに教えてもいいものですかなあ……」

「お願いします。決してご迷惑をおかけするようなことはしませんので。なんとか義姉の希望を叶《かな》えてやってください」

「ふーん……そらまあ、そう熱心に頼まれてはいやとは言えんですが」

事務長は根負けしたような顔をして、「隣です」と言った。

「隣？」

「そう、お隣の日赤病院に引っこ抜かれたのですよ。いや、引っこ抜かれたといっても、日赤さんとうちとは親しい関係にありますので、まあ、人材を提供したいう意味あいですけどね」

「分かりました、ありがとうございました。早速行ってみます」

「えっ、行くって、日赤へですか?……けどあんた、行くのはいいが、面倒なことにはならんようにしてくださいよ」

事務長の気掛かりそうな声を聞き流して、浅見は人丸園を後にした。

思いがけない展開であった。手紙を出したのは老人だというのだから、その老人と三橋静江とがどういう関係なのかはともかく、何らかの繋《つな》がりがあるということだけは確かだ。年恰好からいって、老人は彼女の父親かもしれない。

さまざまな想像が湧いて、浅見の足の運びは速くなった。

益田日赤病院は堂々たる建物だった。おそらく益田随一のビルにちがいない。正面玄関付近はまるで高級ホテルのような佇《たたず》まいで、浅見はいささか威圧された。

玄関を入った左手に「外来受付」があった。患者ではないが外来であることに変わりはないと思ったから、浅見はそこに行って用件を伝えた。受付では、はじめ、まだ新米らしい若い女性の職員が応対した。「看護婦さんの東尾静江さんをお願いしたいのですが」と言うと、すぐに名簿を調べてくれたが、見つからない。

「そういう名前の看護婦さんは見当たりませんけど」

「いや、そんなはずはないです。いらっしゃるはずです」

浅見は確信をもって宣言した。

女性は何やらややこしい話と見極めたのか、木下という年配の職員を連れてきてバトンタッチをした。

「いや、東尾静江さんいう人は、うちの看護婦の中にはおりませんよ」

木下は浅見以上に確信ありげに言った。

「えっ？　しかし、人丸園では、たしかにこちらに引き抜かれたと言ってますが」

「引き抜き？……とんでもない、当病院ではそのようなことはしておりません。何かの間違いでしょう」

「間違いって……そんなはずはありませんよ。何なら人丸園の事務長さんを連れてきましょうか？」

浅見は少しいらだって、言葉がきつくなった。木下は渋い顔をそっぽに向けたが、確信に変わりはないらしい。

「それはいっこうに構いませんがね……」と言いかけて、ふと思いついたように浅見を見た。

「ひょっとすると、看護婦ではなくて、付添いと違いますか？」

「付添い婦さんですか？」

「いや、付添い婦というのは、ほんとうは当病院では認めてはおらんのです。病院としては、完全看護が建前ですのでね。しかし、中にはどうしても付添いを頼みたいという患者さんもおられるわけで……ちょっと待っといてくださいよ」

木下は少し離れたデスクに行って電話をかけた。話している様子から察すると、どこかのナースステーションに問い合わせているらしい。

「やっぱりそのようですな。いま事情に詳しい看護婦長が来ますので、聞いてみてください」

受話器を置きながら木下は言った。

5

まもなく看護婦長がやって来た。制帽の縁に黒線が三本入っている。背丈は並の女性ほどだが、肩幅の広い、いかにも頼もしそうな女性であった。並んで立つと、木下を圧倒しそうだ。

「東尾静江さんは、いまはもうこちらにはおられませんよ。ここにおったのはひと月ばかりで、余所《よそ》へ移られましたのでね」

婦長は男っぽい口調で言った。

「ひと月で辞めてしまわれたのですか？」

浅見は驚いた。

「辞めたいうても、正式に当病院に勤めたいうわけではないですけど」

婦長の説明によると、東尾静江は人丸園に勤めていた当時、ある入園者に気に入られ、その入園者が病気で日赤病院に入院した際、とくに請《こ》われて、付添いとして病院に詰めたことがあったのだという。

「しかし、人丸園に勤めていたのを、無理やり引き抜くというのは、ずいぶん強引のように思えますが」

浅見の疑問が気に障《さわ》ったとみえ、婦長は頰を膨《ふく》らませて木下に視線を向けた。

「いや、引き抜いたいうても、当病院は関知しないことです。それに、その方が引き抜いたわけでもないと思いますよ」

木下は苦笑しながら言い、「そうでしょうな？」と婦長に確かめた。

「ええ、そうですよ。私らは関係ありません。その方の場合は、東尾さんが介護に慣れておるいうこともあって、人丸園から派遣するという形を取っておったのです。残念ながら、その方は半月足らずで亡くなられましたが、たまたまその当時入院しておられた方が東尾さんを見込んで、ご自分の付添いを頼まれたということです。といっても、その時点では人丸園さんのほうを辞めてもらうというような気持ちがあったかどうかは知りません。ほんの一時期だけ付添いを頼むということだったのが、その後、退院されて自宅療養にかわる際、どうしてもと頼んで、連れて行かれたいうわけです。まあ、結果的に引き抜きみたいなことになってしまったともいえますけど……」

「というと、やはりかなり力のある人なのですね？」

「まあ、そういうこと」

婦長もそれは認めた。

「じつはその患者さんは、大貫《おおぬき》さん……ご存じかと思いますけど、むかし保守党の副総裁をしてはった大貫先生ですの。石見空港を作れたのも大貫先生のお蔭、いうほどの島根県随一の実力者で、入院してはるときもそうでしたけど、退院してご自宅で療養されてからも、福野先生や曽根先生、宮藤先生といった元総理総裁クラスから現職の閣僚をはじめ、政界財界の偉いさんが次から次にお見えになって、益田市始まって以来という、それはもう大変な騒ぎでした」

婦長は誇らしげな口調で語る。

「それに」と木下が付け加えた。

「その頃はL社事件という汚職事件が世の中を騒がせておって、名前は言えんけど、疑惑の渦中にあった大物政治家もお見舞いに見えておられたもんやから警備の警察官やSPのほかに、明らかに刑事らしい連中もウロウロしとって……」

「木下さん、あまり余計なことは喋《しゃべ》らんほうがええですよ」

婦長は苦い顔で木下を制すと、いまの話を打ち消すように、声を張り上げて言った。

「その大貫先生のお頼みとあっては、うちらはもちろんですけど、もちろん、人丸園さんも東尾さんも断るどころか、喜んで引受けられたのとちがいますか。もちろん、それなりに条件もよかったのかもしれんし。それに、私らから見ても、たしかに東尾さんには、見込まれるだけのことはありました。もともと准《じゅん》看護婦の資格を持っとられたそうやし、それより何より、いまどきめずらしい献身的な介護ぶりでしたからねえ。そういえば宮藤先生が大貫さんのお宅で貧血を起こされて、救急車で運ばれてきたときに付き添われたのも東尾さんでしたよ。一週間近い入院のあいだ、ずっと付き添っていました。宮藤先生のたってのご希望で、大貫さんに頼んで借りてきたって、秘書の方がおっしゃってました。それくらいですから、大貫さんに見込まれるだけのことはあったのでしょうね」

「そうすると、いまは東尾さんはその大貫さんのところにおられるのですか？」

「いえ、それがはっきりしないのです。といいますのは、大貫さんは退院されてからずっとご自宅で療養しておられたのですけど、ひと月ばかり前に容体が悪くなって、再入院してまもなく亡くなりましてね。そのときも東尾さんは付き添っておられたのですけど、その後どうされたか……大貫さんが亡くなられた後、人丸園さんのほうにも戻っておられんようですので」

「それじゃ、その大貫さんのお宅に、そのまま残っているのじゃないのですか？」

「いや、それはありません。一週間ばかり前、ちょっと連絡したいことがあって、大貫さんのところに問い合わせたところ、東尾さんはお葬式の日の翌日、荷物をまとめて出て行かれたいう話でした」

「それじゃ、自宅に戻られたのでしょうか……そうそう、東尾さんのご自宅はどこなのですか？」

「自宅の住所は、益田市のずっと東南の馬谷《うまだに》いうところになっておりますが、そこにもおられんようですよ」

「それじゃ、誰も東尾さんの行方を知らないのですか？」

浅見は驚いて、つい詰《なじ》るような口調になって言った。

「まあ、そういうことですが、そんなふうに慌ただしく立ち去ってしまったいうのは、東尾さんのほうに何か事情でもあったのとちがいますかねえ」

「どなたか親しくお付き合いしていた方もいないのでしょうか？」

「そうですなあ……ちょっと待っとってくださいよ」

婦長は館内電話で連絡して、看護婦を呼び寄せた。四十歳ぐらいの、陽気そうな丸顔の女性だ。

婦長は「こちら、長嶺《ながみね》ゆきのさん」と紹介した。大貫の再入院の際、専従で看護に当たり、東尾静江と親しかったという。

「そしたら、私は仕事がありますので、後は長嶺さんから聞いてください」

婦長は言い、木下も「私も」と言って長嶺ゆきのを残して立ち去った。

「長嶺さんは東尾さんから、何かお聞きになっていませんか。つまり、大貫さんが亡くなられた後の身の振り方といったようなことについてですが」

浅見の質問に、長嶺ゆきのは、ちょっと困ったような表情を見せて、「はっきりしたことは分からないですけど……」と前置きしてから言った。

「大貫さんが亡くなった後、東尾さんがいなくなったと知ったとき、やっぱり……って思ったのです。もしかしたら、あの人に誘われたのではないかって……」

「あの人？」

「ええ、大貫さんのお見舞いに見えていた中年の男の人です。その人と東尾さんが親しそうに話しているのを、通りがかりにちょっと聞いたのですけど、『来てくれますか』『いいですよ』みたいなことを話してました」

「それは、仕事の誘いだったのですか？」

「ええ、たぶんそうだったのだと思います。給料がどうだとか、そういう話も聞こえていましたから。それに、あとで東尾さんに『仕事、決まったの？』って訊いたら、大貫さんの遺族を気にしながら、嬉しそうに笑って、頷いていました」

「その男の人ですが、どこの誰か分かりませんか？」

「ええ、ぜんぜん知らない人です。あのときは、ずいぶん大勢の人がお見舞いに押し掛けていましたから、その中の一人っていう感じです」

「しかし、東尾さんとは親しかったのでしょう？　だとすると、大貫さんのお宅に出入りしていた人ですかね？」

「さあ、そうでもないみたいでしたよ。大貫さんの身内の方とは、そう親しげな感じじゃなかったし、あとで大貫さんのご遺族の方が挨拶にみえたとき、東尾さんのことを訊いて、その男の人のことも話したのですけど、ご存じないとおっしゃってました。ただ……」長嶺ゆきのは、チラッと視線を宙に向けてから言った。

「その男の人と喧嘩《けんか》していた別の男の人が、東尾さんと話しているのを通りすがりに見たのですけど、東尾さんはむしろ、そっちの人のほうが親しかったのかもしれません」

「ん？　ちょっと待ってください。喧嘩をしていたって、どういうことですか？」

「喧嘩っていうても、物陰で言い争っていただけですけど、でもすごく深刻そうな感じでした。喧嘩の原因とかは分かりません」

「それで、その喧嘩の相手の人が東尾さんと親しそうだったのですね」

「ええ、そんな感じでした。その人とはたぶん、以前、どこかで会ったことがあるのじゃないかしら。なんだか、昔話みたいなことを話してましたから」

「ほう、どんな話でした？」

「これも、ほんの立ち聞きですから、よく分かりませんけど、たしか、山梨がどうしたとか、そういったことを言ってました」

「山梨？……」

「ええ、山梨駅の辺りはすっかり変わってしまったとか、とても懐かしそうでしたよ」

「山梨駅ですか……」

山梨駅というからには、やはり山梨県にある中央線の駅なのだろうか。浅見は相当旅慣れているつもりだが、たしか甲府の近くに「山梨市」と「東山梨」という駅名はあるが、「山梨」という駅名に記憶がなかった。

「それでは、東尾さんはその山梨へ行かれたのでしょうか？」

「それは違うみたいです。さっきの仕事が決まった話をしたとき、『山梨県へ行くの？』って訊いたら、びっくりした顔をして、『違うけど、どうして？』って、逆に訊かれました。『さっき、通りすがりに小耳に挟んだ』と言うと、『ああ、あれは違うのよ』って、おかしそうに笑ってました」

「違うというと、どう違うのでしょう？」

「さあ……」

「じゃあ、仕事先はどこなのか、聞かなかったのですか？」

「いえ、聞きました。はじめは、あまり言いたくなかったみたいで、『ちょっと遠いところ』としか教えなかったけれど、遠いところってどこなのか、しつこく訊いて、やっと教えてくれました」

「ほう、どこですか？」

「柳井《やない》のほうだとか……」

「柳井というと、山口県の柳井のことでしょうか？」

「だと思いますけど、分かりません。東尾さんは、何だか、はぐらかすみたいな感じだったし……もしかすると、あの男の人に口止めされていたのかもしれません」

結局、それ以上のことは分からないということだった。別れしなに、浅見はふと気がついて、例の古い写真をポケットから出して、長嶺ゆきのに見せた。

「この写真ですけど、左側の少女が三十年ほど前の三橋……いや東尾静江さんなのです」

「ああ、この写真やったら、見せてもろたこと、ありますよ」

ゆきのはひと目見るなり、せき込むように言った。

「えっ、見たことがあるのですか？」

「ええ、静江さんはとても大事にしてはったのとちがいますか。いつもバッグに入れておいて、時々出して見てました。三度ばかしそういうところ見ましたけど」

「三度も……」

「そうですよ。私のいちばんいい時代の、いちばんの仲好しだった友だち……言うとられました」

「いちばん仲好しの友だち……」

「いまはとても偉い人の奥さんになってしもうて、あまり付き合えないとか言うてましたけど、でも、そういうお友だちがおるいうのが、自慢みたいでしたわね」

「そうですか……」

浅見はしばらく言葉を失ったが、気を取り直して訊いた。

「静江さんですが、この写真の少女の面影はありますか？」

「ええ、そう言われれば面影はありますよ。こんなふうに眉をひそめるように笑うところは、そっくりです」

見込まれて次々と引き抜かれるほどだから、静江は人付き合いはよかったのだろう。

長嶺ゆきのはいかにも懐かしそうに言った。

浅見は長嶺ゆきのに礼を言って、日赤病院を出た。

（さて、どうしようか……）

天を仰ぐと、まだ陽は高い。ちょうど空車のタクシーが病院を出てくるところだったので、衝動的に手を上げた。

「馬谷へ」と言うと、運転手は一瞬、ピンとこなかったらしいが、すぐに「ああ、馬ン谷のことかね」と言って車を走らせた。地元では「馬ン谷」と言うそうだ。

「お客さん、東京の人ですか？」

「そうですよ」

「マスコミ関係とちがいますか？」

「まあそんなところです」

「やっぱしね。そしたら、平家の里を取材しに行くのですか？」

「平家の里？　そんなものがあるの？」

「ありますよ。ときどき旅行雑誌か何かの人が取材に来るみたいだけど、お客さんは違うんかね。というと、何の取材です？」

「いや、取材じゃないですよ。ただ行ってみるだけ」

「ふーん、行ってみるだけねえ……」

運転手は呆れたように言って、バックミラーの中で、チラッとこっちを見た。どういう物好きだ——とでも思ったにちがいない。

しかし、運転手がそう思っても不思議はないほど、馬谷というところは、何もないところだった。

第二章　厳島神社

1

益田の市街地を抜けると、じきに山道にかかる。谷川沿いのクネクネと屈曲した細い道だ。左右は鬱蒼と繁る森である。その道を行きながら、浅見はふいに、四国の「平家の隠れ里」へ行ったときのことを思い出した。

高知県の西のはずれ近い「藤ノ川」という集落だ。山深く、谷が狭まり、もうこの先へ行っても人家はないだろうな——と思いかけたときに、ポッカリと視野がひらけ、まるで桃源郷のような集落があった。（『平家伝説殺人事件』参照）

そのときの記憶を再現するように、谷の道を曲がった先に擂鉢《すりばち》の底のようなささやかな盆地が広がっていた。運転手の言うとおり、ここは平家の隠れ里だったのかもしれない。斜面のあちこちに、つつましやかな民家が建つ。盆地のいちばん底にあるのは小学校だそうだ。

「どこへ行きますか？」

運転手は集落の入口でスピードを緩《ゆる》めて、訊いた。住所は「馬谷」とだけしか聞いていない。そこへ行けば分かるつもりだったが、道を訊きたくても、交番はおろかタバコ屋もない。仕方がないので、唯一の公共施設らしい小学校へ行くことにした。ちょうど下校時間だった。玄関から子供たちがパラパラと出てきて、四人の先生が見送っている。生徒の数は十人程度だが、教師は四人。教育行政もたいへんだなあ——と浅見は思った。

子供たちが全員出て行くのを待って、浅見は玄関先に近づいた。四人の先生がいっせいにこっちを見て出迎える。その中央の、かなり長身の女性が「何か？」という目をこっちに向けた。年恰好や貫禄《かんろく》から見て、彼女が校長らしい。

「この辺りに東尾さんというお宅はありませんか？」

浅見が訊くと、「それでしたら、あそこの脇屋《わきや》さんにお訊きになったらいいですよ」と、盆地のちょうど向かい側の斜面に建つ一軒家を指差した。

「ご主人は亡くなられましたけど、おばさんでも分かると思います」

浅見は礼を言って車に戻った。直線距離はほんの百メートルばかりだが、道は大きく迂回《うかい》して斜面を登る。

女性校長に言われたとおりの家を訪ねたつもりが、軒の表札を見ると「脇屋」ではなく、「堀」となっている。かといって、ここは一軒家だから道や家を間違えたとも思えない。浅見はともかく引き戸を開けて、「ごめんください」と呼んでみた。

平家の隠れ里——という印象とはかけ離れて、新建材を使った建物だが、家の中は薄暗い。その奥から初老の女性が出てきた。

「こちらは脇屋さんのお宅でしょうか？」と言うと、「はい、脇屋ですが」と答えた。

「小学校の先生に聞いてきたのですが、東尾さんのお宅はどちらか、ご存じありませんか？」

「東尾さん？……」

未亡人は小首を傾げ、「さあ、知りませんなあ」と言った。やはり亡くなったご亭主でなければ、分からないのだろうか——。

「東尾静江さんという人ですが」

メモしてきた東尾家の住所を示したが、それでも首をひねるばかりだ。

「老人ホームの人丸園と日赤病院のほうに勤めていた人です。四十五、六歳の……」

「人丸園？　ああ、それやったらあの人かしれんわね」

未亡人は思い出して、「けど、その人じゃったら、いまはもうここにはおらんですよ」と言った。

「は？　いないとおっしゃると、どういうことでしょうか？」

「この先の村はずれに、鉱山の社宅みたいなのがあって、そこに住んどられた女の人が、ご主人が亡くなって、たしか老人ホームのほうに住み込みで勤めたいう話をしておられました。名前はよう憶えてませんけど、ちょくちょく、うちのお宮に参ってはったもんで、話すことがありました」

「うちのお宮……といいますと？」

「うちは脇屋ですので」

「？……」

浅見がキョトンとした顔なので気がついたらしい。未亡人は「ああ、おたくさんはご存じないですか？」と笑った。

「脇屋いうのは、神社をお守りする、いうたら宮司のことです」

「あ、宮司さんだったのですか。すると、こちらは神社なのですか？」

浅見は思わず家の中を見回した。どう見たってここが神社とは思えない。

「いえ、ここは違いますわ。神社は向かいの高台にあります。あそこの……」

未亡人は呆れたように笑いながら、窓の向こうを指差して、「厳島神社がうちのお宮さんです」と言った。

「厳島神社……」

浅見は一瞬、絶句した。

「厳島神社というと、あの安芸の宮島のですか？」

「はいそうです。平清盛の孫の平《たいらの》宗範《むねのり》いう人が、ここに厳島神社を勧請《かんじょう》されたと伝わっておりますけど、ほんまは平家の落人が馬谷に住み着いたときに、お祀りしたんじゃないかと思うとりますけど」

「そうなのですか、ここにも厳島神社があるのですか……」

浅見は窓辺に近づいて、あらためて盆地を眺めた。ここからだと、小学校は眼下に望むことになる。学校の少し右手にある小高い岡に、大きな赤い鳥居と、鳥居に負けそうな、白茶けた小社が見える。

「宮島のお宮とは比較にならんですけどね」未亡人は笑いを含んだ声で言ったが、浅見はちょっとしたショックのようなものを感じていた。

そこに厳島神社があったからといって、べつに驚くことはないのかもしれない。神社や寺を勧請することは、そう珍しくはないが、そもそも今回の旅のきっかけが厳島神社にまつわるものであったことから、何となく見過ごせない気分だった。

「それで、さっきの東尾静江さんですが、その鉱山の社宅にいたのは、いつごろのことなのですか？」

「そうですなあ……はじめて会うたのは十五年ぐらい前じゃけん、それより前じゃったことは間違いないでしょうなあ。最後に会うたときからは、かれこれ三年ぐらい経つと思います」

「老人ホームのほうに勤め始めたのは、十二年前ごろだそうですが」

「はあ、そう言うておられました。ご主人が亡くなられて、社宅にはおられんようになったのでしょう。老人ホームには住み込みじゃいうことでした。そうじゃけん、なかなかお参りにも来られんようになったのとちがいますか。厳島神社には懐かしい思い出があるとかいうて、ほんまに熱心にお参りしてはりましたけどがなあ」

やはり東尾静江には厳島神社に格別の思い入れがあったらしい。

「ご主人が亡くなられたというのは、死因は何なのでしょうか？」

「死因？　さあ、病気とちがいますの？」

宮司の未亡人は、このときはじめて眉をひそめた。この見知らぬ青年に不審を抱いたにちがいない。

「あの、おたくさんはどういう？……」

「じつは、その東尾静江さんというのは、僕の義姉の友人でして、ずっと消息不明だったのです」

浅見は簡単にこれまでの経緯を説明した。もっとも、封書が差出人不明であることやあやしげな写真とメモのことは言わない。

その手紙を頼りに、人丸園や日赤病院を訪ねたが、いずれも空振りに終わったという話をすると、未亡人は「そうでしたか、ご苦労さんですなあ」と眉を開いた。

しかし、東尾静江については、名前さえ知らなかったほどだから、それ以上彼女が知っていることは何もなかった。

浅見は堀家を辞去して、厳島神社に行ってみた。道路から二十段ばかりの石段を登ると鳥居が建っている。鳥居は立派だが、神社はそれほどのことはない。平安時代に勧請されたというが、せいぜい数十年か百年程度の建物だ。焼失したのか台風で飛ばされたのか、いずれにしても、何度となく建て替えられたものなのだろう。

それはそれとしても、名前は「厳島神社」である。「本家」とは較べるべくもないが、名前を聞くと、押しも押されもしない——という格を感じさせる。

事実、浅見の脳裏には、写真でしか知らない安芸の宮島の厳島神社が思い浮かんだ。東尾静江がこの神社にしげしげと参ったのも、もしかすると、宮島の厳島神社への連想が働いたせいでは——と思えてくる。

赤い鳥居を仰いだとき、あの色褪せた写真の「修学旅行」の思い出が、このささやかな厳島神社を見るたび、彼女の胸に蘇ったのかもしれない。

とりとめもなく、そんなことを考えているうちに、ついつい、いつもの悪い癖が出て、東尾静江の気持ちに感情移入したらしい。浅見は鼻の頭にツンとくるものを感じ、慌てて踵《きびす》を返した。

集落の道を東に進んで、盆地を抜け、しばらく行くと、堀未亡人に聞いたとおり、鉱山の社宅があった。運転手の話によると、「鉱山」というのは珪石《けいせき》などを掘り出しているらしい。「聞いたところによると、日本一の山じゃそうですよ」と言う。露天掘りで、ひと山の三分の一ほどを掘り崩した山が、社宅の裏の森越しにそそり立っている。

「社宅」といっても、山裾の森のはずれに四軒長屋が二棟建っているだけのものだ。庭は荒れ果て、家々も風雪に晒《さら》されたように傷《いた》んだまま、手入れをしている様子はない。藪が生い茂る中の石畳を踏んで、社宅に近づいたが、どうやら人が住まなくなってからかなりの年月が流れたらしい。

浅見は車に戻って、鉱山事務所へ行ってみた。社宅は惨憺《さんたん》たるありさまだったが、事務所のほうはきちんと整備され、背後の「ヤマ」からは掘削機械の音がひびいて、それなりに活気があった。

事務所には中年と若いのと、二人の男が事務をとっていた。開けっ放しの入口で「ちょっとお尋ねしますが」と声をかけると、びっくりしたような目をこっちに向けた。

「あそこの社宅ですが、いまはどなたも住んでいないのですか？」

いきなり訊くと、中年のほうが「ああ」と言いながら立ってきた。

「あそこはとっくに誰も住まんようになってますよ。何かあるのですか？」

「じつは、あの社宅に住んでおられた東尾さんという人を探しているのですが、どこへ行かれたか、分かりませんか？」

「さあ、分かりませんなあ。あそこは前の会社が持っとったもので、昭和六十×年にうちの社が鉱山の権利を買ってからは、社宅としては使っておらんのです。その後もしばらくのあいだは、何人か住んでおったようじゃけど、どなたが住んでおったかも分からんのですよ。もともと、余所から雇われた人ばっかしじゃったいうし、はっきりしたことは誰も知らんのとちがいますか」

「そうですか……」

浅見は疲れがどっと出た。残るは益田市役所の住民課に行って、住民票の異動を閲覧させてもらうしかないが、それには期待できない予感があった。東京の仲御徒町を「夜逃げ」同然に転出して以来、三橋静江は社会から隠れることばかりに専念していたような気がするのだ。日赤病院の看護婦に「柳井」とだけしか伝えなかったのも、そのあらわれと見ることができる。

タクシーで市内に戻り、市役所を訪ねたが、案の定、東尾静江の消息は摑《つか》めなかった。それも、驚いたことに、東尾夫婦は内縁関係であったらしい。夫の東尾典男《のりお》は住民票に登録されていて、五年前に死亡しているのだが、妻の名は記載されていなかった。

静江という女性が辿《たど》ったであろう、薄幸な半生がしだいに見えてくるにつれ、浅見は気持ちが滅入っていった。

しかし、それとは反比例するように、彼女の行方に対する興味はつのる。兄嫁に送られてきた怪しい「手紙」の意味も突き止めなければ気がすまない。手紙を配達係に託したのが、静江自身ではなく、正体不明の老人であったことも気にかかった。

三十年も昔に撮った写真に、どういう意味があるのだろう。背景の厳島神社と、馬谷の厳島神社との結びつきにも、何か意味が隠されているのだろうか――。

タクシーに戻り、「駅へ」と告げた。あちこちと乗り回して、メーターは万の単位に達していた。駅前で料金を払いながら、浅見は益田から宮島までの行程を訊いた。

「安芸の宮島かね。それじゃったら、山口線で小郡《おごおり》まで特急に乗れば一時間四十分、小郡から山陽本線で二時間ちょっとかな。連絡がうまいことといけば四時間くらいで行くんとちがうかね」

「四時間……」

浅見は時計を見た。もうすぐ三時になろうとしている。

「というと、三時ごろの列車に乗れば七時には着きますね」

「え？　お客さん、それは無理だよ。山口線の特急は五時四七分発しかないものね」

「えっ、それ一本ですか？」

「そうよ、午後の便はそれだけだけん。宮島口には九時半ころには着くと思うけど」

「九時半ですか……それから島へ渡って宿を探すのは大変だな……」

「どうしても電車で行かんといけんのですか？」

「いや、そういうわけじゃないけど、しかし飛行機はないでしょう？」

「飛行機はないけど、ハイウェイバスならあります、益田から広島まで行くやつが。それなら三時二〇分発のに間に合うやろ」

「宮島口には何時に着きますか？」

「いや、高速を行くけん、宮島口には寄らんけど、広島に六時半ころ着くはずだけん。どこか広島の手前辺りで降りれば明るいうちには宮島口に着くでしょう」

「よし決まった、それに乗ります。お釣、急いでください」

浅見は運転手の手から釣銭を摑み取ると、タクシーを飛び出した。

2

カーテンを開けると、目の前の崖のような斜面を右から左へ、何かが猛烈なスピードで奔《はし》った。地面の一部が風に舞って運ばれたかと錯覚する、まるで幻を見るような素早さであった。

（子鹿だ……）

まだ痩《や》せっこけた感じの子鹿が、疎《まば》らな繁みの中で立ち止まり、好奇心に満ちた眼差しをこっちに向けている、文字どおり鹿《か》の子色をした子鹿の可愛いポーズに、浅見はちょっとした感動を楽しんだ。

昨夜、暗くなってから宮島に着いた。ここに来れば、ただちにあの写真の意味が解明されるとは思わないが、いずれにしても日本三景の一つである安芸の宮島を見ておきたかった。いやしくも「旅のルポライター」を自称していながら、厳島神社も知らないのでは話にならない。

薄暗い中を、港の職員に教えられたとおり歩いて来たので、宮島の町の様子はほとんど見当がつかないが、思ったより建物の多いのには驚いた。きょう一日、島の中をうろつけば、何か収穫があるかもしれない——という漠然とした期待はあった。

「お客さん、鹿がおったでしょう」

朝の膳を出しにきた仲居さんが、テーブルの上に食器を並べながら、浅見の後ろから外の様子を覗くようにして、言った。

「ああ、いました。僕が見ていても怖がらないんですね」

「そら、安芸の宮島は神様の島、鹿は神様のお使いじゃけ、人を恐れることはないのです。かえって、人間のほうが鹿に遠慮して住まわせてもろてるような、そんなところがありますなあ」

「いいなあ、奈良もそうだけど、人間と動物が共存している世界というのは、のどかで、それだけで満足できますよ」

「そう言うてくださると、わたしらも嬉しいわねえ。一昨年の台風じゃ、えらい目に遭うたもんじゃけ、ずーっとええこともなかったけど、ことしはお宮さんも修復がでけたし、お客さん方も大勢見えてくださるじゃろと思うてます」

「ああ、そうそう、台風の被害はひどかったそうだねえ」

「ひどいなんていうもんとちがいます。わたしら、宮島に来て三十年にもなりますけど、こんなんははじめてじゃものねえ。お山の大きな木はどんどん倒れるし、屋根瓦はみんな吹っ飛びよるし、それより何より、お宮さんがえらいことになってしもて、ほんま涙が出ましたわ」

　思い出しただけで、仲居さんはほんとうに涙ぐんでいる。

「そう、そんなにひどかったの。じゃあ亡くなった人もいるのかな」

「いえ、お蔭さんで、人のほうは軽い怪我ぐらいですんだけどが……ああ、一人だけ観光客の人が亡くなられたけど、あれは台風のせいとちがうのではないじゃろかいう、もっぱらの噂でした」

「もっぱらの噂っていうと、じゃあ、何で死んだの？」

「さあ……ようは知りませんけど、殺されたんじゃないかいう話ですよ」

「殺された？　殺人事件ですか？」

「噂ですけどな。けど、事故かもしれんし、ほんまのことは知りません。けどお客さん、ここでそげなこと聞いたなんて、おっしゃらんでください」

仲居さんは釘を刺しておいて、「そしたらごゆっくり召し上がってください」と部屋を出て行った。

食事をしながら、浅見はいつのまにか「殺人事件」のことをあれこれ想像している自分に気づいて、苦笑した。生まれつきのものとは思えないが、まったく困った性分が備わったものである。

それにしても、二年も前の、それも台風の夜の出来事だ。警察がタッチして事故で片づいていることを、口さがない野次馬が勝手にあれこれ憶測するのはありがちなことだが、たいていは無責任な風聞でしかない場合が多い。

まあ、たとえ殺人だとしても、自分とは関わりのない事件だし、本来の目的は別のところにある。第一、いまさら引っ掻きまわしてみても、どうなるものじゃないのだろうな——と思うそばから、すぐに、死体はどんな状況で発見されたのかな?——などと思念がそっちへ向かってしまう。

荷物をフロントに預けて、ホテルを出た。最初の予定どおり、ほとんど無目的に島内を歩くつもりとはいえ、一応は真先に厳島神社へ向かうはずの足が、目の前に派出所を見つけたとたん、停まった。

クリーム色の四角い箱のような粗末な建物だが、ふつうの派出所よりは少し大きめだ。たぶん詰めている人数も多いのだろう。

浅見が入って行くと、巡査部長の襟章《えりしょう》をつけた制服警官が一人だけ留守番をしていた。テーブルは六脚あるし、奥にも部屋があるらしい。

巡査部長は何か書類に書き込みをしていたが、浅見が「お邪魔します」と声をかけると、「はい、何でしょう?」と陽気に応じた。坊主頭の大柄な男だが、気は優しそうだ。

「一昨年の台風の夜、亡くなった人がいたそうですね」

浅見はいきなり用件を切り出した。

「ああ、いましたよ、自分が処理に当たりました。宮島では唯一の人的被害ですな」

「死因は何だったのでしょうか?」

「死因?……」

気軽に応答していた巡査部長が、はじめて怪訝《けげん》そうな目になった。

「えーと、おたくさんは?」

「あ、失礼しました、こういう者です」

浅見は名刺を渡し、「フリーのルポライターをやっています」と説明を加えた。

「ふーん、東京から見えたですか」

巡査部長は自分も名刺を出した。

〔広島県宮島警察署巡査部長　武知《たけち》安宏《やすひろ》〕

「そうすると、あの被害者のことで何か取材しておられるのですか？」

「じつは、昨日ちょっと耳にしたのですが、他殺の疑いもあったそうですね」

「ああ、そのことね。そういう噂が流れて、警察としては困っとるのです。おたくさん、やっぱしあれですか、神社の内侍さんから聞いたのですか？」

「えっ……」

浅見は思わぬ質問に戸惑いながら、「いや、まあ、それは言えませんが」と、とっさに言葉を濁した。

「ははは、ニュースソースは秘密にせにゃならんいうやつですな。まあ、ええでしょう。けど、あれは事故ですよ。警察はそう判断しました」

「しかし、噂にしろ他殺説が流れたのはなぜなのですか？」

「ほんじゃから、その内侍さんが妙なことを言うたもんじゃから、いろいろ憶測がくっついて、おかしな噂が広まったいうだけのことですがな」

「単なる憶測というには、彼女の話には信憑性《しんぴょう》がありましたが」

「ん？……あ、やっぱし内侍さんじゃったでしょう。困るんだなあ」

「いや、内侍さんとは言ってませんよ」

「ははは、言うたからって、べつに文句をつけるわけやないですよ。けど、噂はとにかくとして、警察が最終的には事故死と判断したことだけは、事実として残っておるのです。いまさら取材されても、何も収穫はないのとちがいますかな」

武知巡査部長は「そしたら」と軽く手を上げて、書類づくりに戻った。

収穫がないどころか、浅見にしてみれば思いがけない収穫といってよかった。巡査部長の話によると、どうやら他殺説を発した「放送局」は厳島の内侍らしい。内侍といえばあの白い浄衣に緋色の袴を穿いた、お雛《ひな》さまの三人官女みたいな美人——かどうかはともかく、装いの美しい少女を連想させる。

浅見は無意識のうちに、神社へ向かう足取りが軽くなっていた。

3

ふつうの参観者として行っても、内侍を勤める女性に会えるかどうかは分からないので、浅見は社務所を訪ねた。用向きは「台風被害の復興をグラビアページで紹介したいので……」ということにした。掲載する雑誌の名前は『旅と歴史』である。こういう突発的な「取材」のために、『旅と歴史』編集部記者——と肩書を印刷した名刺の使用が許されている。

　社務所で応対に出たのは、高松という中年の禰宜《ねぎ》さんだったが、神様に仕えるだけに、あまり人を疑わない性格なのか、こっちの邪心に気づくことなく「それはありがたいですなあ」と喜んでくれた。『旅と歴史』はマイナーな雑誌の中では、比較的よく名前を知られている。台風被害のあと、参拝者が減っていたのを回復させるためにも、修復が完了したことを広く知らせたい気持ちが働いたのかもしれない。

　浅見は神罰を恐れるどころか、「できれば、内侍さんの写真も撮りたいのですが、内侍さんに案内をお願いするわけにはいきませんか」とずうずうしく頼んでみた。

「いや、それはこちらとしてもそうお願いしたいですな。ぜひ、きれいに撮っていただきたい。それじゃ、たまたま台風の際、島におった者がおりますので、その者にご案内と説明をさせます」

　高松禰宜はますます喜んで、内侍を呼んできてくれた。神職を騙《だま》すのは申し訳ないが、狙いどおりの展開といってよかった。

　内侍の女性は「辻谷友理子」と名乗った。二十二、三歳だろうか。色白で瓜実顔《うりざねがお》のしとやかな印象の女性だ。黒髪を束髪にして、唇にはかすかに紅をさしている。もちろん白い衣に赤い袴の「制服」だ。

　辻谷内侍が問題の「噂」の発信者なのかどうかは分からない。彼女の後ろについて歩きながら、どういう訊き方をすればいいのか、浅見はあれこれ策略を巡らしたが、結局、ストレートに訊くことにした。

「一昨年の台風のとき、亡くなった人が出たそうですね」

「はい、お一人だけ、亡くなりました」

「辻谷さんはその人のことをご存じだとか聞きましたが」

完全なあてずっぽうだが、辻谷内侍は意表を衝《つ》かれた様子で、「えっ？　ええ、まあ……」とうろたえぎみに答えた。

「でも、知っているっていっても、ただ道を訊かれただけですけど……」

（やったあっ……）と、浅見はひそかに快哉《かいさい》を叫んだ。恋する女性のハートを射止めたような気分である。しかし、図に乗って矢継ぎ早に問いかけて、相手を脅えさせてはいけない。浅見はいったん兵を収めて、本来の目的である「取材」に専念することにした。

それに、社務所を出て、厳島神社の全容を目の当たりにしたとたん、浅見の心はそっちのほうに奪われてしまったことも事実だ。

写真で見る厳島は、たいてい海側から眺める風景である。朱塗りの大鳥居を手前に置き、その向こうに鶴翼《かくよく》のように広がる美しい社殿と背後の山々の緑の対照は、まさに日本三景の名に恥じない。

しかし、社殿の内側に入って、逆に回廊越しに大鳥居や海を眺める立場に身を置くと、まったく想像していなかった、玄妙にして不可思議な感懐にとらわれる。

回廊や高舞台の階《きざはし》の足元には、穏やかな海がひたひたと寄せている。波の上、およそ一メートルほどの回廊を歩き、高舞台で雅楽を舞うとき、人びとは自然との一体感――というより、征服感をさえ味わったのではないだろうか。本来は神を崇《あが》め祀《まつ》るべきはずの社殿に、栄耀栄華《えいようえいが》を極めた平家一門の驕《おご》りを表現し尽くしたような気がしてくる。

それにしても美しい。華麗にして荘厳の気配が立ち込めている。浅見は何度となく「すばらしい」を連発しながら、シャッターを切った。白と緋色の内侍姿がこれほどマッチする建造物は、そうざらにはない。

辻谷友理子は仕事に没頭する浅見に好感を抱いたらしい。自分も被写体の中に入っていることが、好感の原因の一つであるにはちがいないが、やはり厳島神社そのものを堪能してもらえるのが、何よりも嬉しいのだ。

一見しただけでは気づきにくいが、台風の爪痕はいたるところに残っていた。

「この辺りの床板はすべて新しくなっています。あの建物の屋根も葺《ふ》き替えました……」といった具合に、被害と復旧を説明してくれた。

本当はそんなことはどっちでもいいはずなのだが、浅見は本気で興味を惹かれ、台風襲来のときの状況や、神職たちがそれに立ち向かった話などを熱心に聞いた。

こういうときの浅見の聞き上手は天性のものといっていい。幼児が母親に話のつづきをおねだりするように、目を輝かせ、「それから？　それからどうしたの？……」と催促するから、話し手がつい誘いこまれてしまうのである。

予想していたのよりはるかに時間をオーバーして、さすがに浅見も辻谷友理子もくたびれた。反橋《そりばし》の行き止まりまで行ったところで、回廊の端に佇んで、海を眺めながらひと休みした。

「大鳥居の先の、あの辺りに死体が流れ着いていたのだそうです」

台風被害の説明のつづきのような、ほとんど何気ない口調で、辻谷友理子は言った。

「その人の写真が新聞に出たのを見て、びっくりしたのです。私があの日、道を訊かれたのと同じ人だったものですから」

「その人、どこへ行くつもりだったのですか？」

「それがおかしいのです。紅葉谷公園のお墓はどこかって訊くのです」

「はあ……」

その質問のどこが「おかしい」のか、浅見には分からない。

「紅葉谷公園にお墓なんかないのです」

友理子は浅見の反応を察して、説明を加えた。

「厳島神社の神域にお墓なんてあるはずがないのですもの」

「あ、そうなんですか」

「ええ、そんなこと、宮島に住んでいる人なら、誰でも知っています。だけどその人、紅葉谷公園にお墓があると信じていて、そこで誰かと待ち合わせでもしていたみたいな感じだったのですよね。お墓のことを訊かれたときもそんな感じでしたけれど、でも、そのくせ、待ち合わせの時間が近くなったのか、急にソワソワしだして、逃げるように立ち去って行きました」

「ほう、逃げるように、ですか」

「ええ、そんな感じでした。何か具合の悪いことがあったというか……それは、紅葉谷公園にお墓がないということと関係があったのかもしれません」

「ふーん、紅葉谷公園に墓がないと、どうして具合が悪いのですかねえ？」

「さあ？……」

「しかし、誰かと待ち合わせていたのだとすると、その男が死んだというのに、相手の人は名乗り出なかったことになりますね。そいつは変ですねえ」

「そう、そうなんです」

友理子は（わが意を得たり……）というふうに力を込めて言った。

「そのこと、みんなに……刑事さんにも言ったのですけど、あまり信じてくれないんですよね。待ち合わせしていたのかどうか、はっきりしないって……要するに、私がそう感じただけで、実際にはそうではなかったのじゃないかっていうのです。そんなふうに言われると、その人が『待ち合わせをしている』とはっきり言ったわけじゃないので、絶対に間違いないって言えるほどの確信はありませんし……」

「分かりますよ」と浅見は言った。

「自分自身はそう思っていても、周囲の人たちから寄ってたかって、おまえは間違っているって言われると、だんだん自信を喪失するものですからねえ。僕なんか他人の意見に影響されやすい体質だから、みんなに間違っているって言われたら、自分が死んだことだって信じられなくなるかもしれません」

「えっ、まさか……」

友理子は呆れて、大きく見開いた目を浅見に向けた。それからすぐにジョークだと気づいて、「あははは……」と、おかしそうに笑いだした。浅見も付き合って笑ったが、じきに真顔に戻って、言った。

「いや、笑いごとじゃありませんよ。人間の多くは、そうやって、せっかくの発見を見逃したり忘れてしまったりするのです。ガリレオが教会側の迫害にもめげず『それでも地球は動く』と、自説をまげなかったのなんか、稀有《けう》の例といっていいでしょう。誰が何と言おうと、僕は絶対にあなたの直観を信じたいですね」

「ほんとですか？」

「ええ、本当です。だってそうでしょう、現実にその人と会い、言葉を交わした唯一の証人は、あなたにほかならないのですからね。そのあなたを信じないで、いったい誰を信じろというのですか？」

「………」

辻谷友理子は紅い唇を小さく開けて、まるで希望の星でも仰ぎ見るような目で浅見を見つめた。

4

派出所には武知巡査部長のほかに、若い巡査が二人、戻って来ていた。

武知は浅見の顔を見るとあからさまに（また来たか……）という迷惑そうな表情を作った。浅見は「さきほどは」と挨拶すると、すぐに質問をぶつけた。

「さっきお聞きした、台風のときに亡くなった人の話ですが、被害者の身元は分かったのでしょうか？」

「もちろん分かっとります。ほうんじゃけん、事件捜査は完了したのです。所持品はなかったが、洋服のポケットに運転免許証が入っておりました」

武知はロッカーからファイルを出してきて、その件の部分を読み上げてくれた。

氏　名　小山田誠吾　　自営業
　　　　昭和二十一年九月二十九日生
本籍地　静岡県周智郡森町
現住所　東京都中野区大和町

昭和二十一年生まれといえば、兄の陽一郎と同じくらいの年代だ。

「東京の人ですか」

浅見はメモをする手を止めて、少し驚いてみせた。

「そうですよ、観光旅行の途中の災難でした。家族の話によると、厳島に行くのを楽しみにしとったいうことです。まあ、台風にぶつかったいうのは運が悪かったいうことに尽きますな」

「死因は何だったのですか？」

「直接の死因は溺死《できし》です。海に転落して溺《おぼ》れたいうことです。ただし、転落の際、頭に打撲を受けておりまして、倒木がぶつかったか、あるいは屋根の瓦でも飛んできたのじゃろか。あの日は瓦がようけ飛びよりまして、町民の何人かに被害が出ております。この人はたまたま港の岸壁にでも出とって、何かが頭にぶち当たって、海に落ちた……といった状況が想定されますな」

武知巡査部長は、（どうかね、何か問題があるかね……）と言いたそうに、胸を反らせて浅見を見た。

「独りで観光旅行というのは、珍しいような気がしますが、この人はいつも独り旅をしていたのでしょうか？」

「いや、そういうわけでもなかったみたいだが、家族の話によると、そのときは急に思い立ったように、独りで行くいうて、家を出たそうです」

「ほう、急に思い立ったように、ですか。何があったのでしょうか？」

「さあねえ、それは知らんけどが」

「誰かと落ち合う予定があったとは考えられませんか？」

「ん？……ははは、あんた、それはあれでしょうが、内侍さんから聞いてそう言うとるんじゃろがね。あかんあかん、家族も誰も、この人が旅先で誰かに会ういうような話は、聞いておらんのじゃから」

「しかし、内侍さんの話だと、その男の人が、『たしかに紅葉谷公園の墓地と聞いてきたのに、おかしいな』と首をひねっていたそうじゃありませんか」

「ああ、その話じゃったら自分も聞いとるけどが、けど、亡くなった小山田さんが、実際に誰かと会う約束があると言ったとは、内侍さんも言うとるわけではないでしょう。おそらく、小山田さんは単純に、紅葉谷公園に誰ぞの……たとえば平清盛の墓でもあるような、誤ったことを吹き込まれてきたのとちがいますか」

武知はあたかも、浅見自身が誰かに妙なデマを吹き込まれてきたのではないか――と言いたそうな口振りだ。

「なるほど、そうかもしれませんね」

浅見は反論しても稔りのないことを予測して、あっさり認めた。

「ところで、その小山田さんですが、泊まった宿だとか、立回り先だとか、宮島に来てからの足取りは調査したのでしょうね」

「もちろん、ひととおりのことはやってますよ。もっとも、事件いうわけではないので、聞き込み捜査みたいなことはせんじゃったですけどね」

武知巡査部長は資料を一瞥《いちべつ》した。こちらには見せないが、一瞥程度で読み取れてしまうほど、内容の乏しい記録のようだ。

「えーと、この人は宿泊の予約をしとらんかったようでした。つまり、日帰りの予定で来島したのでしょう」

「えっ、日帰りですか？

しかし、家族は厳島へ行くのを楽しみにしていたと言っているのでしょう？　だのに日帰りとはおかしくありませんか？」

「いや、日帰りいうても、何も宮島に泊まらんでも、広島じゃとか、どこかには泊まる予定じゃったかもしれんでしょう。とにかく、島中のホテル、旅館、ペンションのたぐいを調べたが小山田いう人の宿泊申込みは受けておらんいうことですよ。あの日は、午後六時に連絡船の運航が停まってしもうたので、帰るに帰れんようになってしもうたのではないじゃろか。したがって、途方にくれて港付近をうろついておったいうわけでしょう。立ち寄ったところいうと、ペンション宮島いうところで、お好み焼きを食うたのだけがはっきりしとるのと、あとは例の内侍さんと紅葉谷の入口付近で会うてるのと、それからさっき言うたように、港付近を小山田さんらしい人物がうろついとるのを、消防関係の人が目撃しとったいう話があったが、それは夜のことじゃし、本人かどうかは確認でけんいうことです」

「それだけですか？」

で、それどころじゃなかったのです」
証言などもあるけど、あまりあてにはならんです。何しろあんた、台風の最中じゃもん
「ん？　ああ、まあ、こんなところですかな。あとは、土産物屋さんが見たいうような

武知巡査部長の言うとおりなのだろう。台風の最中で「それどころでなかった」のは警察も同様だったにちがいない。あの台風では各地に大きな被害や死傷者が出ている。小山田誠吾もその多くの「被害者」の一人として処理されたということだ。

浅見は派出所を出て、ペンション宮島というのに行ってみることにした。

港の広場から小さなトンネルを抜けて、町の中心に入るところに、ペンション宮島はあった。間口は小さいが長細い建物で、入口のところがお好み焼きの店になっている。若い女性の二人連れの客がいて、中年の女性がお好み焼きを作っていた。浅見が入って行くと、愛想のいい笑顔で「いらっしゃいませ」と言った。

浅見もお好み焼きを注文した。先口のお好み焼きの製造過程を見学したところによると、ここのはやはり広島ふうのお好み焼きらしい。最初から小麦粉と具を一緒くたに練って作る関西ふうと違って、クレープのような生地と肉や野菜、それに焼きそばなどの具をべつべつに作っておいて、ある段階で合体させる方式だ。ボリューム感とダイナミックなところがいい。

浅見のお好み焼きに取りかかったところを見計らって、訊いてみた。

「一昨年の台風のとき亡くなった人、こちらのお店に立ち寄っていたのだそうですね」

「えっ……」

あまりいい話題ではないので、店の女性はちょっと表情を曇らせたが、すぐに笑顔を取り戻して、「ええ」と頷いた。

「その人、誰かと待ち合わせをしているような様子でしたか？」

「いいえ、べつに……夕方の四時近かったかしら。台風が来るいうので、お店を閉めようかと相談していたときに見えて、食事をされただけですよ。お好み焼きと焼きそばを召し上がって、ビールを呑まれただけです」

記憶がはっきりしているのは、警察の事情聴取に答えたためだろう。

「四時ごろというと、夕食にはちょっと中途半端な時間ですが、お好み焼きと焼きそばとは、かなりの量ですね」

「ああ、それはたしか、東京からお昼ご飯を食べずにみえたからとか言うてました」

「じゃあ、よほどお腹がすいていたんだ」

浅見は言いながら、（着いたばかりで日帰りか……）と胸のうちで首を傾げた。

「その人、どこかに電話していたとか、そういうことはありませんでしたか？」

「ええ、電話はしていました」

店先のピンク電話を指差して言った。

「話の内容はどんなことだったか、分かりませんか？」

「いいえ、分かりません、聞いておりませんので。たぶん宿を探しておられたのではないかと思いますけど」

「ほう、そう思った理由は？」

「最初のところだけ、なんとかホテルと言うとられるのが聞こえましたから」

「何ホテルか分かりませんか？」

「ええ、聞いてません。お客さんの電話を耳を傾けて聞くわけにはいきませんので」

女性は皮肉っぽく笑いながら、出来上がったお好み焼きを、鉄板の上をすべらせて、浅見のほうに寄せてくれた。

浅見は「やあ、旨そうだなあ」と金属製のへらを器用に使って、口をモゴモゴさせながら訊いた。

「電話していたのは、短い時間でしたか？　それとも長電話でしたか？」

「けっこう長かったと思います。私らは早くお店を閉めたかったので、少しいらいらしたのを憶えています」

「どこへ電話していたのかな？　長距離ですかね？」

「いえ、市内通話とちがいますか。うちのはピンク電話ですので」

「あっそうか、ピンク電話か……」

ピンク電話はカードが使えないし、コインを大量に用意しないと、長距離の市外通話が出来ない。テレフォンカード時代だというのに、店がピンク電話を置きたがるのは、カードを使われると手数料が入らないためだ——と聞いたことがあった。

「だとすると、宮島の中のホテルに泊まろうとしていたように思えますね」

「そうだと思いますけど、でも警察の話だと、その人、どこにも宿を予約してなかったそうですよ」

「そうだそうですね。おかしな話です」

浅見はその「おかしな」部分に思念を取られながら、お好み焼きをパクついた。浅見が黙ってしまったので、店の女性はほっとしたように、若い女性客の相手になった。

女三人のかしましい会話の中で、浅見はしばらく思索にふけったが、これといった智《ち》慧《え》も湧いてこなかった。

最後に（東京へ戻ったら、いちど小山田家を訪ねてみよう……）と思ったのを結論にして、思索を打ち切った。

第三章　コッペリア

1

里香《りか》が家を出るとき、母親の三枝子《みえこ》はまだ布団の中にいた。そっと出かけるように気を遣《つか》ったつもりだが、三枝子は気配を感じたのか、襖《ふすま》のむこうから「早いんやね」と声をかけて寄越した。

「うん、子供たち、引率《いんそつ》せんにゃいけんけ早めに行っとかんと」

「ああ、そうやった、きょうは柳井に行くんじゃったねえ。早う起きんとな、いけんかった」

「ええわよ、起きんかて。母さん、ゆうべ遅かったんやから」

「けど、ご飯どうしたん？」

「駅弁買うわ」

「そう、ごめんな」

「うん、それじゃ行ってくる」

「はい……あ、そうじゃ、ちょっと待って」

三枝子は慌ただしく起きてきて、乱れた髪を撫《な》でつけながら襖を開けた。化粧を落とした母の顔は、気の毒なほど老けて見えた。

「里香、明後日《あさって》東京へ行く言うとったわね」

「うん」

「そしたら、寄ってきてもらいたいところがあるんじゃけど、頼んでもええかしら？」

「なんや、そんなことやったら、あとで聞くわ。いま急いどるのに」

「ごめんごめん。けど、ええかどうか、聞いとかんとまずいんよ。きょう返事することになってるから」

「返事するって、誰に？」

「ん？……あんたの知らんひとよ。どうなの？頼んでもええわね」

「うん、ええよ。東京のどこか知らんけど、そんなに時間、かからんのやったら、寄って上げてもええわよ」

「ああ、物を届けるだけやもの、時間はかからへんわ。場所は東京のやね……」

「分かった分かった、詳しいことはあとで聞くから」

長くなりそうなので、里香は邪険《じゃけん》に母親を振り払って、玄関のドアを開けた。

きょうも快晴だった。少し寒いくらいだけれど、日中は気温が上がりそうだ。青空に浮かぶ小さな雲はくっきりとして、深まりゆく秋を実感させる。

集合場所は岩国駅の待合室。すでに何人かの生徒たちが集まっていて、里香の姿を見るといっせいに寄ってきた。母親も生徒の数とほとんど同じだけいた。「先生、よろしゅうお願いします」と、若い里香に丁寧に頭を下げる。

里香は「先生」と言われるのに、このごろになってようやく慣れた。京都でバレエスクールに行っているころは、里香のほうが「先生」を連発していた。二年前に岩国に帰って、白鳥バレエ教室のインストラクターになって、いきなり、こどもたちに「先生」と言われたときは、なんだか自分のことのような気がしなかった。

「名前で呼んでもろたほうが……」と申し出たのだが、外山《そとやま》先生に「それはいけません」と一蹴された。

「バレエ教室でいちばん大切なのは、教える側と教わる側との立場がはっきりしていることです。生徒にとって教師は絶対的な存在でなければなりません。あなたはまだ未熟かもしれませんけれど、未熟ではあっても、生徒にとっては先生。その権威と威厳を、いつも忘れないようにしてください」

言われてみると、たしかにそのとおりだ――と里香も納得できるものがあった。

ほかの世界のことはよく知らないが、バレエに関して言えば、師弟の上下関係は絶対的なものがある。

教え教わるという関係だけについてなら、ある段階で、弟子が先生の技術を凌駕《りょうが》する可能性がないわけではない。素質や才能に恵まれた者が、やがて教師のもとから巣立ってゆくのは、何もバレエにかぎったことではないだろう。

里香にしたって、テクニックでは、ある面で外山先生にひけをとらない自信はあった。しかし、技術とはべつの次元——たとえば、精神的な面だとか、曲の持つ情感の理解、それに、イメージの膨らまし方といった点になると、先生に比較しようもないほど、自分の未熟さを思わないわけにいかない。

外山玲子《れいこ》は東京のTバレエ団で一時期プリマだったほどの名手だ。「瀕死《ひんし》の白鳥」を踊らせては、当時ならぶ者がいなかったという話を、里香も聞いている。第一線を引退後、夫の故郷である岩国に住み着き、しばらく経ってバレエ教室を開設した。夫の家は三代つづく病院で、夫もその後を継いだ。

玲子はことし還暦を迎えるはずだが、バレエにかける情熱は、里香が時折（ついてゆけない……）と呆れるほどのものがある。経済的に恵まれているせいもあって、儲け主義に走ることもない代わりに、生徒たちにおもねる姿勢もない。外山玲子自身はもちろん、里香たち三人いるインストラクターにも、その姿勢を貫かせている。

駅の待合室に生徒たちがあらかた集合したころ、外山玲子がやってきた。付添いの母親たちを入れると、総勢で八十人を超える集団になった。岩国から柳井まではおよそ三十五キロの距離だ。父兄の中には車で送りたいと希望する者もいたが、玲子は全員が列車を利用するように命じた。時間がまちまちになるし、交通渋滞や、それに事故も心配——というのがその理由である。

休日の早い時刻だから、列車は比較的空いていた。一つの車両に纏《まと》まってというわけにはいかなかったが、なんとか生徒たち全員の席が確保できた。もっとも、そのいくつかは、他の乗客が子供たちに好意的に譲ってくれたものではあった。

生徒の中にはすでに二十歳を越えた者も何人かいる。彼女たちや里香たちインストラクターは、われ勝ちに空席をむさぼるような真似はしない。何しろ、外山玲子自身が毅《き》然《ぜん》として立ったままでいるのだ。母親の一人が気づかって、席を勧めたのだが、「わたしはトレーニングのつもりで立っているのです」といった意味のことを言った。

里香は駅弁を買っておいたのだが、立ちん坊だったし、そうでなくてもみんなのいる車両は弁当を広げる雰囲気ではなかった。仕方がないので、仲間に断って、一つ置いた最後部の車両まで行き、空いた席を見つけて、そこでようやく朝食にありついた。

二人がけのシートが向かい合いになっているタイプの席である。窓際には、たぶん連れらしい、中年より少し上の感じのおばさんが、向かい合って座り、顔を寄せ合うようにして話し込んでいる。御利益がどうのといったことが耳に入ったから、何か宗教関係の団体旅行かもしれない。そういえば、周囲にどことなく似たような印象の女たちが何人か見受けられた。

里香の前は若い男性客だった。座るときは気にしなかったが、何気なく視線を上げたときに見ると、三十歳ぐらいの、ちょっとハンサムな青年である。その目の前で大口を開けて物を食べるのは恥ずかしかったが、広げた幕の内弁当を、いまさら引っ込めるわけにもいかない。里香はともかく箸《はし》を使ったけれど、味を楽しむどころではなかった。

もっとも、青年のほうは、そういう彼女を不躾《ぶしつけ》な目で見るような真似はしなかった。腕組みをして、軽く目を閉じ、眠ったふりを装っているのは、明らかに里香の気持ちを察してのことにちがいない。

それなのに、折角の青年の配慮をぶち壊すように、斜め向かいのおばさんが、詮索《せんさく》好きそうな目を向けて、「お独りでご旅行ですの？」と訊いた。若い娘が独りで弁当をパクついている図が気になったのかもしれないが、余計なお世話だと言いたかった。

「いえ、ちがいます」

里香は玉子焼きを急いで呑み込んでから、言った。おばさんは怪訝《けげん》そうに首をのばして、まず隣の青年の横顔を窺い、連れではなさそうだと分かると周囲を見回した。いかにもわざとらしく、近くに仲間がいる気配がないことを確かめている。

「みんなはむこうの車両です。朝、食事するひまがなくて」

里香は説明した。

「ああ、そうですかね。そしたら、独りで暮らしとられるんかの？」

「いいえ、母と一緒ですけど……」

答えてから、見ず知らずのおばさん相手に、なんだってこんな言い訳しなきゃいけないのよ……と、里香は自分の人のよさに腹が立った。

おばさんは「ふーん、そうかね……」と、世にも気の毒そうに頷いて、ようやく質問をやめた。その様子だときっと、娘の食事の支度もしてやらない、自堕落でどうしようもない母親像を想い描いているにちがいない。母の名誉のために、何か言い足すべきかな——と、里香は本気で悩んだ。

父親がいなくなってから、母の手ひとつで育てられた里香にとって、母親はこの世の中で唯一大事にしなければならない存在だ。貧しくて、悲しくて、自分を産んだ母親を恨んだ時期もあったけれど、いまは違う。自分も母親になるであろう日を実感できる年代になって、親と子の関係は理屈だの理性だのを超えた次元のことだと分かってきた。どこの親にしたって、ほんとうのところは子育てに明確な理論や目的意識なんてありはしない。根っこのところにあるのは、きわめてプリミティヴな本能に近いものだ。そういう、いわば動物的なものが、稚いころは疎《うと》ましく不潔にさえ思えたのだが、じつは、それこそが本質的な大切なものかもしれないという気がしている。

そう思い直してみると、母親の過ごしてきた取るに足らないような人生の延長線上に自分の人生があることに、かけがえのない愛《いと》おしさを感じる。健気《けなげ》さや愚かさなど、長所や短所をひっくるめた母親のすべてが、たぶん自分の中にも息づいているのだろうし、それが絆《きずな》というものなのだ——と思う。

裕福な友だちの親を羨《うらや》ましく思い、対照的に自分の母親が情けなく思えたころがあるのは棚に上げて、いまは他人が自分の母親を軽んじたりすると、少し神経質かなと反省するくらい許せない気持ちになる。いまだって、よっぽど文句の一つも言ってやりたいところだったが、里香もさすがに、それ以上、おばさんに付き合うのはやめた。なんだか食べた気がしないうちに、弁当は空になった。包装紙で残骸《ざんがい》をくるむと、里香はおばさんに軽く会釈して席を立った。

山陽本線は、もちろん日本を縦断する鉄道の中でも、とりわけ重要な幹線にはちがいないが、新幹線が通って以来、なんとなくローカル線のような雰囲気が感じられる。九州まで行く寝台特急を別にすれば、長距離の利用客はごく稀である。

とくに、この時刻に走る列車はほとんどが普通の鈍行で、せいぜい広島あたりから乗ってきた乗客が多い。さっきのおばさんの団体も、きっと厳島泊まりで宮島口から乗ってきたにちがいない。

岩国から柳井まで、三十分ちょっとの行程である。弁当のおかずが食道を通過した感触が残っているうちに、柳井駅に着いた。

子供たちの人数を確認している里香の目の前を、さっきの青年が通って行った。眠ったふりをしていたから、顔を見ても気がつかないだろうと思ったら、里香のほうを見て軽く会釈した。里香も反射的にお辞儀を返した。青年の笑顔の、わずかにこぼれた白い歯が印象的だ。

里香は心臓がドキリと疼《うず》くのを感じて、われながら驚いてしまった。

(ばかねえ……)

ただの行きずりの、それも弁当をパクついている、あまり美しいとは思えない恰好での初対面の相手に、心ときめかしてどうするの——と自嘲《じちょう》した。

里香は京都にいるころ、一度だけ恋らしきものをした。下宿が近い京都大学の学生だった。哲学の道で擦《す》れ違う、いつも独りぼっち同士が気になっていたけれど、ただそれだけのことで終わった。

だれにも自慢できるような物語ではないが、あれはきっと、私の人生の最初で最後の「汚れなき恋」だったのだ——と、里香はいまでも思っている。

これからも何度となく恋をするかもしれない。それもドラマで観るようなはげしいものかもしれない。けれども、あの擦れ違うだけの恋の記憶は、一生、私の夢物語として大事に胸奥にしまい込まれるだろう。

そう信じていたのに、それこそほんの行きずりの青年に、こうも簡単に気持ちが動揺するのだから、ひとの心なんてあてにならないものだ。

そう思いながら青年の後ろ姿を追ったが、もう視界から消えていた。そのとき里香はふっと、得体の知れない寂寥《せきりよう》感を抱いた。

2

市民ホールでバレエの発表会があるというので、柳井駅から市役所へ通じる道路は朝から賑わっていた。岩国、柳井、光、徳山の四市にあるバレエ教室が合同で開催する、年に一度の大きな発表会なのだそうだ。発表会は四市の持ち回りで、ことしは柳井市がその会場になった。

山口県東南部、室津半島の根っこのようなこの地方は、岩国、柳井、徳山市を頂点とする二等辺三角形を形づくっていて、柳井と徳山を結ぶ線上に光市がある。そういう地理的要因や、古代から現代にいたる成り立ちの過程を通じて、四つの市は相互に関わりあいを持ち、文化・産業の分野で、何かにつけて連帯した活動を行っている。

日本バレエ界きってのプリマである森下洋子が広島の出身であることからも推測できるように、中国地方は早くからバレエが盛んだ。いまのところ、山口県からずば抜けたスターが出ていないとはいえ、関係者の熱意はなみなみならぬものがあるらしい。日頃はライバル同士で、かなり露骨なサヤあてもあると聞くバレエ教室が、こうして呉越同舟、合同発表会を催すのも、その意欲のあらわれといえる。

峰沢由紀夫《みねざわゆきお》は、柳井高校で教鞭をとっているころから武骨一辺倒で、合気道ならいまでもそこそこ自信はあるが、およそバレエなど縁の薄い人間だ。それが柳井市の依頼で、もののはずみのように「観光協会理事長」なるものに推されてから、何でもかでも観光の振興につながるものであれば、まったく無関心でいるというわけにもいかなくなった。

昨夜、商工観光課の寺西係長から電話があって、「明日はよろしくお願いします」と念を押されていた。開演に先立って、主催地の柳井市観光協会を代表して、ひと言ご挨拶を——と頼まれている。

引き受けはしたものの、やはりバレエは峰沢の肌には合いそうにない。市民ホールの周辺から入口にかけて、大挙してつめかけた群衆は、おそらく九十九パーセントまでが女性である。幼児に近いあたりから二十歳前後、さらには付添いの母親らしい中年女性――と、年齢層はまちまちだが、だれもかれも競うように着飾った女性である点では共通している。

その中をかきわけて、痩身の峰沢がいくぶんとまどいながら前進するのは、どう見ても場違いな感じがいなめない。

入口のところで市の助役に会い、ばか丁寧に挨拶された。

「本日は何ぶんよろしくお願いします。ご子息にもいつもお世話になっておりまして」

「いや、こちらこそ、何かとご迷惑をおかけするばかりです」

年寄り同士が形式的に堅苦しく頭を下げあっているのも、この雰囲気にはなじまないにちがいない。

ホールに入って、ステージの裏手にある楽屋へ回って行くと、そのあたり一帯も出演者たちが群れていた。女性たちの体臭なのか化粧品の匂いなのか、モヤモヤしたものが立ち込めて、とっくに枯れきったつもりの峰沢にしても、平静ではいられない。

楽屋に隣接する控室には、十人ばかり、女性たちのたむろする姿があった。ここには、それぞれのバレエ教室の幹部クラスが集まっているらしい。寺西係長はすでに来ていて、彼女たちと談笑しながら、この後のスケジュールなどを話し合っているところだった。

寺西は峰沢の顔を見るなり、「あ、先生、ずいぶん早かったのですね」と言った。時計は九時になろうとするところだ。

「開場が九時だと言わなかったかね？」

峰沢は少し機嫌が悪いのと、女ばかりの中にいる照れ臭さとで、仏頂面を作った。

「はあ、しかし、開演は十時ですので、それまでにおいでいただけばよかったのです」

「なんだ、それじゃったら出直してくるか」

「いえ、まあそうおっしゃらずに、こちらにかけてお待ちください。いまお茶を入れますので」

寺西はふだん、市役所にいるときの物臭《ものぐさ》ぶりとはうってかわって、気軽にお茶を入れてきた。この様子だと、どうやら女性たちにお茶を接待したのも、寺西にちがいない。

「どうも、きょうの会には、わしみたいな者は、不似合いのようじゃのう」

峰沢は小声で言った。

「そんなこと、言わんでください」

寺西は慌てた。いまさら逃げられてたまるか――という顔である。

この気候のいい時季、休日にひまを持て余しているような人材は、そうざらにはいない。今日の催しのために、市役所の若い連中を駆り出すのに、寺西がどれほど苦労したことか、想像にかたくない。

もともと寺西は、この催しのための労働力として、最近になって結成された「観光ボランティア」の人たちの協力をあてにしていたふしがある。

何によらず保守的で立ち遅れがちだった柳井市も、市長が若返ったとたん、観光客誘致に力を入れるという方針が議会で決定した。その具体策の一環として、峰沢が音頭を取って、一般市民のボランティアによる観光案内サービスが始まった。街頭に出て観光客に道案内をしたり、名所旧跡の説明をしたりする役どころである。

ボランティアのグループは、そういう本来の目的以外でも、市の観光や文化的な催しも随時、応援することになっているのだが、こういうときにかぎって、大量の観光客の入り込みがあった。一人が二、三十人の観光客に付き添って街を歩かなければならないから、とてものこと、応援どころではない。

峰沢にしたってボランティアグループの会長でもあるわけで、本来ならそっちのほうの面倒をみなければならない立場のところを、強引に口説かれて、バレエの会のスピーチをやる羽目になったのだ。

開幕のベルが鳴って、わけの分からないうちに寺西係長に背中を押されるようにして壇上に立った。満員のホールは子供からおとなまで、女一色の、目も眩《くら》むばかりの華やかさである。峰沢は辛気《しんき》臭い郷土史研究と、むやみに派手なバレエと、どう結びつくのか――という後ろめたさを感じながら、ともかくもとおりいっぺんの歓迎の挨拶をして、早々にステージを下りた。

寺西は「やあ、さすがにすばらしい挨拶でしたねえ」とご機嫌で出迎えた。

「アメノウズメノミコトと、近代バレエを比較対照させたのはさすがです」

「つまらんお世辞を言わんでよろしい」

峰沢はしかめっ面をして、「これでお役御免だね」と、さっさと会場を出た。寺西は楽屋口近くまで追ってきて、「先生、弁当が出ますから、昼には戻ってくださいよ」と怒鳴った。周りに屯《たむろ》している、バレエのコスチュームに着替えた若い女性たちがクスクス笑った。峰沢はますます不機嫌になった。

市民ホールから観光案内所までは、柳井駅の下をくぐる地下道を通って、一キロばかりある。峰沢は大股に歩いて行った。

柳井の観光スポットは駅の北側、つまり市役所などの建ち並ぶ新市街とは反対側に集中している。

柳井はもともと「柳井津」と呼ばれたように、室町時代から港を中心とする商業の町として栄えたところだ。江戸時代中期からは豪商が白壁の土蔵を連ね、瀬戸内西部きっての繁栄を謳歌《おうか》した。

明治期以降、数度にわたる大規模な埋め立てによって、海岸線がはるか南に遠ざかり、港は柳井津の名に記憶をとどめるばかりだが、その当時の面影を色濃く残す古い商家のたたずまいと町並みが、最近になって観光資源として注目を集めるようになった。その背景には、峰沢たちのグループによる、史実や史跡の発掘・整備が大いに貢献している。

京都や奈良のように、有名な神社仏閣があるわけでもなく、ディズニーランドのようなテーマパークがあるわけでもない。ただ古き懐かしき町並みのそぞろ歩きを楽しむというだけなのに、柳井の町が訪れる人の心を捉えて放さない理由は、ほんとうのところ、峰沢にもよく分かっていない。

観光案内所の前に、ぼんやり途方にくれたような顔で佇む男がいた。大して交通量のない狭い道だが、それでもここは十字路だ。右折しようとした車にクラクションで一喝されて、男は慌てて飛びのいた。まだ三十歳そこそこの、一見したところきわめて都会的な青年が、お上りさんみたいにオタオタしている図がおかしかった。

「何かお探しですか？」

峰沢は声をかけてやった。

「はあ、まあ……」

青年は煮え切らないあいまいな答え方をした。

「どこへ行かれます？　観光ボランティアの者ですから、何ならお教えしますけど」

「はあ、どうもありがとうございます。しかしその……」

「ま、とにかく中に入りませんか」

まるで記憶喪失症のような相手にじれったくなって、峰沢は青年の腕を引っ張って案内所に入った。

観光案内所の建物は、もとを正すと周防銀行の本店だったものだ。日本銀行を建てたのと同じ設計者によるだけに、権威主義的なデザインがアンティックでたまらなくいいと、若い女性に人気だそうだ。

青年も似たような趣味の持ち主なのか、めずらしそうに建物の内部を見回して、案内係の女性と目が合うと、しぜんな笑顔で会釈した。とたんに女性は、嬉しそうに顔を赤らめ、お辞儀を返した。これだからどうも、若い男は油断がならない。

「それで、どちらへ行かれるのです？」

峰沢は少し邪険な訊き方をした。

「はあ、いえ、それが雲を摑むような話なのでして……」

青年は当惑しきったように苦笑し、頭を掻いた。

「じつは、人を探して柳井まで来てはみたものの、どこをどう探せばいいのか、まるっきり見当がつきません」

「住所はどこですか？」

「いや、それが分からないのです。ただ、柳井へ行ったというだけしか」

「しかし、柳井といったって、いささか広いですけどなあ」

「おっしゃるとおりです。以前、上関《かみのせき》町に来たことはあるのですが、柳井がこんなに大きな町だとは思いませんでした」

アホとちがうか？——と、正直、峰沢は呆れた。上関町というのは、室津半島の突端のちっぽけな町である。それと柳井市を同レベルで比較されてはかなわない。

「それじゃ、ほんま、雲を摑むような話ですなあ」

たっぷり皮肉をこめて言ったつもりだが、青年は「はあ、まったく……」と、まるで他人事のように頷いて、「柳井はいい町ですねえ」と、とつぜん、脈絡もなく言った。

そのひと言で、しかし峰沢の青年観は変わった。青年のヌーボーとした雰囲気に、素直に好感を持てると思った。

「そうですか、いい町ですか」

「ええ、なんだか、ずっと昔から知っている町のような気がします」

「そうですか、そういう気がしますか」

けさ家を出てからはじめて、峰沢の頰が緩んだ。

「その探しているひとというのは、どういう方ですか？　男ですか女の人ですか？」

あらためて訊いてみた。

「女性です」

「ほう……」

峰沢は無意識に少し背を反らせて、値踏みするような目になった。

「つまり、恋人か、それとも奥さん……」

「えっ、いや、まさか、違いますよ、そんなんじゃありません」

青年はうろたえて、峰沢の目の前で右手を大きく左右に振りながら、案内の若い女性に視線を送った。顔が赤くなっている。

（いい歳をして、ウブなやつだ……）

峰沢はおかしみをこらえて、「というと、どういう?……」と訊いた。

浅見は一瞬、躊躇《ちゅうちょ》した。見ず知らずの相手にそこまで打ち明けてもいいものかどうか、迷った。しかし、峰沢のいかにも高潔そうで人の好さそうな風貌には、そういうためらいやこだわりも消えてしまう。

3

「このひとです」

浅見は写真を出した。例の発色のよくない手札判の写真である。老人は眼鏡をかけ直して、写真を覗き込んだ。とたんに「ん?」というように目を剝《む》いた。口を半開きにして、しばらく経ってから怒ったように言った。

「なんや、あんた、これは女学生ではないですか」

怪しからん――というニュアンスに聞こえて、浅見は苦笑した。

「はあ、当時は中学生でしたが、それは三十年前の写真です」

「え? あ、なんや、そういうことですか」

老人はうろたえて、「ははは」と空笑いをした。

「三十年前というと、いまは?……」

「たぶん四十五か六か、そのくらいです」

「ふーむ……で、あんたは？」

浅見は自己紹介もしていなかったのに気づいて、慌てて「あ、失礼しました」と、ブルゾンのポケットから名刺を取り出した。

〔浅見光彦　東京都北区西ケ原――〕

「ほう、東京から見えたのですか。そりゃご苦労さんなことですなあ」

老人は労《ねぎら》いの言葉をかけて、自分も名刺を渡した。〔柳井市観光協会理事長　峰沢由紀夫〕とある。

「あ、観光協会の理事長さんですか、どうもお見逸《みそ》れしました」

「いや、それほどのものではないですよ。それより浅見さん、あんた、そんな漠然としたことしか分かっておらんで、わざわざ東京から人探しに見えたのですか」

「はあ、まあ……しかし、取材のついでのようなものですから」

「ほう、取材と言われると？」

「観光関係のルポを書いている者です。厳島神社へ行ったついでに、ちょっと足を延ばしました」

「なるほど、そうでしたか。しかしそれにしても……それであんたがこの方を探し回っておられる理由は何ですか？」

峰沢は写真の少女を指差して、浅見の顔を窺った。

浅見はかいつまんで「人探し」の事情を話した。義姉の友人が行方知れずになっていたのが、最近になってわずかな消息を聞いたので、取材旅行のついでに尋ね歩いている——というふうに説明した。

「一応、東尾静江という名前と、島根県の益田から柳井に引っ越したということだけは分かっているのですが」

「え？　たったそれだけしか分からんのですか？」

峰沢はますます呆れたような顔になった。呆れられようと何だろうと、事実なのだから仕方がない。

「無駄だとは思いましたが、どうせ厳島に来たついでですから」

浅見は弁解がましく言った。

「それに、街を歩き回っているうちに、万が一、幸運に恵まれないとはかぎりません。イヌも歩けば棒に当たるそうですから」

「ははは、なるほど、そういうものですかなあ……そしたら、一応、観光名所でも案内して差し上げますかな」

「えっ、まさか、そんなご迷惑をおかけするわけにはいきません」

「いや、なに、気にせんでもよろしい。われわれは観光ボランティアのメンバーでしてね、それが仕事なのです」

浅見の意向を確かめもせず、峰沢はこっちに背中を向けて、さっさと建物の外へ歩きだした。

峰沢は上関町をわらったが、柳井もそれほど大きな街ではなさそうだった。ことに、観光の対象になる「柳井津」といわれるエリアは、ごく狭い地域に固まっている。それだけに観光客にとっては何かと都合がいい。何よりも歩く距離が短いのがいい。要領よく回れば小一時間もあれば、主だったところは、あらかた回ってしまう。

「柳井の特徴を一口に言うたら『白壁の町』いうことです」

峰沢はのんびりした口調で街の説明をしてくれた。たしかにその言葉どおり、ナマコ壁の土蔵のような建物が、かなりの数、残っている。

柳井津は江戸時代に山陽道随一といっていい繁栄を見せた海上航路の要衝であり、物資の集積地であった。それが社会情勢や交通機関の変革、さらには埋め立てによる町域の変遷や港湾施設の急速な変化においてけぼりを食って、町並みが変化する間もなく、そっくりそのまま昔ながらの佇まいをとどめてしまったらしい。

「わしら地元の人間は、こんな骨董品《こっとうひん》みたいな町は、古くさくてどうしようもないと思っとったのですが、いまごろになると、レトロブームちゅうのですか、それが見直されて、遠くからお客さんが訪れてくれるいうのじゃから、世の中、妙なもんですなあ」

峰沢はいくぶん照れながら、しかし嬉しそうに話した。

峰沢が案内してくれたのは、古市、金屋という代表的な町並みのあたりだけだが、宝来橋辺りの、かつては船着き場だった柳井川の水面に、うらぶれた家々が影を落とす情景には、そこはかとなく旅愁をそそられる。

「さて」と峰沢は時計を見て言った。

「これから市民ホールへ行きますが、浅見さんもご一緒にいかがですかな？　いや、大したホールではないが、女の人が大勢来ております。きょうはバレエの大会がありましてね、そこの世話役みたいなことをしちょるもんで、そろそろ行かんとならんのです。少し歩くことになりますがね」

峰沢はあまり気乗りしない表情だ。連れができればありがたい——といったところかもしれない。

人探しのほうが気にはなったが、「ご一緒しましょう」と浅見はボランティアのお礼に、付き合うことにした。もっとも、ホールの玄関前に「バレエ」のポスターを見るまでは、浅見はてっきりバレーボールの大会だとばかり思っていた。峰沢とバレエとでは、どう考えたって結びつきそうにない。これでは気乗りのしないわけである。

階段を上がりながら、浅見は思わずニヤニヤと笑ってしまった。

浅見にしたって、バレエの発表会は場違いなものであることに変わりはなかった。幼い子から妙齢の女性、母親たちにいたるまで、それぞれ競いあうように着飾った、華やいだ雰囲気の中に紛れ込むと、巨人国のガリバーのように、気分が萎縮してしまう。

「ちょっと覗いてみますか」

峰沢に誘われてホールの中に入った。ロビーの賑わいに較べると、観客はさほど多くない。身内の人間が出番を終えてしまって、すでに引き上げた者も多いのだろう。そのあたりは「発表会」のノリだが、しかし、バレエの技量はかなり本格的だ。演奏はレコードだが、ステージにはセミプロといっていいような達者な踊り手が登場していた。

「なかなかのものですねえ」

浅見は感心して言ったが、峰沢は「ふーん、そういうものですかなあ」と首を振って、ほんの五、六分舞台を眺めただけで、すぐにホールを出た。

楽屋はすでに舞台を終えた者がほとんどで、コスチューム姿は少なくなっていた。終演近くにはベテランやインストラクター、教師クラスが踊るのだろうか、幼い少女は一人も残っていない。むしろ中年といっていいような女性が、二、三人混じっている。

その中に、柳井へ来る途中、列車の中で弁当を広げていた女性がいた。コッペリアの扮装で、十人ばかりの仲間の少女たちと最後の打ち合わせをしている。浅見の視線を感じたのか、何気なく振り返って、「あら……」という顔になった。浅見は反射的に笑って、頭を下げた。女性は一瞬とまどったが、浅見の笑顔につられたようにお辞儀を返した。

「知り合いですか？」

峰沢が妙な顔をして訊いた。

「いえ、列車で一緒になったひとです。ここに出ているとは知りませんでした」

「ふーん……」

油断がならん——と言いたそうだ。

彼女たちの出番が来た。かなり年配の、指導者らしい女性が遠くから手を叩いて合図を送って寄越した。例の若い女性は仲間に励ますような目配せをして、グループがいっせいにステージへ向かった。最後に彼女が、チラッとこっちに視線を投げたのに、浅見は微笑で応えたが、それが通じたかどうかは分からなかった。

その一団が行ってしまうと、残るはひと組だけのようだ。市役所の職員がやってきて、

「先生、あと十五分ばかしで終演です。主催者のご挨拶、そろそろ舞台の脇で準備しとってください」と声をかけた。

「そうだったのですか。峰沢さんが主催なさっていたのですか」

浅見ははじめてそのことを知って、老人を見直した。

「いや、主催しとるのは柳井市ですがな。私はただ命令されて、いやいややっとるだけです」

峰沢は照れて頭をペタペタ叩いた。

「そしたら行きますかな」

「僕も客席のほうで拝見します」

「ははは、いかんいかん、絶対に観たらいけませんぞ。そんなもん観んで、さっさと出られたほうがよろしい。また何か、聞きたいことでもありましたら、いつでも声をかけてくださいや」

「ありがとうございます。お世話になりました」

浅見は丁寧に挨拶して、頭を下げたまま峰沢の後ろ姿を見送った。

客席へ行ってみると、コッペリアが終わるところだった。ほんの抜粋だけを踊ることになっているらしい。やはり例の女性がプリマを務めている。プロポーションもよく、グループの中では抜群の踊りだった。

浅見は座席に捨てられたプログラムを拾って、彼女の名前を探した。

岡村里香。

これが彼女の名前らしい。〔コッペリア　白鳥バレエ教室　岩国市〕とある。

曲が終わり、形式的なカーテンコールがあって、ステージは次の最後のグループへと移った。

浅見は峰沢との約束を守って、曲の途中でホールを出た。

街へ出たものの、あてがあるわけではない。浅見は目の前に建つ市役所の庁舎を眺めて、さてどうしたものか——と思案した。手掛かりはわずかに、東尾静江が看護婦の長嶺ゆきのに言った「柳井へ行く」という言葉だけだ。柳井に来たことだけは間違いないものとしても、漠としてとらえどころのない状況に変わりはなかった。

ただし、静江が老人ホームや老人介護の勤務ぶりを見込まれて、引き抜かれた可能性は強い。してみると、柳井のそういった施設か病院に勤めているのかもしれない。ともかく、そこら辺りから探してみるしか、方法はなさそうだ。

賑やかな商店街の広い通りに面したホテルに入った。ビジネスホテルに毛の生えたようなものだったが、料金は安い。

部屋に入る際に電話帳を借りて、柳井市内の病院、老人ホームといった施設を調べ、片っ端から問い合わせてみた。最近勤められた方で、東尾静江さんという人はいないか――と訊いたが、すべて空振りに終わった。

考えてみると、東尾静江が必ずしも施設に雇われたとは限らない。現に、益田の大貫に雇われたのは、個人の療養が目的だったのだ。柳井にだって、個人的に介護を頼めるような裕福な家は、いくらでもあるだろう。

そうなると、話は厄介だ。まさか一軒一軒、それらしい、病人や介護の必要な老人のいそうな金持ちの家を訪れて、これこれこういう人はいませんか――と尋ね歩くわけにもいかない。

もう一つの問題は、益田の郵便局員に手紙を託した老人とは、いったい何者なのか――ということだ。

その人物が東尾静江の雇い主なのか？

静江との関係は何なのか？

差出人を伏せた手紙を兄嫁の和子に送った目的は何だったのか？

そこには静江の意思が働いているのか？

いくつもの「？」が頭に浮かぶ。

和子のところにあの手紙が送られてきてから、すでに三ヵ月が経過しようとしている。

しかし、その後、何かを要求するとか、恐喝《きょうかつ》めいたことなど、まったく起きていない。何かちょっとでもフォローがあれば、推測することも可能だが、これでは、手紙を送ったのが東尾静江の意思によるものかどうかさえ、見当のつけようがない。いったい何のために手紙を送ったのか——思考はそこのところから一歩も進めないまでいた。

手紙の意思を示すものは、写真に添えてあったメモふうの文字——キジも鳴かずば撃たれまい——だけである。その文面からは、明らかに「余計なことをすると、ためにならないぞ」と脅す態度が読み取れる。

その脅しが兄嫁の和子に向けられたものとは考えにくい。和子本人には「余計なこと」をして、他人に影響を及ぼすような力など、あるはずがない。だとすると、脅しの対象はその夫・陽一郎に向けられていると思うほかはなかった。警察庁刑事局長である浅見陽一郎の意思を左右する狙いが込められていることは、想像に難くない。

そこまでは分かるとしても、なぜこの古びた写真なのだろう？

浅見は二人の「少女」がボートの上で曖昧な微笑を浮かべている、色褪せた写真を見つめた。

この写真を撮ったころが静江という不運な女性にとっては、唯一の宝物のような時間だったのかもしれない。人生の中でいちばん幸福な時代の、最後のときといえそうだ。

事実、彼女の三橋家はその直後といっていい時期に没落し、台東区役所の職員の言を借りれば、「夜逃げ同然」に住み慣れた家を捨てたのである。実際、追及の手を逃れるために、三橋家は転出届も出さないまま逃走している。そのことは生涯、静江の身について回った。職業に就くときにも、もちろん結婚を願ったときにも、住民票を取れないことが大きな障害になったはずだ。

近所の人の話では、仲御徒町をはなれた後、吉祥寺付近にいたかもしれないということだった。それからどういう転変が彼女を玩《もてあそ》んだか、推測するのもつらい想いがする。

おそらく、両親とはすでに死別したのだろう。そしてとどのつまりは、益田市郊外――というより谷間といったほうがよさそうな、平家の隠れ里に流れ着いた。そこで鉱山に働く夫と、内縁状態とはいえ、何年間かを暮らした。近くに厳島神社のあることを知って、おりにふれて神社に詣《もう》でている様子からは、たとえささやかではあっても、ゆとりさえ感じ取れる。

しかし、その平穏な生活も束の間、頼りの夫が死んでしまう。そうして、不幸に慣れた女は独りで生きてゆく。老人ホーム人丸園に臨時の介護役として勤め、やがて、その働きぶりを認められて日赤病院の私的な付添い婦になり、さらに個人の家に招かれることになった。それなりに待遇も改善されただろうし、老後への人生設計も、あるいは形作られつつあったかもしれない。

それにしても、何と侘《わび》しい人生であることか。聖智女子学園という出発点は同じなのに、浅見家に嫁いだ和子の幸せに満ちた日々とは比較にならない。修学旅行の厳島神社で、同じボートに乗ったあの日が、二人の女性の運命の分岐点であったかのようだ。

浅見は日赤病院の長嶺ゆきのが言っていた言葉を思い出した。

――この写真が自慢だった。

――いちばん大事なお友だち。

――とても偉い人の奥さん。

「そうか……」

浅見は思わず声に出して呟いた。

東尾静江にとって、この写真こそ、少女期の幸せな自分の存在を立証する、大切な宝物だったのだ。それは、彼女にとっては、つらい人生の荒波を乗り越えてゆく拠《よ》りどころのような物だったのかもしれない。

そして、折にふれ、人にこの写真を見せては、華やかな少女時代の思い出を語った。自慢できる友人のことを語った。

――警察庁刑事局長さんの奥さんよ。

浅見の耳には、静江の誇らしげな声が聞こえてくるような気がした。

背筋を寒気が奔《はし》った。

彼女のその「自慢」こそが、ひょっとすると破滅への引金になったのかもしれない。

浅見は思わず立ち上がった。狭い部屋の中を行ったりきたりした。

東尾静江は、彼女の気づかない間に、人質として取り込まれているのではないか――

と思えてきた。いや、その可能性はきわめて大きいと思った。そう考えれば、あの奇怪な写真入りの手紙の謎が理解できる。

「犯人」は、警察庁刑事局長夫人の「親友」を確保して、露骨に誇示しているのだ。

（いや、考え過ぎかもしれない……）

浅見は首を振って、不吉な想いを払い除《の》けた。

4

夕食はホテル一階にある和食のレストランで、穴子めしを食べた。瀬戸内でも西のほうの名物だそうだが、うな丼のようなもので、うな丼よりは安く、あっさりしている。好き好きかもしれないが、浅見の感想としては、うな丼ほど旨くはないと思った。そのあと街へ出て、洒落《しゃれ》たコーヒー屋があったので、そこで一時間ばかりを過ごした。

地方都市の夜は早く、コーヒー屋を出たらほとんどの商店はシャッターを下ろしてしまって、街はひっそりと侘しかった。

部屋に戻ってテレビを観た。珍しくワープロを携帯しない旅である。仕事をしなくてもいい夜更けは、いつもと勝手が違って、時間を持て余す。

テレビをつけると、以前観たことのある映画をやっていた。東京に較べるとチャンネル数が少なく、ニュースのほかには観たい番組はなさそうだ。

ぼんやり画面を眺めていると、ローカルニュースで、中央政界の大物・塚山泰三が夕刻、宇部空港に到着したときの記者会見の模様を報じた。塚山は保守党の幹事長で、総裁も頭が上がらない、事実上のナンバーワンと言われている人物だ。

塚山は例によって片頬を歪《ゆが》めるような、意味深長な笑顔で会見場に現れた。山口県訪問の目的は何かと記者団に訊かれ、「宮藤元総理のお見舞いです」と答えた。

「総裁選挙への根回しでは？」という質問には「そんなことは毛頭考えておりません」とあっさり首を横に振った。

そうか――と浅見は、山口県は宮藤元総理の出身地であることを思い出した。もともと長州は維新以来、総理を輩出して、日本政治の中枢に君臨してきたところだ。

彼らが創り育てた人脈は、日本中に網の目のように広がっているだろう。次期総裁候補と目される塚山泰三が、お見舞いと称して宮藤のご機嫌うかがいにやって来るのも、不思議ではない。

テレビを消し、バスを使うと、浅見はベッドにもぐり込んだ。ふだんよりは二時間も早い上に、コーヒーを飲んだせいだろうか、肉体的にはかなり疲れているはずなのに、なかなか寝つかれなかった。妙に神経がはたらいて、遠くの物音にさえ、心臓の奥のほうの細い血管までが、敏感に反応するような気がした。眠りに落ちてからも、とりとめのない夢ばかり見ていたようだ。

目覚めてから、しばらくは頭がはっきりしない状態がつづいた。時計の針は八時を回っているが、食欲もない。

ドアの下に新聞が差し込まれてあった。浅見はものうく動いて、新聞を拾い上げ、ふたたびベッドに戻った。

新聞は地元紙特有の、県内の出来事を優先させるような紙面構成だ。一、二面などを除けば、県内向けの記事内容が圧倒的に多い。中にはこんなことがニュースになるのか——と驚くような、ごく瑣末《さまつ》的なものまである。ここでもやはり、塚山幹事長来訪が報じられていた。それも一面で二番目に大きな記事として扱われている。「宮藤元総理に次期政権構想報告か」という見出しだ。元総理とはいえ、とっくに政界を退いたような人物に、いまさら何を報告しようというのか——と、浅見は読む気も起きない。

社会面を開いて、漠然と紙面に彷徨《さまよ》わせていた浅見の目が、ギクリと停まった。そこには、三段抜きのゴシック文字で「紅葉谷公園で殺人」とあった。

一瞬、厳島神社の裏手の紅葉谷公園を連想したのだが、その見出しの下に「——岩国」と印刷されてある。岩国にも紅葉谷という地名があるらしい。

昨夕、岩国市横山の紅葉谷公園の吉川《きっかわ》公墓所内で、同所を巡回中の公園管理人が男の人が死亡しているのを発見、警察に届けた。岩国署と山口県警で調べたところ、男の人は四十〜五十歳程度、身長は一七〇センチ前後の中肉タイプで、身元を示すような所持品はない。後頭部に打撲痕、左胸背部に刃物で刺した傷があり、直接の死因はこの刺し傷からの出血死とみられ、死後数時間以上を経過している。

　昨日は休日で紅葉谷公園付近は人出が多かったが、墓所は一般の観光客などはあまり近づかない。管理人が巡回した際、墓所内の入口の鍵が壊されているのを不審に思い、中に入ったところ死体を発見したという。

　死体の状況などから、警察は殺人事件と断定して、昨夜岩国署内に捜査本部を設置、被害者の身元確認を急ぐとともに、凶器の捜索や目撃者がないかなど、周辺の聞き込み捜査を始めた。


　まだ身元も不明だそうだから、詳しいことは何も分かっていないのだろう。記事内容からは、事件の概略程度しか伝わってこない。しかし、そんなことよりも、浅見は事件の現場が「紅葉谷公園の墓地」であることに強い関心を惹かれた。

　厳島神社の内侍が会った男は「紅葉谷公園の墓」と言っていたという。「紅葉谷公園にお墓なんてありません」と彼女は言ったのだが、岩国の紅葉谷公園には墓があるのだ。

　宮島は広島県、岩国は山口県だが、距離はほんの二十キロ程度である。そのことに何か意味があるような予感が、浅見の頭の中で、みるみるその領域を広げていった。

　現に、新聞の見出しを見た瞬間、浅見は厳島神社の紅葉谷公園を思い浮かべた。考えてみると、紅葉谷公園などという名前は、全国のどこにでもあり得るかもしれない。しかし、ついさっきまでは、浅見は紅葉谷公園といえば厳島神社裏の、あの風景しか知らなかった。「紅葉谷公園の墓」と言われれば、そこに墓があると信じて疑わなかったにちがいない。

それとは逆に、岩国の紅葉谷公園しか知らない人間にとっては、「紅葉谷公園の墓」は当然、吉川氏の墓所のことを指すのであって、それ以外の土地はまったく考えようがないだろう。

(勘違いか……)と浅見は思った。

厳島の紅葉谷公園を訪ねた男は、重大な勘違いを犯したのかもしれない。

(まさか……)

浅見はすぐに苦笑して、その着想を振り捨てようとした。あまりにも幼稚だし、そのことが「彼」を死に追いやったというのも、ありそうにない話だった。

しかし——と、また思い直す。その男が紅葉谷公園の墓を訪ねたことは事実なのだ。おまけに、彼の死も取り返しようのない厳然とした事実なのである。

その死が、彼の勘違いの結果であったとしたら——。そのことに誰も——警察も気づいていない。

いや、そんなことに気づいたり考え込んだりする僕のほうが、よほどどうかしているのかな——。

浅見の思案は、仮説のレールの上を行ったり来たりしながら、振幅はしだいに狭《せば》まり、そして、あらかじめ決まっているような結論の方向へ偏《かたよ》ってゆく。

（とにかく、行ってみるか……）

浅見は無意識に時計を見て、ベッドを抜け出した。柳井のことはどうする——と背中から呼び掛ける、もう一人の自分の声を聞いたが、止めて止まるような自分でないことは、彼自身がよく承知しているのだ。

柳井駅へ行くと、駅前にひとだかりがしていた。誰かＶＩＰが来ているらしい。しばらくすると、駅長の先導で背広姿の男ばかり十人ぐらいのグループがゾロゾロやって来た。周囲には報道カメラマンもついている。

群の中央に塚山幹事長が見えた。周りの連中より小柄だが、よく目につくのは、肩を揺すって歩く癖のせいもあるけれど、そればかりでなく、何かアピールするものがあるのだろう。そうでなければ、政界トップに君臨することはできない。

一行は駅前に待たせてある高級車に分乗すると、駅長や市の幹部らしい人々に見送られて去って行った。

見送った側はヤレヤレといった顔で、三々五々、浅見の目の前を通って駅長事務室の方角へ向かう。「これで駅ビル建設に弾《はず》みがつけばいいのだが」と声高に喋るのが耳に入った。

テレビのニュースでは、塚山の山口県訪問は、宮藤元総理の見舞いという触れ込みだったが、日程の途中には、こういう目的も組み込まれているのか、それとも宮藤元総理は柳井辺りにいるのだろうか。

「塚山幹事長は、たしか七十歳を越えたのやろ。お元気なもんですなあ」

「いや、宮藤先生だってかれこれ九十歳だが、お元気そのものですよ。お見舞いに行ったら、何しに来たって怒られやせんかと、幹事長は笑っておられた」

彼らの会話を聞きながら、まったく——と浅見も同感だった。政治家とはタフな人種である。いくら年老いても、強欲と野望は枯れることを知らないらしい。山梨県が産んだ例のボスは、何の目的もなく、ただひたすら蓄財に専念したという。金の亡者、守銭奴と指差されることは、人間として最大の恥辱——と幼いころから教わった浅見には、その感覚が理解できない。

（山梨か……）

浅見の脳裏に、益田日赤病院の看護婦に聞いた言葉が蘇った。

東尾静江が男と交わしていた会話の中に、「山梨駅」が出てきたという。あれから時刻表で調べてみたが、やはり記憶どおり「山梨」という駅名は見つからなかった。JRの中央本線に「山梨市」と「東山梨」という駅はあるのだが、それと「山梨」とは違うような気がする。とはいえ、いずれにしても山梨県に関係はありそうだ。かりにその男が山梨県の人間だとすると、何やら金権腐敗の土壌に汚染されているように思えてくる。悪徳政治家を出した土地の人々は、その政治家が持ってきた土木事業のお裾分けで、なにがしか潤《うるお》うかもしれないが、余所の人間からはその後長く、色メガネで見られることになる。気の毒としか言いようがない。

列車は岩国まで、ほぼ海岸線近くを走る。ときどき海が望めて、いかにも瀬戸内の旅らしいのどかさがある。

以前、上関の岬の町を訪れたときも感じたことだが、瀬戸内海沿いに暮らす人たちが、浅見は羨ましくてならない。気候は温暖で、海産物は豊富で、こんなに恵まれたところはほかにない。いつか瀬戸内の島か岬に家を建て、美しい妻と大きな犬と住みたいものだと夢想する。

（こんなところで暮らしたらさぞかし長生きするだろうな――）と思ったとき、宮藤元総理を塚山代議士がお見舞いに訪れたという話を思い出した。

（そういえば、宮藤は益田の日赤病院に大貫の見舞いと弔問に行ったのだったな――）

漠然と連想が浮かんだ。

（そうか、宮藤元総理は、柳井にいるのか――）

東尾静江が「柳井へ行く」と言っていたこととそのことが、頭の中で重なりあった。益田日赤病院の看護婦が「老人の介護を見込まれて……」と言っていた。

（ひょっとするとそこかな？――）

浅見は遠ざかる柳井に後ろ髪を引かれる想いがつのってきた。

第四章　紅葉谷公園の墓

1

岩国市は中国山脈の奥から東へ流れ出る、山口県最大の河川・錦川の河口にできた、典型的なデルタ地域に展開する街である。川下部分は三角州になっていて、二股に分岐した川は、北側は今津川、南側は門前川と名前を変えて、瀬戸内海に注ぐ。有名な国宝・錦帯橋《きんたいきょう》は川の分岐点より二キロあまり上流の錦川に架かる。

もともとの岩国市街は今津川の北側、山陽本線岩国駅付近から錦帯橋にかけて、東西に帯状に連なっている。旧山陽道、現在の国道2号は、その街並みを縫うようにして西行し、屈曲の多い錦川沿いに大きく北へ迂回する。その迂回する辺りに錦帯橋が架かり、橋の手前一帯にはかつての城下町だった岩国一丁目から四丁目までが、いまもなお、昔の面影を残している。

『源平盛衰記』によると、平安末期の寿永三年（一一八四）二月、周防国《すおうのくに》の住人・石国源太らが平家方に参陣している。また『吾妻鏡《あずまかがみ》』には、岩国二郎・三郎の兄弟が壇ノ浦合戦の際に生虜《いけどり》となったという記述がある。このあたりを「岩国」の地名の起源と考えてよさそうだ。

錦帯橋の対岸に聳《そび》える山の上には岩国城が再建され、ロープウェイで気軽に行ける。城山の麓《ふもと》、急斜面と錦川のあいだにある住宅地——横山一丁目から三丁目には武家屋敷跡が残る。もっとも西寄りの横山一丁目の奥が紅葉谷公園で、その一角に吉川《きっかわ》家代々の広大な墓所がある。

墓所は築地塀《ついじべい》に囲まれ、さらにその外側を生け垣や板塀で囲っている。かつてはこの墓所も観光の対象になっていたのだが、築地塀の崩壊など、事故の危険があるために、現在はいくつかある入口に施錠して、立入り禁止の措置を取った。

死体を発見したのは、市の職員で文化財の管理にあたっている角田という男である。角田は毎週一度、市の管理する観光名所を車で巡回するのが、主な役割だ。

名勝錦帯橋を擁する岩国市には、毎年百万人を越える観光客の入り込みがある。錦帯橋を渡るお客だけでも七十万人に達する。観光はまさに岩国市にとって、重要な産業の一つである。

巡回の最後に、角田は吉川家墓所に立ち寄った。墓所は一般観光客が入り込まない場所だけに、毎回毎回、巡回のルートになってはいない。この日、角田が立ち寄ったのは、ほんの偶然といってもよかった。

時刻は六時近く、市の業務からいえば定時を過ぎてもいたから、角田は文字どおり、通りいっぺんに施設を見回るつもりだった。いつもの手順どおり、ゆっくりと走りながら、要所要所をチェックして行き、いちばん東寄りの木戸が施錠されていないことに気がついた。

車を出て調べると、錠は木戸の向こう側に落ちていた。円筒形をした、数字合わせの南京錠だが、このタイプの錠は、コツを知ってしまうと、あらかじめ数字の配列を知らなくても、簡単に開けることができる。

いたずらか――と思ったが、角田は一応、木戸の中に入って、墓所を一回りすることにした。墓所には幾代もの当主とその奥方などの墓が点在し、それぞれが築地塀で仕切られている。暮色が漂う墓地というのは、あまり気持ちのいいものではない。角田は適当なところで引き上げるつもりだった。

墓所に侵入したところで、べつに盗みの対象になるようなものがあるわけでもない。錠を開けたのは、単なるいたずらである可能性が強いのだ。

さて、この辺りで――と踵《きびす》を返しかけたとき、角田は墓碑の陰に倒れている人間の脚を発見した。これが、後に「紅葉谷公園殺人事件」と名付けられた、岩国市ではひさびさといっていい大事件の発端である。

浅見が訪れたときには、墓所へ通じる道路に二ヵ所、警察がロープを張って、立入り禁止の札が下がっていた。もっとも、この付近には一般住宅もあるので、完全に道路封鎖をするわけにはいかないようだ。ロープのところまで行くと、犯人が侵入したと思われる木戸は、すぐ目の前に見えた。

とはいえ、そこから墓所を眺めたところで、何かが分かるということはなかった。足跡や遺留品などについては、警察がきちんとやっているだろう。

浅見はしばらく佇んだだけで現場を離れ、紅葉谷公園一帯を歩いてみた。

歩きながらすぐに思ったのは、ここが厳島の紅葉谷公園ときわめてよく似ているということだ。まだ色づくには間がありそうだが、その名のとおりモミジが多く、錦川河畔の春の桜とともに、秋の紅葉は錦帯橋をあざやかに彩る背景であるにちがいない。

錦帯橋はかなりの人出だったが、紅葉谷公園まで足を延ばす客は、あまり多くないらしい。土産物を売る店に入って訊くと、紅葉の季節ならともかく、ふだんはむしろ、こよりも、横山の町の北側にある吉香公園のほうへ、お客は向かうのだそうだ。

意外なのは、外人客の多いことだ。それも団体のツアー客でなく、カジュアルな恰好の家族連れが目立つ。おばさんに訊くと、それは、近くに米軍基地があるせいだ――ということであった。

岩国市域のうち、中央の三角州は新開地だが、三角州の先端はさらに広大な埋立地が広がり、沖縄や横田とならぶ米軍基地がある。岩国市のもう一つの、そしてきわめて特徴的な顔である。駐留する軍人の家族や、前線から休暇で戻った兵隊たちにとって、錦帯橋や紅葉谷公園周辺の純日本的風景は人気があるそうだ。

「紅葉谷公園というのは、安芸の宮島にもありますね」

浅見は、おばさんの自慢に水を注《さ》すように言ってみた。

「僕は宮島の紅葉谷公園しか知らなかったけど、ここととっちが有名なのですか？」

店のおばさんは鼻白んだような顔をして、「そうじゃねえ、私ら地元の者は、ここの紅葉谷公園のほうをよう知っとるけどが、全国的にはあちらさんのほうが有名じゃろなあ」と言った。

「たとえば、岩国の人と東京の人とで、ただ『紅葉谷公園で会いましょう』とデートの約束をしたら、それぞれ自分の思っているほうへ行ってしまって、擦れ違いなんてこと、ありませんかね？」

「はあ？　まさか……いや、あるかもしれんわねえ。はじめからそこしかないと思い込んでしもたら、疑わんものねえ」

これは素朴な感想といっていいだろう。厳島の被害者が、そうやって過ちを犯したのではないか――と仮説を立てる場合、いまのおばさんの感想は重大な裏付け証言になるかもしれない。

「ところで、そこの吉川さんのお墓のところで、殺人事件があったそうですが、こちらの店にも警察が聞き込みに来たんじゃありませんか？」

「ええ、来ました来ました、何度も来ましたねえ。こういう人を見んかったかいうて、死んだ人の写真まで見せられましたわ。それから、怪しい人を見んかったかとか、もう気色悪うてかなわんよ」

「それで、心当たりはあったのですか？」

「とんでもない、そんなもん、ありません」

おばさんは思い出すのもたまらない――というように肩をすくめてから、不快な記憶を吐き出すような口調で、「おおかた、ヤクザ屋さん同士の喧嘩か何かとちがいますの」と言った。

「ヤクザ同士の喧嘩？　この辺では多いのですか？」

「多いいうわけやないけど、基地が近いよってなあ。いろいろあるんじゃないんかねえ」

「いろいろというと、たとえば麻薬の取り引きとか、ですか？」

「はあ、いいえ、よう知らんけどな」

おばさんは、それ以上は言えない――と手を振って、店の奥へ引っ込んでしまった。

（なるほど……）と浅見は思った。麻薬がらみの事件という可能性はある。詳しいことは知らないが、米軍の関係者なら、かなり自由に麻薬を持ち込めるかもしれないし、麻薬の取り引き場所として、紅葉谷公園の墓所などはうってつけだろう。

土産物屋のおばさんがそう思っているくらいだから、おそらく、警察もすでにその方向で捜査を進めているにちがいない。

浅見は捜査本部の置かれている岩国警察署を見に行くことにした。

警察をはじめ、市役所、保健所、商工会議所など、公共の施設のほとんどは岩国駅の西側にまとまっている。市役所は八階建ての堂々としたものだし、中央通りなど、整備された部分もあるけれど、総じていえば少し雑駁《ざっぱく》な感じのする街であった。

警察署前は事件発生から時間が経っていないので、捜査員の出入りが多く、慌ただしい雰囲気である。報道関係らしい人間もちらほら見かけた。

浅見は彼らの一員であるかのような顔をして、警察署に入り込んだ。ブルゾンにテニス帽というスタイルは、どこから見てもマスコミ関係者だから、怪しまれることはない。

殺人事件が発生すると、所轄《しょかつ》署の、ことに刑事課は、通常の人数の何倍かの捜査員で膨れ上がる。隣接する警察署からの応援や、県警から機動捜査隊が駆けつける。そのほとんどは事件現場の捜索や、地取りと呼ばれる聞き込み捜査に従事しているが、合同の捜査会議など、署内の捜査本部にかなりの人数が集結することもある。敏腕の記者はそういうあいだをかいくぐるようにして、情報をキャッチし、捜査の進捗《しんちょく》状況を憶測する。

浅見が行ったのは、ちょうど昼食時間であった。人間の心理とは妙なもので、食事のような、いわば本能に基づく行為を行なう前後には、緊張のタガが緩みがちだ。ふだんなら付き合いにくい狷介《けんかい》な人間でも、ふっと隙を見せることがある。

一階の玄関ホールに佇んでいる浅見の前を、四十代なかばぐらいの、見るからにベテランらしいのと、対照的に若いのと、二人の刑事が通って行った。「ラーメンでいいか」と年配のほうが言って、若いほうが「ええいいすよ」と答えた。親子——とまではいかないが、先生と生徒のような印象だ。

浅見は二人のすぐあとに追随した。五メートルばかりあいだを置いて、つかず離れず歩いた。

二人は少し歩いて、安っぽい中華料理店に入った。ドアを抜けるとき、年配のほうが、胡散《うさん》臭そうな目でチラッとこっちを見たが、浅見は構わずつづいて店に入り、二人のテーブルのすぐ隣に坐った。

二人は「ラーメンライス」と注文した。浅見はラーメンだけ頼んだ。注文取りのウェイトレスが行ってしまうと、年長のほうの刑事が浅見にいきなり、「おたく、どこの社かね？」と訊き、さらに機先を制するつもりなのか、たたみかけるように言った。

「見たことない顔じゃけど」

「僕はフリーです」

浅見は愛想よく答えて、名刺を出した。

「ふーん、東京から来たんかね？」

「失礼ですが、部長さんですか？」

部長刑事か――という意味だ。

「ああ、よう分かるな」

刑事はまんざらでもない顔になった。

「被害者の身元は分かったのでしょうか？」

「いや、まだ確認はとれておらんよ」

「マル暴関係ではないかという噂を聞きましたが」

「さあ、どうかな」

「麻薬がらみだとも言われています」

「かもしれん」

「じゃあ、違うのですね」

「ん？……」

素っ気なく答えていた部長刑事が、目を剝《む》いて、浅見の笑顔を睨《にら》んだ。

「わしは何も言うとらんよ」

「しかし、部長さんは違うと思っているのでしょう。僕もそんな感じがしていました」

「ふーん、何でやね？」

「勘です、部長さんと同じです」

「わしと同じ？……」

部長刑事は若いのに視線を送って、「おい、言うたんか？」と言った。

「えっ？　僕は何も言うてませんよ」

若い刑事は慌てて否定した。

「そしたら、何で知っとるんじゃ？」

二人の目が浅見に向けられた。

「それは、部長さんの口振りが、捜査本部の意向に不満を持っているような、否定的な感じだったからです」

浅見は穏やかな口調で言った。

「ん？　そう聞こえたかね」

部長刑事はいまいましそうに口を歪めた。「けど、かりにそうじゃとしても、勘でそう思っとるかどうかまでは分からんのと違うか？」

「いや、分かりますよ。事件発生から丸一日も経っていないのに、一つの見方ができるのは、勘による以外、考えられません」

「…………」

部長刑事はグッと、何かを飲み込んだような顔をした。それから急に頬を緩めて、

「ははは……」と力のない笑い方をした。

「そうやな、そう言われればたしかにそのとおりじゃの。しかし、わしがそう思うのはともかく、あんたみたいのんが同じ考えだちゅうのは何じゃね？」

素人《しろうと》がベテラン刑事と同じだなどと、おこがましい——という口振りだ。

「一昨年の台風十九号のとき」と、浅見は唐突に言い出した。二人の刑事は（何を言うんや？……）という顔で、呆れたように浅見の口元を見つめた。

「安芸の宮島で男の人が死んだのですが、憶えていますか？」

「宮島で？　さあなあ、知らんな。きみ、知っとるか？」

若い刑事に訊いた。

「そう言われれば、死者が出たいう話は聞いたような気がします。しかし、あれはべつに殺人事件ではなかったのと違いますか？」

「ええ、単純な台風被害による事故として処理されました」

浅見は頷いた。

「ふーん、その言い方やと、警察が間違っとるように聞こえるな」

部長刑事はニヤニヤ笑った。

「しかし、どっちにしても広島県のことじゃけんな。わしらには関係ないよ」

「そのときの被害者がですね、亡くなる何時間か前、厳島神社の内侍さんに会って、こんなことを訊いていたそうです。『紅葉谷公園の墓はどこか』と」

「何じゃて？……」

二人の刑事は見交わした目を浅見に注いだ。ちょうど運ばれてきたラーメンライスにも、しばらく気づかないほどであった。

「けど」と、若いほうの刑事が言った。

「だからいうて、それが何か、両方の事件に関係があるいうことの証拠にはならんのとちがいますか、ねえ部長」

「ああ、まあな……いや、しかしそれはどうか分からんぞ。なんで言われると困るが、こういうのは理屈ではなくて、第六感みたいなもんじゃけど……あんた、その話、ちょっと詳しく聞かせてくれんかな」

部長刑事はそう言って、「そや、自己紹介をせんといけんな」と名刺を出した。部長刑事は「依田《よだ》」で、若い刑事は「宮脇」と名乗った。二人とも岩国警察署の刑事課勤務で、今回の事件では、事件発生後、いの一番に紅葉谷公園の現場に駆けつけたそうだ。

ラーメンを啜《すす》りながら、浅見は厳島神社の内侍に聞いた話を伝えた。男がいかにも人待ち顔であったことや、どことなく落ちつかない様子であったこと、そして、厳島にはない「紅葉谷公園の墓」というのは、岩国の紅葉谷公園と勘違いしたものではないか――という推論を述べた。

「内侍さんは、男が誰かと待ち合わせていたことは間違いないと信じているのです。もしそうだとすると、台風の後、亡くなったのに誰も現れなかったのはおかしいと思って、警察の事情聴取にもそう主張したのですが、刑事さんは取り上げてくれなかったと言っていました」

「なるほど、似たような事件じゃねえ」

依田部長刑事は眉を寄せて、難しい顔をしながら、ラーメンを一本ずつ口に運んだ。心ここにあらざる様子だ。

「そっちの事件もこっちと関係があるとすると、単純な麻薬取引にからむ殺しとするのは間違いかもしれんなあ」

依田は無心に食うことだけに専念している宮脇を、ジロリと見て言った。

「いや、さっき浅見さんが言うたとおり、はっきり言って、あれは単純な殺しであるいう気はせんのです。たしかに、あの辺りはヤクの取り引き場所としては、うってつけかもしれんが、あの被害者はヤクがらみという感じはしなかった。マル暴関係者のニオイもないとわしは睨んどるのですよ」

宮脇刑事が（そんなことを言っていいのですか？——）という目を向けた。とたんに依田は、腹の虫が収まらん——と言わんばかりに、飯の丼の上で威勢よくラーメンを啜りながら、モガモガと喋った。

「被害者の服のネームがむしり取られとるので、身元はまだ確認できとらんけどが、ちゃんとしたスーツを着とるし、もしマル暴じゃいうのやったら、いわゆるインテリヤクザやろ。しかし、あれは違うような気がするな。それに、ヤクザやったら身元を隠すような面倒な真似はせんよ。隠したところで、面が割れとって、すぐに分かってしまうってな。第一、もし徹底的に身元を隠すんやったら、海に放り込むとか、いろいろ方法があるやろ。上着のネームを千切《ちぎ》っただけいうのは、何やら嘘くさいな」

依田の「嘘くさい」という言い方に、いかにもベテラン刑事らしい感覚を見たような気が、浅見はした。

「なるほど、犯人側には身元は割れない自信があるというより、割れても構わないと思っているのですね」

「わしはそう思うな。ガイシャが泊まっとったホテルは分かっとるのやが、どうやら偽名を使っておるらしい。いまごろは、東京へ行った連中が聞き込みを進めとるところやから、そろそろ結果が出てもいいころや」

依田は時計を一瞥して、ラーメンのチャーシューを飲み込むと、丼飯のほうに取りかかり、飯とラーメンの汁を交互にかっこんでいる。まるで若者のような食欲で、浅見は圧倒された。

若いほうの宮脇刑事のポケットベルが鳴った。「ほれきた」と、依田が顎《あご》をしゃくって、宮脇を電話に走らせた。

予測どおり、聞き込み捜査の結果が出たということだった。宮脇は戻ってきて、浅見の存在を気にしたが、依田は「かめへん」と、また顎をしゃくった。

「いま第一報が入りまして、宿泊カードに記載した石野実いう名前は偽名のようです。東京の住所のほうを当たったところ、石野いう家はないとのことです」

「やっぱしそうやったな」

依田は満足そうに頷いた。

「名前だけでなく、東京いう住所も出鱈目《でたらめ》ということはありませんか？」

宮脇は訊いた。

「いや東京は東京じゃろ、出鱈目でも、ぜんぜん根拠のないところは書かんもんや」

自信ありげな言葉を聞いて、浅見はますます依田部長刑事が好きになった。

「もしできれば」浅見は言った。

「そのホテルを教えていただけませんか」

「ん？　教えてくれいうて、あんたそこへ行くつもりかね」

「ええ、どうせ宿を取らなければなりませんし、そのついでに、少し調べてみようと思います」

「ふーん、熱心なもんじゃねえ」

「そろそろ、署に戻ったほうが」と、宮脇は時計を気にしている。依田も「そうやな」と箸を置いたが、ラーメンの汁の残りに未練を見せるような恰好をして「きみ、ひと足先に帰っといてくれんか」と言った。

「わしはもうちょっと、この人から話を聞いてみる。本部のお偉いさんにあんじょう言うといてくれ」

口ぶりから察すると、捜査本部の上司とはうまくいってないらしい。依田の進言はあまり受け入れられていないのだろう——と浅見は思った。

2

母親の様子がおかしいことに、里香は朝になってから気づいた。

もっとも、昨日、里香が帰宅した夕刻には、三枝子は勤めに出ていて、家にはいなかった。

三枝子が勤める岩国国際観光ホテルは錦帯橋やお城が錦川越しに真正面という、岩国のホテル、旅館の中では、最高の立地条件を誇っている。勤務は二交替制で三枝子は午後二時から午後十時までとなってはいるが、しかし、出勤は早く退勤は遅いのが客商売のつねである。出勤は、遅くとも一時半ごろに出て、二時にはスタッフが勢揃いしていないと、早い客のチェックインに間に合わなくなる。退勤は午後十時の定時にピタッと終わるというわけにいかない。何やかやと雑用が残って、帰宅するのはたいてい十一時を過ぎる。昨夜はとくに遅くて、十二時近かった。

いつもは大抵、起きて迎えるのだが、昨夜はさすがに、里香も疲れていたらしい。母親が帰宅した気配は感じていたが、そのまま眠った。

朝、起きて時計を見ると八時になるところだった。もう少し寝ていようかどうしようかと、ベッドの中で思案していると、キッチンのほうで物音がする。こんなに早く珍しい――と思いながら、里香も起き出した。

三枝子はパジャマ姿のままで、テーブルの上に新聞を広げて、食い入るような姿勢で読んでいる。日頃、政治も経済もスポーツにも関心のない母親が、そんなに新聞に熱中するのも珍しい。

「何か面白いことでも出てるの？」

里香が声をかけると、ギョッとして、慌てて新聞を畳み、「ううん、べつに。なんじゃ、早いんじゃね」と振り向いた。

「母さんこそ早いやない。早番の仕事でもあるの？」

「そうじゃないけど、昨日、里香に悪いことしてしもうたから、ご飯でも作ってやろか、思って」

「いいわよ、そんなん、自分でやるから。それに、今日は教室、午後からじゃし」

「そういえば、昨日はどうじゃったの？」

「ああ、まあまあかなあ。失敗した子もおったけど、コッペリアは評判よかったみたい。でも、外山先生は不満らしいけど」

「あの先生はきびしいひとじゃもん。そしたら、まずまずうまいことといったんじゃね。母さんも行ければよかったんじゃけど」

「いいわよ、来なくても。知ってる人が来ると、上がってしまうし」

そう言ったとき、里香はあの男のことを思い浮かべた。列車の男がとつぜん楽屋に現れたときは、胸の奥でトクンと脈打つものを感じた。ほんの行きずりの男性だというのに、なぜ、あんなふうに反応してしまったのか、自分でも不思議だった。

「どうしたん？」

母親の声でわれに返った。「ん？　どうもしないけど」と、目の前の新聞を手元に引き寄せた。

「あ、それ……」

三枝子は反射的に手を伸ばしたが、里香が「まだ読むの？」と訊くと、「ううん、いいけど」と、気弱そうに笑って、「そしたらご飯、作るわね」と流しに向かった。

（何を読んでいたのかな？……）

　里香は急に興味を惹かれて、紙面を眺め回した。母親が新聞にそんなふうにこだわったのを、はじめて見た。きっと面白い記事が載っているにちがいない。

　三枝子が見ていたのは、たぶん社会面の記事だ。急いで畳んだときの様子がそんな感じだった。それに、どう考えたって、三枝子が政治面なんかに関心があるとは思えない。

　そしてすぐに、「紅葉谷公園で殺人」の記事を見つけた。

「えっ、紅葉谷公園で人が殺されたの？」

　里香は驚いて、少し上擦《うわず》った声になった。「母さん、知っとった？」

「ああ、そんなこと言うとったわね」

　三枝子は呑気そうに、向こうを向いたまま答えた。

「ここに出てるじゃない」

「ふーん、出とったかしら？　気ィつかなかったけど」

「出てるわよ、ほら、こんなに大きく……」言いながら、里香は（おかしい……）と思った。母親がこの記事に気づかないはずはない。現に、さっき新聞を広げていたのだ。

　それに、里香に見られて、慌てたように新聞を畳んだときの、あの様子――。

「母さん、ほんまに知らんの？」

「知ってるわけないでしょう。ただ、昨日、パトカーなんかが走って行くのが見えたし、何やら人が死んでたとか話しているのを聞いたし……それで、殺されたのは誰なの？」

「それはまだ分からんみたいじゃけど。観光客の人と違うかな。もしそうだとしたら、たぶんホテルにも警察が調べに行くわね」

「そうかしら……」

「そりゃ行くって。ひょっとすると、観光ホテルのお客さんかもしれんよ。母さんの係じゃったお客さんだったりして」

「やめなさい、そんな気色悪い」

三枝子は本気で叱った。いつもなら冗談で笑ってすますのに、変だわ——と、そのときも里香は思った。

遅い朝食で、里香はお腹がすいていたから、お代わりをしたけれど、せっかく作った当人の三枝子は、ひと口ふた口箸をつけただけで、「食欲がない」とやめてしまった。

「なんか、さっき言ったこと、気にしているの？」

「さっき言ったって、何のこと？」

「殺人事件のことよ」

「バカなこと言わんときなさい」

三枝子は椅子をガタンと、引っ繰り返しそうな音をさせて席を立った。

里香は「ははは……」と笑ったものの、なんだか白けて、気分はよくなかった。

「そうや、母さん、昨日の朝言うとった、私が東京へ行くとき、何か頼むって、あれは何じゃったん？」

「ああ、あれ……あれはもういいわ」

「いいって、どうして？」

「もう頼まんでもよくなったのよ」

「どういうこと？　それ。何だったの？」

「大したことじゃないのよ。ちょっと買うてきてもらいたい物があったのじゃけど、もういいわ」

「買い物？……昨日はたしか、届けてもらいたい言うてたんと違うの？　けど、買い物じゃったら時間あるし、買うてきてあげるよ」

「いいって、もういい、言うてるでしょう、もうええのよ」三枝子はピシャリと言った。そういうきつい口調で言うときの三枝子は、何を言っても金輪際、譲らない。

（変だわ……）と、またしても里香は思った。昨日の朝、「寄ってきてほしい」と言ったときは、あんなに楽しげだったのに、いま見る母親の顔は、まるで裏返したように冷え冷えとした表情だ。

電話が鳴って、里香が受話器を取った。三枝子は流しにいたのだが、ギョッとしたようにこっちに向き直った。電話はホテルのマネージャーからだった。挨拶抜きで「お母さんいる？」と訊いた。

三枝子は差し出した里香の手から受話器をひったくると、背中を向けて、受話器を包み隠すような恰好で「はい、三枝子ですけど」と言った。

それからあとは、「はい」と「いいえ」の二種類の言葉しか発しない。最後に、「それじゃ、これからすぐに行きます」と言い、浮かない顔で受話器を置いた。

里香は少しどころでなく、心底不安になって、訊いた。

「何かあったの？」

「ちょっとね、お客さんのことで不調法《ぶちょうほう》があったみたいなのよ。若い子は気がきかんので困るわ」

三枝子は弁解がましく言って、「後片付け、お願いね」と、着替えにかかった。

何かあったんだ——と里香は思った。それも、ただごとでない「何か」らしい。

三枝子が出て行ったあと、里香はすぐにホテルに電話した。フロントの事務をやっている、里香と同い年の芳井友子に「昨日、紅葉谷公園で殺された人、観光ホテルのお客さんですって？」とカマをかけて訊いた。

友子は小さな声で「そうなの」と言った。「それで朝から警察が来て、従業員の全員から事情聴取をするのですって。里香ちゃん、そのこと、お母さんから聞いたの？」

「ええ、まあ……母はいま、そっちへ向かったけど、すごく心配しとったわ」

「けど、三枝子さんの責任と違うわよ。あのお客さん、おらんようになったのは、三枝子さんが帰られたあとだもの」

「そうなの、そしたら関係ないわね」

電話を切ってから、里香は心臓が苦しくなった。殺人事件の被害者がホテルの客であることも、それに、どうやら母親が係だったらしいことも不安の原因だが、それよりも、そのことを三枝子が隠していたというのが、たまらなく不安だった。

（なぜなの？……）

お客さんが殺されたからって、ホテルの中で殺されたわけでもないのだから、責任などあるわけがない。少なくとも昨日の朝の時点では、三枝子は事件のことなど、まったく知らなかったはずだ。そうでもなければ、あんなに呑気な顔をして、里香を送り出せはしなかっただろう。

新聞によると、死体が発見されたのは昨日の夕刻だそうだ。被害者の身元は分からなかったと書いてある。しかし、芳井友子が言うように、一昨日の夜中にホテルからお客が消えていたのだとすると、ホテルの関係者は、ひょっとすると――という想像が働いて、話題になっていたにちがいない。だから三枝子は、朝早く起きて、新聞を確かめたのだ。

だけど、三枝子はなぜそのことを隠さなければならないのだろう？　かりに事件に関わりたくないにしても、相手が刑事か何かならともかく、娘の里香にまで隠さなくてもよさそうなものだ。

それより何より、母親のあのオドオドしたような素振りが、里香はいやだった。

考えてみると、母はずうっと、あんなふうにオドオド、ビクビクしながら生きてきたんだわ――と、里香は思い、その母に対して憐れみを感じるより以上に、許せないほど歯痒《はがゆ》い気持ちがする。

里香は午前中いっぱい家にいたが、三枝子は出掛けたまま戻らなかった。そのまま通常の勤務に入るのだろうけれど、警察の事情聴取とかいうのが、長引いているのかもしれない。

里香が抱いたのと同じような疑惑を、警察が母親に持たないように、里香は祈った。

3

浅見が依田部長刑事の案内で岩国国際観光ホテルに到着したとき、ロビーには捜査員の姿は見られなかった。チェックインが始まるまで間があるのか、ロビーは閑散としていた。

依田は顔見知りのフロントに「うちの署の者は来とらんか?」と訊いて、「いえ、お帰りになりましたが」という返事に、ほっとしたような顔をした。浅見を連れて来はしたものの、本音をいえば、面倒なことになるのを避けたいのだ。

フロント係の話によると、捜査員は午前中から来ていて、従業員の事情聴取を終え、昼過ぎごろに引き上げたそうだ。

「お客さんを、案内してきた」

依田は浅見をフロントに紹介して、「部屋、あるんじゃろ? サービスしたってや」

と言った。

「承知いたしました」

フロントは客が警察関係の人間と思ったに違いない。緊張した表情で、浅見に宿泊カードを差し出した。

「ところで、紅葉谷公園の被害者について、ちょっと聞きたいんじゃが、誰か詳しい人はおるかね？」

「はあ、お部屋係をしておりました岡村いう者がおりますが……あの、さっき刑事さんがいろいろ訊かれておったようですが」

「すまんけど、もう一回、話を聞かせてもらいたいんじゃが、浅見さんの部屋に来てもらうよう、伝えてくれませんか」

依田は強圧的に言った。

「そしたら、岡村を浅見様のお部屋の係にさせていただきましょうか」

「ああ、それはいいですね」

浅見が頷いた。

フロント係は待機していた部屋係の女性に「岡村さん呼んで、替わってもらってください」と命じた。

入れ替わりにやってきた「岡村」という部屋係は、和服の似合う痩せ型の中年女性だった。少し窶《やつ》れた感じのする笑顔で浅見のバッグを受けとり、「ご案内いたします」と前に立ってエレベーターへ向かった。

「災難でしたね」

浅見はエレベーターのドアが閉まるのを待って、言った。女性は「えっ？」と驚いた目を浅見に向けた。

「岡村、何ておっしゃるのですか？」

「はあ、あの、三枝子いいますけど」

「岡村さんが被害者の係をされていたそうですね。警察にはずいぶんいろいろと、しつこく質問されたでしょう」

「えっ、ええ、まあ……あの、お客様は警察の方とちがいますの？」

怪訝《けげん》そうに訊いた。

「いや、こちらの依田さんは刑事さんですが、僕は違います。ただの雑誌記者ですよ」

浅見は名刺を渡した。肩書のない、ちょっと頼り無いような名刺を見て、岡村三枝子は「そうですの……」と正直に安堵《あんど》の色を浮かべた。

「そうじゃ、刑事みたいに柄は悪くないから、心配せんでもいいですよ」

依田がにやにや笑いながら言った。

「そんな、心配だなんて……」

「まあまあ、ええからええから」

エレベーターは六階で停まった。依田の脅しが効いたのか、錦帯橋を正面に見る、眺めのいい部屋だった。（高そうだな——）と浅見は少し不安になった。料金までサービスしてくれるかどうかは分からないが、この際、文句は言えない。

座敷の真ん中の座卓に、浅見と依田が向かい合いに坐り、岡村三枝子は少しはずれた位置に坐った。

「早速じゃが、殺されたお客さんの様子などを聞かせてもらいましょうか。いや、さっきほかの者に話したとおりでええけん」

三枝子は胸元から紙片を出した。刑事の事情聴取に備えて、「客」に関することがメモってあるらしい。浅見はちょっと拝見と、メモを自分の手帳に写した。

客は、東京都新宿区戸塚二丁目——の「石野実」という名を宿泊者カードに記入したそうだ。電話番号もある。

「けど、警察の方が電話されたところ、どなたもお出にならんそうです」

「ふーん、というと電話も出鱈目ということかな？」

依田が言った。

「いえ、そうではないみたいです。予約の確認を取らせていただいたときには、ちゃんと通じたそうですので」

「仕事や勤務先については、何も分からないのですね？」

浅見が訊いた。

「はあ、それは警察のほうでも、まだぜんぜん分からんと、おっしゃってたみたいですけど、ちがいますか？」

三枝子に訊かれて、依田は苦い顔をした。

「ああ、その時点ではまだそうじゃった。ここに泊まっとったことも、けさになってようやく突き止めたんじゃけん。けど、いまごろは分かってきたのとちがうかな。県警から捜査員が東京へ行ったよって」

それ以後、依田は捜査の中心には関与していないのである。特別捜査本部が開設されると、所轄の刑事は通常の業務もあるし、どうしても捜査本部から疎外された恰好になりがちなのだ。

「石野さんの印象についてですが、何か気になったことはありませんか？」

浅見は質問をつづけた。

「はあ、べつに……」

「警察の事情聴取では、どういうことを訊かれましたか？」

「何か変わった様子はなかったかとか、何か言うてなかったかとか、誰か訪ねて来る者があったかとか、外部から電話はかからなかったかとか……そのくらいです」

「それで、あなたの答えは？」

「何もありませんと申し上げました。ほんまに何も知りませんので」

岡村三枝子は少し俯《うつむ》きかげんになって、言った。

「そのお客さん——石野さんは、あなたが帰宅されたあと、ホテルを出たのだそうですね？」

「はい、私は十時半ごろホテルを出ましたけど、お客様は十一時ごろ、ちょっと出てくるいうてお出になったいう話です」

「石野さんを最後に見たのは、いつでしたか？」

「八時半ごろやと思います。お食事のあと、お床をのべさせていただきにお部屋に参りましたので、そのとき」

「そのとき、何か言いませんでしたか？」

「いえ、べつに何も」

「ほう――」

浅見は三枝子の斜め横顔を見つめた。表情をほとんど変えない女性である。視線をテーブルの上の一点に固定して、無意識の微笑を浮かべているが、決して喜んでいるわけではなさそうだ。

「あなたが布団を敷いているあいだ、石野さんはどこにいたのですか？」

「お部屋は違いますけど、だいたいその辺りにいらっしゃいました」

三枝子は浅見が座っている辺りに、掌《てのひら》を向けて、その指先を逆の方角へ向け、「あちらにお床をのべさせていただきましたので」と言った。

「ここに座っていたのですね？」

「はい」

「テレビはついていましたか？」

「いえ」

三枝子は質問の意図が分からず、はじめて不安そうな目を浅見に向けた。依田も（何を言いたいのか？——）と浅見を見た。

「どうもありがとう」

浅見は二人の視線の先で、嬉しそうに笑って見せた。

「それじゃ依田さん、僕は少し休ませてもらいます。あとで、夕方にでも、ご連絡したいのですが、いいですか？」

「そりゃ、構わんけど……」

依田は何か言いかけて、浅見の目がすばやく合図を送るのに気がついた。

「そしたら私はこれで」

要領を得ないまま、依田は立ち上がった。岡村三枝子は一緒に部屋を出て行くつもりで、依田のあとに続こうとした。

「あ、岡村さん、すみませんが」と浅見は呼び止め、テーブルの上に地図を広げた。

「ちょっと、この地図の場所を説明してもらいたいのですが」

「はい」と三枝子は部屋に戻って、地図を覗き込んだ。

浅見は依田が立ち去るのを確かめる仕草を見せてから、言った。

「もう警察はいません」

「は?……」

「僕は警察とは無関係ですから、何も心配しないで話してください」

「あの、話すって、どういう?……」

「あなたが石野さんに言われたことを、正直に話してください」

「えっ?……」

岡村三枝子は体を引くようにして、「どうして……」と言い、それから慌てて「何も言われてなんかいませんけど」と言った。

「いや、それは嘘ですね」

「嘘だなんて……何も嘘をついてなんかいませんけど」

三枝子は気色ばんで、唇を尖《とが》らせるような顔を作った。

「さあ、それはどうですかねえ……」

浅見は笑顔を消さずに言った。

「では、あらためてお訊きしますが、岡村さんは、石野さんの様子には変わったところはなかったと言いましたね」

「はい、そう言いました。ほんまに変わったところはなかったのです」

「しかし、あなたが布団を敷くあいだ、石野さんはずうっとここに座って、テレビも見ないで、黙っていたというのでしょう?」

「ええ、そうでした」

「もしそれが事実だとしたら、それは変ですよ。ふつうなら、二言三言、何か言葉を交わすはずでしょう。あなたのほうだって、お愛想ぐらいは言うのがふつうでしょう。それなのに、黙りこくっていたとしたら、やっぱりどう見ても変わってますよ。それでどうして、変わっていないなんて言えるのでしょうか？」

「………」

「警察はたぶん、さっきあなたが言われたような、とおりいっぺんの質問をして、あなたの答えを鵜呑《うの》みにしたのでしょう。まあ、警察にはそう思わせておけばいいかもしれませんが、しかし、それでは事件は解決しない。事件が解決しないとどうなるか……これはとても危険なことなのですよ。何が危険かというと、石野さんが最後に会った人物はあなただからです」

「えっ、それがどうして危険なのですか？」

「石野さんが殺された理由を考えてみれば、分かることです。犯人は単純な強盗や、通り魔ではありませんよ。最初から石野さんと紅葉谷公園で落ち合う約束のあった人物です。しかも真夜中といっていい時刻です。そして何かのトラブルがあった。それも殺害に到るようなトラブルですから、単純な恨みなんかではないでしょうね。おそらく何かの取り引き……たとえば麻薬に関係することだとか……そういう取り引きのもつれがあって、石野さんはそこで重大な過ちを犯したか、約束を破ったか、とにかく取り引き相手の利益に逆らうようなことをしたために、殺されたのです」

浅見は一気に喋って、「そうは思いませんか？」と訊いた。

「えっ、ええ、まあ……」

三枝子は脅えた目で、頷いた。

「その場合、取り引き相手は、石野さんを殺したことで目的を達したとは思えません。紅葉谷公園で落ち合ったのは、石野さんを殺すことが目的だったわけでもないでしょう。犯人にはべつの目的があって、しかもその目的が達成できなかったために、石野さんを殺した可能性が強い。もしそうだとすると、犯人はいま、必死になって……」

浅見は言葉をとぎらせた。必死になって何をしようとしているのか――そこまでは分からない。分からないままに、言い淀んだのだが、それがむしろ効果的だったのかもしれない。「あの……」と、岡村三枝子は縋《すが》るように言った。

「そうすると、犯人はまだこの辺りにいるのでしょうか？」

「たぶん」

断定的に頷いた。ヤマをかけるように言った自分の直観に間違いはなかったと思った。しかし、三枝子はしばらく考え込む様子を見せてから、「けど……」と言った。

「やっぱり、私には関係ありませんので」

目の表面に膜を張ったような、表情のない顔であった。

浅見は意外に思った。彼女が思いのほかしたたかな女性であることに驚いた。それとも、何か秘密を守らなければならないような背景があるのだろうか？――

いずれにしても、これ以上、根拠のない追及はゴリ押しでしかない。こっちは刑事でも何でもないのである。

「そうですか、だったら問題はありません。しかし、犯人も素直にそう思ってくれるといいのですがねえ」

最後のひと言は脅しではなく、本心から言った。

三枝子が引き上げてから少し間を置いて、浅見は依田に電話した。依田は「やあ、どうもしばらく」などと、あたり障《さわ》りのないとぼけたことを言っている。どうやら周囲にうるさ型がいるらしい。浅見が「そちらから電話をくれますか」と言うと、大声で、「たまには会おうや、あとで連絡するけんの」と電話を切った。

夕刻近く、依田はやって来て、部屋に入るなり訊いた。

「どうじゃったですか、あの仲居さんに何か訊かれたのでしょう？」

「ええ、そうなのですが、どうもはっきりしません」

浅見は正直に答えた。

「僕としては、被害者が何か、彼女に言い残していると思ったのですが」

「ふーん、それはまたどうして？」

浅見は依田に、岡村三枝子とのやり取りと、それに対する自分の考えを伝えた。

「なるほど、変わったところがないというのが変わっておる——ですか。なるほど、そういう考え方もできますかなあ……」

依田は感心したのか、呆れたのか分からない、半分笑いかけたような顔をした。

「というと、浅見さんは、彼女が何か隠しておると？」

「そんなことはないと言ってます。しかし、ひょっとしたら……いや、嘘をついているかどうかは分かりませんが、少なくとも犯人はそう疑ってかかるかもしれません」

「ふーん……なるほど……」

依田は少し、深刻な顔になった。

「ところで、東京へ行った捜査員からの報告は入ったのでしょうか？」

浅見は訊いた。

「ああ、ついさっき、それに関する報告がありました。ＮＴＴに確かめて、電話の持ち主を突き止めたわけですがね。被害者の本名は鶴井明。住所は渋谷区――。なかなか結構なマンションじゃったそうです。ただし、鶴井は毎日そこに住んどったかどうか分からないみたいですな。近所付き合いはないし、管理人の話では、ときどき姿を見ることはあるが、ほとんど出歩いているようだということです」

「仕事は何だったのですか？」

「これも管理人の話によると、鶴井本人は経営コンサルタントみたいなことをしとるとか言うとったようですな。しかし、実体は総会屋みたいなもんで、しかも、ヤクを扱っとったらしい」

「そうですか、やはり」

「マンションの天井裏に十グラムばかりのコカインがあったそうです」

「それ以外にも何か収穫はあったのでしょうか？　たとえば、ヤクの取り引き先のメモとか」

「いや、めぼしい収穫はなかったみたいですな。捜査員もそれを期待して、かなり念入りに捜索したのだが、手掛かりになるようなものは何も出んかったそうです」

「ほう……」

浅見は怪訝そうに依田の口許《くちもと》を見つめたが、依田のエラの張った顔からは、それ以上の言葉は出そうにない。

「だとすると、結局、この事件は麻薬取り引きをめぐるトラブルということになりそうですね」

「まあ、そういうことでしょうなあ。浅見さんが言われるように、取り引きがうまいこといかなかったいうことだと、たしかにあの仲居さんに危険なことがあるかもしれんが」

依田は少し気づかわしそうに、ドアの向こうを見透かすような目になった。

4

母親が帰宅したとき、里香はまだ起きてテレビを見ていた。耳慣れたバイクの音がして、階段を上がってくる足音を聞いて、ドアが開くタイミングを計って迎えに立った。

「お帰んなさい」

声をかけたが、三枝子はそれどころではない様子で娘に背を向け、ドアを細めに開けて外の気配を窺っている。

「誰かおるの？」

「ん？……」

三枝子は振り向いて、「ううん」と首を横に振ってドアを閉めた。平静を装っているけれど、落ち着かない眼の動きや、皮膚が引きつったような頰の辺りに、緊張感がはっきり見て取れる。

「そうじゃないけど、車がずうっとついて来とったような気がしたけん」

「えっ、尾行されたの？」

「気のせいやろ思うけどな。ああいう事件があったし、警察も気いつけたほうがいい、言うとったから」

「そうや、殺された人、母さんが係しとったそうやないの」

「ああ、聞いたんか」

三枝子はかすかに眉をひそめ、はぐらかすような微笑を浮かべて言った。

「けど、そんなもん心配せんでええのよ。ただ、お部屋の係をしとったいうだけで、何も関係ないのじゃし」

「そらそうじゃけど……」

言いながら、里香はまた（変だな――）と思った。わざわざ関係がないことを強調する必要はないのに――と思った。

「それより里香、あんた東京へ行く支度はできたんか？」

「支度いうても、二泊三日だけじゃし、大したことないわよ」

「そうか」

それからしばらく、三枝子が着替えをするあいだ、会話が途絶えた。ふだんだと、里香がテレビを観ていようが、お構いなしに話しかける三枝子が、珍しく何か考えごとでもしているように、沈黙を守ってから、言った。

「里香、バレエ教室、いつまでつづける気なの？」

「ん？　何よ、それ」

「ずっと長くつづけるつもりかどうか、聞いときたかったんよ」

「そりゃ、出来ることなら、いつまでもつづけたいわよ」

「けど、お給料、安いでしょう。そんなんで、母さんがいなくなってしもうても、やっていけるの？」

「やだなあ、そんな縁起でもないこと」

「冗談じゃないのよ。あんた、黙っとったらお嫁にも行かんみたいじゃし、この先どうなるのか、心配でならんのよ」

「心配したってどうなるものでもないわ」

「そんなことないわよ。あんたが望むんじゃったら、バレエ教室を出してやってもええ、思うとるし」

「え？　どういう意味、それ？」

「だから、いつまでも白鳥バレエ教室におらんで、自分で教室を開いたらどうか、言うとるの」

「えーっ？　あははは、あほなこと言わんといてや。そんなに簡単に教室が開けるわけがないやないの」

「なんで？　なんで開けんの？　あんたのバレエかて、結構上手なんじゃないの？」

「それはそうやけど……母さん、大丈夫？」

「大丈夫って、何が？」

「頭おかしくなったのとちがう？　バレエ教室いうたら、ふつうのお店出すのとちがうのよ。床から何から、ちゃんとしたものにせんといけんし、何百万か、何千万か……なんぼお金かかるか、分からんのよ」

「そんなこと分かってます。何千万は無理かもしれんけど、一千万とか二千万とか、そのくらいならなんとかなるかもしれんわ」

「ほんまに？……」

里香は驚いて、母親の顔を覗き込んだ。三枝子はニコリともせず、怖いほど真面目な目で娘を見返して、「ほんまよ」と言った。

「どういうこと？　どないしたん？　いつもお金がないいうて愚痴ばっかし言うとったのに。あれは嘘だったわけ？」

「そんなことはどうでもいいから、里香にバレエ教室を開く気があるのかないのか、それを言いなさい」

「それはまあ……開きたいに決まっているけど」

「だったら開きなさい。母さんが何とかするから」

「何とかするって……」

「お金のことは心配せんでいいの。里香はとにかく、場所をどこにするかとか、生徒さんをどうやって集めるかとか、そういうことを考えなさい」

「びっくりしたわァ、本気なんだ」

「本気ですよ、私は」

「でも、どうしたの、急に？……」

三枝子の威勢のよさとは逆に、里香は心細くなった。

「いいから、いいから」

三枝子は笑ってはぐらかすと、「早く寝なさい」と風呂場へ行ってしまった。

（よくないわよ――）

里香はいよいよ不安になった。母親の変身ぶりが、あまりにも唐突すぎる。いったい、

そうな気がしてきた。

どういうきっかけがあれば、あんなふうに豹変できるのだろう？
すぐに紅葉谷公園の殺人事件のことを連想した。母親の豹変があの事件と関係がありそうな気がしてきた。

（だけど、どう関係があれば、そんなふうに変身できるわけ？――）

あの殺人事件と、母親の言う一千万だか二千万だかの金が結びつく――などとは考えるだけでも恐ろしい。寝るどころか、テレビを観ていても、頭の中には何も映らない。

三枝子は風呂から出ると、さっぱりした顔つきで、ご機嫌であった。何かが吹っ切れたように、帰宅したときのオドオドした感じはすっかり影をひそめていた。

「なんじゃ、まだ起きとったの」

「だって、母さん、おかしなこと言うんじゃもん、気になって寝るどころじゃないわ」

「おかしなことじゃないでしょう。いいことじゃないの」

「そら、いいことには違いないけど、でも、いきなり大きなこと言うんだもの、ついて行けないわよ。一千万だなんて、ほんまにそんなお金、あるの？」

「私がある言うのだから、ある思ったらいいじゃないの。あんたはそれを信じて、バレエ教室を作りなさい」

これまで見せたことのないような、尊大な顔をする母親が、里香には頼もしいより、むしろ不安でならなかった。

「人生ってさ……」と、里香の不安を察知したのか、三枝子は里香がまだ子供だった昔のように、諭《さと》すような口調で言った。

「苦労ばかりみたいだけど、思いもかけない幸運に恵まれることだってあるのとちがうかな。ううん、あるのよ、あるものなのよ。そうでなかったら、生きている甲斐がないじゃない。誰にだって、一度ぐらいチャンスがあってもいいわよね。そうでしょう」

「それはまあ、そうだけど……」

「私も、里香にはほんま、何もして上げられんかったけど、いつかきっと、あんたのために何かを残してやれる思って、頑張ってきたのよ」

「いやだなあ、どないしたん、急にそんなこと言い出してから」

「ん？……あはは、そうね、おかしいわね。やめとこか」

三枝子は我に返ったように照れ笑いをしてそっぽを向いた。

「やめんでもいいけど……」

母親の笑った横顔に、涙が光ったように、里香には見えた。

翌朝は三枝子はちゃんと早起きして、朝食を作ってくれた。

「東京へ行ったら、ちょっと見てきてもらいたいところがあるんじゃけど」

身支度をすませた里香に、三枝子はメモを出した。

「東京都千代田区外神田――」の住所と「ダイシンヴィラ３０３」というマンションらしい名称が書いてある。

「もし見て来れたら、ここにどういう人が住んでるか、見てきてくれんか」

「見るっていうても、外から見たって分からんのじゃないん？」

「そやねえ……そしたら、道でも訊くみたいなかっこうして……それもできんかな。まあ、分からんかったらそれでもええわ」

「それって、何なの？　知り合い？」

「ううん、そうじゃないけど」

「このあいだ言うてた、何か届け物があるいうのは、そこと違うの？」

「ん？　ううん、違うわよ、違う」

三枝子はその話題から離れるように首を横に振って、名刺を出した。

「東京でもし、何か心配ごとでもできたら、この人のところに行ってみるとええかもしれんわ」

〔浅見光彦　東京都北区西ケ原――〕

「誰なの、この人？」

「昨日会ったばかしの人じゃけど、わりと信用できるみたいじゃし、けっこう男前よ」

「何なん、まるでお見合いでもさせるみたいなことを言うわね」

「ははは、ほんま、そうなったらいいっていう感じの人よ」

「あほらし」

里香は名刺をバッグのポケットに突っ込んだ。三枝子は「何かあったら」と言ったのだが、実際、何もなければそのまま忘れてしまったかもしれない。

新岩国の駅には外山玲子が先に来ていた。手に大きなバッグを下げている。「お持ちします」と言うと、「ありがとう、でも、その必要はありません」と毅然として言った。年寄り扱いはしてもらいたくない顔だ。

弟子や他人にきびしいが、自分にもきびしいひとだ——と、里香はつくづく思う。

（この先生を裏切るようなことができるかな？——）

母親の夢物語みたいな話を思い出した。

（あれは何なのだろう？——）

三枝子があんなふうに、お金のことに関して大言壮語を吐くのは初めてだ。それも、冗談やはったりではなく、かなり本気でそう思っている様子であった。

バレエ教室を作る——そんな大それたことが、あたかも、すでに約束されたような言い方をしていた。いったいどんな幸運があったというのだろう？

またしても、紅葉谷公園の殺人事件のことが頭を過《よぎ》る。その事件を境に、三枝子の姿勢が変化したように見えるのは、単なる偶然にすぎないのだろうか。それとも——。

「さ、行きますよ」

外山玲子に声をかけられて、里香は慌てて先生のあとにつづき、改札口へ向かった。

第五章　ダイシンヴィラ３０３号室

1

　岩国観光ホテルに泊まった翌日、浅見は錦帯橋を見物して、ロープウェイで岩国城へ登って、それなりに観光気分を味わった。

　錦帯橋は写真で見慣れているけれど、ただの文化財で、風景に彩りを添える装飾品のようなものかと思っていたのだが、どうして、実際に歩いて渡れる、しっかりした木組みの太鼓橋であった。年間七、八十万人が渡るというから、岩国の観光資源として、ずいぶん稼いでくれているにちがいない。過去に何度か流失の憂き目を見ているのだそうだが、一見した感じは、昔から変わらないままそこにあるような印象を受ける。

　城山に登って気がついたのだが、山は錦川に西から東へ岬のように突き出している。つまり、錦川は城山を南北から挟むように、東側の山裾をUターンするように、大きく迂回して、流れ下っているのであった。

　天守閣から眺めると、岩国の市街がデルタ地帯に展開している様子が手に取るように分かる。はるかな三角州の外れあたりで、米軍機が離陸してゆくのが見えた。城見物の外人客もちらほら見かけた。大抵は家族連れで、平和そのものの風景だが、真偽のほどはともかく、麻薬の密売などという噂を耳にしたせいか、単純な気持ちでは眺められなかった。

久し振りにのんびりした観光客気分を味わってから、夕刻近く、浅見はふたたび柳井市へ引き返した。あと一日か二日、東尾静江の行方を追ってみるつもりだった。そのあいだには、紅葉谷公園殺人事件の捜査にも、多少の進展は期待できるだろう。

柳井では一昨日泊まったのと同じホテルに舞い戻った。岩国観光ホテルの料金とは比較にならないほど安上がりで、大いに助かる。食事を節約しさえすれば、二、三泊しても余裕がある。

東尾静江が柳井のどこにいるのか、いまのところまったく見当がつかないけれど、とにかく「柳井へ行く」という彼女の言葉が事実であるなら、なんとか手掛かりぐらいは摑めそうなものだ。

それに、静江の勤め先は病院にしろ老人ホームにしろ、あるいは個人宅にしろ、いずれにしても療養や介護を要する老人がそこにいることだけは間違いない。とりわけ個人宅だとすると、ベテランの女性を一人雇えるだけの経済力がなければならない。それなりの資産家と思っていいだろう。柳井市に何万戸の家があろうと、それらの条件を満たすとなると、かなり限定できそうだ。

部屋に落ち着くと、浅見は東京に電話を入れた。毎日一度は連絡するよう、須美子からきつく言われているのだが、年中うっかりの常習犯である。ここ二日間、まったく電話を入れずにいた。案の定、電話口に出た須美子はご機嫌斜めの様子だ。「今日はどちらにいらっしゃるのですか？」と、皮肉めいた口振りで言った。

「山口県の柳井に来ているけど、何かあったの？」

「藤田編集長さんから、何度かお電話がありましたよ」

「編集長から？　何だろう。まだ締切りには間があるはずなのに」

「でも、ご心配なんじゃありませんか。私だってとても心配です。坊ちゃまは糸の切れた凧《たこ》みたいなんですから」

若い割に「糸の切れた凧」などと古風な文句を喋るのは、明らかに大奥様の雪江の影響である。

「それから、峰沢様とおっしゃるお年寄りの方からお電話がありました」

「峰沢さん？……というと、柳井の峰沢老人かな？」

「さあ、そこまではおっしゃいませんでしたけど、ご連絡していただきたいとおっしゃってました」

「分かった、ありがとう」

いやみの付録がつかないうちに、浅見は指先でフックを押して、受話器を握り直すと、峰沢老人の自宅の番号をプッシュした。

「やあ、あんたでしたか」

峰沢は懐かしそうな声を出した。

「いまお帰りですか?」

「いえ、まだ柳井にいるのです」

「えっ、そうでしたか。いかがです? 尋ね人は見つかりましたかな?」

「いえ、残念ながらまだです。もっとも、昨日はちょっと岩国のほうへ行っていたものですから……あ、じゃあ、わざわざそのことで……どうもお気を使っていただいて、ありがとうございます」

浅見は受話器に向かって頭を下げた。

「なんのなんの、年寄りはひまなもんじゃから、気になりだすと、どうも落ち着かないもんでいけんのです」

「じつは、そのことで峰沢さんにお聞きしたかったのですが、昨日、塚山代議士の一行と柳井駅で会いました。そのとき、周囲の人たちの話を立ち聞きしていたら、塚山氏は宮藤元総理の見舞いに行くということのようでした」

「ああ、そういえば、新聞にもそんな記事が載ってましたな。それが何か?」

「それでですね、僕が捜している、例の東尾静江さんですが、じつはその女性が益田にいるころ、宮藤氏が急病で日赤病院に入院した際、付添いに雇われたという話を思いだしました。そのときの看護がとても熱心だったせいか、宮藤氏にたいそう気に入られたというのです。それで、ことによると、彼女が『柳井へ行く』と言ったのは、そのときの縁で、宮藤氏にスカウトされたのではないかという気がしてきました」

「うーん、なるほどなあ、そういうことも考えられるかもしれんですなあ」

「ただし、僕が調べたかぎりでは、宮藤氏の自宅は東京にあるのだし、出身はたしか山口市だったはずです。そっちのほうが大きな病院はありそうに思えますが、宮藤氏のような大物が入院するのにふさわしい病院が、柳井にあるのでしょうか？」

「いや、柳井にはありませんなあ」

「だとすると、どこかに宮藤氏の別荘か何かあるのですかね」

「いやあ、聞いたことがありませんよ」

「では、塚山代議士はどこへ見舞いに行ったのでしょう？」

「うーん、そうじゃなあ……」

峰沢は考え込んでしまった。浅見はしばらく待ってから言った。

「ふと思いついたのですが、こういうことは考えられませんか。東尾静江さんが柳井へ行くと言ったのは、柳井そのものでなく、柳井の方角という意味だったのかもしれません。たとえば柳井の近隣の町だとかです。そういう町の名前を言っても分かりませんからね。それで片っ端から周辺の町を調べてみるつもりなのですが、峰沢さんならひょっとするとご存じかもしれないと思いまして」

「うーん。なるほどなあ……。そうであれば、あそこかもしれんな」

峰沢は自信なさそうな口ぶりで言った。

「どこですか？」

「旭光《きよっこう》病院という、もっぱら金持ちだけが利用する病院があります。ただし柳井市内ではなくて平生《ひらお》町いうところにあるのじゃが、平生いうても遠くの人には分からんので、一般的には柳井の旭光病院いうておるかもしれん。海岸に面した岡の上の、豪勢な設備の病院いうか、まあ、医療設備の完備したホテルみたいなもんじゃなあ。そういえば、宮藤さんが自分の老後のために作ったいう噂があったのかもしれん」

「そこでしょう。そこですね」

浅見は少し興奮を覚えながら、ほとんど断定するような語調で言った。

「そういう病院なら、政治家や金持ちが利用するでしょうし、僕が想像していた状況と、ぴたり一致します」

「そうかもしれんですな、いや、わしはあまり詳しい事情は知らんですけどな」

「ありがとうございました。明日の朝、早速そこへ行ってみます。結果はすぐにご報告します」

電話を切った後、しだいに興奮がつのった。兄嫁に送られた怪しい手紙に端を発した尋ね人が、いよいよクライマックスに達するのだ——と思った。

あの手紙の写真と「キジも鳴かずば……」という文面から想像される送り主の陰湿な意思と、写真に写っている東尾静江とがどのように関わりあっているのか、その謎の部分が確かめられるときが迫っているという確信が湧いてくる。

平生町は室津半島の西半分を占める、細長い町域である。北側から東側にかけては柳井市と境界線を接していて、地図の上からだと、柳井市にへばりつくような位置関係にある。たしかに、峰沢老人が言っていたように、「柳井の」と形容したほうが分かりが早いにちがいない。無責任な余所者の目には、いっそのこと合併してしまえばいいのに——と思えた。

浅見にしては珍しく早起きして、九時半にはホテルを出た。タクシーに「旭光病院」と告げるとすぐに分かった。柳井市域を出て小高い丘陵地を越えると、すでに平生町に入り、海岸に近い道路を南下して間もなく、左手の台地へと分岐する道を登って行く。

まったく「ホテル」と見紛《みまご》うばかりの、豪勢な建築物が目の前に現れた。中央にピラミッド風のドームがそそり立ち、左右にシンメトリに翼を広げたような三階建ての棟が延びている。どことなく国会議事堂を思わせる建築だ。生け垣を配した門を入って、車寄せまでは広い前庭を百メートルばかり走る。

タクシーには待っていてくれるように言って、玄関に入った。

大きなクリスタルの自動ドアを二度抜けると、これまたホテルなみの広いロビーである。床には淡いブルーのカーペットが敷きつめられ、天井からはシャンデリアが、壁には名のある画家の大きな絵がかかっている。

かすかに薬品の匂いが鼻孔をくすぐらなければ、病院であることを忘れさせる。益田の日赤病院もずいぶん立派だったが、それとは比較にならない。明らかに、病院としての本来の機能や目的のほかに、特権階級意識を満足させる気配が漂っていた。

ロビー正面にあるフロントのような受付に歩み寄った。ホテルのフロント係と違うのは、職員が白衣を着ているところである。男性が一人、女性が二人、職業的な微笑を浮かべて浅見を迎えた。

「こちらに東尾静江さんとおっしゃる方はいらっしゃいませんか？」

浅見は単刀直入に訊いた。ほかのアプローチの仕方があるかどうか、いろいろ考えたが、結局、こう言うしか方法はない。

「東尾さん……患者さんですか？」

男性は四十歳ぐらいである。病院の職員というより、ガードマンといったほうがぴったりする、がっしりした体軀《たいく》の男だ。

「いいえ、たぶん患者さんの付添いをしている女性です。つい最近、島根県の益田のほうから移ってこられたのですが」

「ああ、それだったら三橋さんとちがいますか？」

二人いる女性の若いほうが明るい声を発した。

「あ、そうですそうです、旧姓は三橋さんです。じゃあ、ご主人が亡くなったから、旧姓に戻られたのかな」

浅見は声が上擦りそうになるのを抑えるのに、苦労した。静江が東尾姓を捨てたのは、もともと入籍していなかったようだから、それほどの問題ではないようだが、何となく、東尾姓と一緒に過去も捨てたかったのではないか――という想いがした。

「じゃあ、こちらにいらっしゃるのですね？」

浅見が念を押したとたんに、男は右手で若い女性を制して、「失礼ですが」と冷たい目になった。

「どちら様で？」

「こういう者です」

浅見は名刺を出した。肩書のない名刺だ。男は何も印刷されてない裏を見て、怪訝そうに「えーと？……」と首を傾げた。

「フリーのルポライターをやっています」

「ルポライターというと、マスコミ関係の方ですか？」

「まあそんなようなものですが、今回お邪魔したのは、仕事とは関係ありません。僕の義姉が東尾さん――三橋さんと知り合いで、いちどお訪ねするように言われて、こちらに来たついでにお寄りしただけです」

「なるほど……」

男はしばらく考えてから、「ちょっとお待ちくださいよ」と言い、女性二人に（余計なことは言うな――）と目配せをしてから、奥へ引っ込んだ。

「いいところですねえ」と、浅見はクリスタルのドアの向こうを眺めて言った。女性二人は答えていいものかどうか、顔を見合わせて迷っていたが、若い、見るからに陽気そうなほうが、口を噤《つぐ》んでいるのは我慢ができない——というように、「ええ」と頷いた。彼女は二十歳を出たばかりか。もう一人のほうは二十五、六歳ぐらいの、おとなしい感じの女性で、闖入者《ちんにゅうしゃ》にどう対応すればよいのか——当惑げにあらぬ方角を向いている。

「三橋さんも、ここに来てよかったとお手紙に書いてありましたが、ほんとに別天地ですよねえ。宮藤元総理が自慢されるだけのことはあるなあ」

宮藤の名前を出したことは、かなり効果的だったようだ。年長のほうの女性の表情も、微妙に和《なご》むのが感じ取れた。

「三橋さんが前にいた益田は、夏は暑いし、冬はとてもきびしいところで、ずいぶんつらかったみたいですよ。彼女、何か言ってませんでしたか？」

「ええ、それと、豪雨で崖崩れがあって、ご主人が亡くなったとか聞きました」

「そうなんですよねえ……」

浅見は声に思わず力がこもった。

（そうだったのか、東尾静江の夫は豪雨禍で死んだのか——）

「ほんと、お気の毒でした……ところで、この病院には何人ぐらいの方が入院されているのですか？」

「いまは……」

答えかけるのを、年長の女性が首を横に振って制止した。

そのとき、奥から最前の男が、もう一人、四十歳前後の男を伴って現れた。二人の女性に「ちょっと中を片付けておいてくれんか」と追いやっておいて、後から来た男のほうが浅見に向かい合った。

「えーと、東尾さんでしたか、そういう方はここにはおられませんのですが」

「あ、いや、三橋さんという、旧姓に戻られたそうです」

「三橋いう人もおりません」

男は手にした浅見の名刺から、上目遣いに視線を上げると、無表情に言い切った。口を一文字に結んで、平家蟹《へいけがに》のように扁平で愛想のない顔である。

「えっ？　しかし、たったいま、こちらの女性の方が三橋さんはいるとおっしゃっていましたよ。ねえ、そうですよね？」

浅見は呆れた声で、もう一人の職員に同意を求めた。職員は「さあ？……」と、目玉を思いきり天井に向けてしらを切った。

「いや、それは何かの勘違いでしょう。あの子はまだ慣れておらんので、よう分からんのです」

年配のほうは、すべての疑惑を受け付けない壁のような態度だ。浅見はしばらく「はあ……」と口を丸く開けて相手の顔を見つめていたが、急に笑顔になると、「なるほど、そうですか、いないのですか」と言った。

「じつに単純な勘違いですねえ。世の中にはこういうことがあるから面白いのかもしれません」

当然、何か文句をつけると思った客が、陽気に物分かりのいいことを言いだしたので、二人の男は面食らったにちがいない。顔を見合わせて、複雑な苦笑を浮かべている。それを尻目に、浅見は型通りの挨拶をすると、軽い足取りで玄関へ向かったが、内心ははらわたが煮えくりかえる想いであった。

それと同時に、浅見はここがただの病院ではないことを嗅《か》ぎ取っている。峰沢が言った噂どおりに、宮藤の肝煎《きもい》りで建設されたものだとすると、政治家や一部の特権階級のための施設として供されるにちがいない。そして、フロントや職員の応対の仕方に、一般客への強い拒否反応があることから、何か大きな不正が行われていることも感じた。ことによると、その不正が「事件」と何らかの関わりがある可能性もありそうだ——と思った。

浅見はタクシーで旭光病院の周辺を走ってみて、あらためて敷地の広さを認識した。隣に「杉浦園芸」という、植木や花卉《かき》を栽培する園芸農家があるのだが、それが小さく見えるほどだ。南西に面したゆるやかな斜面一帯に、緑地が整備されている。そこかしこに、防犯用の設備が施されていることが分かる。建物はいかめしいだけではなく、外装や窓に繊細な装飾を見て取ることができる。

ベッド数が足りないとか、病院経営が苦しいとかいう一方では、こんな豪華な病院が存在し成り立っているのは、摩訶《まか》不思議としかいいようがない。

浅見はタクシーを帰すと、海岸べりのわりとしゃれたレストランに入って、昼食をしたためながら店の人間から話を聞き、そのあと、周辺の住民たちの声を取材して歩いた。彼らの知識を総合すると、峰沢が聞いたという噂どおり、元総理だとか、政界財界の大物たちの病気治療や老後の療養を目的として建てられたというのは事実に近いらしい。「お偉いさんたちの施設で、わしらには雲の上の存在じゃなあ」と、決して好意的ではないのだが、多少は自慢めいた口ぶりで語った。

ただ、どういう団体が経営しているのか、医師や看護婦や職員が何人ぐらいいるのか、入院患者はどんな人々なのか——といったことに関しては、ほとんど何も知らないにひとしかった。平生町の住人で病院の仕事をやっているのは、建物のメンテナンスを請け負《う》っている工務店と、庭園の手入れに従事する業者だけだそうだ。

浅見はそこへも行って話を聞いたが、箝口令《かんこうれい》がしかれているのか、はっきりしたことを言いたがらない。それに、その人たちも病院内部の事情については、何も知らされていない様子であった。

2

ボリショイバレエ団の公演はさすがに見応えがあった。一夜明けて、朝食のテーブルで外山玲子と顔を合わせた時、里香は「ほんとにすてきでした」と、もう何度目かの同じ台詞《せりふ》を言った。外山玲子が弟子たちの中から自分を選んで、公演を観せに連れてきてくれたことに、里香は心底、感謝した。この先生を裏切ることなんかできない——と、またしても思ってしまう。

「ああいう本物を観ると、自分がすっごく貧弱に思えてきます」

里香が率直な感想を言うと、玲子も頷いて「そうね、私も挫折感を味わったものよ」と言った。

「でも、私らのころと較べれば、いまのあなた方はずっと恵まれていますよ。こうやって本物を観るチャンスだってあるし、指導者の数も質もぜんぜん違いますからね。それに第一、プロポーションだって、ヨーロッパの人たちに負けないだけの素質に恵まれてきたでしょう」

「でも、先生はすてきです」

「ははは、私はただの背高のっぽの痩せっぽち。これにバネと耐久力があればねえ」

玲子は残念そうに自分の両腕の辺りを見下ろした。

「どう、ボリショイを観て、岡村さんも少しはやる気になった?」

「はい、頑張ろうと思いました」

「そう、それならよかった。これからはあなたに頑張ってもらわないとね」

言外に「私に代わって」という意味が込められているのを感じて、里香は頭を下げたけれど、母親が娘の独立を思い描いていることを思い、胸がズキンと痛んだ。

その日、玲子は旧友と会うとかで、里香も自由な一日を過ごす予定になっていた。

ホテルで聞くと、千代田区外神田はそう遠くなかった。秋葉原の電気店街の辺りだという里香は出かけたついでに、小型のラジカセでも買って帰ろうかと思った。

地下鉄の末広町で下りて、神田明神の方角へ向かって歩くとまもなく坂道にかかる。この辺りはあまり大きくないビルと小さな商店が不揃いに建ち並ぶ。その坂の左手の細い道を入った一角にダイシンヴィラはあった。八階建ての小ぢんまりしたマンションだ。どういう人たちが住んでいるのだろう。里香は建物の前をゆっくり通り過ぎてみたが人の出入りする姿はなかった。

少し行ってから引き返し、思いきって玄関に入った。小さいけれど感じのいい玄関ホールだ。ホールの壁には郵便受が設《しつら》えてある。一フロアに五部屋ずつ並んだ中の、303号のボックスには、何の表示も出ていない。ほかのほとんどのには個人名や事務所らしい名前が出ているのだが、四ヵ所だけ、表示の欠けたボックスがあった。

里香はエレベーターで三階まで上がってみた。ふつうのマンションの廊下はオープンになっているのだが、ここは廊下の外側が壁になっていて、わりと小さめの嵌《は》め殺しの窓が二メートル置きぐらいに並ぶ。どことなく校舎のような造りだ。東京の都心部は空気が汚れているそうだから、わざとこうしたのだろうか。騒音もずいぶん緩和されて、廊下の空気は冷たく静まり返っていた。

303号室にはやはり表札は出ていなかった。「303」の数字がじっと訪問者を見据える。少しためらってから、里香は思いきってチャイムボタンを押した。しばらく待ったが応答はない。なんとなくほっとして、踵を返しかけたとき、ドアの向こうに人の気配を感じた。マジックアイの視線も感じる。

里香はそのどちらにも気づかないふりを装って、首をかしげてから、今度は本当に回れ右をした。

「どなたですか？」

声が聞こえた。里香は演技の必要なしに、ギクリとして足を停めた。一瞬（どうしようか――）と思った。このまま知らん顔して行ってしまうには、あまりにもはっきりと声に反応しすぎた。

仕方なく振り向いて、マジックアイに向かって、「あの、こちら……」と言いかけ、誰の名前も思い浮かばないで、慌てて「浅見さんのお宅でしょうか？」と口走った。母親から預かった名刺の名前だ。

「ん？……」

ドアの中で詰まったような声がした。

（まさか――）と里香は脅えた。落語か何かで、間抜けな空き巣狙いが玄関先で「お留守ですか？」と言ったとたん、中から人が出てきて、慌てて「○○さんのお宅を知りませんか？」と言うと、「ああ、○○ならうちですよ」と言われてびっくりする話がある。

まさかこの家が、偶然「浅見」だったりしたら、どうしよう……。

ドアが細めに開いて、人相の悪い男がこっちを睨んで、「どちらさん？」と言った。

「あ、あの、岡村といいますけど……」

こんなとき、どうして本名を言ったりしちゃうのかな——と、里香は自分のばかさ加減がじれったい。

「……あの、浅見さんのお宅とは違いますよね」

「どういう用件ですか？」

男は「浅見」かどうかには答えず、一方的に訊く。そっちがそうなら、こっちだって——と、里香は依怙地《いこじ》になった。

「浅見さんじゃないのですね？　どうも失礼しました」

「まあ待ちなさい」

ほとんど振り向きかけた里香を、男は急いでドアを開けて、呼び止めた。きちんとグレイのスーツに濃紺のネクタイを締めているところは紳士風だが、眼光が鋭く、いわゆるインテリヤクザを連想させる。

里香は無意識に少し退いて、男との間隔を保った。何かされたら大声で叫ぶつもりだ。もっとも、このシーンと静まり返ったようなマンションに、人が住んでいるのかどうか、不安ではあった。

「うちは事務所みたいなもので、浅見という人もいないわけじゃないですが、お宅さんはどちらの岡村さんですか？」

男は追及するように言った。

「あ、だったらいいんです。私が尋ねる浅見さんは、事務所の人とちがいますから」

だんだん怖くなって、里香は「どうもすみませんでした」と頭を何度も下げながら歩きだした。

「ちょっと、待ってくれませんかね」

男はドアから出ると大股で追ってきた。走って逃げるわけにもいかず、エレベーターホールで追いつかれた。

「岡村さんといいましたか。どちらの岡村さんですか？」

「いえ、いいんです、もういいんです」

「いや、よくありませんよ。私も一応、聞いておかないとね。あなたは関西の人でしょう？　どこですか？」

エレベーターが来て、里香が乗ると、男も一緒に入ってこようとする。里香は急いでエレベーターを出た。男は閉まりかかるドアを抑えて、「どうしました？　下りですよ」と催促した。

そのとき、廊下から女性が現れた。

「何かあったのですか？」

不審な目を里香と男に交互に向けた。

「いや、べつに」

男はドアを抑えた恰好で、「さ、どうぞ。それじゃ岡村さん、またご連絡ください」と言った。

女性が乗り込むのに続いて、里香もエレベーターに入った。ドアが閉まったとき、心底（助かった――）と胸を撫で下ろした。男に害意があったかどうかは分からないが、無気味だったことは事実だ。

「あの人、何かしたんですか？」

女性が訊いた。三十五、六歳ぐらいの、大柄できつそうな顔つきだ。

「いえ、そうではないのですけど」

「そう、ならいいけど、３０３号室の人でしょう？　あそこ、変な人が多いんですよ」

一階に着いて、なんとなく二人肩を並べて外へ出た。

「これからどちらへ？」

「帝国ホテルへ戻ります」

「あら、ちょうどよかった。私も日比谷のほうへ行くところでしたの。タクシーご一緒しません？　ね、そうしましょう。また変な人が現れるといけないわ」

表通りに出て、タクシーを呼び止め、里香を先に乗せて自分も乗り込み、運転手に「帝国ホテル」と言った。流れるような手際のよさに、遠慮も抵抗もする間がなかった。

「帝国ホテルにお泊まりっていうと、どちらからいらしたの？」

「岩国です」

「岩国？」

女性がちょっと戸惑ったように見えたので、里香は「あの、山口県の」とつけ加えた。

「えっ、ああ、山口県の岩国……錦帯橋で有名な」

「ええ、そうですそうです」

「いいところにお住まいなのねえ」

「そうでもありません。田舎です」

「田舎だなんて、とんでもない。羨ましいわァ、行ってみたいわねえ」

「ぜひいらっしゃってください。私の母がホテルに勤めていますから、何かとサービスできると思います」

「ほんと？ 行きたいわねえ……あの、お名前は？」

「岡村といいます。母が勤めているホテルは岩国国際観光ホテル。錦帯橋のすぐ前ですから、すぐに分かります」

「そうですか。私は竹内といいます、竹内美津子。いつかきっと岩国に行きますから、そのときは本当によろしくね」

里香も自己紹介をして、すっかり打ち解けて、帝国ホテルに着くまで、いろいろとお喋りをした。

今度の上京の目的がボリショイバレエ団の公演を観ることであり、自分もバレリーナであること。いまは外山玲子という先生のもとでインストラクターを務めているけれど、ゆくゆくは独立して自分の教室を持ちたいこと。（そんな大きなことを言っていいのかな――）と反省しながら、話の成り行きのように、そこまで言ってしまった。

「へえー、そうなの、すごいわねえ」

竹内美津子はすっかり感心して、大袈裟《おおげさ》に驚いてみせた。話術が巧みで聞き上手なところや、きびきびした様子などから、きっと銀座辺りの大きなクラブのママかもしれない――と里香は思った。

「あの、あそこの303号室には、どういう人が住んでいるのですか？」

一方的に訊かれっぱなしだった中で、これだけは聞いておきたかった。

「ですからね、変な人たちなのよ。表札も出してないでしょう。住んでいるのかいないのかも分からないの。ときどき見かけない人が出入りしていたり……そうそう、あなたは誰を訪ねて行ったの？」

「いいえ、あの、本当は誰っていうこともないのです。ただ、どんな人が住んでいるのか確かめようと思って」

「ふーん、それ、どういうことかしら？」

美津子は怪訝そうに里香を見つめた。

「どうって……」

何て説明すればいいのか、里香が当惑したとき、車は帝国ホテルに着いた。竹内美津子は「このまま私だけ桜田門まで行くわ」と運転手に告げてから先に降りて、里香の手を握り、「じゃあ、またお目にかかりましょう」と快活に挨拶した。

竹内美津子が乗った車が車寄せを出て行くのを見送ってから、里香はドアボーイの開けてくれた玄関に入った。

部屋に戻って、レースのカーテンを開けると、すぐ目の下に東京宝塚劇場前の賑わいが見えた。誰もが生き生きとしている群衆と、独りきりここにいる自分とのあいだには、とてつもなく遠い距離があるような孤独感に襲われた。

窓から離れ、ベッドに腰を下ろしたとき、ふいに、里香はあのマンションまで往復したのが、ただの無駄足でしかなかったことを思った。そういえば、帰りに秋葉原の電気店街に寄って来るつもりだったことも、すっかり忘れていた。

(それにしても、あれは何だったの?――)

マンションに入って、エレベーターに乗って、三階で下りて、303号室のドアの前に立って……それらの一連の出来事は、まるで台本に書かれた約束ごとのように、ひとつの流れとして思い出される。

もっと言えば、地下鉄にのったときから、竹内美津子とタクシーに乗って帝国ホテルに戻って来るまでの行動が、どこにも淀みなく運ばれたような気がする。もし、二時間あまりの時間経過がなければ、あれはなかったことと錯覚できそうだ。

母親がなぜあのマンションへ行くように言ったのか、あらためて疑念を覚えた。「できれば、どんな人が住んでいるか、見てきて欲しい」と、三枝子は言っていた。いったい、母親とあのマンションの「住人」とは、どういう関係なのだろう？

あの男は何者なのだろう？

もしあのとき、竹内美津子が折よく現れなかったとしたら、あの男は何をしたか、どうなっていたか分からないような、不穏な雰囲気だった。そんな危険な場所に、母親はなぜ娘を行かせたのだろう？

里香の脳裏に、またしても紅葉谷公園の殺人事件のことが思い浮かんだ。

そして、母親の「一千万とか二千万――」とかいう大言壮語。

帰宅したときの怪しげな振る舞い。

次々と思い出すことから、不吉な予感がどんどん膨らんでゆく。

時計を見ると一時をとっくに過ぎていた。母親はもう家を出たころだ。今夜遅くにでも電話で報告してやろう――。

そう思ったら急に空腹を感じた。里香は一階のレストランに入って、いちばん安そうなビーフカレーを注文した。

切子《きりこ》ガラスの窓の向こうを、色とりどりに着飾った人びとが足早に行き過ぎる。大都会の華やぎを眺めながら、こんなふうにぼんやりしている時間が惜しくなった。

外山玲子は夕方まで戻って来ない。里香は大急ぎでカレーライスを食べると、もう一度街に出た。

どこへ行くというあてもないまま、足は自然に地下鉄へ向かい、いつのまにか、また外神田の街を歩いていた。ラジカセを買うついで——という、半分言い訳のような意識は働いていたかもしれない。

マンションには管理人がいるはずだ——とも思った。管理人に訊けば、あの303号室の住人の素性は分かるだろう。

坂道の途中から左へ、細い道に入る。その入口のところで、里香はギョッとして立ち止まり、とっさに、脇の電柱の陰に隠れた。

マンションの玄関から例の男が現れた。そして、驚いたことに、それから数歩遅れて、竹内美津子が出てきたのだ。

二人は玄関前で佇み、何ごとか語りあっている。笑顔は見せず、深刻そうな表情だが、とても、いがみあう隣人——という雰囲気は感じ取れない。

二人がしばらくそうしていると、マンションの脇の、たぶん駐車場から出たらしい黒塗りの車が玄関先で停まった。まず竹内美津子が、つづいて男が乗り込むと、車はこっちへ向かって走って来る。里香は慌てて、目の前にあるビルの入口に飛び込んだ。

二人を飲み込んだ黒い車は、路地を出ると左折して、坂道を走り去った。

(何なのよ、あれは?——)

里香は心臓が破裂しそうだった。あの男と竹内美津子が同類だなんて、いったいどういうことなのか——。

里香は(あっ——)と気がついた。

あの男には話さなかったことを、竹内美津子にはすべて打ち明けてしまったのだ。あの男の「毒牙」から救出してくれたり、タクシーにも乗せてくれた親切にほだされて、彼女を疑う気持ちなど、毛頭なかった。

いま思うと、あれはすべて彼らが仕組んだ芝居だったにちがいない。そうやって安心させておいて、こっちの秘密を洗い浚《ざら》い聞き出したのだ。

（どうしよう——）

取返しのつかないミステークを犯した——と里香は思った。

かといって、そのミスがどういう結果に結びつくのか、皆目見当がつかない。いや、ミスなのかどうかさえ、本当のところは分かっていないのである。

ただ、直観的に、何か不吉なことが起きようとしていることは感じる。

里香は一目散に坂道を下り、末広町駅から地下鉄に乗った。もはや秋葉原の電気店街のこともラジカセのことも念頭になかった。

ホテルに戻り、部屋に入ると、セーフティキーをかけた。独りで自分の身を守るには、ホテルは城のように頼もしい。悪魔でもないかぎり、この部屋には入って来られない——と思い、そう思ったことでいっそう恐怖がつのった。

里香は震える指でバッグから名刺を取り出した。母親が「もし何かあったら」と渡してくれた名刺だ。

浅見光彦——。

もとより、里香にとっては知らない人間である。

（どうしよう――）

何度も逡巡して、結局、電話をしてみるだけなら――と腹を決めた。

電話の向こうには若い女性が出た。「はい浅見でございます」という声を聞いて、ともかくもほっとした。

「あの、浅見光彦さんのお宅ですか？」

「はい、そうですけれど、坊っちゃまはただいま外出しておりまして……あの、失礼ですが、どちら様でしょうか？」

（坊っちゃま？――）里香は耳慣れない呼び名に戸惑った。母親の話によると、たしか三十歳ぐらいだということだった。そんないいおじさんを「坊っちゃま」と呼ぶのは、いったいどういう家なのだろう？

「岡村といいます」

「どちらの岡村様でしょうか？」

「岩国……」と言いかけて、里香は慌てて「いまは、帝国ホテルにおります」と言った。

丸々相手を信用するのは懲《こ》りた。

「ご用件を承りますけれど」

「いえ、あの、いいんです。お電話をしたことだけお伝えください」

相手の返事を聞く前に、里香は両手で抑え込むように、受話器を置いた。

3

柳井のホテルに戻って、峰沢に電話して、ことの次第を話すと「ふーん……」と難しそうな声を発した。

「それは妙なことですなあ。何がどうなっとるのか、わしらには分からん世界ですなあ」

のんびりした瀬戸内の町で、現役を退いて、悠々自適の気儘《きまま》な生き方をしている老人としては、ピンとこないのかもしれない。

「また何か分かりましたらご報告します」

「そうですか。こっちも何か調べて、お役に立てるかもしれんですがね」

峰沢の好意に感謝して電話を切ると、すぐに東京の自宅に電話を入れた。義姉に経過報告をするつもりだったが、電話には須美子が出て、いきなり「あら坊っちゃま、たったいまお電話がありました」と言った。

「どこから？　また藤田編集長かい？　だったら、原稿はまだだって言っといて」

「いいえ、今度は女の方からです」

「女性？　誰だろう？」

「岡村さんておっしゃる方です」

「岡村さん？　岩国の？」

「さあ、それは分かりませんけど、言葉のアクセントから、たぶん関西方面の方だと思います」

「じゃあそうだよ。岩国のホテルの仲居さんだよ」

「いいえ岩国のホテルでなく、帝国ホテルとおっしゃってました。それにずいぶんお若い方のようでしたけど」

「若くなんかないよ、四十五、六か五十近いおばさんだ」

「嘘ばっかり……お若い方です」

須美子の口調には、どことなくトゲが感じられる。坊っちゃまの付き合う相手が若い女性だと、とたんに機嫌が悪くなる。

「嘘なもんか。いや、そんなことはどうでもいいけど、用件は何なの？」

「ご用件はとお訊きしたのですけど、何もおっしゃらずに、電話をお切りになりました。ちょっと失礼な感じでした」

不機嫌の原因はそこにもあるらしい。

一応、義姉の和子に代わってもらって、これまでの状況を報告した。三橋静江――東尾静江の「流転」といってもいいような半生を聞くと、和子は「まあ、そうなの……」と吐息をついた。

「でも、それとあのお手紙と、どういう関係があるのかしら？」

浅見は手紙を「投函」した人物が、東尾静江本人ではなく、正体の知れぬ老人であったことを話し、それから柳井まで、彼女の足跡を辿ってきて、ついに旭光病院を突き止めたこと、病院の職員の不可解な対応、住民の噂などを話した。

「どうも胡散臭い感じがしてならないのですよ。ひょっとすると、三橋さんは何かの事件に巻き込まれている可能性があります」

「もしそうだとしたら、光彦さんも危険なことになりません？　そこまででおやめになったほうがいいわ」

「なに、僕は大丈夫ですよ」

「いいえ、もし何かがあったらいけません。陽一郎さんに内緒でお願いしているだけでも、心配で仕方がないのですもの。ほんとうにもうおやめになって、すぐにでも帰っていらしてね」

「分かりました。じゃあ、あと一日だけここにいて、帰ります」

浅見は兄嫁を宥《なだ》めて電話を切った。

それからまた受話器を取って、岩国観光ホテルに電話した。

岡村三枝子は不在だった。「まだ出勤しておりません」ということだ。時刻は四時を過ぎている。ホテルの勤務体制がどうなっているのか知らないが、遅番なのかな——と思い、出勤したら電話をくれるように頼んで、このホテルの電話番号を教えた。

岡村三枝子が何の用件で電話してきたのか、気にかかる。

浅見が岩国国際観光ホテルにチェックインした直後、彼女の身の危険を仄《ほの》めかして、ほとんど脅しに近いような攻め方で話を訊き出そうとしたときには、三枝子はまるで貝のように固く口を閉ざしていた。おまけに、夕食の給仕係をほかの人間に代わってもらうほど、こっちを敬遠したのである。

その彼女がいったい、どういうきっかけで気持ちを変えたのだろう？　いったいどんな用件があったのだろう？　わざわざ電話してきたほどだから、よほど緊急を要する――ことによると、それこそ本当に身の危険を予感するような事情でもあったのだろうか？

浅見の不安は秒刻みで深刻になっていった。こんなことなら、「明日と明後日は柳井に泊まる」と話しておけばよかった――。

六時まで待ってみたが、三枝子からは何も言ってこなかった。伝言がうまく伝わっていないのか、あるいはホテルのいちばん忙しい時間に入ったから、電話をかけるひまもないのかもしれない。

浅見は諦めて食事に出た。旅に出て五日目ともなると、ふところ具合もキャッシュカードの残高もそろそろ気になってくる。なるべく安そうなレストランに入ってトンカツ定食を食べた。

柳井の街を歩くと、あちこちで金魚ちょうちんが目につく。この町の名物なのだろうか。フグちょうちんのような恰好だが、赤と白だけのシンプルな彩色が愛らしい。浅見は小振りのを一つ買って、姪《めい》への土産にした。こんな気紛れのようなことでも、長旅に疲れた心を癒《いや》してくれる。

ホテルに戻ってテレビを観て、九時になるのを待って、岩国国際観光ホテルに電話した。

「岡村さんをお願いします」と言うと、交換手の女性は「しばらくお待ちください」とどこかに繋いで、男が出た。

「あ、浅見様ですね、少々お待ちください」

またしばらく待たされた。

「エリーゼのために」のオルゴールを聴きながら、浅見はまた不吉な予感を抱いた。交換手も、彼女に代わった男も、さりげなく装ってはいるが、どことなく緊張した気配を感じさせた。

男がまた電話口に戻った。

「浅見様はいま柳井のホテルにご滞在でいらっしゃいますね？」

「ええ、そうですが……あの、岡村さんはいないのですか？」

「はあ、ちょっと外出しておりますので、後ほどお電話をするようにいたします。しばらくお待ちいただけますか？」

「それはいいですが……何かあったのでしょうか？」

「は？　いいえ、べつに何も……それでは後ほど」

慌ただしく電話を切った様子が気に入らなかった。何か、こっちの素性に疑いを抱いているのか、それとも勘違いでもしているのではないか——と不愉快だった。

「後ほど」と言いながら、いっこうに連絡がない。十時を過ぎて、諦めるというより腹が立ったころ、ドアチャイムが鳴った。

ドアを開けると、廊下に依田部長刑事が立っていた。その背後に男が二人、まるで依田を護衛でもするように寄り添っている。

「あ、依田さん……」

浅見はさすがに驚いて、挨拶も忘れ、「どうしたんですか?」と、ほとんど非難するような口振りになった。

「どうも」

依田は浮かぬ顔で軽く頭を下げた。それから、浅見が何も言わぬうちに、ドアを除けるようにして部屋に入った。三人の大男が入り込むと、息が詰まりそうな狭い部屋だ。

「何かあったのですか?」

不穏なものを感じて、浅見は眉をひそめながら言った。

「じつはですな……」

依田が言いかけるのを斜め後ろの男が制して、依田の前に足を踏み出した。

「山口県警捜査一課の瀬川です」

警察手帳を出して、「浅見さんですな?」と分かりきったことを念押しした。その態度から察すると、依田より階級が上の、警部補かひょっとすると警部かもしれない。

「はい浅見ですが」

「浅見さんは岡村さんをご存じですね？　岡村三枝子さんですが」

「はあ……」

浅見は答えながら依田の顔を見た。ご存じも何も、依田部長刑事と一緒に訪問した相手ではないか。依田は情けない顔をして、下を向いたままだ。

「岡村さんがどうかしたのですか？」

「岡村三枝子さんは亡くなりました」

瀬川は自分が発した言葉の効果を確かめるように、浅見の目を見つめた。

「亡くなった？……」

浅見は背中が凍りついたようなショックを受けた。

「……殺されたのですか？」

「ほうっ……私は殺されたとは言っておりませんがね」

瀬川は唇の端に皮肉な笑みを見せた。

「どういう根拠で殺されたと思うのです？」

「それは、あの元気だった岡村さんが突然亡くなられたと言って、刑事さんが三人も見えて……それに、あなたの顔を見れば分かりますよ」

瀬川は「ふん」と鼻の頭に皺《しわ》を寄せて、そっぽを向いた。

「依田さん、どういう状況なのですか？」

浅見は訊いたが、依田は当惑げに瀬川の横顔にチラッと視線を走らせただけだ。どうやら依田自身も微妙な立場にあるらしい。

「それより浅見さん」と瀬川が言った。

「昨日の晩はどこで何をしていました？」

「このホテルにいました」

「まったくどこへも出ずに、ですか？」

「いや、食事に出ましたよ」

「何時ごろです？」

「六時すぎです。戻ったのは八時ごろだったと思います」

「それから？」

「それからは部屋にいました」

「一人で？」

「もちろん一人ですよ、この狭い部屋に二人以上の人間がいたら、酸素不足をきたすでしょう」

その部屋に四人もの男がいることを皮肉ったが通じる相手ではないらしい。

「ははは、浅見さんみたいな男前なら、美女と一緒かなと思いましてね」

瀬川は品のないジョークを言って笑ったが、その言葉とは裏腹に、瀬川の眼は憎々しげな光を帯びている。

「この部屋にいたことを証明してくれる人間はいますか？」

「はあ……それはいませんが、しかし、ホテルを出ていないことは、従業員が証明できるのではありませんか」

「ははは、そう言うと思って、いま下で聞いてきましたがね、ホテルのフロントが言うところによれば、このホテルは門限もないし、出入りは比較的自由なのだそうです。ホテルの人間に気づかれないで入る方法はいくらでもあるのですな。浅見さんは二日も泊まっとるのだから、その方法も分かっとるのと違いますか？」

「知りませんよ、そんなもの。といっても信じてはくれないのでしょうけどね」

「ああ、信じがたいですなあ」

瀬川はふてぶてしく頬を歪め、天井を睨んでうそぶいた。

4

「ところで、浅見さん、あなたと岡村さんとはどういう関係です？」

瀬川は質問を変えてきた。

「どういう関係って……ホテルの宿泊客と仲居さんという関係ですが。そのことは依田さんだってご存じですよ」

「いや、たしかにあなたが依田君と一緒に岡村さんに会ったことは事実のようですが、依田君が帰ったあと、あなたは一人残って、部屋で岡村さんと長いこと二人だけでおったそうではありませんか。その間、いったい何をしておられたのです？」

「べつに何も……ただ話を聞いただけです」

「話とは、どういう話です？」

「それは依田さんに話したとおりです」

「いや、この際は依田君とは関係なく、あなたの口から直接聞かせていただきたい」

瀬川はしだいに居丈高な態度になった。

「紅葉谷公園の殺人事件について話を聞きました。岡村さんは被害者の部屋係をしたそうなので、その被害者の様子などを聞いたのです。岡村さんは、別段、変わった様子はなかったと言っていました」

「しかしあなたは、彼女が嘘を言っていると考えたわけですね」

「嘘をついているとは思いません。ただ、何か隠しているのではないかと……」

「同じことでしょうが」

「いや、嘘をついているのと隠しているのとでは、大いに違いますよ」

浅見は口を尖らせた。

「まあ、そのことはいいとしてですね、とにかくあなたは岡村さんを追及したことは事実なのですね」

「追及はオーバーです。刑事さんの取り調べじゃありませんからね。ごくふつうの会話を交わしただけですよ」

「しかし、その後、岡村さんはあなたの部屋の係をほかの者に代わってもらっているのですよ。その理由というのは、あなたがしつこくいやがらせを言うから——というものであったそうです。どうです？　しつこく訊問したのと違いますか？」

「訊問だなんて……」

「いずれにしても、岡村さんを問い詰めたことは認めるのですな？」

「質問はしましたが……」

「それで結構」

瀬川は高飛車に言って、満足そうに頷いた。

「ところで、浅見さんが紅葉谷公園の事件について、異常な関心を持っているのはどういう理由です？」

「関心はありましたが、異常というのはオーバーですよ。そんなことは僕は言ってませんよね、依田さん」

浅見にいきなり訊かれて、依田は「は？　ああ、まあ……」とあいまいに答えた。

かなり好意的だった依田だが、わが身に火の粉が降りかかる状況となると、とたんに冷たくなる。それが宮仕えの身の常というものかもしれない。

「しかし、警察の人間でもない一般人のあなたが、殺人事件の被害者のことについて、根掘り葉掘り訊問するというのは、かなり異常な状況というべきでしょうが」

瀬川はおっかぶせるような言い方をする。

「いや、それは主観の問題で、僕はただ興味を抱いたことを訊いただけです」

「興味というのは何です？」

「ですから、おととし厳島神社の沖で死んだ男の人と、今回の事件の被害者が、同じ紅葉谷公園の墓を訪ねているという点にです」

「そんなものはただの偶然にすぎんでしょうが。それを結びつけて考えるからには、何か知っているのとちがいますか？」

「何も知りませんよ」

「だったら訊きますがね」

瀬川は舌舐《な》めずりをしてから言った。

「あんた、紅葉谷公園の土産物屋さんで、事件のことを訊いて行ったでしょうが」

呼び名の「あなた」が「あんた」に変わっている。

「ええ訊きましたよ」

「そうか、やっぱしあんただったか……その際、あんたは麻薬のことを言ったそうじゃないですか」

「ああ、そういえば、そんなことを言いましたね」

「認めるわけですな」

「ええ、言ったことは事実ですよ」

「いま、麻薬は持っていますか？」

「えっ？　冗談じゃない」

浅見は呆れて、思わずポカーンと口を開けた。

「いや、冗談で言っちょるわけではないです。一応、所持品を調べさせてもらいますが、よろしいですな」

「待ってくださいよ。どういう根拠があってそんなことをするのですか。第一、令状もなしに、理不尽じゃありませんか」

「緊急やむを得ざる場合には、そのかぎりではありませんからな。とくに現行犯と認められる場合には捜査権を行使できるのです」

「現行犯？……」

浅見が怒りの形相を作るのを無視して、瀬川は部下に顎をしゃくって、浅見のバッグを調べるように命じ、自分も部屋のあちこちを検分し始めた。

部下の刑事は馬鹿丁寧にバッグの隅々まで調べ、さらにベッドの下を覗いてから、バスルームに入り込んだ。

「ばかばかしい、麻薬なんかあるはずがないじゃないですか」

浅見は怒る気力も失せて、突っ立ったままの依田に言った。

「依田さん、岡村さんはいつどこで殺されたのですか？」

「死体が発見されたのは、きょうの午後六時ごろです」

麻薬の捜索が空振りに終わりそうなので、いくぶんほっとしながら、もう一つの心配に顔をしかめながら、依田は言った。

「というと、さっき僕の昨夜のアリバイをお訊きになったのは？」

「犯行時刻は昨夜の十時から十二時のあいだではないかと見られます。犯行現場は被害者宅で、室内に物色された形跡がありました」

依田が申し訳なさそうに言う後から、瀬川がごつい声で付け加えた。

「つまり、したがって、あんたのアリバイが重要な問題というわけです」

「それは変ですね」

浅見は眉をひそめて言った。

「変とは、何がです？」

「いや、犯行時刻が昨夜というのがです。だって、僕の東京の自宅に岡村さんから電話が入ったのが、きょうの午後四時前ごろなのですよ」

「は？……」

三人の捜査官はいっせいに目を丸くして、互いに顔を見交わした。

「ははは、そんなアホなことがありますか。それは何かの間違いでしょう」

瀬川は肩を揺すって笑った。

「なんぼヘボなお医者さんでも、きょうの四時過ぎに死んだのを、昨夜と見たて違いをするはずがない」

「しかし、うちのお手伝いの話では、関西訛《なま》りの女性で、岡村と名乗ったそうです」

「関西には岡村姓の女性がゴマンといるでしょうが。別人ですよ、それは」

「それはまあ、そうですね。お手伝いは、若い女性だとか言ってましたから」

「そうでしょうが」

「しかし、僕には岡村という女性の知り合いはいないのですよ」

「それはひょっとすると、被害者の娘さんかもしれんです」と依田が言った。

「岡村三枝子さんには里香さんという娘さんがおるのですが、浅見さんは知らんかったですか？」

「ええ、知りません。しかし、その娘さんが僕になぜ？……」

「どこぞでナンパしたのとちがいますか？」

瀬川はまた下卑たジョークを言い、妙に意味ありげに細めた目を浅見に向けた。浅見は肩をそびやかすようにしてそれを無視したが、もしそういう娘がいるとしたら、彼女が電話をしてきた可能性がまったくないとは言い切れない。

（しかし、なぜ？――）

岡村三枝子の娘が電話をしてくるような状況について、浅見はあれこれと思いめぐらせたが、結局結論は出なかった。

「そうすると、その娘さんと警察はまだ接触していないのですね？」

「そういうことです」

瀬川は苦い顔をした。

「娘さんは現在、東京の帝国ホテルにおるのです。ついさっき連絡は取れたのだが、すでに新幹線も飛行機も間に合わん時刻でした。岩国に戻るのは明日の昼ごろということになりますな」

「だったら、僕に電話したかどうか、その娘さんに確認してみてください」

「そういうことですな」

瀬川は部下に「おい」と顎をしゃくった。刑事は部屋を出て行った。

「ところで、犯行現場はどこなのですか？」

浅見は気を取り直すと、依田に向かってあらためて質問した。

「死体が発見されたのは岡村さんの自宅でしてね、ホテルの者が、岡村さんから何の連絡もないので、心配して、夕方見に行ってみたら、自宅の居間で死んどったいうことです。死因等については……」

「依田君、ちょっと待てや」

瀬川が苦い顔で制止した。

「浅見さんはまだ重要参考人じゃからな、こっちの手の内を明かすことはないで」

「はあ……」

依田は年下の上司に不満そうに頷いた。しばらく気まずい沈黙が流れた。

刑事が戻って来て、「この人の言ったとおりでした」と報告した。

「岡村里香さんに確かめたところ、今日の四時ごろ、浅見さんの家に電話をかけたことは間違いないそうです」

「ふーん、そうか……」

瀬川は面白くなさそうだが、すぐに新しい獲物を見つけたように言った。

「というと、浅見さん、あんたその娘さんとどういう関係ですか？」

「関係なんかありませんよ。関係どころか、そういう娘さんがいること自体、知らなかったのですから」

「しかし、知らんものがなんで電話かけたりするのです？」

「それは、お母さんの岡村三枝子さんに名刺を預けておきましたから、何らかの理由で、娘さんに電話をかけさせたのじゃないでしょうか」

「何らかの理由とは、何です？」

「さあ……」

浅見は首をひねったが、岡村三枝子が娘に何かを委託したことは間違いないと思った。その「何か」とは何か？——いずれにしても、三枝子は生命の危険を感じてそうしたことだけは確かだ。それを思うと責任の重さを思わないわけにはいかなかった。

第六章　幸福な風景

1

悲しみと不安の中で、ほとんどまんじりともしない間に一夜があけた。涙と睡眠不足で砂漠のようになった顔に化粧を施しながら、里香は、こんなときでも機械的に化粧をしないではいられない、人間の営みのおぞましさを思っていた。

母親の悲報を聞いたのは、外山玲子にホテルのレストランでディナーを御馳走になって、部屋に戻ったときだった。電話が鳴り、玲子が出て二言三言喋ってから、怪訝そうな顔をこっちに向けて、「警察からあなたにだけど」と受話器を差し出した。

それから起きた出来事は、すべて夢であって欲しかった。もし玲子がいなかったら、どう取り乱していたかしれない。玲子という悲しみや怒りをぶつける相手がいたから、なんとか人間性を保つことができたのだ。そうでなければ、精神が爆発して、廃人のようになっていたにちがいない。

「しっかりしなさい」

玲子は単純に、その言葉を繰り返したにすぎないけれど、それが里香の心の支えになった。玲子は里香を抱きしめて、心ゆくまで泣かせてくれた。

涙が涸《か》れ、悲しみが怒りに変容してゆき、里香はようやく（何があったのだろう？——）と、疑惑を正面から見つめた。警察が伝えてくれたのは、母親の三枝子が自宅の居間で亡くなっていたこと、どうやら殺された疑いがあること、いま警察で詳しいことを調べつつあること——の三点だった。誰が、何のために、どうやって母を殺したりしたのか、まったく分からない。

冷静さを取り戻すにつれ、里香は母親の死の真相を探り出そうと、記憶の道筋を遡っていた。そういえば——と思い当たるような、いくつかの母親の変調がたしかにあった。帰宅したときの、あの背後を窺うようなオドオドした態度だって、いま考えてみると、今日の悲劇を予測させるものがある。

それに——と、里香は何よりも意外だった三枝子の「提言」のことを思った。

バレエ教室を開いて上げる——と母親は言ったのだ。そのことを思い出したとき、里香は思わず外山先生の温かい慰めの視線から逃れて、顔を覆ってしまった。

「一千万でも二千万でも……」

つましく、時には爪に火を灯すような暮らしをしていたあの母親が、そんな大きなことを言い出したのは、どう考えても異常だ。いまにして思うと、こういう悲劇的な結末と引き換えに見た、束の間の夢だったのかもしれない。

早朝の出発になった。羽田から広島まで飛行機、広島空港からはタクシーに乗った。外山玲子が新幹線の切符をすべてキャンセルして、ずっと同行してくれた。山陽自動車道の岩国インターを下りて、錦川沿いの道を市内へ向かう途中、錦帯橋が見えてきたとき、里香はふいにこみ上げてくるものを抑えきれなくなった。

警察の霊安室の中には花が手向《たむ》けられ、お香がたかれていたが、悲しいほど殺風景だ。白い布よりもまだ白くなってしまった母親の顔を見ても、里香はもう泣く気力さえ失せてしまった。ただむやみに体が震え、寒くて仕方がなかった。

部屋を出るときになって、両側から外山先生と警察官が腕をとって支えてくれていることに気がついた。もしかすると、意識を失って倒れかかっていたのかもしれない——と、そのとき里香は思った。

取調室に入って、刑事からいろいろなことを訊かれた。母親がこうなったことについて、何か思い当たることはないかが質問のほとんどだった。そんなの、あるはずがないと思った。どこの世界に、母親が殺されるような事態を考えている娘がいるだろうか。

ただ、そう言ったあとで、二つの予兆のようなことについては話した。母が何か怯《おび》えたような様子を見せていたこと。そして「一千万でも二千万でも……」と言っていたこと。

「ほう、そんなことがあったのですか」

刑事はがぜん興味を惹かれたように、そのことについて根掘り葉掘り質問を重ねた。しかしそれ以上のことは何も知らない。なぜ怯えていたのか、なぜ大きなことを言えたのかなど、里香は何も分からない。そう答えるしかなかった。

バレエ教室を作るためのお金だなどと言ったら、外山先生に迷惑がかかるだろう。

「昨日、電話で聞いたことだが、あなたは浅見光彦という人を知っておるのですね？」

刑事はそう訊いた。

「浅見……ええ、名前だけは知っていますけど」

里香はバッグから名刺を出した。

「どういう関係の人ですか？」

「関係って……ただ、母からこの名刺を預かって、東京で何か心配なことなんかがあったら、ここに電話してみなさい、と言われてました。それだけです。どういう人なのかは知りません」

「なるほど、それで電話したのですね？」

「はい、しました。でも、その人は留守でしたけど」

「電話したいうことは、何か心配なことがあったというわけですか？」

「そういうわけではないのですけど……じつは、東京へ行くとき、母から頼まれたことがあったのです」

里香は外神田のマンション、ダイシンヴィラ303号室を訪ねた経緯を話した。男がエレベーターホールまで追いかけてきたのを、女性に救われ、帝国ホテルまで送ってくれたと思ったら、その女性がどうやら男とグルだったらしい――という話を、刑事は真剣になってメモっていた。

「それで、少し心配になって、試しにこの浅見さんという人のところに、電話をかけてみたのです」

それだけのことだ。里香はそれ以上の何も、浅見については知らなかった。

取調室を出て、応接室のような部屋に案内された。部屋には外山玲子が待っていてくれて、里香の顔を見ると心配そうに立ってきて、手を差し延べた。

「大丈夫？」

「はい、もう大丈夫です」

健気《けなげ》に言いながら、玲子の肩越しに部屋の奥にいる男を見て、里香は小さく「あっ」と声を出した。里香の視線の先で立ち上がった男も、同じように「あっ」と言った。

「あなたは、コッペリアの……」

大きく見開かれた鳶色《とびいろ》の眸《ひとみ》がまっすぐこっちを見ている。

どうしたことなのだろう、その眸に魔法の力があるように、里香の目はみるみるうちに涙に潤んだ。たったの二度ばかり、それも行きずりのように視線を見交わしただけの相手なのに、なぜこんなにも心を揺すられるのだろう。

「なんや、あなたたちは知り合いじゃったんですか？」

案内した刑事が、不本意そうな声を、里香と男のどちらへともなくかけた。

「いえ……」と二人が同時に言った。

「いや、知っているといっても、お顔を知っているだけですが……」

男は弁解しながら、ふいに気がついて、ギョッとなって、「えっ、じゃあ、あなたが岡村さんのお嬢さんですか？」と叫ぶように言った。

「僕は浅見です、あなたが電話してくれた、東京の浅見という者です」

「あっ、あなたが……」

「不思議ですねえ、不思議なめぐり合わせですねえ……」

浅見は何かに畏《おそ》れを感じているような、敬虔《けいけん》で厳粛《げんしゅく》な表情になった。里香も物こそ言わないが、同じ想いであった。

人それぞれの辿る道筋には、それぞれの目的や合理性があるにちがいないし、その道筋がたまたまどこかで交差したからといって、神秘的な不思議を感じたり、畏れたりする必要はないのかもしれないけれど、里香はやはり、浅見という男と自分とを結ぶ因縁の糸のようなものを思い、その感動に身を委ねたかった。

しかし、無骨な刑事には、めぐり合わせだとか因縁だとかいうものは信じがたいものらしい。とくに、浅見に対しては根強い不信感を抱いている気配が感じ取れた。

「浅見さん、あんた、最初から知っとったんじゃないかね」

「いや、知りませんでしたよ。ね、そうですよね」

浅見に訊かれて、里香は大きく頷いた。

「ええ、浅見さんとは柳井へ行く列車の中で一度と、市民ホールの楽屋で一度、お目にかかっただけです」

「いや、それは違いますよ、正確には三度です。柳井駅で列車を降りて、ホームを通りすぎるとき、子供たちに囲まれているあなたと会いました」

「ああ……」

彼はちゃんと憶えていてくれたのだ——と、里香はまた胸が熱くなった。

「しかし、あなたが岡村さんのお嬢さんとは驚きました。それに、僕の家に電話をしてくれたのですね……というと、お母さんがそうしろとおっしゃった？」

「ええ、東京で心配ごとができたら、浅見さんのところに電話してみなさいと言われました」

「そうでしたか……じゃあ、お母さんは僕のことを信用してくれていたのですね。だったらあのとき、どうしてはっきりと相談してくれなかったのかなあ……」

悔しそうに、浅見は顔を歪めた。

「あのとき、と言いますと？」

里香は訊いた。

「じつは、事件の前の日、僕は岩国国際観光ホテルに泊まって、お母さんとお会いしているのです。そのときに名刺を差し上げて、相談してくれるように言ったのですが……」

「相談て、何の相談ですか？」

「それはですね……」

「ちょ、ちょっと待ってくれませんかね」

　刑事が脇から慌てて手を差し出した。

「勝手に話してもらったら困るな」

「どうしてですか」と浅見は強い口調で抗議した。

「そら、あんた、この娘さんからいろいろ事情を聞き出して、供述を変えられたらかなわんがね」

「供述って……まだそんな被疑者扱いをするつもりですか」

「一応そういうことじゃね。第一、あんたは娘さんを知らん言うとったのに、実際は顔見知りなんじゃから、つまり嘘をついちょったことになる。その点から言うても、全面的に信用するわけにはいかんでしょうが」

「嘘をついていたわけではないことは、いまご覧になっていて分かるでしょう」

「そらまあ、いまのが芝居でないいうことであればですな」

「芝居……」

　何をかいわんや――と、浅見は情けなさそうに首を横に振った。里香も情けなかった。そんなふうに人を疑わなければならない職業の人が、気の毒に思えた。

「まあ、東京へ行っとる捜査員が、あんたの身元調べをしとるから、いずれにしても、間もなく報告が入るじゃろ。もうちょっとの辛抱ですの」

　刑事は慰めているのか、面白がっているのか分からないような口ぶりで言った。

しかし、それから間もなく、刑事が言ったとおり報告がもたらされた。それも、警視正の制服を着用した岩国署長自ら部下を引き連れて、この部屋にやって来て、いきなり「やあやあ、どうも、浅見さん」と、まるで遠来の客を迎えるような挨拶をした。にこやかな笑顔といい、大げさな頭の下げ方といい、いまのいままで警察の権威を振りかざしていた刑事の立場も、母親を殺された可哀想な娘の存在も、まったく無視してしまっている。

2

署長の背後で複雑そのもののような顔をしている瀬川と依田を見て、浅見は（やれやれ――）と思った。警察は本気で浅見を容疑の対象にしていたのだ。そうでもなければ、わざわざ東京まで出かけて身元調べなどしないだろう。ことによると、浅見家の連中に接触しているのかもしれない。恐怖のおふくろの顔が目に浮かんだ。

「浅見刑事局長の弟さんがこちらに見えておられるとは知りませんでしたなあ。そんならそうと、早くおっしゃっていただかんと、当方としても対応の仕方に困るのですよ」

言って「ははは」と笑ったが、内心、（人騒がせなやっちゃ――）ぐらいに思っているにちがいない。

「いえ、僕は兄とは関係ありませんので」

「そうはいきませんがな。それに、弟さんのほうは名探偵として勇名を馳せておられるとうかがっております。今回の事件についても、ぜひとも名推理をお聞かせいただきたいものですなあ」

「そんな名推理などと……それより」と、浅見は岡村三枝子の娘を振り返った。

「こちらの岡村さんのお嬢さんから、いろいろお話をお聞きできればと思っているのですが、いかがでしょうか？」

「ん？　ああ、それはいっこうに差し支えないのとちがいますか。どうじゃろう、瀬川警部」

「は？　はあ、もちろん差し支えはないと思います。自分は最初からそのつもりでおりました」

何が「そのつもり」だ——と浅見はおかしかった。岩国署に出頭したのは、浅見自身も望むところだったとはいえ、直接には瀬川の要求によるものだ。「明日朝、署のほうに来ていただきたい」と怖い顔で、いわば任意出頭を求めたのだ。その時点では岡村三枝子の娘のことなど、これっぽっちも想定していたはずがない。

署長は引き上げ、瀬川と依田と最初の刑事だけが部屋に残った。浅見はあらためて二人の女性を紹介された。できれば三人の捜査員には席をはずしてもらいたいのだが、まさか露骨にそうは言えない。

目の前にいる岡村里香は、列車内や楽屋で見たあのいきいきした様子とは、まるで別人のように生気のない顔であった。涙が乾いた目にも光がなかったが、その目が時折こっちに向けられたときの、救いを求める悲しげな表情は、浅見の胸を強く揺さぶった。

浅見は基本的なこれまでの経過を聞いた。警察の事情聴取でも同じ内容の質問があったと思われる。里香は整理のついた回答を機械的に語った。

質問はできるだけ手短にしようと思った。里香の疲弊ぶりは見るに耐えないほど痛々しい。しかし、里香のほうはむしろ浅見の質問に積極的に答えようとする姿勢があった。

浅見は岡村母娘《おやこ》の過去に触れることを訊いた。被害者の生まれ育ちなどは、里香に対するこれまでの警察の事情聴取にはなかった部分であった。瀬川も依田も（そんなことが必要なのか？——）という顔をしている。里香も多少戸惑った様子だったが、遠い日々を思い出す目を天井に向けながら、ぽつりぽつりと語った。

「母は大阪で生まれたそうです。あまり昔のことを話したがらないし、両親——私の祖父母は亡くなっているし、ほかに親戚付き合いもないし、そのころのことはよく知りません。母は父と結婚して岡山に住んで、しばらくして私が生まれたのですけど、父は大酒飲みで暴力を揮《ふる》うひとだったとかで、まもなく離婚しました。父親はそれから何年かして、亡くなったそうです。母と私は岡山から島根県の益田に引っ越して……」

「益田？……」

浅見は驚いた。里香は「ええ」と怪訝そうに浅見の目を見返した。ほかの警察官たちも、いっせいに視線を集中した。

「それが、何か？」

「あ、いや、いいのです」

浅見は慌てて目を伏せ、「つづけてください」と言った。

「私が中学校を卒業するまで益田にいて、それから岩国に引っ越して来ました」

「益田では、お母さんは何をしていらっしゃったのですか？」

「病院の看護婦だとか付添いの仕事が多かったみたいです。母は若いころ看護学校に行って、准看護婦の資格を持っていましたので、それを生かしたのだと思います」

「そう、そうだったのですか……」

浅見は震えが襲ってくるのを、かろうじて抑えた。

「じゃあ、もしかすると、益田日赤病院だとか、人丸園だとか……」

「えっ、人丸園をご存じなのですか？」

「知っているといっても、たまたま数日前、益田に行ってあの辺りをぶらついただけですけどね。しかし、そうですか、あの人丸園に勤めておられたのですか」

「ええ、人丸園がいちばん長かったと思います。でも、仕事がきついのと、お給料があまりよくなかったので、私が高校へ進むのに合わせてここに引っ越しました」

「そのころ親しくしていた人のこと、憶えていませんか？」

「親しくっていうと、学校の友達ぐらいのものですけど」

「あ、そうではなく、お宅――というか、お母さんが親しくしておられた人です」

「それでしたら、隣近所の人とか、勤め先の人ぐらいです。でも、隣近所といっても、人丸園の寮に住んでいましたから、やっぱり勤め先の人が主です。うちは余所から来た人間だし、いわゆるご近所の付き合いはあまりなかったと思います」

「人丸園の人で、とくに親しかった人は誰か、憶えていませんか？」

「さあ、顔はうろ憶えに憶えていますけど、名前は何ていったか……」

「東尾さんという女の人はいませんでしたか？　東尾静江さんか、もしかすると三橋静江さんといっていたかもしれない」

「ああ、そういえば東尾さんていう人がいました。野球の選手と同じだなって思ったことがあります。そうですそうです、うちにもときどき寄って、お土産なんかもくれて、母と親しかったみたいです」

里香は勢い込んで言って、不思議そうに、

「その東尾さん、浅見さんはご存じなのですか？」と訊いた。

瀬川警部も「どういうことです？」と、浅見の顔を覗き込んだ。もしこれが刑事局長の弟でなければ、しょっぴいて、ハタいて、ゲロさせたい——と言わんばかりの目である。

「いや、たまたま人丸園を訪ねたときに知り合っただけです」

浅見は言葉を濁して、すぐに「中学校までだとすると、益田にいたのは十年ぐらい前までですね？」と言った。

「ええ、そうです」

「岩国に来てからはずっとホテルにお勤めでしたか？」

「ええ。最初のころはホテルの寮に住んでいて、私はそこから高校に行きました。それからいまのアパートに引っ越しましたけど、私は高校を出てすぐに京都へ行って、働きながら本格的にバレエの勉強をして、二年前にこちらに戻ってきて、外山先生の教室でお世話になることになったのです」

里香は自分のことばかりを話しているのに気がついて、「あ、母はずっと岩国で暮らしていましたから、あまり変わったことはなかったと思います」と付け加えた。

「こちらに来てからも、益田の人たちとの付き合いはつづいていたのでしょうか？　たとえば、さっきの東尾さんなんかとは」

「さあ、母のことははっきり分かりませんけど、私は文通はしていました。やっぱり、小学校から中学時代の友達がいちばん親しかったし懐かしいし、高校では私は余所者だったから、あまり友達はできなかったし……だから、いまでもバレエ教室の先生や子供たちとしかお付き合いがないのです」

中学時代の友達が懐かしい――という言葉が、義姉と静江が写っている厳島の写真を想起させた。

「お母さんと東尾さんとが、最近会ったとか電話で話していたとか手紙が来たとか、そういうことはありませんでしたか？」

「東尾さんですか？」

なぜその名前にこだわるのだろう——と、里香ばかりでなく全員の目が集まった。浅見は急いで「いや、たとえばの話ですが」と取り繕った。

「手紙は母は筆不精なひとでしたから、たぶんなかったと思います。ただ、母は東尾さんとだけはわりと親しくしていたみたいですから電話はあったかもしれません」

「そうですか」

まだまだ聞きたいことはいくらでもあるのだが、里香の憔悴《しょうすい》しきった様子を見ると、これ以上拘束しているのは気の毒に思えた。

「いまはこれくらいにしておきましょう。どうぞ休んでください」

「いえ、私なら大丈夫です」

里香は健気だが、「また落ちついたころ、お話を聞きますよ」と宥《なだ》めるように言って、浅見は二人の女性を送り出した。

部屋には浅見のほか、瀬川と依田が残った。瀬川はしきりに「東尾」という人物のことを聞きたがったが、浅見はべつにどうということはない、ただたまたま益田の老人ホームで知り合った女性だと答えておいた。

署長のお墨付きのようなバックアップがあって、浅見が事件捜査に知恵を出すことは公認された形になった。しかし瀬川はそれを快く思ってはいないらしい。しばらく話し合ってみて、これ以上、浅見からは何も引き出せそうにないと判断すると、浅見の面倒見を依田に押しつけて、行ってしまった。

「浅見さんが刑事局長さんの弟さんとは、まったく驚きましたよ」

二人きりになると、依田はようやくくだけた口調になった。

「しかし、あの瀬川警部のほうがもっとびっくりしたのとちがいますか。浅見さんに何かまずいこと言ったのではないかいうて、私に確かめておったですよ。だから、麻薬の捜索をやってましたねと言うたら、ギョッとして、あとでよろしゅう言っておいてくれと頼まれました」

そう言って「ははは」と高笑いした。

「それと、さっき署長が言われた名探偵いうのは、ほんまのことですか？」

「いや、嘘ですよ。ただ、一度か二度、たまたま捜査の現場にいて、運よく犯人をみかけただけの話です」

「ふーん、なんじゃ、そんなことですか。ほいじゃけど、それにしちゃ、署長の言い方はおかしかったですのお」

依田は疑わしそうな目をしている。

「そんなことより依田さん、紅葉谷公園殺人事件から今度の事件に到るまでの捜査データを見せてもらいたいのですが、何とかならないでしょうか」

「ああ、それは構わんでしょう。署長が浅見さんに協力せい言うてるのですから」

依田は部屋を出て行って、まもなく、捜査資料のコピーを運んできた。

紅葉谷公園で殺された鶴井明に関するデータは次のようなものであった。
○鶴井明——年齢・46歳
　現住所・東京都渋谷区
　職業・経営コンサルタント
　家族・ナシ
　前科・恐喝未遂

「前にもちょっと話したように経営コンサルタントいうても、早い話が総会屋みたいなものだったそうです。家族は妻と子がおったのだが、十年前に別れとって、それ以来、一人暮らしをしとります。東京のマンションはなかなか立派なもので、何で稼いどったんか不思議だったのですが、天井裏からコカインが出ましてね。やっぱり麻薬がらみの事件だったいうことが立証されたようなわけです」

「犯人の手掛かりは、まだないのですね？」

「ありませんなあ。まあ、もっとも疑われるのは岩国基地の関係いうことになるのだが、よほどはっきりした証拠でもなければ、米軍関係には手が出せません」

「だとすると、麻薬で米軍の関係だと、迷宮入りになる可能性が高いのですか」

「うーん……そう言われると、何とも答えにくいですがね。しかし、現実にはそういうことになりますなあ」

「それじゃ、米軍をカムフラージュに使うこともできますね」

「は？……」

「たとえば、鶴井氏を殺して、彼のマンションに麻薬を隠しておけば、麻薬取り引きにからんだトラブルが原因の殺人という判断に結びつきます。事実、今回の捜査もそういう結論に達したのでしょう？」

「そのとおりですな」

「麻薬がらみ、しかも岩国基地がらみ——となると、警察の捜査にもあまり熱が入らないのではありませんか？」

「まあ、そう言うてしまえば身もふたもないですけどね。しかし、ここだけの話、そういう傾向はたしかにありますが、と言われると、浅見さんはそうではないと？」

「ええ、あくまでも仮定のことですが、僕ならそうではないと考えるところから、捜査をスタートさせたいですね。第一、麻薬だの米軍基地だのと決めてしまっては、面白くもなんともありません」

「ははは、犯罪を面白がってもらっては困りますのお。というて、何か根拠でもあるいうのですか？」

「根拠はありません」

「あはははは、何のこっちゃ……」

「ただし、二つの紅葉谷公園で殺人事件が起きたという共通点は無視できません」

「ああ、それはたしかにそのとおりですが、しかしあっちは広島県で、しかも一昨年の事件ですのでねえ、はたして関係があるかどうか」

「もう一つ共通点があります」

「ほう、何です？」

「年齢が一致します。厳島の被害者、小山田氏は事件当時誕生日直前の四十三歳、生きていれば鶴井氏と同い年です」

「なるほど、たしかにそうですな。しかし浅見さん、それだったら自分も同い年の四十六歳じゃが」

「あ、そうだったのですか。依田さんはもっとご年配かと思っていました」

「おじんくさいいう意味ですか」

「いえ、人間が出来ていらっしゃるという意味です」

「ははは、まあよろしい」

「学校はどうでしょうか？　鶴井氏と小山田氏は出身校が同じということはありませんかね」

「なるほど、広島県警に聞いてみますか」

依田は席をはずして、かなり長いこと待たせてから戻ってきた。

「鶴井はJ経済大学、小山田は静岡県の袋井商工高校いうところを出ていますね」

「鶴井氏は高校はどこですか？」

「ちょっと待っとってくださいよ」

依田はもう一度部屋を出て、今度はあたふたと駆け込んできた。

「えらいことじゃ浅見さん。いや、高校はまだ分からんが、鶴井の本籍地は小山田の出身校のある静岡県袋井市――それに小山田の本籍地の森町は地図で見ると袋井市の隣の町ですよ」

「えっ、ほんとですか」

浅見の目の前に、依田は地図を広げた。たしかに袋井市の北には森町があった。

「こりゃ、浅見さんが言われたように、ひょっとすると二人は同じ高校の同級生かもしれんですな。いま調べてもろてますので、じきにはっきりしますけど」

依田は走ってきたせいばかりでなく、興奮で息を弾ませている。言い出した本人の浅見でさえ、この思いがけない成果には平静でいられるはずがなかった。

そして間もなく、鶴井と小山田が同じ袋井商工高校の同級生であったという報告が届いた。その報告は瀬川警部が自ら持参した。浅見と向かい合う椅子に座って、「いやあ、恐れ入りました」と瀬川は頭を下げた。

「正直を言うと、私は浅見さんの話を、ただの素人さんの思いつきぐらいにしか思っていなかったのです。しかし、素人さんの思いつきも、ときには軽視できんということが、よく分かりました」

瀬川は、同じ兜《かぶと》を脱ぐにしても、どこか潔《いさぎよ》さに欠けた言い方をする。まあ、エリート捜査官としては仕方がないか――と、浅見は内心で苦笑した。

「紅葉谷公園の墓地が同じだというだけでは、偶然と考えたが、出身校が同じとなると、これはただごととは思えませんなあ。こっちの事件と厳島の事件と、何らかの関連があると見ないわけにいかんでしょう」

瀬川は、思いついたのは「素人さん」だが、その結論に持っていったのは自分だと主張するように、気張って言っている。

「まったくそのとおりですね」

浅見は逆らわない。むしろ依田が、瀬川の視野の死角で顔をしかめて見せた。

「そこまでは私の考えが正しいとして、といっても、その二人が殺された事件が、どう関わっているのですかなあ」

瀬川はもっともらしく言った。

それが分かれば事件はすべて解決じゃないか——と思ったが、浅見は「はあ、難しい問題ですね」と深刻な顔を作った。

「東京へ帰る途中、袋井と森町に寄ってみます。何か摑めるかもしれません」

「いや、もちろん警察からも人間を行かせますよ。そうだ、依田君、あんた浅見さんと一緒に行くか」

瀬川が珍しく理解のあるところを示した。

「はい、できればそうお願いしたいところです。森町いうたら、遠州森の石松のォ……の森でしょう」

依田は浪花節の一節を唸って、瀬川の軽蔑の視線を受けた。

3

その日は岩国警察署の寮に泊めてもらうことになった。寮は県警本部や近隣の各署からの応援要員で満パイに近かったが、浅見は客用に用意された、比較的程度のいい部屋に入れてもらえた。

外で食事をすませてからも、依田はビールとつまみを持ち込んで、かなり遅くまで浅見の部屋にいた。浅見はそれほどいけるクチではないので、持ち込んだビールの大半は依田自身が消化した。

酔うほどに、依田はご機嫌で、「浅見さん、あんたはいいひとじゃ」と何度も繰り返した。「四十何年も生きてきたけどが、あんたほどの人間には会うたことがない」とも言った。そう手放しで褒《ほ》められると、どんな顔をすればいいのか、困ってしまう。

「一つだけお聞きしたいのだが」と、真顔になって言った。

「浅見さんは、私立探偵みたいなことをやって、どこぞから謝礼でも出るのですか？」

「いいえ、そんなもの、出ませんよ」

浅見は少し眉をひそめた。

「えっ、ほんまですか？……」

依田は驚いて、「しかし、あっちこっち動き回って、旅費だけでもばかにならんのじゃないですか？」

「ええ、僕の本業はルポライターで、べつに依頼人があって探偵をやるわけではありませんからね。あくまでも趣味の範囲、いうなれば探偵ゴッコみたいなものです」

「じゃあ、費用なんかはどうするんですか？」

「費用はだいたい、旅行ガイドブックや旅と歴史の雑誌に原稿を書いたりして、稼いだギャラを充《あ》てることにしてます」

「ふーん……けど、稼ぎをそんなことに注ぎ込んでしもうたら、食うてゆけんのじゃないかね」

「ええ、もちろん生活費には足りませんね、きっと。だからいまだに親の家に居候をしているし、嫁ももらえません」

「えっ、独身ですか？」

依田はいちいち驚く。そのつど、浅見は滅入ってしまう。浅見家内部では、いいかげん諦められているのだが、世間一般の評価は依田に代表されるようなものなのだろう。

「独身ではいけませんかねえ」

つい反発もしたくなる。

「いや、いけんことはないけどが、浅見さんほどの男前が独身でおるいうのは不思議ですなあ。それはあれですか、主義でそうしているのですか？」

「主義なんかありませんよ。人並みに結婚願望だってありますが、たぶん、縁がないのでしょうね」

「しかし、そうやって旅をしとったら、いろんな女性に出会うチャンスも多いのとちがいますか。たとえば岡村里香さんみたいな娘さん。ほうじゃ、あの子なんかええでしょう」

「ははは、こっちがよくっても、先方にだって都合や好みがありますよ」

浅見は笑ったが、内心、穏やかではないものを感じた。もし、こういう事件を通じて知り合ったのでなければ、岡村里香が好意を持てる相手であることは事実だ。しかし、母親を殺されたばかりの彼女には、どんなに誠実に意思表示をしてみても、悲劇につけ込むような誤解を抱かれそうな気がした。

依田が引き上げて、浅見は布団に入ったが、なかなか寝つかれなかった。肉体的には充分疲れているはずなのに、神経は冴えわたり遠くの川のせせらぎまで聞こえる。輾転《てんてん》と寝返りを打ちながら、さまざまな思念の去来するに任せた。

厳島で死んだ小山田誠吾と岩国で殺された鶴井明の繋がりは分かった。また、岡村三枝子と東尾静江の関係も見えてきた。しかし、小山田と鶴井と三枝子の三人が殺された、それぞれの事件のあいだに、はたして関わりがあるのかどうかは、まだはっきりしたわけではない。

まして、それらの事件と東尾静江とのあいだに、結びつくものがあるかどうかとなると、いまのところ、三枝子と静江がかつて益田で同じ職場にいたという以外、特別な材料は何もない。

そして、もっとも肝心なのは、兄嫁の和子に送られてきたあの怪しい手紙である。東尾静江の過去を物語る写真に添えられた、たった一行の無気味なフレーズ――キジも鳴かずば撃たれまい――に込められた悪意は、はたして三つの殺人事件に繋がるものなのだろうか。

殺人という重大犯罪が三つも起きているにもかかわらず、それぞれの事件は、まるで大きな淀んだ流れにうかぶ泡沫《ほうまつ》のように、茫漠として捉えどころがないように思える。しかし浅見には、流れの底に蠢《うごめ》く悪意の塊が見える。何かとてつもなく巨大なものが動いて、その怪物に弾き飛ばされるように散ったのが、彼ら三人の命だったのではないか――と信じている。

世の中の表面に突出した現象だけを個々に見たのでは、物の本質は把握できない、雲仙の噴火も北海道奥尻島の津波も、根っこは一つなのである。一見穏やかで美しい地表の下には、ドロドロした悪魔の意志のようなマグマが蠢いていて、思いがけぬ時と場所で牙を剝き出す。

だが、マグマが動くときには、予兆も前兆もあるし、悪魔の爪痕のような痕跡も残る。ましてや人間のやることに完璧などというものがあるはずがない。必ずどこかに、物の本質に迫りうる道筋が残されていなければならない。

どんなに巨大な怪物にも、アキレス腱のような弱点もあるだろうし、第一尻尾がある。その尻尾を捕まえることが不可能だとは思えない。テキは傲慢《ごうまん》な怪物なのだ。傲慢であるがゆえに近寄りがたいが、しかし傲慢であるがゆえに隙を見せることもあるだろう。そのほんのわずかな隙間から道筋を辿り、怪物の心臓にハチのひと刺しをお見舞いすることだって可能だ。

「殺人」は、怪物が見せた隙になりうる——と浅見は信じている。怪物の本体にとってはごく瑣末《さまつ》的なことであっても、現実にその作業に携わった人間がいる以上、その痕跡はどこかに残っているはずだ。

浅見の目は三つの殺人事件と、その周辺に星屑《ほしくず》のように散らばる小さな現象を見据えている。

東京を出て、益田―厳島―柳井―岩国と辿ってきた道筋には、浅見自身が見聞きした事柄ばかりでなく、たとえば岡村三枝子が、鶴井明が、小山田誠吾が死の間際まで見ていたであろう、さまざまな出来事が散らばっていたのだ。

怪物は彼らを殺すことによって、彼らが持っていた膨大な情報を抹殺したつもりでいるけれど、殺人を犯したことできわめて危険な情報を新たに作りだしたことにもなる。

とはいえ、彼らが見たものを彼らの口から聞くすべがない以上、残された者は彼らのむくろを踏み台にしてでも、事柄の真相を見極めなければならない。

ただ、警戒を要するのは、怪物の情け容赦のない実行力だ——と浅見はそれを恐れた。

小山田といい鶴井といい、それに三枝子の場合といい、犯人はいとも簡単に殺人を犯している。

ことに三枝子のケースで明らかなように、危険を察知すると、躊躇なく実行に移すやり方には、抑制のきかない凶暴さが感じられる。近寄るものは、たとえ蚊の一匹といえども許さぬ仮借ない姿勢だ。兄嫁の和子に送られた怪しい手紙が、単なる警告だけに止まらない可能性は十分予想しなければならない。

それに、残された情報源ともいうべき二人の存在も、犯人にとってはいつまでも放置してはいられなくなるのではないか。二人とは、いうまでもなく岡村里香と東尾静江のことである。その二人と兄嫁は、いつでも犯人のターゲットとなりうる危険性を有していると浅見は思った。

翌朝、浅見と依田、それに細江という県警捜査一課に所属する部長刑事の三人は、新岩国駅から新幹線に乗った。細江は瀬川が依田につけたお目付け役といった役どころなのだろう。まだ二十八歳だそうだが、見るからに俊敏そうな顔つきの男だ。ひょっとすると依田よりはずっと頼りになるかもしれない。

岩国が遠ざかるにつれて、浅見はなんだか大事な物を忘れ去るような気分がしてならなかった。柳井の旭光病院のことも三橋静江の行方を追うことも、しばらくは放置することになる。この際、やむを得ないといえばそれまでだが、その間に何かが起こらないという保証はないのだ。

浜松で降りて在来線の東海道本線に乗り換えると、袋井まではおよそ二十分である。この辺りは緩やかな丘陵地で、市街地の周辺には、大小の河川が形成した肥沃《ひよく》な土地が広がり、田圃《たんぼ》や茶畑の合間には、メロンを栽培するハウスが点在する、のどかな風景だ。袋井市の中心は駅の北側に密集している。原野谷川《はらのやがわ》という川が東から西へ、半円を描くように流れ、その北側がかつての東海道袋井宿だった旧市街である。川の南側、駅の周辺には比較的新しい商業地が発展していて、そう大きくないけれど、ビルも建ち並ぶ。

東海道五十三次のちょうど真ん中の宿場であるということ以外、浅見は袋井についてほとんど知識がないに等しかった。駅の観光案内所でパンフレットをもらったが、こういう案内書の通弊で、名所旧跡や観光施設の説明はあるけれど、町並みについての紹介はまったくない。生活の匂いがまったく伝わってこないのである。

袋井署に顔を出して挨拶をする。ヤクザ社会でいえば一種の仁義を切るようなもので、これが所轄外へ出て捜査をする場合の警察のしきたりなのだそうだ。もっとも、そうすることによって捜査協力が成立するし、具体的にいえばパトカーを出すなどの便宜を図ってもらえるらしい。

今回もちゃんと署員の運転するパトカーを使わせてもらえた。若い交通課の巡査が、挙手の礼で「山口です、よろしく」と挨拶して、ドアまで開けてくれた。

パトカーは駅前の市街地から北へ向かって走った。左右の町並みは典型的な地方都市というより、いくぶん発展の遅れた商業地といった雰囲気で、あまり高い建物もない。

袋井商工高校は市街地のはずれ近くにあった。三階建て鉄筋コンクリートの古い校舎と、それに似つかわしくない真新しく立派な体育館がコの字型に建っている。

事務局で卒業生名簿を見せてもらいながら、いろいろ話を聞いた。この高校は商工高校だから、もちろん卒業してすぐ役に立つ実践的な教育をモットーにしているけれど、比較的に進学率の高い学校なのだそうだ。

昭和三十七年入学、四十年卒業生の名簿の中に、鶴井明とそして小山田誠吾の名前はすぐに見つかった。

「ありましたね……」

依田は小山田の名前を指差して、感慨深げな声を発した。

事務局では鶴井の事件については警察からの連絡で知ってはいたが、小山田が一昨年、厳島で死亡したことは知らなかった。職員は「この小山田さんも、やはり殺されたのでしょうか？」と不安そうに言った。

「いや、そういうわけではありません」

依田は気休めを言ったが、パトカーが校門を出たとたん、「こいつは間違いないですなあ」と興奮ぎみに断言した。

「小山田と鶴井に共通する人物の犯行と断定していいでしょう」

「共通するというと、どう共通するのですか？」

細江が訊いた。

「それはまだ分からんけどが、この高校の同級生かもしれんし……いや、とにかく共通の知人であることは間違いなかろう」

依田は若い細江が煙ったいらしい。敵意を剝き出すまではいかないが、面倒くさそうに答えた。

そこから鶴井の本籍地である袋井市村松へ向かった。東名高速道の下をくぐり、少し東の方角へ走った田園地帯の中の集落である。そこかしこに寺や神社があって、それに寄り添うように民家が固まっている。

鶴井の生家や親戚には、すでに一昨日のうちに捜査員が聞き込みを完了していた。鶴井明は高校を卒業するとすぐ東京の大学へ進み、大学卒業と同時に就職、そのまま東京に住み着いた。はじめの頃は帰省も頻繁だったが、じきに間遠になって、結婚してからはほとんど寄りつかなくなったそうだ。

鶴井は最初はごくふつうの商事会社に勤め、まもなく結婚もしたのだが、七年目に離婚すると、それがきっかけのように勤め先を変わった。頭のいい男だったので、何をやってもうまくこなしていけるようなところがあり、それが自信にもなっただろうし、身を誤る一因にもなったのかもしれない。

鶴井はそうして、いつしか総会屋と呼ばれる連中と付き合うようになった。五年前に恐喝未遂で検挙されてからは、郷里とはまったく音信が途絶えた。

「悪いことにならにゃいいと思っていたですが、そうしたら、とうとう今度みたいなことになっちまって……」

鶴井の兄は、白髪の多い頭を垂れて、言葉を失っていた。

「高校時代の同級生に、小山田という人がいるのですが、ご存じありませんか?」

依田は訊いた。

「さあ、もう三十年も昔のこったで、分かりませんなあ。学校に行ってみたらどうでしょうか」

「いや、学校へはいま行ってきたのですが、昔の先生は一人もいませんのでね」

「ああ、そうでしょうなあ」

「森町の出身なのですが」

「森町……ああ、そういえば電車通学の仲好しに、森町から通っている同級生が一人いましたが、しかし名前は何ていったか……」

しきりに思い出そうとしてみたが、所詮は無理なことだ。

4

三人の「捜査員」は鶴井家を辞去して森町へ向かった。行くほどに左右の丘陵には茶畑が広がる。依田は「遠州森町よい茶の出どこおせんやりたやお茶摘みに……」と、気持ちよさそうに唸っている。

細江が「何です、それ?」と訊いた。

「なんや、知らんのかね、有名な浪曲の一節よね」

「ふーん、知りませんよ、そんなの」

「ほんまかいの、驚いたなあ。あんたは地元じゃけん、知っとるでしょう?」

運転役の山口巡査に言うと、山口はのけぞるように笑って、「自分はたまたま、父親がよく歌っているのを聞いて知ってますが、いまどきの若い人は知らなくて当たり前だと思いますよ」と言った。

市と町の境界線を過ぎ、しばらく走ると電車の線路に沿う道になり、まもなく森町の中心街に入る。

山口巡査の説明によると、森町は人口二万数千だそうだ。依田が唸る浪曲のメロディを聞いてなんとなくうら寂しいイメージを描いていたのだが、実際に見る町は、ビルや工場や住宅団地などもいくつかあるし、商店街はなかなかの賑わいである。

商店街を出はずれ、太田川に沿った道を少し行った城下《しろした》という集落が、小山田の出身地であった。この辺りまで来ると山林地帯の様相を呈している。背後の山はスギ・ヒノキなどの材木の産地だそうだ。

森町は古くは鋳物《いもの》の産地として知られる。小山田家も何代か前までは鋳物師だったのだが、鋳物そのものが衰退してからは、兼業農家としてささやかな暮らしを営んでいる。

生家には年老いた母親と兄夫婦の三人だけ。兄夫婦の二人の息子は東京と名古屋に出て独立したそうだ。

　小山田の兄は五十三歳、大手の電機メーカーの下請け工場に勤めながら、母親と妻とでわずかな畑の面倒を見ているのだが、不況のあおりで勤めのほうは一時解雇《レイオフ》なのだそうだ。

　兄は刑事の訪問に眉をひそめた。

「誠吾のことで、まだ何か？」

ようやく忘れかけた不幸な出来事の蒸し返しに、戸惑いを隠せない様子だ。

依田は岩国で死んだ鶴井明の話をした。鶴井の名前を言っても、むろん相手には通じない。「袋井商工高校の同級生」と言って、はじめて「ああ」と頷いた。

「お宅の誠吾さんとは、電車通学なんかが一緒で、とくに親しくしていたようなのですが、ご存じないですか？」

「その人かどうかは知りませんが、そういう仲好しがいたことは憶えています。たしか、袋井の人でなかったですか」

「そうです、袋井市の村松というところです。お兄さんが憶えているくらいだから、ずいぶん親しかったのでしょうなあ」

「たぶんそうだと思います。けど、うちは貧乏で大学へはやれなくて、誠吾は高校を出るとすぐ、東京へ出て商店に住み込みで勤めるようになったですから、卒業した後はどうなったもんか……」

　その点については、警察の調べでも、鶴井の交友関係に小山田の名前は出てきていなかった。東京の小山田の家族に問い合わせた結果も、同じだった。小山田は地道な商売を営んでいたし、鶴井のほうは法律違反すれすれの裏稼業だったのだから、たがいに別の道を歩んでいて、接触する機会に恵まれなかったとしても不思議はない。

　さしたる収穫のないまま小山田家を出た。依田は浮かぬ顔で「どうなんですかねえ浅見さん」と言った。

「結局のところ、小山田は鶴井とたまたま高校の同級生だったというだけで、事件との関わりは何もないのとちがいますかなあ」

「僕にはそうは思えないのですが」

　浅見は言ったが、その根拠を訊かれると、答えようがない。

　パトカーはのんびりしたスピードでさっき来た道を南へと下った。

　森町の商店街を抜け、電車が通過するのを待って踏切を渡り――。

「あれっ？……」と浅見は気がついた。依田と細江がびっくりして浅見の顔を見つめるほどの声を発したらしい。

「どうされましたか？」

「はあ、電車の線路が遠ざかったものですから……」

「はあ？……」

「ほら、さっきの小山田さんのお兄さんも、それに、鶴井さんのお兄さんも、電車通学のことを話していたでしょう」

「ああ、話しとったけど、それが何か？」

「いまの電車に乗って、あの高校まで、どうやって行ったのですかねえ？」

「ああ、いまの電車は違いますよ」

山口巡査が言った。

「あれは天竜浜名湖鉄道といいまして、東海道線の掛川から天竜二俣、三ケ日なんかを通って、新所原まで行く路線です。あの袋井商工高校の辺りは通りません」

「えっ？　しかし、電車通学って、たしかに言いましたが」

「それはたぶん昔のことじゃないのでしょうか。昔、袋井から森町まで、静岡鉄道秋葉線というのが走っていたそうですから」

「なるほど、それは現在は無くなってしまったというわけですか。それはいつごろのことですか？」

「自分が生まれる前ですから、三十年近い昔だと思います」

「三十年……」

浅見はすばやく計算した。

「だとすると、彼らが、電車通学の最後の世代かもしれませんね」

浅見は電車通学には淡い甘い記憶がある。同じ中学に通っていた女生徒が、私立の女子高に進学して、浅見の高校と方向が同じだったから、いつも電車で一緒になる。中学では気さくに付き合っていた彼女が、妙に遠い存在になって、目を見交わすだけでもドキドキして、やがて神秘のベールに包まれるように、別の世界へと行ってしまった。

「しかし、電車が無くなったら、困ったでしょうね」

「それはバス路線に替わっただけですから、べつに問題ないと思いますけど」

「あはは、そりゃそうですね、ばかですね僕は」

浅見は自分の物知らずを笑った。

「いま走っている道路が、だいたいかつて電車が走っていた路線だと聞いております」

「あ、そうなのですか。道理でよく整備された道だと思いました」

走り過ぎる風景に目をやりながら、浅見は消えてしまった電車のことを考えていた。電車通学の高校生の、笑いさんざめいたり、ときには黙りこくったりの、とりとめのない、それでいてかけがえのない、青春の風景を思い描いていた。

四十三歳で死んだ小山田にも、四十六歳で死んだ鶴井にも、そして浅見自身にも、甘酸っぱい高校時代があって、電車通学があって、たぶん淡い初恋があった。

「あっ、ちょっと停めて！」

浅見は山口巡査に向けて叫んだ。山口はビクッとして、かなり強くブレーキを踏んだ。後続の車はパトカーに遠慮して車間距離をたっぷりとっていたが、それでもいきなりの急ブレーキには驚いたにちがいない。パトカーの脇を抜いて行くとき、物凄い目でこっちを睨んだ。

「何かあったのですか？」

山口巡査はきつい口調になった。

「すみません、いま、バス停の標識に山梨という停留所名が書いてあったような気がしたのですが」

「ああ、ここは下山梨ですよ。一つ手前が上山梨」

「そうですか……じゃあ、昔の電車の駅名に山梨駅というのはありませんでしたか」

「さあ、自分は知りませんが、何なら、すぐそこに市役所がありますから、聞いてみたらどうです」

パトカーは左折して市役所へ向かった。浅見は依田たちに「ちょっと待っていてください」と一人で建物に入った。二人の刑事は旅行ルポライターの気紛れと思ったのか、やれやれ——という顔をしていた。

受付で訊いたが、山口巡査と同じ年頃の若い女性に昔の電車の話は通じなかった。代わって定年が近そうな職員が応対に出た。

「ああ、秋葉鉄道のことですか。ええ、たしかに山梨駅というのがありましたよ」

職員は昔の話をするのが楽しいのか、嬉しそうな顔をして資料を持ってきた。

資料によると「秋葉鉄道」は正式な名称は「静岡鉄道秋葉線」であった。前身は明治三十五年に、国鉄東海道線袋井駅と遠州森町とを結んで開業した「秋葉馬車鉄道」。

「馬車鉄道ですか……」

浅見は思わず嘆声を発した。一面の茶畑の中を、馬車に引かれた箱車が走る、のどかな風景が脳裏に浮かんだ。

資料には次のように記述されている。

——秋葉馬車鉄道は延長十一・五キロ。大正八年に秋葉鉄道に買収され、同十一年静岡電気鉄道と合併、のちに静岡鉄道秋葉線となり、大正十五年十月には全線が電化された。駅は袋井駅前、袋井町、一軒家、可睡口、平宇、山梨学校前、下山梨、山梨、市場、天王、飯田、観音寺、福田地、戸綿、森川橋、遠州森町の十六駅。昭和三十七年九月に全線廃止となる……。

「昭和三十八年に袋井市に合併されるまで、山梨町というのがあったのです。その中心が山梨駅でしたね。当時は発電所や工場があって、大きな駅でした」

職員が説明を加えた。

「ありがとうございました」

浅見は職員に最敬礼した。顔は笑っていたが、心臓が痛いくらいのショックであった。三橋静江が益田日赤病院で話していたという「山梨駅」はここだったのだ。

日赤病院の看護婦が耳にしたのは、「山梨駅の辺りはすっかり変わってしまった——」といったような内容だったそうだ。「中年の男の人」がそう言っていたという。

その「中年の男」に、浅見は鶴井明を重ね合わせた。

(鶴井明は、そのとき、益田日赤病院にいた――)

驚くべき着想の世界にのめり込んだ。市役所のホールを歩きながら、浅見は病院の消毒臭い空気を感じていた。現実に目の当たりにするように、玄関を出てパトカーへ着くまでのあいだも、ずっとその情景を思い浮かべていた。鶴井が益田にいて、日赤病院にいて、三橋静江と再会した状況を、あれこれと思い巡らせた。

その鶴井――と思われる男は、当時、入院中だった大貫の見舞いに訪れた人々のうちの一人だったのだろうか。いずれにしても、その男は見舞い客の一人である男と、何か言い争いをしていたのだから、まったく無関係な人間でないことは確かだ。そして鶴井(らしき男)は、そこで思いがけなく三橋静江と再会した。懐かしそうに再会を喜んでいたことといい、「山梨駅の辺りはすっかり変わった」と語ったことといい、彼らにとってはかなり長い歳月を経た再会であったことを窺わせる。

「鶴井」と言い争った人物は、静江を柳井へ誘った。行き先は柳井の旭光病院である。政財界の有力者が療養や老後の安寧《あんねい》のために建てた旭光病院に、静江を世話した。静江が旭光病院の正規の職員でないことは、病院のフロントの応対からも明らかである。おそらく入院中の有力者のための、個人的な介護人として雇われたのだろう。

そして、その後、鶴井明は岩国の紅葉谷公園で殺害された――。そのことと、「鶴井」が男と言い争ったこととのあいだに、何か関係があるのだろうか――。

「浅見さん、どないしました?」

依田の大声で、幻想は中断され、浅見はわれに返った。パトカーの前を行き過ぎようとしている自分に気がついた。

照れ笑いをして車に乗り、質問される前に「やっぱりありましたよ、山梨駅が」と言った。それから、袋井と森町のあいだに秋葉馬車鉄道というのが走っていて、やがて電車になって、いまはバス路線になった経緯を早口で喋った。

依田は「はあ」と呆れたような目で浅見を見つめ、浅見が話し終えると「なるほど」とだけ言った。内心（それがどうした――）と思ったにちがいない。ほかの二人はなおのことである。

「えーと、これからどうしましょうか」

山口巡査が当惑げに訊いた。

「あ、すみませんが、もう一度さっきの袋井商工高校へ行っていただけませんか」

浅見が言った。ほかの二人は顔を見合わせた。

「さっき、依田さんが、当時の同級生の中に犯人がいる可能性があると言われたでしょう。それを一応、確かめてみませんか」

「なるほど、それもそうですな」

パトカーは再び高校の門を入った。クラブ活動の生徒たちが、校庭の遠く近くからこっちを窺っている。日頃、補導だの取締りだのと、うるさく干渉する嫌われ者である。彼らにしてみれば、あまり歓迎すべき客ではないにちがいない。いや、生徒ばかりではない、事務局の職員も（また来たか――）と迷惑そうな顔で迎え、面倒臭そうに、卒業生名簿を運んできた。

鶴井、小山田の同期生のページを開いて、「これをコピーしていただきたい」と依田が頼んだ。その間に浅見はすばやく女子生徒の名簿に視線を走らせた。

（あった――）と心の中で叫んだ。

――三橋静江、周智《しゅうち》郡森町中川――

職員が名簿を運び去ったテーブルの上の、三橋静江の名があった一点を見つめたまま、浅見は彼女の流転の日々を想った。仲御徒町の家を夜逃げ同然に捨てて、吉祥寺付近にいた――という消息を最後に東京を離れ、三橋家はこの地に身を寄せたのだ。そして、その先は？――

戻ってきた職員に、浅見は「ここに印刷された住所ですが、かならずしも現住所ではないようですね」と訊いてみた。

「はあ、この名簿は三年前に印刷したものですので、当然、すでに住所が変わった者もあるはずです。それ以前に住所が変わった者については、新しい住所が分かれば、なるべく書き換えるようにしておりますが、移転先が不明な場合や連絡の取れない場合には、そのまま古い住所になっております」

「あ、ほんまですな、鶴井明の住所は現在の東京都渋谷区のものとちがいますな」

依田が言ったが、むろん浅見が注目している場所には気づいていない。浅見の目は三橋静江の「周智郡森町中川——」の文字を見つめていた。

彼女の住所が在校当時のままになっているということは、この高校を卒業して以降、三橋静江とその一家がまた消息を絶ったことを意味している。それから静江が島根県益田市に流れ着くまで、どのような経路を辿ったのかを思うと、気が重くなる。

「鶴井と小山田の事件は、どこかで繋がっとるのでしょうかなあ、浅見さん？」

パトカーへ戻りながら、依田は訊いた。

「さあ……」

浅見は首をひねった。同じ高校の出身で仲好しだったことと、同じ「紅葉谷公園」にからんだ死に方をしたことが共通しているからといって、双方の事件に関連があると断定するわけにはいかない。いまの段階では分からないと言うしかなかった。

「そら、やっぱり麻薬じゃないですかね」

細江は、分かりきったことを——と言いたそうだ。「鶴井のマンションからコカインが出たことからも、その疑いが濃厚——いうより、決定的でしょう」

「つまり、鶴井が岩国に来たんは、米軍基地のからみいうわけかね。ま、そう思うのがふつうじゃろうね」

依田は浅見の意見を聞いているから、少し軽んじた言い方をした。

「瀬川警部も同じお考えのようですよ」

細江は「ふつう」と言われたのが不満らしく、瀬川の威光を持ち出した。

「そしたら何かね……」と、依田は少し鼻白んだように言った。

「鶴井が殺されたんは、麻薬がらみのトラブルが原因いうわけかね。どうもあんたら県警の人は、岩国というと米軍基地、米軍基地というと麻薬やら鉄砲の密売と、短絡的に結びつけたがるけどが、われわれ岩国におる者からいえば、そんな事犯はそうめったにあるもんじゃないで」

「しかしですねえ、そうは言っても、やっぱり岩国が基地の町であるいう特殊事情は、当然あるわけでしょう」

「じゃけえ、そういう見方をするいうのがおかしい、言うとるんよ。そう決めつけてかかったら、捜査方針を誤る危険性があるじゃろう。しかも岩国国際観光ホテルの仲居さんまで殺されとるんじゃからな。むしろこれは別の事件じゃと、わしは思うな。どうですか、浅見さん？」

「そんな、浅見さんみたいな民間人の意見を聞いてどうするのです」

浅見は苦笑したが、なんだか険悪な雰囲気になってきた。それを察知したかのように、校庭の隅にいるパトカーの山口巡査が車の外に出て、手を振った。

三人が急ぎ足で近づくと、「依田さんに、岩国署から電話があって、署のほうに連絡してもらいたいそうです」と言った。

依田は助手席にもぐり込み、受話器を取って岩国署に電話した。先方は岩国署長か刑事課長が出たらしく、しばらく話していたが、「は？」と怪訝そうな声を発して、当惑した目をこっちに向けた。

「どういうことでしょうか？」

反論するような口調であった。それから何か強い言葉で命令を受けたらしい、背筋を伸ばして「はっ、はっ」と畏《かしこ》まっている。

依田のその様子に、浅見は何かよくないことが起きたと直観した。

「どうも妙なことになりました」

電話を切って、依田は浮かぬ顔で車を出てきた。「捜査を打ち切って帰って来い、いうのです」

「えっ、東京へは行かないのですか？」

「そういうことです。なるべく早い便で帰れという命令です」

「何か新事態でも起きたのですか？」

「いや、それを訊いたのですがね、瀬川警部は余計な質問をせんでもええと、おかんむりですわ」

面白くなさそうに言ってから、瀬川の腹心の細江がいることを思い出して、慌てて付け加えた。

「まあ、警部がそう言われるからには、緊急事態があったということでしょう」

「しかし、東京の例の、岡村里香さんが行ったというマンションも調べる予定だったのではありませんか？」

「それも言いましたが、とにかく帰れいう命令です。そういうわけで、われわれは引き上げますが、浅見さんはどうされます？」

腕時計を気にしながら訊いた。いまのいままで同志だと思った依田が、なんだか急に遠い他人の顔になったような気がする。

「僕は……僕はもう少しここにいます」

浅見は憮然として言った。

「というと、まだ何か、鶴井と小山田のことを調べるつもりですか？」

「いいえ、べつにそういうわけではありませんが、せっかく来たのですから、史跡巡りでもしてみます。ここには可睡斎とかいう名刹《めいさつ》があるそうですし」

ガイドブックにあった史跡の名を言った。可睡斎というのは、徳川家康ゆかりの名刹だそうだが、むろん、浅見の目的は別のところにある。

「そうですか、残りますか……」

依田は少し気がかりそうな目をしたが、すぐに思い返して「それじゃ気をつけて」と言い、細江を促すとパトカーに乗った。

パトカーが動きだす寸前、浅見は「あ、ちょっと依田さん、お願いがあるのですが」と呼び止めた。

依田はドアを開けて、半身を乗り出したが、浅見は手招きをして、車から少し離れたところまで連れ出した。

「こんなことをお忙しい依田さんにお願いするのは、たいへん申し訳ないのですが、じつは、内密に調べていただきたいことがあるのです」

「内密に？……」と、依田は細江のほうを振り向いて、少し迷惑そうに、「何です？」と訊いた。

「柳井の郊外の平生町に、旭光病院というのがあるのです。ちょっと得体の知れないところのある病院で、近所でもいろいろ憶測しているのだそうですが、その噂を聞き集めていただけないでしょうか」

「ふーん……」

依田は眉をひそめ、不思議そうに浅見を見つめた。しばらく、どう返事したらいいものか、悩んでから、ようやく決心したように頷いて言った。

「いいでしょう。平生には私の兄がおりますから、今夜にでも行って、いろいろ聞いてみますよ。事情は知らんが、浅見さんがそう言うからには、何かわけがあるのでしょう」

「ありがとうございます」

浅見は心の底から最敬礼をした。

校門の脇でパトカーを見送ってから、浅見はもういちど学校に戻った。職員は文字どおり「仏の顔も三度」という顔をしたが、浅見が一人だったこと、刑事ではないということで、いくぶん機嫌を直したらしい。「森町の中川というところへ行きたいのですが」

と言うと、そっちの方角なら帰り道だからと、マイカーに便乗させてくれた。

「この道は昔、電車が走っていたのだそうですねえ」

「そうです、われわれもそれに乗って電車通学をしたクチですよ。さっきの小山田、鶴井両君のころはもう無かったかもしれませんがね」

「いえ、お二人が入学した年——昭和三十七年の九月に廃線になったそうです」

「ほう、よくご存じですな」

職員はこの客を見直して、ますます機嫌がよくなった。

「電車といっても、単線で、チンチン電車みたいなもので、二両で走ることもあれば一両のこともあるし、貨物を繋いで走っているときもありました。しかし電車通学というのはなかなかロマンチックなもので、初恋なんてやつも芽生えたりして……」

もう五十の坂を越えた職員は、フロントグラスの向こうに少年時代の風景を思い描くのか、夢見るような顔をしている。

太田川を板築橋で渡ってすぐ、「中川」というバス停の前で降ろしてくれた。田園地帯のど真ん中のようなところで、人家もごく疎《まば》らだ。「じゃあお気をつけて」という声に送られて、浅見はとにかく家のありそうな方角へ歩いた。

最初の家で「三橋家」のことを訊いてみたが、三十年前の、それも余所から移り住んだ一家のことなど記憶していなかった。「あっちのほうで聞いてみてください」と、小さな集落のある森の辺りを指した。

ゆるやかな登り坂を行くと、鬱蒼《うっそう》とした檜林《ひのきばやし》の中に赤い鳥居が見えた。その部分だけ空が抜けていて、いましも降り注ぐ陽光に映えて、鳥居の赤があざやかだ。薄暗い森を背景にしているだけに、効果的に神々しくさえあった。浅見は反射的に厳島神社の壮大な風景を思い浮かべ、それとは対照的にささやかだった、益田の平家落人の里の赤い鳥居を連想した。

参道を一歩一歩進むうちに、わけもなく胸のつまるような想いがかき立てられた。三橋静江もまた、三十年前、この道を歩いたのかもしれない。ここに住めば、朝となく夕となく、いやでもあの赤い鳥居を仰ぎ見たはずである。そうしてこの地を去って、遠く流れ着いた島根県の山里で、またしても真っ赤な鳥居に出会った——。

他人にとっては何でもないことのようだけれど、辛く悲しい流浪の日々の中で、このあまりにも日本的な鮮烈な風景を眺めて、三橋静江は何を想っただろう。

低い石段をいくつか上がり、鳥居の真下に佇んだ。つけ代えたばかりのしめ縄が美しい。その上の鳥居の懸額を見上げたとき、浅見は「あっ」と息を飲んだ。

懸額に黒く書かれた文字は「厳島神社」であった。

第七章　警察不信

1

　母親の葬式はわびしいものであった。アパートでは近所迷惑になることを思い、市の集会場を会場に使わせてもらった。親類縁者はなく、隣近所の人の訪れも少ない。外山玲子先生とバレエ教室の関係者が少し、それに岩国国際観光ホテルの人たちが何人か来てくれたが、日中の忙しい時間帯に、大勢の参列を期待するほうが無理というものだろう。高い煙突から立ちのぼる、薄墨のような淡い煙を見上げながら、里香は涙を流した。けれども、母親のために流す涙はこれが最後にしよう——と心に誓った。これからは母親の庇護《ひご》をあてにできない。自分独りの闘いの日々が始まるのだとわが心に言いきかせた。

　それから警察に出頭して、何度目かの事情聴取を受けてから自宅に戻ったとき、里香は部屋の中の様子が少し変わっていることに気がついた。

　壁にかかっている額が、ほんの僅か傾いていたり、チェストの上の縫いぐるみが、あらぬ方角を向いていたり——といった程度のことだが、はっきり、誰かがこの部屋に入って、あちこちを探し回った形跡を示していた。

事件直後には、刑事や鑑識の連中が何人も来て、部屋中を引っ繰り返した。東京から帰って、母親の遺体に対面して、長いこと事情聴取を受けてから、心身ともに疲れ果てて帰宅して、荒らされた部屋を見たとき、里香は死にたくなった。

そのときは、里香はたっぷり時間をかけて、自分の気のすむまで、きちんと元の場所に戻している。物の置き場所、置き方に三枝子が神経質だったことを思い出し、ふと涙ぐんだりしながら、明け方近くまでその作業に没頭した。

だからたとえほんの僅かであろうとも、室内の「風景」に違和感があれば見逃すはずはなかった。それが少しどころか、いたるところの物が動いている。そればかりか、引出しを開けると、中の物の順序が入れたときと逆になっているのが何箇所もあった。

葬儀があって、警察へ行って——という、こっちの動静を熟知し、留守を狙ったような仕打ちが不愉快だった。里香はほとんど腹立ちまぎれのような勢いで警察に電話をかけて、「また家宅捜索をやったのですか？」と強い口調で詰問した。

相手の刑事は何のことか分からなかったらしい。こっちの状況を言うと、ようやく事態が飲み込めた様子だが、「いや、あれっきり家宅捜索なんてやってないはずですがなあ」と、とぼけたことを言った。

しばらく押し問答していると、瀬川警部が電話を代わった。

里香は警察の家宅捜索と決めつけるのをやめて、「誰かがうちに入って、家捜しをしたみたいです」と、客観的な言い方に変えた。

「何か盗まれた物はありますか？」

瀬川は落ち着いた——というより、素っ気なく感じるような口調で言った。

「いえ、それはないみたいですけど、調べてみないと分かりません」

「そうですか。それでしたら、もし被害があるようならまた電話してください」

「そんな……」

里香は呆れた。

「被害があるかどうかより、とにかく誰かが家捜ししたことは間違いないのですから、指紋だとか、そういうことを調べるべきなのではありませんか？」

「いや、指紋はすでに充分採ってありますので、心配ありません。まあ、警察に任せておいてください」

何が心配ありませんなのよ——と里香は不満だった。指紋だって、最初の実況見分のときと今度とでは、侵入者が違うかもしれないではないか。しかし、こっちがいくらそう言おうと、警察は素人の言うことなど取り合ってくれないもののようだ。

受話器を置いて、あらためて部屋を見渡した。何度見直したって、部屋中が荒らされていることは、間違えようのない事実だ。

だけど、もし警察が主張するように、この家捜しが警察の仕業でないとすると——、里香はギョッとした。母が殺されたことと、家の中が荒らされていることを結びつけて考えれば、殺人犯が何かを探してこの家の中に侵入したと考えるしかないのでは——。

里香は急いでドアと窓がロックされていることを確認した。もっとも、犯人は鍵がかかっていても簡単に忍び込むピッキングとかいう技術の持ち主にちがいない。里香が帰宅したときだって、ドアの鍵はちゃんとかかっていたのだ。

部屋の空気が急に冷たく感じられた。

あらためて、母親が殺されなければならなかった「動機」について考えてみた。動機なんていう言葉、ミステリーの中でしか使われない単語かと思っていたけれど、こうして自分の現実に、それも恐怖を伴って迫ってくるなんて……。

その「動機」を推測させる事柄を拾い出してみると、まず母親の不審な言動がある。三枝子が突然、「一千万、二千万」と言い出した背景には、まともでない金が入る裏付けがあったことを示している。

それから、深夜帰宅したときの、あの脅えた様子。あれは、その金の出所が胡散臭いというより、危険な性格のものであることを意味しているにちがいない。

そして里香が上京するときに、外神田のマンションを訪ね、そこに住む住人を調べてみてくれと頼んだこと。

（そうだわ、あのマンションこそが怪しいのよ——）

里香は疑惑の対象がはっきりしていることと、それに対する警察の捜査がどうなっているのか分からないことに、もどかしいものを感じている。あの一見、紳士的だった男が怪しげな振る舞いを見せたばかりか、いかにも親切そうに思えた竹内美津子という女性も、その男とグルだった。それが分かっているだけでも、疑うには十分すぎるくらいだ。

それなのに警察で聞いてみると、「いや、あれはべつに何てことありませんでした」という答えが返ってきた。捜査員が出向いて、ちゃんと調べた結果がそうだというのである。そんなばかな、それじゃ、母親はなぜそのマンションを訪ねろなどと言ったのか、説明がつかないじゃないの——とは思ったけれど、こっちにも警察の捜査にケチをつけられるほどの材料や知識があるわけではない。

(だけど、変だわ——)

里香はやっぱり引っ掛かる。警察にはやる気がないのじゃないか——と思いたくもなる。今度の家捜しのことにしたってそうだ。こんなにはっきり「侵入者」の形跡があるというのに、こっちの言うことにまるっきり対応してくれない。そういう警察の態度には、不信感がつのった。

里香はふと、浅見光彦というあの青年のことを思い浮かべた。はじめは何だか容疑者みたいな感じで警察にいたけれど、急に様子が変わった。署長の話を聞いた感じでは、じつは警察の偉い人の身内で、探偵みたいなことをやっているらしい。

いくら名探偵か知らないが、警察の大組織がやっても分からない事件を、たった一人で解決できるはずがない——。そう思いながら、里香は何となく浅見に心惹かれるものを感じている。

（あのひと、警察が訊かなかったことを質問したわ——）

警察がほとんど話題にもしなかった、島根県益田市に住んでいたころのことを訊いた。そのことも気にかかる原因の一つなのかもしれない。

それも通り一遍の質問ではなく、人丸園のことや日赤病院のことを言った。おまけに東尾静江の名前まで出てきた。どうしてそんなことまで知っているのか、浅見はあいまいに言葉を濁したけれど、何かしら警察の知らない母親の一面を知っているのだろうか。

警察とは違う——ことが、里香にとっては貴重な存在のように思えた。

母親にもらった浅見の名刺を取り出して、あらためて眺めてみた。「浅見光彦」といういかにも明るそうな字面と、電話でお手伝いさんらしい女性が「坊っちゃま」と呼んだ声とがダブって、里香の胸にほのぼのとした親しみが湧いてくる。

（東京へ行こう——）と思った。

もちろん、目的は浅見に会うためではなく、あの怪しげなマンションを訪ね、今度こそ真相を究明してやることだ。けれど、自分にそう言い聞かせなければならないほど、里香の本心の半分ぐらいは、浅見との再会を望む気持ちで占められている。

里香は何度も逡巡を繰り返したあげく、受話器を握って浅見家の番号をプッシュした。浅見が相談相手になってくれることは、警察の人たちだって知っている、いわば公認のことだというのに、浅見に電話するのに、こんなにも勇気が必要なのはなぜなのだろう。

「はい浅見でございます」

電話にはまた先日の女性が出た。

里香は「あの、浅見さんは……」と言いかけて、相手が全員「浅見」であることに気づいて、「光彦さんはいらっしゃいますか」と言い直した。「光彦さん」と、ファーストネームを口に出した瞬間、心臓がドキンと痛むのを感じた。

「どちらさまでしょうか」

「岡村と申します」

「ああ、岩国の岡村様ですね」

浅見は彼女に自分のことをちゃんと伝えていてくれたらしい。そのことだけでも嬉しかった。

しかし浅見は留守だった。「ご用件を承っておきますが」と、わりと冷たい声で言われて、「お電話をくださるように」とだけ頼んで電話を切った。ほんとうに彼女が「坊っちゃま」に伝言してくれるのかどうか、少し不安な気もしないではなかった。

だからその夜、浅見から陽気な声で電話が入ったときは、思わず「あ、浅見さん」と叫んでしまうほど心が弾んだ。

「やあ、どうも。あれから突発的な用事ができて、急いで岩国を離れてしまい、失礼しました」

「ええ、そのことは警察で聞きました。静岡県のほうへ行かれたとか」

「そうなんです。あなたにまだ、いろいろお聞きしたいことがあったのですが……どうですか、その後、お元気ですか？」

優しく気づかう言葉につられるように、里香はこれまでの経緯――とくに警察に対する不満をストレートに、まるで愚痴っぽい姑《しゅうとめ》にでもなったように、長々と喋った。

浅見は「はい、はい」とか「ふん、ふん」とか、軽く相槌《あいづち》を打って聞いていたが、怪しい家捜しの話になると、「ほうっ」と強く反応した。

「二度目の家宅捜索なのですね？」

「いえ、そうじゃないみたいです。警察は知らないと言っています」

「というと空き巣ですか？　だったら、すぐに鑑識がやって来そうなものですが」

「そうですよね、そう思ったのですけど、警察はあまり熱心に取り合おうとしないのです。何か盗まれた物があったら教えてくれって、とても呑気に構えているのです。まるでやる気がないみたいに」

「ふーん、それはおかしいな……」

浅見はしばらく考えてから、「一つ確かめておきたいのですが」と言った。

「あなたのお母さんは、あなたが東京に行くとき、例の外神田のマンションに寄ってくれと頼んだのですね？」

「ええ」

「その目的ですが、ただ様子を見てくることだけだったのですか？」

「ええ、そう言ってました……でも、最初にその話をしたときはそうではなくて、何か手紙か品物か、そういったものを頼みたかったのじゃないかと思うのですけど」

「最初というと、いつのことですか？」

「東京へ行く前の前の日——柳井で発表会があった日の朝、そう言われました」

「つまり、そうおっしゃっていたのが、その後変わったということですね？」

「ええ、発表会の次の日の夜遅く、勤めから戻ったときに、一千万とか二千万とかいう話をして、翌朝、見て来て欲しいところがあるって言って、それはただ見て来るだけやって、そう言ったのです」

「頼みたいとおっしゃっていたことは？」

「それはもういいって言ってました。買ってきてもらいたいものがあったのだけど、もういらなくなったって……でも、それ、変なのです。母はたしか届けて欲しい物があるって言っていたはずなのです」

「なるほど、それは妙ですねえ、なぜお母さんの言うことが変わったのだろう？……そうだ、ちょっと整理してみますが、お母さんが最初にあなたに頼み物があると言われたのは、バレエの発表会の朝でしたね」

「ええ」

「その前の晩、お母さんがホテルから戻られたとき、何か変わった様子は見られませんでしたか？」

「いいえ、べつに、何も変わった様子はありませんでした。いつもより少し遅いかな——とは思いましたけど、ふつうだったと思います。でも、それが何か？……」

「とくに関係があるというわけではないかもしれませんが……」

浅見は少し言い淀んでから、「その晩、紅葉谷公園の墓地で鶴井氏が殺されました」と言った。

「ああ……」

里香は（いやだな——）と思い、反発するように、「母は人殺しなんかしていません。もししていたら、あんなに平静でいられるはずがありません」と言った。

「もちろんですよ。誰もそんなことは思ったりしません」

浅見は当惑げに、しかし里香の無用な反発を窘《たしな》めるような言い方をした。

「すみません」と里香は謝った。

「いや……ただ、あの事件の後、お母さんの様子に変化があったことは事実なのでしょう？　たとえば、突然大金の話をされたことなんかは、ずいぶん奇妙ですよね」

「ええ」

「そのこと以外のどんなに小さな変化でも、事件の謎を解く手掛かりにならないとはかぎりませんからね。お母さんが言ったりしたりしたことを、あらためて一つずつ思い出して欲しいのですよ」

「分かりました」

里香は視線を宙に据えて、ほんの数日前、この部屋で見た母親の一挙手一投足、聞いた言葉の端々を、ジグソーパズルの欠落した部分を埋めてゆくように、ゆっくり思い返してみた。

2

浅見は電話を切ったあと、岡村里香の話を整理してみた。

里香の母親・岡村三枝子の変調は、明らかに鶴井明が殺された夜から始まっている。

その夜、三枝子の帰宅が遅かったことは、ごく日常的にありうる範囲のことだったそうだが、翌朝、里香がバレエの発表会で柳井へ出掛けるという慌ただしいときに、里香の東京行きの話を持ち出し、何か頼みたいことがあると言っている。

そのとき三枝子は、「寄ってきて欲しいところがある」と言い、また「今日、返事することになっている」と言ったという。

〔どこに〕寄ってきて欲しかったのか。

〔誰に〕返事することになっていたのか。

いずれにしても三枝子は、何者かに何かを頼まれ、それを里香の東京行きに託すつもりだったことはたしかだ。

ところが、その日のうちに状況が一変したのだ。

その日の夕刻、鶴井の他殺死体が紅葉谷公園で発見された。三枝子は当然、事件を知っていたはずであるにもかかわらず、里香には何も告げていない。それどころか、翌朝、新聞記事をむさぼるように読んでいたくせに、里香が事件のことを言うと、はじめて知ったようなふりを装ったという。

そして、その晩帰宅した三枝子は、尾行者に脅えた気配を見せたかと思うと、逆に、何かが吹っ切れたような上機嫌で「大金」の話をし、里香にバレエ教室を持たせる夢のような話をしたのだ。

これらの「異変」から、岡村三枝子が鶴井明に何かを委託されたこと、それは東京の何者かに何かを運ぶか伝える「仕事」であったこと——が推測できる。

その「仕事」には、なにがしかの報酬が約束されていたのだろう。しかし、鶴井が死んだために、それは消滅した。

ところが三枝子が「大金」を言い出したのはその後のことだ。つまり、三枝子は鶴井の死後、「仕事」の中身を知り、しかもその「仕事」が「大金」に結びつくようなものであると悟ったにちがいない。四十何年の生涯を通じて、岡村三枝子にとって、それは千載一遇の幸運が舞い込んだように思えたことだろう。

とはいえ、鶴井が殺されたように、その幸運には危険が伴うことを覚悟しなければならない。三枝子は里香の東京行きに「仕事」を頼むのをやめ、まず相手先の素性を窺わせるだけにとどめた。その結果、安全が確かめられれば、自ら「運び屋」として上京するつもりだったにちがいない。その相手先とは、里香が訪れた外神田のマンションの住人であることは、ほぼ間違いなさそうだ。

ところが事態はさらに急変した。その直後といっていいタイミングで、三枝子は殺されたのだ。そればかりでなく、三枝子を殺害した犯人は岡村家の中を物色して「何か」を探している。

これだけの材料が揃っていれば、「犯人」が鶴井を殺害し、三枝子を襲った目的は、二人の被害者が所持していた(と思われる)何か重大な「物」を奪い取ろうとしたものであることは疑いようがない。べつに名探偵でなくっても、誰でも思いつきそうな結論だ。

それにもかかわらず、警察が里香の訴えを冷淡に扱って、本気で取り組もうとしないという。もしそれが事実であるならば、怠慢としか言いようがない。

(何を考えているんだ?——)

浅見は不信感というより不快感を覚えた。せっかく出掛けて行った袋井での捜査だって、もっと入念に調べる方法がいくらでもあったはずだ。依田は命令に対してかなり不満の色を示していたし、素人の浅見でさえそう思っているのに、さっさと捜査員を引き上げさせる捜査本部の意向が飲み込めない。

(何を考えているんだ?——)

何度となくそう思った。もし兄の陽一郎の存在がなければ、里香にも警察の頼り無さを言い、警察にだって怒鳴り込んで、不信感を叩きつけたいくらいなものである。

警察が外神田のマンションに関心を抱かない以上、里香が電話の最後に「東京へ行こうと思っています」と言った気持ちも理解できる。警察には任せておけない気持ちなのだろう。しばらく待ちなさい——とは言ったが、あの電話の剣幕だと、明日にも上京して来そうな気配だ。

電話の後、浅見がリビングルームで、あれこれと考えごとをしていると、義姉の和子が外出から戻って、「あら、帰ってらしたの」と言った。義弟の無事な顔を見て、いかにもほっとした様子だ。

「ずいぶん長い旅になっちゃったのねえ。電話したとき、すぐに帰るっておっしゃったのに、一日遅れだったでしょう。どうしたかと思って、ほんとに心配したのよ」

まるで、亭主か息子の帰りを案じたような口振りに、愚弟はすっかり照れた。

「ははは、僕は旅慣れてますからね、心配しなくても大丈夫ですよ」

「そんなことを言って……お母様も、須美ちゃんも、それに陽一郎さんだって心配してましたのよ」

「ふーん、兄さんもですか？　そいつは、まずいですね……何て言ってました？」

「光彦はどこへ何しに行ったのかなって、何度も訊かれて、そのつど、知りませんて答えておきましたけど、気が咎《とが》めて仕方がなかったわ。もしかすると、何か勘づいているのかもしれません」

「ははは、まさか……」

笑ったものの、岩国署の掌を返すような対応などを思い合わせると、岩国署のほうから兄に連絡なり問い合わせなりがあって、兄がこっちの動きをキャッチしている可能性は十分考えられる。

「こんどの旅行のことについて、兄さんは、義姉さんには何も言ってませんか？　たとえば三橋静江さんのこととか」

少し気になって、訊いた。

「ええ、いまのところは。でも、あのひとが何を考えているか、ときどき分からないことがありますからね」

尊敬と不満のない交ざった言い方をしている。

「それで、三橋静江さんの行方、どうでしたの？」

須美子がキッチンに没頭しているのを確認して、和子は小声で訊いた。

「それに、あの気味の悪い手紙と写真のこと、どういう意味があるのか、何か分かりましたの？」

「じつは、それについては、旅の終りに、とても興味深いというか、ちょっと感動的な発見がありました。人間て、不思議な生き物だなって、つくづく思ったのです」

いつもジョークばかり言っている義弟が、珍しく、泣きそうなほど真面目な顔をしているので、和子は目を丸くした。

浅見は三橋静江が森町中川に住んでいたことと、そこで最後の青春時代ともいうべき高校生活を送り、間もなく益田へと移って行ったことを話した。

「その森町に厳島神社があったのです。三橋静江さんが住んでいたところから、ほんのわずかのところでした」

「えっ、たしか光彦さん、益田にも厳島神社があったっておっしゃらなかった？」

「そうなんです、ありました。そこも、彼女の家のすぐ近くです」

「そうなの……偶然てあるものなのねえ」

「ええ、偶然ですが、僕はなんだか単なる偶然と言ってしまえないような気がしてなりませんでしたよ」

「でも、やっぱり偶然なのでしょう？」

「それはそうですけど、修学旅行の厳島の思い出を宝物のようにしていた三橋静江さんにとっては、そんなふうに単純には思えなかったのじゃないですかね」

浅見は自分の味わった感動を思い返しながら言った。

「東京を追われて落ち着いた先の森町で、厳島神社を見つけたとき、きっと彼女は、義姉さんとボートを漕いだ日のことを思い出したにちがいありませんよ。それから、さらに流れて行った先の益田にも、山の中にひっそり佇むような厳島神社があった。そのときは、もっと驚きに満ちた、ほとんど運命的な出会いだったでしょうね。三橋さんはずいぶん熱心に厳島神社にお参りしていたそうです。厳島神社に行くたびに、彼女は、懐かしい思い出の小箱を開けるような気持ちに浸ったのじゃないでしょうか」

「そう、そうなの……でも、そんなふうに美しく表現されると、何だかつらくなります。私には修学旅行の思い出はともかく、三橋さんの記憶なんて、ほんのかけらぐらいしか残ってなかったのですもの」

幸せすぎる義姉は、申し訳なさそうに俯いた。

「しかし、考えてみると、三橋静江さんのそういう思い出の深さが、義姉さんのほうに思わぬとばっちりをかける結果になったのかもしれませんね」

「それがよく分かりませんわ。いったいなぜそういうことになるのかしら？」

「これは僕の推測でしかないのだけれど、以前、兄さんが刑事局長に就任してまもなく、同級生交歓とかいう女性誌のグラビアに、義姉さんたちの写真が出たでしょう」

「ああ、女子学園時代の仲間たちと写っている写真ね」

「あの記事で、義姉さんのことを警察庁刑事局長夫人と紹介してあったのを、三橋さんはどこかで見たんじゃないですかね。彼女はそのことを人に話し、義姉さんと同級生であることを、ずいぶん自慢していたそうです」

「じゃあ、やっぱりそれを悪用しようとする人たちがいるっていうことですの？」

「おそらく間違いなさそうです」

浅見は、益田であの手紙を郵便局員に手渡した老人のことから、人丸園、日赤病院と、三橋静江の消息をたぐっていった経緯を話した。

そして、柳井の旭光病院にどうやら彼女がいるらしいと突き止めたこと。そして、病院側は外部の人間をシャットアウトしているらしいことを話すと、和子は気づかわしそうに義弟の顔を見つめた。

「何なのかしら、それは？」

「たぶん、VIPが入院しているための、過剰な警戒からだと思うのですが、それにしても、ちょっと気がかりなことがないわけではありません」

「気がかりっていうと？」

「じつは、妙なことがありましてね」

岩国の殺人事件の被害者・岡村三枝子と三橋静江が、益田時代からの知り合いであることを言うと、和子はいっそう不安な顔になった。

「じゃあ、三橋さんやあの写真を悪用しようとする人たちは、もしかするとその事件と関わりがあるのかもしれませんわね」

「さあ、いまの段階ではそこまでは断定できませんけどね」

「どうしましょう。このまま陽一郎さんにお話ししないでいて、いいものかしら？」

「そろそろ話したほうがいいかもしれませんね。今晩、兄さんが戻ったら、話を持ち出してみます」

「そうね、でも、上手にお話ししてくださいね」

だが、その夜はそういう機会に恵まれなかった。刑事局長は「遅くなる」と連絡があったきり、いつまで待っても帰ってこない。

浅見は浅見で、目茶苦茶に遅れている『旅と歴史』の原稿に追われた。

ワープロを叩いていて、ときどきふっと岡村里香の面影が脳裏をよぎる。彼女が話してくれたことのあれこれが断片的にポカッポカッと、頭の中で閃《ひらめ》くのである。

浅見はふいに、重大なことに気がついた。どうしていままで放置していたのか、自分でも呆れた。

十一時を回っていたが、電話をかけると最初のベルの音で里香が受話器を取った。

「はいっ」と、まだ眠っていなかった声で答え、「あっ、浅見さん」と嬉しそうに言った。

「ちょっと気になったのですが」と浅見はすぐに用件を言った。

「今度の警察の家宅捜索もそうですが、お母さんが殺された事件の際、何者かがお宅の中を物色し回った形跡があったということですけどね、それで、また今回の家捜しです。警察や犯人は、はたして目的の物を発見できたのでしょうか？　あなたはどう思いますか？」

「ああ、ほんと、そうですよね。そのこと、ちっとも考えていませんでした。でも、それより何より、犯人はいったい何を探していたのでしょうか？　うちには盗まれるような高価な物は何もないし……」

「いや、何かがあったと考えるべきでしょうね」

浅見は重々しく言った。

「お母さんが一千万とか二千万とかおっしゃったことに匹敵するか、あるいはそれを上回るような何かがあったのだと思います。それを東京に運ぶことで、大金が手に入ることになっていたのでしょう」

「えっ、そうなんですか？……それって、何なのですか？　まさか、麻薬……」

「それは分かりません」

浅見は一応否定はしたが、その可能性がもっとも強いことは事実だ。その気配を感じるのか、里香は電話の向こうで沈黙した。

「いずれにしても、その何かとは、紅葉谷公園で殺された鶴井という人物に託された物と思っていいでしょう。常識的に考えればたしかに麻薬の疑いもあります。現に、警察の中でもそう信じている人が少なくないようですからね。しかし、僕は違うような気がするのです。なぜかというと、犯人と警察――とくに警察はかなり念入りに家捜しをしているのですから、何千万円分もの麻薬はもちろん、その痕跡程度でもあれば、すでに発見しているはずです。岡村さんの家がそんなに広いとも思えませんしね」

「ええ、うちなんかアパートですから、探すところは大してありません」

「しかし、警察が家宅捜索をやったにもかかわらず、どうやら何の痕跡も見つけていないらしい。だとすると、『何か』があったとしても、お母さんを殺害した時点ですでに犯人によって発見され、持ち去られてしまっているというのが常識的に考えられることです。ところが、また今度の家捜しがあったのでしょう。ということは、ひょっとすると、その『何か』はまだ見つかってなかった可能性が出てきました。その場合、考えられるのは、第一にお母さんがきわめて巧妙に隠したということ。第二にはまったく別の場所に隠されているということです。第一の場合は、その『何か』とは麻薬のように目立つ物ではなく、隠しやすい物——たとえば紙切れのようなものということになるでしょうね。第二の場合、つまりほかの場所ということですが、あなたはどこか、お母さんが使いそうな隠し場所に思い当たるところはありませんか？」

「家の中以外に——ということですか？　さあ、母は近所付き合いもあまりしないほうでしたから、家以外のところで知っているとすれば、それはホテルぐらいなものだと思いますけど。それだって、従業員ルームの母の専用ロッカーなんかは、もう私物を取りに行ったりして、空っぽになっています」

「そうすると、残るは家の中ですか」

「えっ、まだこの家にあるのですか？　でも、さっき言ったように、犯人と警察が徹底的に荒らしてしまいましたよ」

「その荒らし方ですけど、どんな具合に徹底的だったのですか？　たとえば天井板を剝がすとか」

「そこまではしていませんけど、それは母だってした形跡がありませんよ。あと、本棚の本のページの間だとか、古新聞を束ねたのの隙間まで調べたりしたみたいです」

「えっ、そんなところを？」

浅見は驚いた。

「それじゃ、連中が探しているのは薄っぺらな、たとえば手紙のようなものですね、きっと。そうなるとかなり難しいなあ。預金通帳だとか、お札だとか、いろいろな書類だとか、そういったものの保管場所はもちろん調べたのでしょう？」

「ええ調べました。でも、何も盗まれたような形跡はありません。もっとも、預金っていっても大した額じゃないですから」

「あ、その額ですが、額はどうですか、絵の額なんかは」

「それも調べたみたいです。動かしているのがはっきり分かりました。たしかに、母が考えつきそうな隠し場所といえば、せいぜい額の中ぐらいなものだと思います。天井板を剝がしたり、いろいろ仕掛けを作ったりするようなことのできるひとじゃないですから」

「なるほど……そうかもしれませんね。そんな時間的余裕もなかったでしょうし。土の下に埋めるとか、墓の中に隠すとかもしないでしょうねえ」

「ええ、絶対にしませんよ、そんなややこしいことは」

里香は、小気味がいいほど確信ありげに答えた。

「分かりました。お母さんのことをいちばんよく知っているあなたが言うのだから、間違いないでしょう」

「そんなふうに言われると、責任を感じてしまいますけど……じゃあ、やっぱり額の中に隠してあったのでしょうか？」

「いや、それは違うでしょう」

「どうしてですか？」

「ふつう、家捜しをする場合、最初に引出しなんかを調べ、その次には額縁あたりを調べるでしょうからね。少なくとも、古新聞の束を広げるより前に額縁を当たりますよ。にもかかわらず古新聞を調べたというのは、つまり額縁の中には目指すものが見つからなかったことを意味していると思っていい」

「あ、そうですよね、ほんと。浅見さんて、やっぱり名探偵なんですね」

「ははは、そんなこと、名探偵じゃなくても、誰だって思いつきますよ」

浅見はうっかり笑い声を立てて、「失礼、不謹慎でした」と謝った。

「そんなこと、いいんです。私だっていつまでもメソメソしていられません。一緒に笑ってくれる人がいたほうがいいんです」

里香の言葉には実感があって、浅見をドキリとさせた。

「浅見さん、私、やっぱり明日東京へ行きます。あの外神田のマンションが何なのか、思いきってぶつかってみます。そうしないと、気がすまなくて……」

「いや、それは危険ですよ。もしテキの探していたものが見つかっているのならいいけれど、まだだとすると、次の標的はあなたですからね」

「でも、私なんか追いかけても、何も知りませんけど」

「相手はそうは思わないでしょう。その物が何であるにせよ、お母さんからあなたの手に渡ったと思うのがふつうです。どうやら警察はあまりあてにならないみたいですから、自分で身辺に注意してください。東京のほうは僕が何とかしてみます」

「それじゃ、浅見さんに危険が……」

「僕なら大丈夫、なんたって名探偵ですからね」

また笑いそうになって、慌てて息を飲み込んだ。

3

小山田誠吾の家は業務用の食品や什器《じゅうき》類を専門に扱う商店であった。店売りは少なく、ほとんどが得意先への配達で商っているらしい。主人を亡くして没落したのでは——と危ぶんでいたのだが、未亡人が健闘しているのか、何人か人を使って、けっこう繁盛している様子だった。

「何よりですね」

型通りのお悔やみを言ったあとで、浅見はお世辞ではなく、心底そう思って言った。

「それはあなた、めげてばかりはいられませんものね。それにもう、二年も昔のことですから」

初対面だというのに、さすがに商売人である、未亡人は愛想よくルポライターに応対してくれた。もっとも、話を聞くあいだも、手のほうは休めることなく、伝票の整理に励んでいる。あまり長居できる雰囲気ではなかった。ひょっとすると、それがじつは、彼女の狙いなのかもしれない。

その手元の忙しい動きを眺めながら、浅見は厳島での「事故死」の話を聞いた。しかし、未亡人の口から特別に怪しむようなことは聞き出せなかった。本当に何もないのか、それとも話したくないのか、確かめるすべもなかった。浅見は諦めて、早々に引き上げることになった。

その足で浅見は外神田へ向かった。

ダイシンヴィラはひっそりと静まり返っていた。岡村里香が訪ねたときもそうだったというから、いつもこんな雰囲気のマンションなのだろう。

マンションの前の道路はあまり幅がない。駐車違反の取締りにひっかかりそうだが、浅見はむしろそのことを願って車を置き去りにして、建物に入った。長時間——いや、ひょっとして永久にマンションから出て来られないような状況にでもなった場合、パトカーが来て車の持ち主を探し回ってくれるかもしれない。

三階でエレベーターを降りると、気のせいか、ことのほかの空気の冷たさであった。正直なところ、どうも、こういうのに浅見は弱い。エレベーターホールから廊下へ足を踏み出すのに、気後れを感じた。

里香が言っていたとおり、３０３号室には表札も何も出ていなかった。いや、３０３号ばかりでなく、どのドアにも数字が貼りつけてあるだけで、居住者の素性を示すようなプレートは見当たらない。何となくマンション全体――少なくとも三階のフロア全体が、胡散臭い連中で占められているような気がしてきた。

浅見はドアの前に立ち、思いきってチャイムボタンを押した。インターホンから「はい」と男の声で応答があった。里香が会ったのはこの男なのか。

「こちらは竹内さんのお宅でしょうか？」

里香に聞いた「怪しい女」の名前を言ってみた。相手はちょっととまどったように間を置いてから、「どちらさま？」と訊いた。すぐに否定しないのは、やはりあの女性もグルということらしい。

「浅見という者ですが」

「浅見、さん？……」

少し動揺したような声である。里香が来たとき、彼女が口から出任せに告げた名前だ。それをわざと使った。

「竹内美津子さんはご在宅ですか？」

「どういうご用件ですか？」

その女性がいるともいないとも言わず、強引に用件を訊いてきた。

「ちょっとお訊きしたいことがあって参りました」

「どんなことでしょう？」

「鶴井明さんのことです」

「…………」

男は黙った。ドアのマジックアイに視線を感じて、浅見は笑顔を作った。ずいぶん間を置いて、「ちょっと待ってくださいよ」と声がして、それからさらにまた時間が流れた。中で対応の仕方を話し合ってでもいるにちがいない。手応えは十分だ——と浅見は北叟笑《ほくそえ》んだ。

「鶴井さんという人は知りませんし……」

ふいにインターホンが入った。長時間かけた結論がそれか——。

「それに、ここには竹内という女性はいませんが」

「それじゃ、小山田さんはいませんか、小山田誠吾さんですが」

インターホンの中で「はは……」と笑ったように思えた。たしかに、笑いかけて、慌ててスイッチをオフにしたような気配だ。

ということは小山田誠吾が何者であるのかを知っているらしい。宮島で死んだ不運な男のことを、知っていて笑うのはどういうことなのか。人間のいのちの尊厳を何だと思っているのだろう——。

「……そういう人もいませんよ」

素っ気ない声が出た。今度はやけに冷淡な感じだ。顔を見せずに声だけの相手だから、やりにくい。だからといって、こっちは招かれざる客だけに、文句を言うわけにもいかない。

「そうですか、どうもお邪魔しました」

いまいましいが、そう言って退散するしかなかった。

玄関ホールには管理人室らしきものがあるのだが、人気《ひとけ》はなく、窓越しに見ると半分倉庫のように使っている。

フロアの様子を窺うと、一階の居住者はドアの上に表札を掲げている家が多かった。102号室のドアには「キリコデザインオフィス」と可愛らしい看板が出ていた。グラフィックデザインかブティック関係のオフィスかもしれない。

浅見がドアをノックすると、「はい」と女性が答えて、すぐにドアが開いた。小柄でキョトンとした顔の若い女性だ。

「お忙しいところすみませんが、ちょっとお訊きしていいですか？」

「あの、珍味なら間に合ってますけど」

「えっ？　あ、そうじゃないのです」

浅見は苦笑して、ドアを閉められないうちに急いで言った。

「ここの管理人さんはどこにいるか、ご存じありませんか？」

「ああ、管理人さんならこの奥の105号室に住んでますよ」

女性は答えると、浅見がお辞儀をして「どうもあり……」とお礼を言っている途中でドアを閉めた。顔に似合わず冷たい仕打ちだが、このマンションにも人間らしい住人がいることに、ほっとするものがあった。

管理人は七十近いような老人だった。どう見ても警察官上がり――という印象の、がっしりした体軀だが、腰に弱点があるのか、右手でしきりに腰をさすりながら応対した。

「こちらの303号室に、竹内さんという方が住んでいると聞いて来たのですが」と浅見は言った。

「303号ですか?……いや、あそこは違いますよ」

「えっ、違うのですか? おかしいな、たしかに竹内さんはそこだって言ってたのだが……竹内美津子さんていう女の人ですが」

「ああ、女の人もいますがね、名前は何ていうか知りませんな。あそこは事務所として使っているもんでね」

「事務所というと、何の事務所ですか?」

管理人は疑わしい目になった。

「えーと、おたくさんは?」

浅見は名刺を出した。管理人は老眼鏡を持ってきて眺めたが、肩書のないことに気づくと難しい顔をして、「おたくさん、何をしている人ですか?」と訊いた。

「雑誌に記事を書いたりしています。『旅と歴史』っていう雑誌ですけど、ご存じないでしょうねえ」

「ああ、『旅と歴史』なら知ってますよ。ふーん、あの本に執筆しておられるのですか。あれはいい本ですなあ」

よほど熱心な読者なのか、とたんに応対の仕方が変わった。

「それで、あなたはどういう物をお書きになられましたか？」

「以前、後鳥羽上皇の隠岐ノ島配流《はいる》にまつわる伝説や、奈良県にある天河《てんかわ》神社にまつわる歴史について書きましたが」

「ああ、ああ、あれがそうでしたか。いや、あれは大変興味深く読ませていただきましたよ。そうでしたか、あなたが……」

老管理人の浅見を見る眼差しには、がぜん尊敬の色が宿った。

「まあ、ここでは何ですからして、汚いところですが、中へお入りください」

「はあ、ありがとうございます。しかし、外の道路に車を停めてありまして、駐車違反が……」

「そんなもの大丈夫、捕まったらわしが話をつけて上げますから」

ほんとかな――と思ったが、どっちみち、最初から捕まってもいいつもりだったのだ。

浅見は老人に誘われるまま、部屋に入った。１ＤＫの小さな部屋で、きちんと整理はされているが、相当の読書家らしく、本棚に入りきれない本や雑誌類があちこちに堆《うずたか》く積まれている。雰囲気からいって、どうやら独り住まいらしい。

老人はお茶を入れながら、「えーと、３０３号室をお訪ねでしたな」と言った。

「そうです、303号の竹内さんという女性です」

「それが、さっきも言ったように、名前のことは分かりませんがね、女の人がいることはたしかです。ただ、あの部屋にどういう人がいるかといったことは、話してはならないことになっておりましてね」

「えっ、どうしてですか？」

「いや、その理由も話してはならないのですよ」

「そんな……」

ばかな――と言いそうになって、あやうく言葉を飲み込んだ。

「しかし、そんな、名前も教えちゃいけないなんていうのは、過激派が横行する近頃、警察だってうるさいんじゃありませんか？」

「ははは、そんな心配はありませんがね」

管理人は黄色い歯茎を剝き出して、のけぞるようにして笑ってから、真面目な顔に戻って、訊いた。

「いったい、浅見さんは303号室の女の人とは、どういったお知り合いで？」

「僕が直接じゃないのですが、以前、僕の知り合いが竹内さんという女性にお世話になったことがあるのです。そのときのお礼を言おうと思ってお訪ねしたのですが」

「なるほど、そういうことですか……」

老人はしばらく思案して、「ちょっと待ってみてくださいよ」と電話に向かった。3

03号室に電話をする気らしい。浅見は（まずいかな——）と思ったのだが、やめてくれとも言えない。

老人は向こう向きに小声で喋っているが、何を言っているか、用件ぐらいは聞き取れた。竹内という女性を訪ねて、浅見という人が来ていますが、いかがしたものか——といったことを問い合わせている。しかし、老人の申し出はあっさり撥《は》ねつけられたようだ。

「はい、分かりました、どうも申し訳ありません」と謝って、電話を切った。

「どうも、やっぱりそういう人はいないようですな」

ショボンとした顔で戻ってきて、愚痴でも言うような声を出した。

「そうですか、じゃあ、何かの間違いかもしれませんね。いろいろありがとうございました」

浅見は笑顔で、丁寧に礼を言った。

「いや、お役に立てなくて……」

「いいのですよ。それより、腰の具合が悪そうですが、やはり柔道の後遺症ですか？」

「ん？　ほう、よく分かりますな」

老人は目を丸くした。

「ええ、警察時代に、柔道ではずいぶん鳴らしたのでしょう？」

「えっ、それじゃあんた、わしのことを知っておられるのですか？」

驚きと疑惑と不信感を見せて、訊いた。

「いえ知りませんが、管理人さんが昔、警察官だったことぐらい、すぐ分かりますよ。それに、そのお歳でその体格ですから、柔道ではたぶん、全国大会クラスの猛者《もさ》だったにちがいないと思いました」

「いやあ、参ったですなあ。おっしゃるとおりです。警視庁時代には神永君なんかを指導したものです。知ってますか、神永君を」

「もちろんです。オリンピックでオランダのヘーシンクに惨敗した人でしょう」

「そうです、いやあ参ったですなあ。そうですか、分かりますか」

老管理人は「参った参った」を連発しながら、顔を赤くして嬉しそうに笑った。

しかし、浅見は逆に悲しくなった。過去にそういう輝かしい歴史を持つ警察ＯＢが、マンションの管理人になって、得体の知れない連中の秘密を守らされているのが、現実の人生であり社会の姿というものなのか——。

車にはまだ駐車違反のステッカーが貼られてなかった。警察官ＯＢの管理人の保証は、捕まってもモミ消せるだけでなく、ここなら捕まらないという自信があるせいなのかもしれない。

浅見はいやな気がした。３０３号室の「住人」にも、警察の干渉を受け付けない治外法権のような力があるのだろうか。柳井の旭光病院にもそれは言えることかもしれない。そういう「特権」を保有する連中が、網の目のように結びあって、社会の裏面で好き勝手なことをしている有り様を想像した。

岩国署の捜査本部が、袋井の捜査から依田たちを急遽、引き上げさせたのも、いかにも不自然な感じだ。何かの力が作用したことが推測される。特権と裏組織を持つグループの仕業と考えることだってできる。彼らはそうやって警察を抱き込んで、小山田や鶴井や、そして岡村三枝子の事件をモミ消し、抹殺してしまうのかもしれない。

浅見は勃然《ぼつぜん》とした憤りに襲われた。

（兄はどうなんだ――）

ふいにそのことを思った。

4

帰宅すると、須美子が「坊っちゃまにお電話がございましたよ」と言った。

「一本は依田さんておっしゃる中年の声の男の方でお電話番号をお聞きしてあります。もう一本は岩国のあの岡村さんとおっしゃるお若い女の方です。どちらも、お帰りになったらお電話をいただきたいっておっしゃってました」

リビングには雪江も和子もいて、須美子が「若い女の方」を強調すると、それぞれ複雑な想いのこもった目を浅見に向けた。

浅見は電話を自室に切り換えた。いまどきこんな旧式な電話を使っている家は、この世の中、どこを探したってありっこない。ＮＴＴは便利な親子電話かコードレスフォンに換えることを勧めるのだが、雪江が断固として拒絶する。

雪江は「孫たちの教育上、これがいいの」と主張するのだが、なに、実際は孫ではなく、居候次男坊の動静を監視する目的があるに決まっている。

まず依田のほうに電話をかけた。「やあ、どうもどうも」と、依田は元気のいい声を出した。

「いま平生町の兄の家におるのですがね、兄がたまたま仕事で旭光病院に出入りしとったもんで、詳しく知っとるのですよ。浅見さんが言われたとおり、いろいろ噂のある病院のようですなあ。それでもって、私より兄の口から直接聞いてもらったほうがいいと思って、それで電話したのです」

そう言って依田は兄と電話を代わった。本来は依田よりも訛りはひどいらしいが、無理して標準語で喋ってくれた。

「うちのほかにも地元から何軒か、旭光病院と取り引きのある会社や店があるし、勤めとる人がおりましてね、一応、病院側から箝口令《かんこうれい》がしかれてあるのじゃが、それでも噂みたいなもんは、チョロチョロ流れてきちょるのです。あそこには、宮藤さんをはじめ、政界財界の長老クラスが療養しとりますし、そこへもってきて、塚山幹事長みたいな現役の大物がやって来よるし、たしかに立派な病院であることは事実ですが。けど、お見舞いと称してやって来たその連中のあいだで、政界工作やら、建設業界のトップによる談合やらが開かれとるいう話もほんまにあるそうです。まあしかし、そういうことは、あそこにやって来るお歴々の顔触れを見れば想像はつくのじゃが、ただ、ちょっと腑に落ちん話もありましてね」

依田の兄は言葉をとぎらせ、ひと息ついた。べつに話を効果的に演出するつもりではないのだろうが、浅見は息を凝《こ》らすようにして、話のつづきを待った。

「それというのはですな、旭光病院の入院患者は、かならずしも年寄りや大物ばかしとはかぎらんようなのです。たとえば、まだ四十歳そこそこの女の人で、べつに金持ちの奥さんとか、そういうたぐいではない人も入院しとるらしい。それも、隔離病棟みたいなところで、監視つきの入院じゃそうです」

「監視つき……」

浅見はすぐに三橋静江を連想した。

「四十歳そこそことおっしゃいましたが、名前は三橋さんといいませんか？　三橋静江さんですが」

「ああ、三橋さんなら私も知っちょるが、あの人は宮藤さんの付添いでしょう。そうでなく、もうちょっと若い人ですよ」

「そうですか……しかし、監視つきなんていうのは、違法ではないのですか？」

「さあ、私はよう知らんが、たぶん違法でしょうなあ」

「警察は気がついていないのでしょうか？」

「いや、かりに知っとっても手ェは出せんのとちがいますかな」

「じゃあ、三橋静江さんも拘束されているようなものかもしれませんね」

「それは必ずしも、そうではないみたいですよ。柳井の街へ買い物なんかに出掛けるとかいう話を聞きました」

「えっ、そうなんですか……」

浅見はすぐに、柳井の商店街やデパートをぶらついている女性の姿を空想した。それが事実なら、接触するチャンスはある。

浅見は礼を言って、依田部長刑事に代わってもらい、「なるべく近いうちに、またそちらへお邪魔したいと思います」と、意気込んで言った。

「そうですか、そしたら、そのときは遠慮なく兄のところに来てください。何かお役に立てるかもしれんですから」

「ありがとうございました」

依田の電話を切ると、浅見は岡村里香に電話した。

「あ、浅見さん、大変なんです」

里香は浅見の声を聞くと、挨拶も忘れていきなり叫んだ。

「今日、来たのです、あの女のひと、東京の外神田の、竹内っていう……」

「えっ、ほんとですか？　あなたのお宅にですか？」

「ええ、帝国ホテルで住所を確かめて、たまたま錦帯橋見物に来たものだから、お寄りしたって言ってましたけど」

「そんなもの、嘘っぱちに決まってます。危険だなあ。女は一人で来たのですか？」

「ええ、一人でした。栄太楼《えいたろう》の羊羹《ようかん》をお土産に持ってきました」

「それで、何もしなかったのでしょうね？」

「ええ、べつに……ただ、家の中をジロジロ見て、たぶん、あれは何かの隠し場所を探そうとしていたのじゃないかと思いますけど、とても感じ悪かったです」

「そうですね、それは間違いなく家捜しに来たのですよ。そうしてみると、テキはまだ手に入れてないな……」

「探している物が何なのか、分かったのですか？」

「いや、それはまだ分かってませんが、いずれにしても何かがどこかにあるはずです。テキがそうやって、直接お宅に乗り込んで来るくらいだから、かなり焦ってますね」

「敵って……そしたら、あの女の人も母を殺した犯人の仲間なのですか？」

「その可能性が大きいと思っていいでしょうね。じつは今日、僕は外神田のマンションを訪ねてみたのです」

浅見はダイシンヴィラで見聞きしたことを話した。３０３号室の連中が得体の知れないこともちろんだが、管理人までが彼らの影響下にあるような話に、里香はいっそう脅えたような気配だ。

「なんだか分かりませんけど、マフィアみたいな大きな組織が動いているのとちがいますの？　麻薬の密売組織だとか、シンジケートいうのですか、ああいうの……」

「ははは、それはテレビの外国映画の観すぎじゃありませんか」

浅見は笑ってみせたが、内心では里香の思いつきを肯定していた。しかも、単なる麻薬がらみではなく、政治家や財界が関係した大きな組織を想像させる。

電話を切りかけて、里香は「あ、それからもう一つ、ちょっと思いついたことがあるのですけど」と慌てて言った。

「浅見さんがおっしゃった絵の額のことですけど、うちには額がいくつもありませんが、ホテルには各部屋に必ず額が飾ってあるし、そこやったら母も自由に触れたのじゃないか、思ったのですけど」

「なるほど……」

浅見は愕然とした。ホテルの部屋に飾られた額なら、里香の母親はもちろんだが、宿泊客も触れることができる。たとえば殺された鶴井明も——。

「それ、誰にも言ってないでしょうね？」

「ええ、もちろん浅見さんが最初です。そしたら……」

「ええ、その可能性はありますね。とくに鶴井という紅葉谷公園で殺された男の人が泊まった部屋の額が気になります」

「行って確かめて来ましょうか？」

「そうですね……いや、それは危険かもしれません。あなたの動きは常に監視されていると思ったほうがいいですよ。警察に行って……いや、それもだめかな……」

警察を全面的に信用していいかどうか、浅見には分からなくなっている。もっとも気心の知れているはずの依田部長刑事でさえ、最終的には上司の命令には背くわけにいかない立場であることに変わりはない。

「浅見さんはもう、こちらには来られませんの？」

訴えるような里香の言い方だった。

「なるべく近いうちに行く予定ですが、それまでテキが気づかないといいが……」

「気がつくでしょうか？」

「分かりません。あなたが気がついたようには、簡単に気がつくとは思えませんが」

それにつけても、里香が軽挙妄動をつつしんでくれることが望ましい。

「とにかく、しばらくは何もしないでいてください。明後日かその次の日ぐらいにはそちらへ行けると思います」

その夜も陽一郎のご帰館は遅かったが、浅見は待ち構えていて、リビングルームから廊下へ出てきた兄を摑まえた。

「兄さん、ちょっと話があるんだけど」

「何だい、こんな遅く」

陽一郎は時計を見た。十二時になろうという時刻だ。

「兄さん、毎日遅いですね、何か難しい事件が起きているんですか？」

「ああ、いや、事件は常に難しいさ」

さり気なく言いながら、陽一郎は顎をしゃくって書斎を示した。先に行って待っていろという意味だ。

五分ばかり弟を待たせておいて、書斎に入って後手にドアを閉めるなり、陽一郎は「何だい？」と訊いた。

「岩国の連続殺人事件のこと、兄さんは知らないでしょうね？」

「ん？　いや、知っているよ」

「えっ、知ってるんですか？」

これは意外だった。警察庁刑事局長あたりが、地方で起きた殺人事件について、いちいち報告を受けたり対応したりすることがあるとは思えない。

「その事件は、兄さんのところまで報告が行くような、重大なものなのですか？」

「いや……」

陽一郎はニヤリと笑った。

「岩国署から山口県警を通じて連絡があってね、浅見刑事局長と住所の同じ人物が、紅葉谷公園殺人事件の捜査に介入しているが、おまえさんと関係があるかと訊いてきた」

「やっぱりそうだったんですか」

「だいぶ、あちこちと活躍しているようじゃないか。山口県警の本部長は私と同期だが、優秀な弟さんだねと褒めていたよ」

「それは皮肉なのでしょうね」

「皮肉かどうかは知らないが、捜査本部に対してなかなか鋭い示唆を与えてもらったとか言っていた。感謝状を出すつもりになっているらしい」

「感謝状なんて、そんなものはどうでもいいのですが」

「いや、よくない」

陽一郎は冷やかに言った。

「いくら優秀でも、民間人のきみが警察の捜査に容喙《ようかい》するのは感心できない。たとえきみの指摘が適切なものであろうとなかろうとだよ。したがって、先方としては、感謝状という形で、きちんと一線を画したいというのが本音だろう」

「それは、警察のプロとしての矜持《きょうじ》からそう言っているのですか」

「むろんそれもあるだろうが、それ以前に法を遵守《じゅんしゅ》する精神がある」

「そういう建前論的なことを言って、民間人の知識や情報をシャットアウトしているから、警察の捜査は後手後手に回るんですよ」

「おいおい、それが警察庁刑事局長に言う台詞《せりふ》かね」

「すみません。しかし現に、岩国の殺人事件に関して、警察は当初、麻薬がらみの事件と判断していたし、二番目の事件が起きてからも、単純な物盗りや怨恨のたぐいだと考えていたんですよ。それを……」

「分かっているよ」

陽一郎は珍しく高圧的に言った。

「だから感謝状を出すと言っている」

「そんな問題じゃないでしょう」

「まあ聞けよ。どうも、きみは警察を甘く見ているようだな」

「いや、それこそ兄さんの見方が甘いと言うしかないですよ。少なくともこの事件に関するかぎり、表面に出た部分だけを見ている警察の捜査のやり方では、真相に迫ることはできないと思ってます。一昨年、十九号台風の際に安芸の宮島で死んだ男のことだって、単なる事故死として処理されていて、今回の事件との関わりを僕が指摘しなければ、そのままで闇に葬られていたでしょう」

「ああ、そのことも聞いたよ」

「だったら兄さん、もっと僕を評価してくれてもよさそうなものじゃないですか」

「評価はしているさ。きみが警察官でないことを残念に思うくらいなものだ」

「冗談でしょう。僕みたいなチャランポラン人間に、警察官が勤まらないことぐらい、分かりきってるくせに」

「ははは、その通りだ。だから残念だと言っている。しかし、その警察官でないという部分が、絶対的なものであることを肝に銘じてもらわなければ困る」

「そういう閉鎖的な体質が、警察のいやらしいところなんですよ」

半ば怒らせるつもりで言ったのだが、陽一郎はニヤリとしただけで、「まあ、そう言うなよ」と言った。

「そのいやらしいところが、日本の社会秩序を保っていることも事実なのだからね。しかしそれはともかくとして、岩国警察署も山口県警も、それなりにやっているし、もはやきみに心配してもらう余地はないよ」

「いや、兄さんは何も知らないからそんなことを言っているけど、警察は事件の本質が何なのか、分かっていないのですよ」

「分かっているさ」

「分かってませんよ。兄さんは警察を弁護する立場だからそう言うでしょうけど、この事件は底の深い事件でしてね」

「そのことも把握している」

「とてもそうは思えませんけどね」

「いや、分かっている。それは私が保証するよ」

刑事局長は射るような目でルポライターを見つめた。警察の威信を一身に背負ったような迫力があった。

（そうか——）と、そのときになってようやく、浅見は気づいた。兄は——というより、警察はすでに事件の背景について、おおよそのことは把握しているのかもしれない。地元の所轄や県警はともかくとして、警察庁の上層部は、事件背後にある「何か」を察知しているから、兄は「保証する」などという自信ありげなことが言えるのだ。そうにちがいない。しかし、それならそれでなぜ?——と不満がつのった。

「分かっているのなら、なぜ追及の手を緩めるようなことをするのですか」

「そんなことはしていないさ」

「いや、してますよ。たとえば、静岡県の袋井市に捜査本部の刑事と一緒に行ったのですがね、途中で突然指令が出て、捜査を切り上げさせたり……」

「あれはきみのせいだよ」

「えっ、僕のせい?……何ですか、それは」

「だから言ったろう、民間人を捜査に参加させるのは具合が悪いと」

「またそれですか……しかし、そんなことまで兄さんは知っているんですか?」

浅見は不思議に思って、兄の顔を見た。

「ああ、知ったからやめさせた」

「じゃあ、あれは兄さんの指示……驚いたなあ、どうしてそんなことをするんですか」

「何度も言わせるなよ。民間人にウロウロされては困るということだ。たとえば、外神田のマンションを探ったりすることもだ」

「えっ、知っていたんですか」

「警察は何でも知っているよ」

陽一郎の端整な顔に、ほんの一瞬、子供っぽい得意そうな表情が浮かんだ。

「だから、きみに勝手な動きをされては、はなはだ迷惑なのだ」

浅見は腹が立ってきた。兄の頑迷さが、なぜか、303号室のドアの向こうで、鼻の先で笑いやがった男を連想させた。

「そんなに何でも分かっているのなら、弱腰になったり、遠慮したりしていることはないじゃないですか」

「それは、警察には、きみのように単刀直入というわけにはいかない事情もある」

「政治的配慮というやつですか。いや、もっと露骨に、政治家への配慮といったほうがいいのじゃありませんか」

「ん？……」

陽一郎は気遣わしげに眉根を寄せて、窺うような目で弟を見た。

「きみが何のことを言っているのか知らないが、もちろん、それもある」

「やはりそうですか。気に入らないなあ、そういう特権階級ベッタリの姿勢は」

「まあ、無責任なアマチュアには何とでも言えるだろう」

「いや、言うだけではなく、僕は実行しますよ」

「実行するとは、何を？」

「真相を暴いて、不正を糺《ただ》します」

「それは許さないよ」

岩のような表情で、陽一郎は言った。

「今後いっさい、この事件に関わることは許さない。これは命令だ」

「その命令は刑事局長としてですか？　それとも兄としてですか？」

「両方だ」

「理由は？」

「警察としては市民の生命を守る義務がある。兄としては弟が危険を冒すことに無関心ではいられないだろう」

「それには感謝しますが、僕もやめるわけにはいきませんよ」

「だめだ。いかなる理由があろうと、絶対に手出しはするな」

「しかし……」

「しかしはない。もうこれ以上の説明を私に求めるのはやめろ。いいな光彦」

陽一郎は、浅見がいままで見たこともないような、恐ろしい目で弟を睨むと、指先をドアの方角に向けた。しかし、浅見がドアを出る寸前、兄は「頼むよ」と言った。振り向くと、目の中の恐ろしい気配は消えて、懇願するような色がほの見えた。

リビングルームのドアのところに、雪江と和子が佇んで浅見を迎えた。

「何かあったの？」と雪江が訊いた。

「喧嘩でもしているみたいだったけれど」

「いえ、喧嘩じゃなくて、叱られました」

次男坊は苦笑して言った。

「いつまでルポライターみたいなことをやっているのかって。しかし、この仕事は僕の天職ですからね、そう簡単に兄さんの言うことは聞けません」

「ふーん、そうなの……そんならいいけど、でもね光彦、陽一郎はあなたの将来を心配して言ってくれているのだから、素直に聞いて上げなさい。あなただって、そうそういつまでもこの家にいていいわけじゃないのだし、本気で結婚のことも考えなきゃならないのだから」

ひとくさり訓示を垂れると、雪江は自分の部屋に引き上げた。

「どうでしたの？」

和子が気がかりそうに訊いた。

「あのこと、言ってごらんになった？」

「いえ」と浅見は憮然として首を振った。

「言い出せませんでした。何となくチャンスを逸した感じで……どうも、兄さんは頑固ですねえ」

「ええ、それはそうだけれど……」

兄嫁は複雑な面持ちで頷いた。

第八章　物的証拠

1

あの写真と怪しげな手紙を兄に見せたら、陽一郎は何て言っただろう——と、浅見はそのことを考える。兄の頑迷を打ち破るには、そうしたほうがよかったのかもしれない。しかし、あのときの雰囲気では、よりいっそう悪い情況に陥りそうな予感がした。少なくとも、和子が夫にではなく義弟に相談したことに憤慨する可能性はあった。

和子がそうしたのは、夫の立場を案じてのことだが、それが逆に弟を危険に晒《さら》す結果になったと言われれば、たしかにそのとおりだろう。成り行きでそうなったと言うのは、弁解にもならない。

そんなことで浅見家の美風であるところの「家内円満」に隙間風《すきまかぜ》が吹き込むようなことにでもなったら、居候としては、ますます居心地が悪くなるばかりだ。

兄があまで頑《かたく》ななら、こっちはこっちでやるしきゃない——と、浅見は腹を決めた。陽一郎が、まるで門前払いのように、弟の意思を無視し、行動をシャットアウトしたことが気に入らなかった。警察は何でも知っているという、あの高慢ちきな鼻を明かしてやりたい——と思った。

それにしても、浅見が外神田のダイシンヴィラへ行ったことを、陽一郎が知っていたのには驚かされた。尾行されたとも思えないから、警察はあのマンションをどこか、隣接するビルからでも監視し、張り込みをしているにちがいない。

だとすると、当然、岡村里香があそこを訪ねたことも知っていることになる。竹内美津子と名乗る怪しい女が、岩国へ向かったこともキャッチしているのだろうか。

妙なもので、警察が次から次へと先回りしているような状況が見えてくるにつれて、浅見の胸の内には鬱勃《うつぼつ》とした闘争心が湧き上がってきた。いや、それはじつは警察に対するものではなく、兄への挑戦を意識したものなのかもしれない。

警察がどこまで事件のことを知っているにせよ、唯一、浅見が警察をリードしているのは例の三橋静江に関する部分だ。写真入りの怪しい手紙を送った老人のことも、警察はまだ知らない。ことによると、事件の震源地が益田にあるらしいことにも、気づいていないのかもしれない。

逆に、こっちが分かっていないのは、兄の率いる警察が追っている、事件の本質的なものが何であるか——そして、警察はいったい何をどの程度キャッチしているかだ。

岩国署の連中は、岩国の二つの殺人も、二年前の宮島での「事故死」に対しても、麻薬がらみの事件という認識から、まだ抜け出せないでいるように思える。しかし、兄をトップとする警察庁のスタッフが追っているのは、まったく別の次元のものにちがいない。たとえ殺人事件だろうと、麻薬がらみ程度のことなら、警察庁のトップクラスが、密かに警察庁内部の組織を指揮して、捜査に当たるようなことはしないだろう。

(何を追っているんだ？——)

浅見はしきりにそのことを考えた。

おそらくそれは、あの「手紙」と無関係ではあるまい。ああいう露骨な牽制《けんせい》をしなければならないほど、テキは危機感を抱いているということか。

もしあの「手紙」に警察庁の追及に対する牽制の意味があるとすると、「手紙」による脅しにもかかわらず、警察庁の追及の手が少しも鈍らないことに、テキは驚いているにちがいない。

ことによると、その結果、テキは暴挙に出るかも知れない。

「暴挙か……」

浅見は呟いた。どんな暴挙なのか、いろいろな想像が頭の中に湧いてくる。岡村里香の顔が浮かび、まだ見たこともない三橋静江の顔が思い浮かんだ。一刻も早く岩国や柳井へ飛んで行きたいと、気ばかり焦るが、何しろ十日近い長旅をしてきただけに、片付けなければならない仕事も溜まっていた。

その夜は明け方近くまでワープロを叩き、翌朝、まだ起き抜けのような時間に、依田の兄から電話が入った。

「昨夜、平生町の人で、旭光病院の賄いやら清掃やらの仕事をしちょるという人と会うて、話を聞いたのです」

依田の兄は、例によってゆっくりした口調で喋る。

「昨日お話ししとった、隔離病棟みたいなところに入っている女の人な、あれはどうやら、東京から連れて来られたらしいですな。医者の話では、精神状態に問題があるいうことで、たしかに言動におかしなところが見受けられるが、ふだんは言葉もしっかりしとるし、そんなにも変わった様子は見られんと言うてました」

「えっ、それじゃ、その平生町の人は病院の入院患者たちと接触したり話したりできるのですか？」

「というても、挨拶したりする程度じゃそうですがね。ごくたまには監視の目がなかったりすれば、体の具合はどうかとか、どこから来たのかとか、まあ、ちょっとした身の上話を聞く機会はあるようです」

「その女の人ですが……」

浅見は期待を込めて言った。

「名前や出身地など、身の上話はしてくれたのでしょうか？　東京の人なら、こっちで突き止められるかもしれません」

「そう、それで電話させてもろたのですが、名前は長谷川純子いう人です。調査を頼んだわけやないので、東京いうこと以外、住所までは分からんが、赤坂の『殿村《とのむら》』いう料亭の仲居さんをやっとったらしい」

「『殿村』……」

浅見はつい最近、どこかでその名前を見たような気がした。「殿村」といえば、政治家や財界人が利用することでも有名な料亭だから、新聞か週刊誌で見かける可能性はある。しかし、そういったことではなく、べつの場所で見た記憶が、網膜の片隅に残っているような気がしたが、結局思い出せなかった。

「『殿村』といえば、料亭としては一流中の一流ですね。僕でさえ名前を知っているくらいですから」

「いや、そうでしょうな、田舎者のわしもニュースか何かで聞いたことのある名前です。じゃけん、長谷川純子さんも、そこに勤めとったいうことが自慢で、つい喋ってしまったのとちがいますか」

「分かりました、早速、『殿村』を訪ねて、長谷川さんがどういう素性の人なのか探ってみることにします」

そう言ったあとで、浅見は「ただ、依田さん、この問題には、あまり深入りしないほうがいいかもしれません」と付け加えた。

「ほう、何でです？」

「いえ、べつにはっきりした理由があるわけじゃないのですが、旭光病院は政治家や財界の大物が関係していますから、何となく危険な感じがしてなりません」

「ははは、大丈夫でしょう。かりにも病院ですけんの、いのちは助けることがあっても、殺しはせんでしょう」

依田の兄は陽気に笑って電話を切ったが、浅見は自分でも神経質すぎるかな——と思えるほど、臆病になっていた。

昼前に『旅と歴史』の編集部に原稿と写真を届けに行って、藤田編集長にギャラの前借りを交渉した。ここの支払いは月末締め、翌々月末払いだから、たまに前借りをしないとやっていけなくなる。

「半分だけだよ」

藤田は恩着せがましく言って、仮払伝票を切り、部下を経理部に行かせた。

「ところで編集長、『殿村』っていう料亭にコネはありませんか？」

浅見は訊いてみた。『旅と歴史』は新橋に会社があるから、赤坂とは近い。

「ああ、『殿村』ならうちの社はよく使っているほうじゃないかな。おれも三、四度は行ったことがあるよ」

藤田は偉そうにそっくり返った。

「社長に連れて行ってもらったのが最初で、その後、代議士先生のインタビューなんかで、たまに使うことがある。なかなか格式の高い店だよ。まあ、浅見ちゃんには縁がないだろうけどね」

「そこ、紹介してくれませんか」

「えっ、紹介？　紹介って、浅見ちゃん、『殿村』を使うの？」

「いや、そうじゃないですけど、高級料亭とはどのようなものか、いちど後学のために見ておきたいのです」

「ああ、そういうことね。いいですよ、紹介ぐらいはするけど、しかし、『殿村』には借金があるんじゃないかな……」

藤田は机の引出しを開けて、伝票の束をまさぐった。

「あ、あったあった、まだこのあいだの分を精算してないね。まずいな、すぐに経理に回しても半月後か……」

束から取り出した請求書をデスクの真ん中に置いて、掌でバンと叩いた。請求書は風圧で舞い、少し草書ふうに崩した「殿村」のロゴタイプが、フワッと躍《おど》った。

その瞬間、浅見は「あっ」と叫んだ。

「そうか、あそこで見たんだ！」

「見たって、何を見たのさ？」

藤田編集長は心配そうに浅見の顔を覗き込んだ。どうかなっちゃったとでも思ったらしい。そう思われても仕方のないほど、浅見の様子はただごとではなかった。

「また来ます」

浅見は言うと、ろくに挨拶もしないでデスクの前を離れた。藤田が「おい、前借りはどうするんだ？」と言っていたようだが、耳をかさずに階段を駆け下りた。

走ったせいばかりでなく、浅見は心臓が破裂しそうなほど亢進《こうしん》していた。それは駐車場からソアラを発進させ、中野の小山田商店に着くまで、およそ四十分ものあいだ、ずっと続いた。

車を降り、息を整えてから、浅見は店に入って行った。ちょうど配達の時間なのだろうか、三人いるという社員はすべて出払って、カウンターのようなオフィスの中には、小山田未亡人が独り、しきりに帳簿の整理をしていた。老眼鏡をかけ、背中を丸め、いかにも疲れた様子に見えたが、浅見に気づいて顔を上げると、いっぺんに精気を取り戻したように「あら」とニッコリ笑った。

「またお邪魔しました」

浅見はいくぶん照れながら挨拶して、すぐに用件を言った。

「ちょっとお訊きしたいことがあって参ったのですが、おたくのお店は、たしか赤坂の『殿村』と取引きがありましたね？」

「ええ、ありますよ。以前は大きなお得意様でした。けど、社長が亡くなってからはほんとに少なくなりました」

「ほう、それはどうしてですか？」

「あそこは社長が自分で開拓して、注文取りから配達、集金まで、何でも自分一人でやってましたからねえ。社長が亡くなってしまうと、何がどうなっているのか、さっぱり分からないし、先方さんもそれでは困るということでしょう」

「『殿村』といえば、有名な高級料亭ですが、ああいうところに入り込むのは大変なのでしょうね」

「そうですわねえ、だから社長も大事にしていたんだと思いますけど、ああいうことになるのだったら、もっとちゃんと、後継者にバトンタッチしておいてくれればよかったのにって思いますよ」

「どうしてバトンタッチしなかったのですか?」

「さあ、よく分かりませんけど、難しいお客さんだから、当分のあいだは自分がやるって言ってました。でもね、本当は違う理由があったのかもしれませんよ」

未亡人は鼻先で「ふふん」と笑うような言い方をした。

「いまだから言えちゃいますけど、『殿村』さんには美人の仲居さんがいて、とても親切にしてくれるって言ってましたから、そういう助平根性もあったんじゃないかしら」

「まさか……小山田さんは真面目一本槍だっていう評判ですが」

「分かりませんよ男なんて……あらいけない、あなたはべつですよ。でもね、うちの社長だって、ほんとに真面目で堅物だって言われて、私も一緒になってから二十年近くも、ずっとそう信じていましたけど、そうでもなかったって後で分かったんですから」

「じゃあ、浮気でも?……」

「まあ、浮気っていうほどのところまで行ったのかどうかは知りませんけどね。主人の友だちが、女の人と一緒のところを箱根で見かけたっていうんですよ。私には商売の付き合いでゴルフへ行くって言って出て、夜遅くに帰ってきましてね。それで、とっちめてやったら、『殿村』さんの仲居さんと行ったのは事実だが、あくまでも仕事上のお付き合いだって言い張りましたけど」

ぜんぜん信じていなかった口ぶりで言って、また鼻先で笑った。

「その仲居さんですが、名前、何ていう人か分かりませんか？」

「ええ知ってますよ、いつも伝票にサインをくれてましたから。長谷川さんておっしゃる方でした。でも、もう『殿村』さんにはいませんよ。主人が亡くなってから、いちどご挨拶に伺った時にお聞きしたら、お辞めになったとかいうことでした」

「辞めた……病気か何かですかね？」

「それがね、私もそうお訊きしたら、何だかいわくありげで、女将《おかみ》さんが変な目つきで私を見て、『あなたご存じないの？』って言うんですよ。私はさあ……ってとぼけちゃいましたけど、主人とのことが原因で辞めさせられたのじゃないかしら。だとしたらお気の毒ですけどねえ」

「そうですか……」

浅見は調子を合わせて、気の毒そうな表情を作ってみせたが、頭の中には柳井の旭光病院を思い浮かべていた。長谷川純子がどういう経緯を辿って旭光病院に入ったのか、抑えがたい興味が湧いてきた。

2

飛行機嫌いの浅見が、その日は広島まで、飛行機を利用した。新幹線で行くのとでは、たかだか三時間程度の差だが、その三時間が惜しいほど気が焦っていた。

もっとも、飛行機が安全な乗物であるらしいということが、ようやく浅見にも納得できつつある。毎日何千というフライトがある中で、事故は年間を通じてもごく僅かなものだ。それも、悪天候を衝いて無理な飛行や着陸を企てた結果——といったケースが多い。安全第一に飛んでさえいれば、ぶつかったり脱線したりするおそれのない空の旅に、危険があるはずはないのだった。

そんな、子供でも分かりきった結論を得るために、浅見は物心ついてから二十年以上も要したことになる。

いわし雲を見下ろしながらゆく、秋空のフライトはすがすがしかった。瀬戸内海の複雑な海岸線や島々を、あれは瀬戸大橋か、あれは尾道か——と当て推量で探っているうちに、あっけなく広島空港に降り立った。

飛行機を降り、ゲートへ向かうときに、思いがけなく、ちょっとした騒動があった。浅見の二、三歩前を歩いている初老の男に、背後からすり抜けるようにして、若い男が近寄った。明らかに報道関係の人間らしい。

若い男は初老の男の左横に寄り添うと、押し殺したような声で「江木さんですね？」と言った。その際、若い男は一瞬、浅見に視線を走らせている。ひょっとすると、連れの人間かと疑った様子だ。

江木と呼ばれた男のほうは、黙って首を横に振って、若い男から顔を背けた。

斜めに振り向いたその顔に、浅見はかすかな見覚えがあった。といっても写真でしか見たこともないし、名前も「江木」だったかどうかうろ憶えだ。それに、ひどく窶《やつ》れていたし、眼鏡をかけているのと、かつらを着用しているのとで、ちょっと見には分からないが、それらを除いた素顔を思い描けば、たしかに大手ゼネコン「S建設」の副会長で事実上のトップ経営者として君臨している人物のはずだ。

しかし「江木」は若い男の問いかけを無視し、執拗な追及を逃れるように、顔を伏せて急ぎ足になった。若い男のほうはなおも「江木」を追尾して、「江木さんでしょう？どちらへ行かれるのです？」と問いかける。周囲の人々はおばさんのグループ旅行みたいな人々だったから、「江木」が何者か、浅見程度すらの知識がないのだろう。二人の緊迫した様子には無関心だった。

浅見は「江木」と若い男につられるように足早になった。「江木」は小さなボストンバッグ一つの軽装で、貧相な薄手のコートの襟で顎の辺りを隠すように、背を丸めて歩く。見るからに人目を避けている感じで、これが浅見でさえ知っている大手ゼネコンのトップかと信じられない気がした。

ゲートからロビーに出る寸前、浅見の脇を走り抜けた男が、若い男の腕を摑んだ。上背のある獰猛《どうもう》なタイプの男だ。

強い力でグイと引き戻された恰好の若い男は、非難する目を獰猛な男に向けたが、相手の眼に射すくめられたのか、それとも摑まれた腕が痛かったせいか、文句も言わずに立ち止まった。

浅見も立ち止まりかけたが、人々の流れに押されるように、二人の男を横目に見ながら歩いた。それでも自然、足の運びが鈍り「江木」はぐんぐん遠ざかる。人の流れに取り残される若い男とどちらを追うべきか、浅見は迷った。数歩行き過ぎたところで振り返ると、獰猛な男がひと言ふた言、若い男に何か言うのが見えた。明らかに脅迫めいたことを言っている顔つきだ。

若い男は未練がましい目を「江木」の去りつつある方角へ向けた。その視線が浅見の視線と交錯した。「追ってくれ」とその目が語ったように、浅見には思えた。

浅見は踵を返して「江木」の後を追った。ゲートを出て、人波の中、ロビーを渡って行く途中で、ふいに肩を摑まれた。振り向くとさっきの獰猛男である。若い男の顔が、彼のはるか後方から伸び上がるようにしてこっちを見ている。

「追うな」と、獰猛男は短く言った。巨人の松井選手をそのまま十歳以上老けさせたような顔である。

「何のことですか？」

浅見はとぼけた。

「いいから」

男は表情も変えず言った。肩を摑んだ手は放したが、こっちの出方によっては、いつでも対応できる俊敏さと、それに、容赦はしない獰猛さも備わっていそうだ。

浅見は追うのを諦めて、視線だけを「江木」に向けた。「江木」はすでにロビーを出て、窓の向こうを歩いていたが、じきに死角に入り、見えなくなった。タクシーに乗ったのか、それとも迎えの車が来ているのだろうか。

十分な間合いを確かめると、獰猛男は急に他人の顔になって、何事もなかったようにさっさと行ってしまった。江木と獰猛男と、どっちを追おうか迷っていると、さっきの若い男がやって来た。

「やられましたね」

威勢のいい東京弁で陽気に言った。ハナから浅見を同業と決めてかかったような気安さがあった。

「何者ですか？」

浅見は訊いた。

「何者って、私のこと？　それともあのおっかないおニイさんのこと？」

「両方です」

浅見は苦笑して言った。いまさら「江木」を知らないとは言いにくくなっている。

「私は毎朝新聞の黒須といいます。いまのあの野郎は見たこともないが、江木のボディガードですかねえ。それとも、ヤーさんかもしれないが……おたくは？」

「浅見といいます、フリーライターをやってます」

二人はロビーの真ん中で名刺を交換した。黒須の名刺には〔毎朝新聞社政治部　記者〕と印刷されていた。

「じゃあ、浅見さんは江木を追ってきたのですか？」

「いや、偶然ですよ。黒須さんが声をかけなければ気がつきませんでした。第一、江木氏は変装していたでしょう」

「そう、私も最初は別人かと思ってました。長いこと、ためつすがめつしても、たぶんそうじゃないかと思った程度で、このままだと逃げられそうだったんで、思いきって声をかけたのだが……」

黒須はいまいましそうに、江木の消えた方角へ視線を送っている。

「どういうことですかね？」

浅見は言った。

「どういうこととは？」

「あんな恰好で、どうしたのかと……」

「えっ？　浅見さん、あんた、それ、ほんとに知らないの？」

黒須は驚いて目も口も大きく開けた。

「ええ、知りません」

浅見は悪びれずに、ニコニコ笑って黒須の目を見返した。

「驚いたなあ……しかし浅見さん、たしかフリーライターって……」

「ええ、フリーのルポライターではありますが、事件物は書きません。もっぱら旅行ガイドだとか歴史物だとか、そんなことばかりやっています」

「だけど、さっきは江木を追ったじゃないですか」

「あれは黒須さんが追えと、目で合図したからですよ」

「そう、分かりましたか？　ふーん、勘がいいんですねえ。そういうところは事件記者だけどなあ……ははは、参ったですね、完全に騙されました」

「いえ、騙しはしません」

「ま、いいでしょう。こっちも抜かれる心配はなくなったわけだしね。ちょっとその辺でコーヒー、飲みませんか」

誘われるまま、浅見は黒須に従った。

「江木正信はいまヤバイのですよ」

ウェイトレスにコーヒーを注文すると、黒須はすぐに言った。

「まだどこも書いてはいませんがね、東京地検が動いている気配はある。このあいだはK建設の副社長がパクられたでしょう。その前はH組の会長と社長だし、いずれゼネコン大手のトップが軒並みやられるっていうのは、既定の事実みたいなもんでしてね、この次はS建設の江木あたりがもっともヤバイ。現に、ここ半月ばかり、江木の行方が摑めなくなっていたんです。すでにどこかのホテルか病院にもぐり込んでしまったか、それともひそかに地検の事情聴取を受けているんじゃないかとか、噂だけが先行してる状況でしてね。その矢先、機内で江木を発見したから、こっちは興奮しましたよ」

黒須はその興奮を思い出したように、唇を嚙んで天井を睨んだ。

「だけど江木は広島なんかに降りて、どこへ行くつもりかな?……」

「黒須さんはどこへ行くのですか?」

「私は柳井市です。塚山泰三が柳井で派閥議員の励ます会に顔出しするのだが」

「えっ……」

浅見は「またですか」と言いかけて、慌てて「僕も明日は柳井へ行く予定です」とごまかした。

「ほう、すると今日は?」

「今日は岩国です。錦帯橋を見物して明日は柳井津の取材です」

「なるほど、観光ガイドのルポですか。いいですなあ、のんびりしてて。こっちは相も変わらず、政治家の提灯《ちようちん》持ちみたいなことばっかし……待てよ、まさか江木は塚山のところに合流するわけじゃないだろうな……いや、そんなはずはないか」

「なぜそんなはずはないのですか?」

「そりゃ、江木は目下のところ、政財界の中でもっとも危険な状態にある弾薬庫みたいなものですからね。ゼネコン汚職は、いまのところ地方自治体の長をターゲットにしているが、捜査当局の狙いは政界中枢にある。警察の特捜班みたいなのが、重要証拠をキャッチしたという噂もありましてね。江木あたりがそれを握っているのではないか、と目されているのです。政治家がそんな、いつ爆発するか分からないやつを寄せつけるわけがないでしょう」

「しかし、江木氏の側には政治家に接近しなければならない、差し迫った事情があるのではありませんか？　地検や警察の追及を抑えてもらいたいとか」

「うーん、なるほど、たしかにそれは言えてますね。政治家はやらずぶったくりみたいなことばっかしで、さんざん御馳走になっておきながら、肝心なときになると、口を拭って知らん顔だからなあ。そうか、だとすると、江木があんな変装までしてやって来た理由も納得できるな……いやあ、浅見さんは何も知らないようなふりをして、けっこう鋭いじゃないですか」

「鋭いなんて、単なる思いつきです」

「思いつきにしたって、的を射てますよ。よーし、柳井で塚山泰三の周辺を張ってみましょう。江木が現れて、思わぬ特ダネになるかもしれない」

黒須は勇み立った。

黒須とはタクシー乗り場で別れた。黒須が車の窓から手を振って「また会いましょう、どうもありがとう」と言っているのを、浅見は申し訳ない気持ちで見送った。

浅見は空港でレンタカーを借りた。車の生活に慣れてしまうと、列車やバスの旅はどうもまだるっこくてしようがない。ただし、レンタカーとなると、いつものソアラというわけにはいかず、ランクをがくんと下げてカローラを選んだ。

（ところで――）と、浅見は車に乗り込む前に、思い出したように周囲を見渡した。さっきの獰猛男のことが気にかかる。あれはいったい何者で、この先、こっちの事件とどういう関わりがあるのか。ひょっとすると尾行されてはいないだろうか――。

広島空港は羽田や成田のような混雑ではないのだが、どこへ消えたのか、あの大柄な男の姿はどこにも見えなかった。すでに江木の行く先へ追って行ったものか、それとも建物の中からこっちの様子を窺っているのかもしれない。尾行されなければひと安心だが、またいつどこで、あの手の連中が現れないともかぎらない。兄が心配していたような危険が現実のものであることを、浅見はひしひしと実感した。

山陽自動車道を使うと岩国までは一時間足らずの行程であったが、はじめての道は気が急《せ》いた。急がなければならない理由は、岩国国際観光ホテルのチェックアウトの時刻と、清掃時間、そして客が入ってくる時間の間隙を縫う必要があるからだ。

岡村里香とは紅葉谷公園の土産物屋の前で落ち合った。浅見が車を出るのを待っていたように、里香は店の中から飛び出した。満面に笑みがこぼれそうだ。しかし浅見はかすかに微笑してみせただけで、「行きましょう」と助手席のドアを開けた。

「ありがとうございます」

車に乗ると里香も表情を引き締め、少し浅見のほうに向けた膝に両手を揃えて、深ぶかとお辞儀をした。

走りだしてすぐ、浅見は車を停め、背後から尾行《つけ》てくる車がないことを確認してから、ホテルへ向かった。

「その後、怪しいことはありませんか？」

「ええ、いまのところは」

「そう、それはよかった」

会話はそれだけで途絶えた。再会を喜びあうことよりも、これからの「作業」を思うと、緊張と期待感に押しつぶされそうな気分だった。

ちょうど昼どきのホテルは閑散としたものであった。二時近くまでは客の姿はないし、従業員も休息の時間である。フロントオフィスに女性が二人だけ、留守番役として詰めている。里香が浅見を連れて入って行くと、びっくりしたように目を丸くした。浅見が泊まったことも憶えていて、それなりに丁寧に挨拶をしたが、ことによるとひそかに、二人の関係を邪推したかもしれない。

「こちらのお客さまが、今度、グループでいらっしゃる時のために、お部屋を見せてくださいっておっしゃるのですけど」

里香はそう説明して、少し甘えた声で言った。

「いまお休みの時間でしょう。もしよければ私がご案内しますけど」

「そう？　そしたらお願いします」

フロントの女性は渡りに船とばかりに案内を任せてくれた。母親に連れられてときどきホテルに遊びに来ていた里香に、不審なものを感じることはないらしい。

マスターキーを取ってきた女性に、浅見は小声で、「このあいだの、紅葉谷公園で亡くなった方が泊まられたお部屋は何号室ですか？」と訊いた。女性は一瞬、怯えた表情を見せたが、反射的に「６０８号室ですけど」と答えた。

浅見と里香はまっすぐ６０８号室へ向かった。そこに「秘密」が隠されていることを、浅見はもちろんのことだが、里香も少しも疑っていないような足取りであった。

６０８号室は浅見が泊まった部屋と同様、錦帯橋側に面した景色のいい部屋であった。しかし二人は窓の向こうには目もくれず、一直線に部屋の奥の壁にかかる額を目指した。五〇号ほどのエッチング、桜か梅かはっきりしないけれど、とにかく満開の花の下を行く小道を描いた絵だ。

浅見は躊躇《ちゅうちょ》なく額を壁からはずした。なるべく指紋を消さないように、また残さないように、ハンカチを使った。畳の上に平たく置いて、木製の裏蓋《うらぶた》を取り除くと、まず薄手のボール紙が現れた。祈るような想いを込めてボール紙を剝《は》がした。

「あった……」

思わず声が震えた。

十二枚の便箋と封筒が不規則に散らばっていた。裏蓋と絵のあいだの厚みにバラつきが生じないよう、気を配ったらしい。

　便箋に書かれた文字は万年筆のインク文字だが、色にも太さにも違いがあり、筆跡はさまざまである。ただ、書式のフォーマットは同一で、どれも縦書き。「念書」というタイトルから始まり、「弊社は日本国の自由資本主義を護持する共通の理念と目的のために、貴本部の存立と活動に対し全面的かつ積極的な支援を行うものであります。よって右目的推進の為、今後発生する政府発注および政府主導の公共事業等に参入を許された場合には、その規模の大小に拘わらず総予算の２・０パーセントを目途《もくと》とする政治献金を速やかに行うことをお約束いたします。」という主文と「平成三年九月十七日」の日付部分まではまったく同じで、最後の署名者の会社名と氏名だけが異なる。署名の下には捺印の代わりに拇印が押されていた。

　そして、念書の宛て先は「保守自由連盟本部本部長　宮藤一郎殿」であった。

　平成三年九月十七日は、宮島を台風十九号が襲ったわずか十日前のことである。そのことに気づいて、浅見は呼吸が苦しいほど緊張した。「これ、何なのですか?」という、里香の無邪気とも思えるような声にわれに返って、浅見は注意深く便箋をまとめ、バッグに仕舞うと、ゆっくりと立ち上がった。

3

一階に降り、エレベーターホールからロビーへ一歩踏み出したとき、浅見はフロントの前にいる人物を見て「あっ」といってコーナーの陰に後ずさった。ほとんど同時に、里香も「あっ」と小さく叫び声を洩らし、浅見にすがるような恰好で身を縮め、隠れた。

二人は期せずして顔を見合わせた。息がかかるほどの至近距離だが、ロマンチックなムードどころではない。身を固くして、言葉にならないまま、たがいに「何か?」と目と目で問い交わした。

「あそこに獰猛そうな男がいたでしょう。あいつは危険なやつです」

「えっ？　私は女の人のことが……あの人ですよ、東京の外神田のマンションで会って、それからうちを訪ねて来た竹内美津子っていう人……」

「そうですか、あの女性ですか」

浅見があらためて確かめようと身を乗り出しかけたとき、乱れた足音がこっちに向かってきた。二人は慌てて後退して、さらに奥の太い柱の陰に隠れた。

「六階へいらっしゃいました」とフロントの女性が言い、エレベーターに乗る気配がして、「あ、あとはあんた、いいから」と男の声が言った。

「あいつだ……」と、浅見は思い出した。いまの声は、まさにダイシンヴィラ303号室の男の声であった。声だけ聞いていると、もっと華奢《きゃしゃ》でハンサムな印象を受けるのだが、空港で襲ってきた獰猛そのもののような声であった。

エレベーターが昇って行ったのを確認してから、浅見と里香はフロントへ戻る女性を追いかけた。

「あ、いまお知り合いの方が見えて……」

フロントの女性は振り返って二人を見ると、当惑した顔を六階の方角へ向けた。

「知り合いなんかじゃありませんよ、あんなやつ。なんて言ってました？」

「ですから、浅見さんと岡村さんの知り合いだっておっしゃって、ここに来なかったかってお訊きになったもんで……」

女性は言い「里香ちゃんも、知らんの？」と訊いた。「ええ、知りません」と里香は首を強く振った。

「僕たちは引き上げますが、彼らがここに戻って来て訊いても、まだ館内にいるように言っておいてください」

浅見は早口で言って、女性にマスターキーを返すと玄関へ急いだ。あの二人は六階中を探し回るだろうから、しばらくは時間が稼げるはずだ。しかし、車に戻ったとき、駐車場に佇む男がいるのに気づいて、安閑《あんかん》としていられないことを悟った。

男は見た感じではおとなしそうだが、浅見たちを見ると、慌てて傍らの黒い車にもぐり込み、携帯電話かレシーバーを手に取った。あの二人に連絡しているにちがいない。

「急ぎましょう」

浅見は里香を促し、カローラに飛び込むと、すぐに発進した。バックミラーに黒い車の男が携帯電話を耳に当てた恰好で、伸び上がるようにこっちを見送る姿が映っていた。錦川沿いの道を北へ向かった。ソアラほどの力強さはないが、それでも小さいわりにはよく走る車だ。やつらとの距離がぐんぐん離れることだけを祈ってアクセルを踏み、ハンドルを操作した。

「どこへ行くのですか？」

里香は不安そうに訊いた。

「とりあえず柳井へ」

「柳井……警察じゃないのですか？」

「警察はあてにならない……いや、いずれは行くけど、いまは柳井へ行きます」

正直言って、浅見は警察に「捕まる」ことが恐ろしかった。これは驚くべきことだ。警察庁刑事局長の弟が警察を恐れるなんて。

浅見の脳裏には、さっき見たばかりの念書の文章が刻まれている。

日本国の自由資本主義を護持する共通の理念と目的のために——

警察だってまさに同じ理念と目的を体し、政府の一機関として機能する組織だ。それに逆らう輩《やから》は警察にとっても好ましくない人物と目されるかもしれない。

「母は……」と、里香は苦しそうな声で言った。

「さっきの念書を利用して、念書に署名した人たちを脅迫して、大金を作ろうと考えたのでしょうか？」

「うーん、その質問に答えるのは辛いけど、そうだったと思うしかないですね。いや、もちろんそれ以前に鶴井氏がそうしようとしていたのでしょう。そのために彼は岩国に来たのだが、何かの手違いがあったのか、それとも敵は最初から鶴井氏を殺すつもりだったのか……いや、ことによると鶴井氏自身、殺される可能性のあることを予感していたのかもしれない。だからあなたのお母さんに、念書を託そうとしたのかもしれませんね」

「でも、母が念書の価値を分かっていたとは思えないのです。最初、東京へ行ったついでに頼みたいことがあるって私に言った感じからいうと、とてもそんな大それた目的があったとは考えられません」

「最初はそうだったのでしょう。鶴井氏は託したい物の中身のことは言わなかったはずですから。おそらく、なにがしかのお礼程度のことを言っていたと思いますよ。しかし、鶴井氏が殺されて、念書の中身を見た瞬間、お母さんにもその値打ちがどれほどのものか、想像がついたのじゃないですかね。少なくとも人一人殺されるほどの価値があることだけは確かなのですから」

「それはそうですけど、だからいうて、母がそんな危険なことまでして、お金を欲しがるひとだったとは思えません」

「はたしてそうでしょうか」

浅見は辛そうに顔を歪めながら、あの古びた写真のことを考えていた。真っ白なセーラー服がまぶしい、あの二人の少女——。

「人は、誰だって輝かしい人生を夢見て生きているのだと思いますよ。こんな言い方は失礼かもしれないけど、苦労の多い人ほど、たとえ一瞬であっても、きらめくように輝かしい人生に憧れるものじゃないでしょうか。お母さんはあなたのためにそうしたかったのだと、僕は思ってますよ」

「ああ……」と、里香はため息を洩らすように呟いた。

「それは、そうなのかもしれません。母は、私のバレエ教室を作ることばかり言っていました」

「そう……そうだったのでしょうね」

それが気の毒な母親にとっての「輝かしい人生」だったのかもしれない——と、浅見は思った。里香も同じ想いなのだろう。二人はそれぞれに重い感想を胸のうちで反芻しながら、長いことおし黙った。

山陽自動車道は交通量も少なく、いくらでもスピードを出せそうだが、浅見はこの際は違反で捕まるのが怖くて制限速度を少し越える程度で走った。背後から追いかけて来る敵も恐ろしいが、ネズミ取りも怖い。

いつ追いつかれるか、気が気ではなかったが、敵は来なかった。出発に手間取ったのか、それとも方角違いを追って行ったのか、浅見同様、ネズミ取りを恐れたのか、いずれにしても柳井の市街には無事に入った。

浅見は公衆電話を見つけて、警察庁刑事局長室に電話した。「ホットライン」と呼んでいる、ごく内輪の人間しか知らない番号だ。電話は通じ受話器は取られたが、こちらが何も言わないうちに「局長は不在です」という答えが返ってきた。

「僕は局長の弟です、弟の浅見光彦です、兄と至急に連絡を取りたいのですが」

「弟さんですか……しかし、あなたが本当に弟さんかどうか確認しようがありませんが」

「それは分かっていますが、何とか一刻も早く兄に連絡をつけなければならないのです。重大なことです」

「そう言われても困ります」

「困るって、緊急の用事でも伝えてもらえないのですか？　母親が死んだとか……」

「いや、そうは言っておりませんが……それではこうしましょう、お宅に電話して、ご母堂が亡くなられたかどうか確認を……」

「違うんですよ、そうじゃなくて、たとえばの話でしょう。それに匹敵するような緊急の用件だと言っているのです」

「どのようなことですか？」

「それは……それはあなたには言えませんよ。直接兄にでなければ」

「局長にはお伝えしますが」

「だめです。あなたが僕を信用できないのと同じ程度に、僕もあなたを信用できませんからね」

「それではやむをえません。まあ、局長と連絡がつき次第、なるべく早くご自宅のほうに電話するよう手配します」

「自宅ったって、僕は家にはいませんよ」

「あ、もちろんそうでしょうね。それではあなたのお宅に電話するようにします」

「そういうことじゃなくて……」

浅見は、同じ家に住んでいることなど、説明する気力が失せた。

「分かりましたから、それじゃ、自宅に連絡するよう伝えてください。で、なるべく早くっていうと、どれくらいですか？」

「二時間後ぐらいでしょう」

「そんなに……分かりました」

浅見は受話器をフックに叩きつけた。里香がびっくりした目でこっちを見ているのに、無理やり笑顔を返して、ふたたび受話器を握った。

峰沢の自宅に電話すると、夫人が出て、「主人は観光案内所にいます」と言った。浅見は柳井津の真ん中にある、元銀行だった建物を思い出した。夫人に聞いた番号にかけると、いきなり峰沢が出て、「やあやあ、みえましたか」と嬉しそうな声で言った。

観光案内所へ行くと、峰沢は浅見が女連れであることに面食らった様子だ。案内係の女性も心なしか不満そうな目をこっちに向けている。どうでもいいことではあったが、浅見は少し声を張り上げて、「こちら岡村里香さんです。あの、岩国の事件で亡くなった岡村三枝子さんのお嬢さん」と説明して、身の潔白を証明した。

「あ、そういや、あんたバレエを踊りなさったひとじゃな」

峰沢も思い出して、不思議そうに浅見に訊いた。

「けど、どういうことになっておるのですかな？」

「お話しすると、かなり長いことになりそうです」

「ふーん……いや、なんぼ長くても、私のほうはいっこうに構いませんがね。ま、ともかく出ましょうか」

観光案内所を出て近くの喫茶店に腰を落ちつけると、峰沢は「こちらのお嬢さんのこともそうじゃけど、浅見さん、いったい全体、何事が起きつつあるのか、そろそろ教えてくれてもいいのでありませんか」と言った。

浅見はしばらく躊躇《ためら》ってから、峰沢にはある程度のことは話すよりしようがないと腹を決めた。

「じつは、僕自身、いったい何が起きているのか、はっきりしたことを摑んでいたわけではないのです。しかし、さっき広島空港で妙な出来事があって、思いがけなくヒントを得たような気がしました」

広島空港での江木の一件を話すと、峰沢は若者のように目を輝かせて、テーブルの上に顔を突き出し、「ふん、ふん」と話の先を催促した。

事実関係を説明するには、さっき発見したばかりの「念書」の話をすればいいのだが、さすがに浅見はそこまでは踏みきれなかった。それにはひょっとすると警察が深く関わっているのかもしれないのだ。そのことを思うと、いつでも兄の顔が目の前にチラつく。

もっとも、念書の話をするまでもなく、推測という形でも十分、事件の概要は説明できる。実際、黒須記者から江木のことを聞いた時点で、これまで見えていなかった「真相」の大きな部分が、浅見にもはっきり見えてきていた。要するに、一連の事件の背景には、大規模なゼネコン汚職がからんでいるにちがいない。それも一つや二つの事業や特定の企業だけではなく、政治と業界とが一体となった、構造的な、いわばシステム化された錬金術のような世界が構築されつつあるのだ。それはおそらく、長い保守一党支配による政治が生み出した弊害そのものといっていいだろう。

一つの公共事業が発注されるごとに、工費の二パーセントに相当する金額が、使途不明金として関係各業者から捻出され、個人または組織を通じて保守党の金庫に流入する。その金は純粋に政治資金として使われる場合もあるが、多くは政治家個々の力関係に応じて分配され、あるいは収奪されるのだろう。

政府主導、もしくは地方公共団体が宰領する公共事業費は年間およそ十兆円にのぼるという。その二パーセントが自動的に保守党およびその関係者のふところに流れ込むシステムが完成されれば、少なくとも保守党の台所は安定する。選挙民へのバラ蒔《ま》きサービスも、潤沢な政治資金をバックアップしてもらえれば十分に行き届くだろう。かくて「政・官・財・民」癒着《ゆちゃく》の政治風土は半永久的に確立されることになる。

「その集金システムづくりに向けた談合が、あの旭光病院の中で行われてきたし、現在も行われているのではないでしょうか」と浅見は言った。

「政界、財界の長老たちが、東京のど真ん中で顔突き合わせれば、またぞろよからぬ企み——と憶測を呼ぶでしょうけど、旭光病院なら堂々と、何日でも合宿のように談合を続けることができます。それに、必要とあれば、各界の有力者を『見舞い』と称して呼び寄せることも可能です」

「なるほどなあ……」

峰沢は感にたえぬ——というように、しきりに首を振った。

「浅見さんの言われるとおりかもしれん。しかし、このところのマスコミ報道によれば、地方自治体の長や大手ゼネコン各社のお偉いさんたちが、次々に摘発されておるでしょう。そういうところを見ると、彼らの思惑が崩れつつあるということとちがいますか」

「そうだと思います。それはたぶん、東西冷戦が解消して、国際情勢が変化したことと無関係ではないのでしょう。自由主義経済を守るという錦の御旗が意味を失って、保守一党支配を許す名目が消えたのですからね。そうなると、政財界の癒着は単なる汚職の構造でしかなくなってしまった。事実、例の山梨の長老政治家など、裸の王様のように、一枚皮を剝いでみたら、ただの金まみれの醜悪なじいさんでしかなかったのです。そういう不正を暴く気運は一般市民を含む各界で急速に高まってきていて、それはとりもなおさず保守一党支配の崩壊に直結します。だから、その流れに抵抗しようと、彼らはいま必死なのではないでしょうか。そのためには、必要とあれば何でもやってしまう、きわめて危険な状態に、彼らはあると思います」

「何でも、というと、殺人も辞さないという意味でしょうな」

「たぶん……」

浅見は眉をひそめ、傍らの里香を見て言った。

「え？　じゃあ、こちらのお母さんも、いうことですか？」

峰沢老人は驚いて訊いた。

「そのおそれは十分あります。現に、東京の『殿村』という料亭の仲居をしていた、長谷川さんという人が、連中の手によって旭光病院の隔離病棟に押し込められているとの情報も聞いています。場所が病院だけに、下手をすると、病死扱いで葬られかねません」

「うーん、しかしそれが事実であれば、警察は放っとかんでしょう」

「残念ながら」と浅見は首を振った。

「事実と断定できる具体的な根拠はまだ何もありません。むしろ警察としては、そういうデマをバラ蒔く不逞《ふてい》の輩《やから》のほうを取り締まるのではないでしょうか」

里香がチラッとこっちを見るのが、浅見には分かった。（あの念書はどうなの？――）と問いかけている。

「しかし、僕は……われわれは不正を暴く証拠を入手しつつあります」

浅見は里香の口を封じるためにも、急いで付け加えた。

「ほう、証拠いうと、どういった？」

「それはまだお話しできる段階ではありませんが、いずれ役に立つことがあると考えています」

「ふーん、そうですか……」

峰沢は少し不満そうに口をすぼめた。若い者に疎外されたような寂しさを感じたのかもしれない。浅見は申し訳ない気もしたが、その秘密を話せば、この人の好い老人まで危険に巻き込む可能性がある。

「それで浅見さん、これからどうされるつもりです？」と、峰沢は思い直したように言った。

「早急にやらなければならないのは、旭光病院にいる二人の女性――長谷川さんと三橋さんに連絡をつけて、真相を聞き出すことです。それと、事態がかなり緊迫してきているような予感がするのです。じつは、こちらの岡村さんも、付け狙う連中が身辺に出没していまして、ようやく逃げて来たような状況ですからね。なんとかして彼女たちに接触しないと、また犠牲者が出そうな気がしてなりません」

「それやったら、早く警察に知らせたほうがいいのではないですかな？」

「警察はだめ……いや、警察に何と言って知らせるのですか？　女性が二人殺されると言ったって、取り上げてくれませんよ。警察というところは、事件が起きてから行動を開始するのですからね」

「うーん、そうかもしれんが……しかし、そういうても、旭光病院にはなかなか入り込めんでしょうが」

「いえ、ある人から聞いたところによると、長谷川さんのほうは隔離入院の状態だそうですから無理だとしても、もう一人の三橋静江さんは買い物に出ることもあるというお話でした」

「ふーん。ようそこまで調べられたもんですなあ。けど、ほうじゃからいうて、いつ外出するものか、分からんのとちがいますかな」

「いや、野放し的に自由というわけはないでしょうから、外出の日時はおそらく決まっていると思います。たとえば土日や祭日は出ないとか、デパートの休みの日は避けるでしょうし、午後の手隙の時間帯かどうかと狭めていけば、焦点は絞り込めます」

「なるほど、まったくそのとおりですなあ。言われてみれば何でもないことだが、どうも素人は漠然と考えてしまうので、雲を摑むような気がするのかもしれん」

「ははは、僕だって素人ですよ」

浅見は笑って言った。

「それじゃ、僕はこれから旭光病院に張り込みを行なって、三橋さんが出てくるのを待ちます」

「張り込みいうて、どこで張り込みするつもりですか？」

「じつは、旭光病院の隣に杉浦園芸というのがあるのです。そこの物置にでも入り込ませてもらうつもりです」

「杉浦園芸……どこぞで聞いたな……そや、ひょっとすると、わしの知り合いかもしれん。それやったら、物置なんて言わんと、母屋の二階でも借りてやれんこともないが」

「あ、それがお願いできればありがたいですねえ」

「たぶん頼み込めるでしょう。そしたら、早速これから行きますか」

峰沢は立ち上がりかけて、里香のことを思い出した。

「そや、こちらのお嬢さんはどないするのかな？　何じゃったらわしの家で預かっとってもええが」

「えっ？」と、浅見も里香も驚いて、たがいに顔を見交わした。

「そりゃ、私のほうはばあさんと二人きりじゃから、いっこう構わんけどが」

峰沢はそう言ってくれたが、里香はとんでもないと首を横に振った。

「そんな……私は大丈夫です。岩国に帰りますから、ご心配なく」

「冗談じゃない、それはだめです、危険ですよ」浅見は強い口調で言った。「現に二度もやつらに家捜しをされているじゃないですか。今度は危ない。われわれがホテルの部屋に入ったことを知っていますからね。やつらも当然、気がついたにちがいない」

「何のことです？　それは」

峰沢が怪訝そうに言った。

「いや、ホテルといっても、岡村さんのお母さんが勤めていたホテルに挨拶に行っただけです」

浅見は慌てて説明を加えた。

「詳しくお話しするひまはありませんが、ともかく、僕たちが連中の悪巧みの証拠をつかんだことを、彼らも悟ったのです。だから、僕たちを放っておくわけがないし、三橋さんと長谷川さんの身にも危険が迫っていると考えなければならないのです」

「ふーん、そういうことでしたか。それじゃったら岡村さん、家に戻るのはやめたほうがよろしい。事件が解決するまで、わしの家に一年でも二年でもいてください」

「そんな……」

里香は笑いかけて、ふと涙ぐんだ。

「それに、張り込みの手伝いをしてくれる人間も必要です。張り込みは日中だけだとしても、僕だって眠くはなるし、トイレに行きたくもなりますからね」

浅見は笑いながら言った。

4

峰沢が記憶していたとおり、杉浦園芸は峰沢の知り合いであった。浅見と里香を庭先に待たせておいて、峰沢は一人、家の中に入り交渉をしてくれた。じきに交渉は成立したとみえ、峰沢は丸顔の陽焼けした男を連れて現れた。男は「杉浦です」と名乗り、「いつも峰沢先生にはお世話に……」と言いかけて、峰沢に「それを言うなと言うたでしょう」と制止され、「へへへ……」と照れ笑いして黙った。

記憶も定かでないように峰沢は言っていたが、杉浦にとって峰沢は忘れるどころか、きわめて大きな存在のように感じられた。

杉浦家は旭光病院の隣といっても、病院の敷地は広いし、杉浦家も道路から少し引っ込んだ丘陵の花卉園の中に住居が建っている。それぞれの建物から建物までの距離は二百メートルはありそうだ。しかし、二階からの見晴らしはよく、病院の玄関から門までのアプローチは見通せた。

杉浦は「この部屋は元々、客間として使っていますので、気兼ねせんでください」と言って、とりあえず三人の客のために、自らコーヒーを入れてきてくれた。

いつも目と鼻の先に病院を見ているし、植栽の仕事で出入りもしているから、三橋静江のことは杉浦も知っていた。静江の「外出」についての浅見の推測を話すと、杉浦もなるほど——と頷いた。

「そう言われてみると、たしかに外出する時刻は一定しているようです。こんな時間ではないでしょうか」

杉浦が時計を見るのにつられて、浅見は窓辺に顔を寄せた。まさにそのとき、病院の玄関から女性の姿が現れた。

「杉浦さん、あの人ですかね?」

浅見の声に、杉浦は中腰になって、窓の向こうに視線を凝らした。

「あ、あの人です」

女性がポーチの庇《ひさし》を出外れるのと同時に、杉浦は叫ぶように言った。

「ほれ、男の人が後ろからついて来るでしょう。いつもあの二人連れです。看護婦さんの場合は玄関でなく、裏の通用口から外出するので、間違いないです」

女性は玄関から少し離れたところにある駐車場へ向かっている。彼女に十メートルばかり遅れて、スーツ姿の男が一人、ズボンのポケットに手を突っ込んだ恰好で、つまらなそうについて行く。

「あれは運転役ですか?」

浅見は訊いた。

「いや、車は女の人が運転しておりますよ。あの男の人は買い物の手伝いか、それとも護衛役というところではないのでしょうか」

（護衛役ではなく監視役だな——）と浅見は思った。

「どうですか岡村さん、あの女性が三橋静江さんですか？」

「そうですねえ、もうずいぶん長いこと会っていないし、遠くて顔がはっきり分からないですけど、たぶんそうだと思います」

里香は浅見の脇に寄り添って、いくぶん頼りない声で言った。

「それじゃ、ともかく行ってみましょう」

「行くって、私もですか？」

「そう、彼女かどうかを確認できるのは、あなたしかいないですから」

浅見はポケットの中の車のキーを確かめた。いよいよあの写真の少女——三橋静江に会えるという、昂《たかぶ》りにも似た想いがこみ上げてくる。

峰沢と杉浦を二階に残して、二人は庭先の車に急いだ。峰沢はともかく、杉浦は何事が起きたのかと驚いていたが、その説明をする間もない。

カローラが花卉園の入口まで行くほんの少し前に、黒っぽいベンツが前を走り抜けて行った。助手席の男と運転席の女性の横顔がチラッと見えた。病院から出て来た車に間違いない。

ベンツから少し遅れてやって来たマークⅡをやり過ごしておいて、浅見は走り出した。道路はガラガラだが、ベンツもマークⅡもそれほどスピードを出していない。こっちの車はいつでも追いつけるのだが、浅見はたっぷり車間距離を取って、のんびりとついて行った。見通しのいい一本道だから、見失う気遣いはなさそうだ。

ただ、マークⅡの動きがちょっと気にはなった。つかず離れず——というより、あまり接近するのを避けるように、必要以上に車間を開けて走っている。浅見がそうしているだけに、マークⅡにも同じ目的があるのではないかという疑念が湧いた。

しかし、柳井市内に入る直前の交差点で、マークⅡは左折して行った。(思い過ごしだったか——)と、浅見は疑心暗鬼になっている自分の臆病に苦笑した。

ベンツの行く先はやはりデパートであった。市民ホールに近い、東京あたりと較べるとあまり規模の大きくない店だ。屋外の駐車場に車を停めているあいだに、浅見は離れた道路脇で車を停め、里香を先に降ろした。

「気がつかれないように尾行してください。僕は車を停めて、すぐに行きます」

里香も心得て、ベンツのいるところを遠回りしてデパートに向かった。

三橋静江と「用心棒」の男は、例によって十メートルほどの間隔を保って、デパートに入って行った。その後をかなり距離を置いて里香が歩いて行く。デパートに入る寸前、こっちを見て、小さく手を上げた。

浅見もすぐにゲートを潜り、駐車場に入った。あまり遅れずに行かないと、里香の身に何が起こるか分かったものではない。

玄関を入ったが、三人の姿は見えなかった。ウィークデーのせいか、それほどの混雑ではなく、見通しはきく。デパートは地下一階地上七階だが、どの階に上がったのか、とにかく一階ずつ確かめて行くしかなさそうだ。浅見はエスカレーターで二階へ上がり、大急ぎでフロアを一周し、すぐに三階へ、さらに四階へと走った。里香は六階のエスカレーター前にいた。

「美容室です」

里香は近寄って囁《ささや》き、さりげなく浅見のブルゾンの袖口を引っ張って合図すると、さっさと歩いた。

「そう、美容室か……」

浅見はひとまずほっとして、商品を眺めながら里香の後についていった。このフロアは時計・貴金属などの売り場で、その一角のどこかに美容室などがあるらしい。

壁際の柱の陰まで行って、里香は立ち止まり、後ろを振り返った。浅見の肩越しに反対側の方角を窺いながら、「あそこにさっきの男の人が立っています」と言った。

浅見は気がつかなかったが、エスカレーターを降りた正面奥の柱の近くにあの男がいて、所在なげに陳列ケースを覗き込んでぶらついている。

「見られたかな？」

「いえ、大丈夫だったみたいです」

里香は自信ありげな口調で言った。浅見は思わず「ほうっ」と里香の顔を見てしまった。母親が不幸な目に遭って、精神状態がおかしくなっていたこともあるのだろうけれど、頼りない娘にしか見えなかった里香が、急に成長して立派なパートナーになったように見えた。

「これからどうしましょうか？」

「そうですね」

浅見はむしろ里香に煽《あお》られて、慌てて思案を巡らせた。

「あなたのヘアスタイルだけど、もう少しカットしてもいいんじゃないですか？」

「えっ？……ええ、ちょっと伸び過ぎなんです。母の事件以来、美容院には……ああ、そういうことですか……」

里香は視線を男のいる方角へ向けた。

「この写真、彼女に見せてくれませんか」

浅見はポケットから例の写真を出して里香に渡した。

「どなたですか、この人？」

「こっちの少女が三橋静江さんですよ」

「えっ、あの人……」

里香は驚いて、写真を手に取ってしげしげと見入った。

「三橋さんが反応を見せて、この写真に思い当たるようだったら、ここに写っているもう一人の少女の、義理の弟がここに来ているってことを伝えてください」

その方に里香はさらに驚いた。しかし驚くことに馴れてしまったのか、もう問い返そうとはしなかった。

「分かりました、やってみます。でも、それからどうしたらいいのですか？」

「その後のことは……彼女の出方次第で考えましょう」

里香はコクンと頷いて、ふつうの客のようにさりげなく歩いて美容室へ向かった。

5

里香が入って行ったとき、美容室にはたった一人の客しかいなかった。美容師は女性ばかりが三人。年配のおそらくこの店のチーフらしいのが客にかかっていて、ほかの二人が手持ち無沙汰にそれを見学していた。

里香を迎えて三人がいっせいに「いらっしゃいませ」と声を挙げた。つられて、客の女性もこっちに顔を向けた。

「あっ」と、里香はわざとらしい声を発して、彼女に近づいた。

「あの、東尾さんとちがいます？」

「えっ？……」

女性はビクッとして、本能的に顔を背けるような動作をしかけ、相手が若い娘であることで思い直した。

「あの、どなたでした？」

「やっぱりそうですよね、東尾さんですよね。岡村です、益田で母がお世話になった、岡村三枝子の娘の里香です」

「ああ、岡村さんのお嬢ちゃん……ほんと、そうだわ、まあ、すっかり見違えてしまって……」

懐かしさと戸惑いが、三橋静江の表情に忙しく現れ消えした。椅子のひじ掛けに載せた静江の手に、大きなパールの指輪があるのを、里香は目敏《めざと》く発見していた。

「それで、お母さん、お元気？」

「いいえ、母は亡くなりました」

「えーっ、亡くなったの？……いつ？」

（ああ、このひとは何も知らないんだ――）と、里香は気持ちのどこかでほっとするものがあった。

「あの、ちょっとお邪魔していいですか？」

傍らで迷惑そうな顔で佇んでいるチーフに言った。チーフはいっそう眉をしかめかけたが、静江に「いいわよね」と念押しをされると、急いで笑顔を取り繕って、「はいはい、どうぞどうぞ」と引き下がって行った。

「じつは」と、里香は例の写真を静江に差し出した。

「この写真、ご存じですか？」

「あらっ、どうして？……」

静江は驚きのあまり、喉がつまったらしく、ゴクリと音を立てて唾《つば》を飲み込んだ。

「どうしてこの写真、あなたが持っているの？」

「いまは詳しくお話ししているひまはないのです。ここに写っているもう一人のひとも、もちろんご存じですよね」

「ええ、もちろん」

「そのひとの義理の弟さんが、ここに来ているのです。そのことを東尾さんにお伝えするように頼まれました」

「義理の弟さん……というと、お名前は何ておっしゃるの？」

「浅見さんです」

「浅見、さん……というと刑事局長さんの弟さん？」

声をひそめて言った。

「ええ、そうみたいです」

里香はコクリと頷いた。

「何の用かしら？……」

静江の顔に、強い警戒心が浮かんだ。

「いまはちょっと、お会いするわけにはいかないと思いますけど」

「表の男の人がいるからですか？」

「えっ、どうして？……そんなことまでどうして知っているの？」

「それもここでは……」

「だけど、その浅見さんとあなたと、どういう関係？」

「母の事件を調べてくれています」

「事件て？……じゃあ、まさか……」

里香は静江の耳に口を寄せて、囁いた。

「母は殺されたのです」

「…………」

静江は喉を鳴らしたが、声にはならなかった。大きく見開いた目が里香を見つめた。

「浅見さんは、母のことばかりでなく、鶴井という人の事件も、それから小山田という人の事件も調べているみたいです」

里香が人名を言うたびに、静江はギクッと身を固くした。そのまま硬直して死んでしまうのではないか――と、里香が心配になったほどの驚きようだった。顔面が蒼白になるのがはっきりと見えた。

「その……その人たちも……あの、亡くなったの？」

辛うじて、途切れ途切れに言った。里香は黙って頷いた。静江は「どうして？　どうしてなの？……」と呟いた。信じられない――という想いの中から、何かの因果関係を見つけ出そうと、詮ない努力をしている様子にも見受けられた。

「ね、何があったの？」

「私には詳しいことは分かりません。浅見さんは知っているみたいですけど」

実際、それ以上、里香は伝えるべきことがなかった。静江はあらぬ空間に視線を向けたまま、動かなくなった。ずいぶん長い時間が経過したような気がするけれど、実際にはせいぜいほんの数十秒だっただろう。

やがて、静江はゆっくりと里香のほうに顔をねじ向けて、弱々しく微笑みかけ、「どうして……」と言った。

「どうして、幸せになっちゃいけないのかしら？……」

世にも悲しげな微笑であった。その微笑の裏側で、静江は何かを諦め、何か大きな決断をしたのだ——と里香は切なく思った。

「浅見さんに伝えてください」と静江はつづけて言った。

「このあと、柳井津の『三輪山』という料理屋さんでお食事をしますので、七時になったら勝手口の前にいてくださるように」

「分かりました」

里香は静江の横顔に向けてお辞儀をして、店を出た。美容室の三人は何か言いたそうに見送っていた。

店の前の男は、少し離れた貴金属売り場にいたが、ドアの開く気配でこっちを見た。いましがた入った女がすぐに出てきたことに不審を抱いたかもしれない。里香は背後に向けて「じゃ、また後で来ます」と声をかけた。いつの間にこんな演技ができるようになったのか、自分でもそら恐ろしい気がした。

売り場を大きく迂回して、反対側の階段口近くへ行った。

待っているはずの浅見が消えていた。予想していなかったことだ。里香は当惑して、周辺の売り場を急ぎ足で見て回った。そう広くもないフロアである。あまり動き回ってはあの男に怪しまれる。また階段のところまで戻って、上下に階段を昇り降りしたが、浅見の姿はどこにも見当たらない。

里香は何か自分が錯覚を犯しているのではないかと疑った。そもそも、浅見はここで待つと言っていたわけではないのだ。もしかすると駐車場へ行ったのだろうか。エレベーターで一階に降り、駆け足で駐車場へ出た。

駐車場にカローラがない。全部で三十台あまりの車が停まっているけれど、ダークレッドのカローラはどこにもなかった。里香は捨てられた子猫のように心細い気分になってきた。

ふたたび六階にとって返して、階段近くの売場にいる女性に「あそこに男の人がいませんでしたか？」と訊いてみた。

「ああ、いらっしゃいましたけど」

「その人、どうしたか、知りませんか？」

「お知り合いの方が見えて、ご一緒に階段を降りて行かれたみたいですよ」

「知り合い？……男ですか女ですか？」

「両方です」

両方――あの二人だ。里香は岩国国際観光ホテルに現れたダイシンヴィラの男女を思い浮かべた。あの二人に拉致されたとすると、浅見の身が心配だ。美容院の様子を窺うと、例の男は相変わらず貴金属売り場のショーウィンドーを覗き込んでいる。ダイシンヴィラの二人とは関係ないのだろうか。

（どうしよう――）と、里香は階段を踊り場まで下りたところで、立ち尽くした。

とにかく誰かにこのことを伝えなければならない。警察――と思ったが、思うのと同時に拒否反応を感じた。浅見も警察を避けていたし、岩国ならまだしも、見ず知らずの柳井の警察署なんて――。

里香は公衆電話のコーナーに行って、とにかく峰沢に連絡をつけることにした。かといって、峰沢の家がどこなのかもフルネームさえも知らない。苦労して番号を探し「杉浦園芸」に電話すると、峰沢はまだそこにいて、「どうじゃった？」と訊いた。浅見が怪しい二人に連れ去られたことを話すと、峰沢は「そりゃ警察に言うたほうがええじゃろ」と緊張した声で言った。

「そうでしょうか。浅見さんは警察は嫌いみたいですけど」

「それが分からんなあ。なぜ警察を避けんとならんのです？　そらまあ、事件かどうかいうことがはっきりせんのは確かじゃけど、かというて放ってはおけんでしょうが。それに、浅見さんは何やら証拠みたいなものを持っておる言うとったのとちがいますか？」

「ええ、それは確かにすっごい証拠だと思いますけど」

「ほう、すっごい証拠なあ……それはどういったものです？」

「私には詳しいことは分かりませんけど、政治家だとか財界だとかの汚職を証明するようなものとちがいますか」

「ふーん……それで、それはいま、どこにあるのです？」

「浅見さんが持っています。だから心配なのです。あの二人の目当てはそれに決まっているのです。そのためにもう何人も殺しているのですから」

「そうか、それはえらいこっちゃ……そのことは警察は知っとるのかな？」

「いえ、警察はまだ気がついてないみたいです」

「しかし、浅見さんはたしか警察庁の偉いさんのお身内でしょうが。だのになんで警察に知らせんのかなあ」

「分かりませんけど、何か考えがあるみたいです。警察は信用できない、思っているのとちがいますか」

「自分の身内を信用でけんいうのはおかしいですがなあ。それで、あんたはどうされるつもりです？」

「とにかく、七時に三橋静江さんが会うと言ってくれたので、私だけでも会いに行こうと思います」

「会ういうて、旭光病院に行くのかね？」

「いえ、『三輪山』いう料理屋さんの勝手口に出てみえるそうです。そのとき三橋さんから、何か聞き出せるかもしれません」

「ふーん、そうじゃなあ……そしたらわしもご一緒したほうがいいですな。第一、あんた『三輪山』の場所も知らんでしょう。これからそっちへ行きます」

「えっ、ほんまですか？　すみません」

里香はほっとして、峰沢とデパートの玄関で待ち合わせる約束をした。

すでに夕暮れ近かった。浅見は依然として現れない。六時少し前、三橋静江が男の「護衛つき」でデパートを出るのを、里香は物陰に隠れて見送った。

それから、もう一度デパートの六階まで行ってみて、戻って来ると峰沢が来ていた。

「七時まではまだ間がありますな。軽く食事をして行きますか」

峰沢は近くのレストランでハンバーグ定食を奢《おご》ってくれた。

里香はもちろんだが、峰沢も浅見のことが気がかりなのか、食事中、まったく会話が弾まなかった。

七時十五分前にレストランを出た。柳井津までは十分もあれば行ける距離だそうだが、峰沢は里香が追いつけないほどの速さで、とっとこ歩いた。

七時ほんのちょっと前に『三輪山』の勝手口前に着いた。辺りは暗く、地理不案内の里香にとっては、もともとどこがどうなっているのか分からないが、表通りから二つぐらいは裏側の小路らしく、店はもちろん、人通りがほとんどない寂しい雰囲気だ。『三輪山』の軒灯と電柱の街路灯が頼り無い明かりを地面に投げかけている。

『三輪山』の裏木戸が開いて、三橋静江が顔を覗かせた。警戒するように辺りを窺っている。里香はすぐに街路灯の照す下に出て行った。静江もそれにつられるように裏木戸から一歩踏み出した。

そのとき、里香の後ろから数歩遅れて峰沢が歩み出た。

とたんに静江の動きが停まった。里香の背後の人影に、怪しむ視線をじっと注いで、はっとなって裏木戸の中に戻った。

里香は思わず「あっ、待って」と言った。そのまま静江が行ってしまいそうな気配を感じたのだ。

三橋静江は行き足を停めたが、里香が駆け寄ると同時に振り向いて、「嘘つき」と、吐き棄てるように言って、ピシリと戸を閉ざした。

「違うんです、浅見さんは……」

里香は声を抑えながら叫んだ。しかし、その声が静江に届いた様子はなかった。

「まずかったかな」

里香の背後で、峰沢が当惑げに呟いた。里香も（まずかったのかしら――）と思った。浅見が来るはずのところに、得体の知れぬ老人が現われたことで、三橋静江の気分を損ねたにちがいない。しかし、峰沢に対してそんなことは言えなかった。

気まずい同士の、娘と老人は、しばらく佇んでから、諦めて歩きだした。静江が「嘘つき」と言った、何とも表現しようのない口調が耳にまとわりついていた。

「浅見さん、どうしたのでしょうか？」

「ああ、どうしたかのう」

三橋静江のことがうまくいかなかったのは、浅見が消えてしまった結果なのだ。そう思うと、浅見の身を案じるのと同時に、黙っていなくなったことを恨む気持ちにもなる。

「これからどうするね？」

峰沢は並んで歩く里香の顔を覗き込んで、訊いた。里香は「はあ……」と言ったきり、答えようがなかった。

「とにかく、わしの家に来なさい。ばあさんには電話しといたし、浅見さんもうちに連絡してきよるかもしれん」

そうするよりほかに方法はなさそうだ。里香は「すみません」と受諾の意志表示をしてから、「その前に、もういちどデパートへ行ってみます」と言った。

「デパートいうても、もう閉まっとるけどな」

「ええ、でも、駐車場に車があるかないか、もういちど確かめてみたいのです」

今度は里香が峰沢を引っ張る勢いで、大股に歩いた。

第九章　落日はまた昇る

1

ダイシンヴィラの二人組が現われたとき、浅見は一瞬、どう対処すべきか判断を見失った。一人は例の里香に「竹内美津子」と名乗ったという女性だが、女性だからといって侮るわけにはいかない。それに、もう一人のほうの男は、充分すぎるほど精悍《せいかん》な面構えと、いかにも俊敏そうな身のこなしを備えている。いざとなれば拳銃の使用も辞さないタイプと見受けられた。

「浅見さんですね」

男は親しげな笑顔で寄り添うと、押し殺した声で囁いた。上着のポケットに突っ込んだ手がやけに気になる。女性のほうは明らかに退路を断つ位置にいた。

「あなたは？」

浅見はとぼけた顔を作って、訊いた。

「それは……」と男は女性に、意向を確かめるような視線を送った。どうやら彼女のほうが地位が上らしい。竹内美津子は冷たく首を横に振った。

「ま、それにはお答えできませんが、ちょっとご同道いただきたいのですがね」

馬鹿っ丁寧な口のきき方が、かえって無気味だ。

「用件は何ですか？」

「それにもお答えできません。われわれが命令されているのは、あなたをお連れするようにというだけで、それ以外のことについては、いっさいお答えいたしかねるとご理解いただきます」

「しかし、僕はいま、ここを動くわけにはいかないのですがね」

「それも承知しております。いや、こういうチャンスを待っていたと言うべきでしょう。お連れの方がいては具合が悪いのです」

「ほう、というと、ずっと僕をつけ狙っていたような口振りですね」

「まあ、そう思っていただいて結構です。もっとも、岩国ではしてやられましたがね」

男はニヤリと笑った。親しみをこめたつもりか知らないが、笑うと人相が悪くなるタイプだ。

それにしても、岩国で完全にまいたはずの彼らが、いつの間にこっちの動向を摑んだのか、不覚にもまったく気づかなかった。さすがにその道のプロと、むしろ感心した。

「どうやって、いつから尾行していたのですか？」

浅見は素朴に質問した。

「いや、ずっと尾行していたわけじゃないですけどね……」

男は言いかけて、竹内美津子の（余計なことを言わないの——）というひと睨みに慌てて口を閉ざし、その反動のように浅見の腕を掴んだ。

「とにかく、一緒に来てください」

腕を掴む力にうむを言わせぬ意志が感じられた。浅見は逆らわずに男が引っ張る階段の方角へ足を運んだ。こういう場合には、膂力《りょりょく》のないわが身の不甲斐なさを痛感する。

ワンフロア下の五階に下りて、そこからエレベーターに乗った。案内嬢がチラッと怪しむ目をこっちに向けたが、二人に両側を抑えられている状況では、彼女にアピールする方法はなかった。

駐車場に行くと、岩国国際観光ホテルの駐車場にいたとおぼしき車と運転手が待機していた。竹内美津子が「キーをください」と手を出した。浅見はその車に乗せられ、浅見のレンタカーは竹内美津子が運転してついて来るつもりらしい。こうなったら、行きつくところまで行くしかない。

男は浅見を後部座席に乗せ、自分もその隣に尻を据えた。

「どちらへ？」と運転手が訊いた。関西訛りのある痩せ型の男だ。車のナンバーも「山口」だったし、あまり親しそうではないところを見ると、ダイシンヴィラの二人とは別の組織の人間かもしれない。

「さっきのところへ戻ってくれ」と男はぶっきらぼうに命じた。運転手は「はい」とやけにはっきりした返事をして車を出した。振り向くと、案の定、後ろからレンタカーのカローラがついてくる。

里香がどうなるのか、浅見はそのことが気になった。

「弱ったな」

「何がです？」

「連れの女性が探し回るのじゃないかと思いましてね」

「それはないでしょう、駐車場にあなたの車がありませんから、どこかへ行ってしまったと思うはずです」

「警察に届けるかもしれない」

浅見はいやみのつもりで言ったのだが、男は大してこたえた様子はなかった。「ふふ」というように笑って、「警察は嫌っていたみたいじゃないですか」と言った。

（いやな野郎だ――）と浅見は思い、彼らが予想以上にこっちの動きに精通していることに驚いた。もっとも、里香のことは気にはなるが、彼女が峰沢を頼るであろうことは分かっているから、それほど心配をしているわけではなかった。

それよりもむしろ、わが身の行く末を想ったほうがいいに違いない。何しろテキは殺しを何とも思わない連中らしいのだ。表面上はきわめて礼儀正しく装っているが、こういうのがかえって危険だ。

「大丈夫ですよ」と男が言った。浅見はこっちの腹の内を見抜かれたかと思ったが、そうではなかった。

「彼女の行く先はちゃんと見届けます」

余計なことを――と思ったが、浅見は「ほう、それはご親切なことですね」と言った。やつらの手先が、網の目のように張り巡らされていることをひしひしと感じた。

車は市街地を南東の方向へ出はずれた――と浅見は判断した。地理はよく分からないが、かつて上関町へ行ったときの風景の記憶が蘇った。

しかし、間もなく広い道路の途中から右に折れて、山道に入り、そこから先は分からなくなった。やがて家並みが切れ、木立に囲まれた一軒家の庭に入ったところで車は停まった。すぐ後につづいてダークレッドのカローラも入ってきた。

庭にはほかに二台の車があった。家の中には何人か待機しているのだろう。安物の国産車だから、ヤクザの大物ではなさそうだ。

建物はむやみに屋根の広い平屋である。車を出て、男の先導で玄関を入ると、外見では分からなかったのだが、完全な洋式で、靴のまま上がるようになっている。玄関先に人相のいちだんと悪い大男が出迎え、肩を揺するようにして奥へ向かう。すでに手筈《てはず》が整っているのか、男も女も大男も一言も喋らないのには驚いた。

廊下の突き当たりのドアを開け、中に入った。まるで事務所のような殺風景な部屋だ。正面に窓があるのだが、分厚いカーテンがかかっている。そういえば廊下の窓もカーテンが引かれ、まだ外は明るいにもかかわらず、建物の中はこうこうと電灯を灯していた。

大男が行ってしまうと、竹内美津子が壁際のソファーを指差し、「どうぞ」と言った。素っ気ないが、はじめて彼女の口から女らしい声を聞いたような気がする。

「ここでしばらく待っていただきます」

「しばらくとは、どのくらいですか？」

「一時間半ほど」

時計にチラッと視線を送って、言った。誰かが来るのを待つつもりらしい。

「そんなには待てませんよ」

「待っていただきます」

「それも命令ですか」

「そうです」

皮肉の通じない相手だ。

「僕をどうするつもりですか？」

浅見はついに核心に迫る質問をした。癌患者が医者に「宣告」を迫るような気分だ。

「べつに」

竹内美津子は冷やかに言った。「べつに」とはどういう意味だろう？――と浅見は考えた。まったく日本語のあいまいさにも困ったものだ。べつにどうするつもりもないのか、どうなろうとべつに関心はないのか。少なくとも、彼女自身にはそれほど決定的な害意はなさそうにも受け取れる。

「狙いは何ですか？」

「さあ」

首をひねって、反対側の壁際の木製の椅子に坐った。男のほうは腕組みをして立ったままだ。三者三様の、まるで判じ物のような情景である。

それっきり、浅見が何か問い掛けても、「さあ」とか「まあ」とかいう返事を発するだけになった。

しばらくすると、大男が武骨な手で紙コップのコーヒーを運んできた。喉が渇いていたから、口に流し込んだが、すでに砂糖もミルクも混ぜてあって、ひどい味だった。ほかの二人はそれを先刻承知らしい。コーヒーには手をつけず、浅見が顔をしかめるのを、面白そうに眺めていた。

この家の中にいるかぎり、時間が経っても、事態が好転する保証は何もないことが、浅見にはよく分かった。さりとて、何が起こるのかも予測がつかない。

彼らの狙いがバッグの「念書」にあるのかどうかもはっきりしないが、たぶんそうなのだろう。しかし、力ずくで奪う気なら、とっくにそうしていそうなものである。そうしないというのは、テキは、あるいはここの二人は、まだ念書の存在に気づいていないのかもしれない。いずれにしても、この念書が自分の生命線であることは間違いなさそうだ——と浅見は覚悟した。

「トイレに行きたいのですが」

だめかなと思いながら言ってみた。

「どうぞ」と、案外あっさりとOKが出て、男が付き添ってトイレに案内してくれた。もっとも、玄関には例の大男が佇んで、こっちを見ている。

トイレは大小共用のタイプだった。個室に入って、浅見は水を流しながら、タンクの後ろ側の隙間に念書を押し込んだ。

部屋に戻る途中、どこかで電話のベルが鳴るのが聞こえた。くぐもった男の声で、何か言っているが、内容までは聞き取れない。大男は玄関にいるから、痩せた運転手を含めて、この家には少なくとも五人の男女がいることは確かだ。

浅見が部屋に入るのを追いかけるように、若い男が走ってきて、ドアのところから中の竹内美津子に向けて「岡村里香が……」と言いかけ、「しっ」と制止された。

「岡村里香さんがどうしたのですか？」

浅見は若い男に訊いた。男は「いや」と当惑げに竹内美津子を見た。竹内美津子は「行きなさい」と叱りつけるように言った。若い男は首をすくめて立ち去った。

「彼女に何かしたのか？」と浅見は怒りを込めて言った。

「そんなはずはないでしょう」

竹内美津子は浅見の怒りをはぐらかすように、無表情に答えた。

「彼は『岡村里香を』ではなく、『岡村里香が』と言ったのですよ」

「なるほど……じゃあ、岡村さんがどうしたっていうのかな」

「聞いてきましょう」

竹内美津子は男に「警戒するように」と目で合図して、部屋を出て行った。警戒しなくたって、いまの浅見にとっては里香の消息を聞くほうが重要だ。

竹内美津子はじきに戻ってきて、「岡村里香さんは峰沢氏と合流したそうです」と言った。峰沢のことまで知っているのには、また驚かされたが、里香が峰沢と合流したというのが事実なら、まずはひと安心だ。

「それだけですか？」

浅見も穏やかに訊いた。

「いまのところは」

竹内美津子はニコリともしない。

男の腹が「クー」と音を立てた。男は照れ臭そうに、「食事、どうします？」と訊いた。竹内美津子は苦笑して、「もう少し待ちましょう」と言った。なんだか場違いな人間臭い雰囲気であった。

表のほうに車の音がした。大型の重々しい排気音がひびいてくる。テキの二人は立ち上がり、姿勢を正した。いよいよボスのお出ましかな——と浅見も緊張した。

数人の足音が廊下を近づいて来る。竹内美津子がドアのノブに手をかけ、開けた。最初に入ってきた男の顔を見て、浅見は「あっ」と叫んだ。

2

「兄さん……」

「よお」

警察庁刑事局長は、端整な顔を少し歪めるように照れた笑いを見せた。

そのとき、浅見はいったい何事が起こったのか、ほとんど一瞬の間に理解した。

「ははは、そういうことだったのですか」

「ははは」と陽一郎も笑った。

「そういうことだよ」

兄弟は笑ったが、周囲の数人の男どもと竹内美津子は、頬の辺りの筋肉をわずかに緩めた程度の無表情を守っている。それにつられるように、陽一郎もすぐに真顔に戻った。

「きみたちは休んでいなさい」

陽一郎は背後に従っている五人のスタッフを退がらせ、部屋に入った。部屋には浅見兄弟のほかは、竹内美津子ともう一人の男だけが残った。

刑事局長は二人を「ご苦労さん、順調にいったようだね」と労った。

「はい、しかし弟さんにもこちらの正体を隠すようにというご指示でしたので、それなりに困難ではありました」

竹内美津子は真面目くさって報告した。

「そんな必要はなかったのに……」

浅見はデパートで〔拉致〕されたときのことを、いまいましく思い出して、言った。

「警察の人だって言ってくれれば、素直について来ましたよ」

「いや、そうはいかない。彼らの目がどこにあるか分からないからね。油断は禁物だったのだ」

「彼らとは、宮藤元総理の一派ですか？」

「ほう、きみは知っているのか。いや、個人名はいまは言えないが、まあそういった組織だと思っていい」

「そうだったのですか、警察はその事件を追いかけていたのですか。その警察のアジトが外神田のマンションというわけですね」

「そのとおりだ。いろいろ政治的な外圧があってね、隠密裡に捜査を進めるには、それ相応の気を使わなければならない。疑惑が明らかにあるからといっても、単なる噂や憶測だけで捜査権を行使するわけにはいかないからね。はっきりした証拠がなければ、捜索令状も取れないし、下手に動けば、すぐにセンセイたちにファッショだ、警察国家だなどと吊るし上げを食う。検事のクビだって、簡単に飛ばされかねない時代だよ」

日頃から、よほど腹に据えかねるものがあるのだろう。刑事局長は自嘲するような口調で言った。

「それでも、着々と捜査を進めてきて、やっと有力な証拠物件が入手できるところまで漕ぎつけた。ある人物が、情報があるから、買わないか——とタレ込んできたのだ。それもなまじの金額ではなかった。経理に言うと、警察がタレ込み情報に国家予算を使うわけにいかないなどと面倒なことを言う。第一、情報がガセである可能性もある。その人物がどういう経路でブツを入手したのかもはっきりしない。すったもんだしていると、その男から最後にかかってきた電話で、金はどうでもいいからブツを提供して、正義のため捜査に協力したい、などと殊勝なことを言いだした。いったい何が起きたのか、どういう心境の変化があったのかはともかく、かつてない真剣な口振りで、信用していいと判断した。そこで、証拠物件を持って外神田に来てもらう手筈になった。ところが、その寸前、その人物が殺されてね……」

「鶴井氏ですか」

浅見が言うと、陽一郎は「そのとおりだよ」と満足そうに弟を眺めた。

「密告者は鶴井明だ。鶴井は一匹狼の総会屋だったのだが、せいぜい企業を脅して付き合い広告を強要する程度で、それほどのワルではなかった。ところが、その鶴井が一億円の条件で某新聞社の知人に情報を売り込んでいたことが分かった」

「その某新聞社というのは」と浅見は口を挟んだ。「毎朝新聞社じゃありませんか？」

「ん？　どうして知っているんだ？」

「いや、じつは今日、広島空港で毎朝新聞社の黒須という記者がS建設の江木副会長を追っていて……」

「ははは、何だ、そうだったのか。ウチの人間が江木氏を泳がせているところを、広島空港で二人の男に邪魔されそうになったと報告してきたが」

「邪魔されたのは黒須氏と僕のほうです」

「まあいいだろう。それより毎朝がここまで来ているとなると、のんびりしているわけにはいかんな……」

陽一郎はしばらく思案してから、話の続きを再開した。

「とにかく新聞社はだいぶ長いことかかって、そいつがあぶないネタだと判断して、私のところに知らせて寄越した。そこでうちのスタッフが鶴井と接触して、彼をダイシンヴィラの特別捜査室に連行したのだが、呆れたことに、鶴井は警察に対しても情報提供の謝礼を要求して、それを飲まないかぎりブツは渡せないと言うのだ。鶴井はわれわれが目下展開している捜査の内容を、うすうす勘づいていたらしく、やけに強気だった。さっき言ったような事情で、その後しばらく、こっちの対応がもたついているうちに、鶴井の所在が摑めなくなってしまった。そして最後にかかってきた電話で、突然、金はいらないと言ったのだ。彼がはたして、本当に正義に目覚めたのかどうか分からないが、とにかく、証拠物件を持って来ると約束した。われわれとしてはそれに期待をかけていた矢先、鶴井が岩国で殺されたというニュースが飛び込んできた」

刑事局長は顔をしかめ、いかにも無念そうに天を仰いだ。

「うちのスタッフが急遽岩国に飛び、問題の証拠物件なるものの行方を追ったのだが、空振りに終わった。事件現場の紅葉谷公園で犯人に奪われたのではないかと考えられた。ところが、その直後に岡村三枝子が殺害されるという事件が起き、さらにその事件後も、現場周辺に妙な人間がうろついているという情報が入った」

「妙な人間？……」

「ああ、その一人がきみだっていうことは、じきに判明したがね」

陽一郎は苦笑した。

「しかし、それ以外にも、われわれが追っている組織の手先となって動いている連中がいる可能性があった。岩国からの報告によると、その中の何人かはメンが割れていて、麻薬事犯でリストアップされている人間だそうだから、単なる麻薬取引きが偶然重なったとも考えられるが、もし組織の手先だとするとかなりの精鋭で、危険人物であると考えられる。現に鶴井と、それに岡村三枝子までを殺害した手口は、やつらがいかに凶暴で容赦がないかを示している。いざとなると何をやるか分からない。たとえば、必要と思えば岡村三枝子の娘さんも、それにきみなんかも狙われただろう。それに向こうの組織には警察内部と接触のある人物もいるから、こっちの情報が洩れる可能性もある」

「えっ、ほんとですか？」

「ああ、遺憾なことだが、その疑いはある。現に、鶴井の自宅に麻薬を隠し、事件の真相が単なる麻薬がらみの殺人事件であるかのごとく偽装した者がいるのだ」

「えっ、それは警察内部の人間ですか？」

「そう考えているよ」

刑事局長は表情も変えずに言って、すぐにつづけた。

「そこでそういった危険を未然に排除するために、急遽、きみの身分をオープンにし、あたかも刑事局長自ら捜査に乗り出しているごとく、テキにも、それから警察にも周知させることになった」

「ははは……それじゃ、僕はあのとき、体《てい》のいいダシに使われたのですか」

浅見は思わず笑ってしまった。岩国署で突然、署長がやってきて「刑事局長の弟さま」と祭り上げられた背景には、こういう兄の画策が働いていたのか——まったく、悔しいけれど、狭い日本、どこへ行っても兄の手の内にあるような気がしてくる。

「その結果、岩国からテキの姿は消えた。しかし、それで問題が解決したわけではない。鶴井と岡村を殺害した後も、連中が現場周辺をうろついていたとすると、じつはまだ証拠物件を手に入れていなかったからではないか——という疑いが出てきた。そこで、ここにいる竹内君と小松君を岩国に派遣して、岡村三枝子の娘を追及することにした。岡村の娘が外神田を訪問したのがどういう事情なのかは推測しがたいが、ひょっとすると、鶴井が岡村三枝子にブツを託して、娘に運ばせた可能性もあると考えられたのだ」

「なるほど……」と、浅見は兄の観測が真相を衝いていることに敬意を表した。

「しかし、竹内君が岡村家を訪ね、娘さんの留守を狙って家宅捜索もしたのだが、目当てのブツはついに発見できなかった。ほとんど諦めかけたところへ、岩国国際観光ホテルから、きみと岡村里香がやって来たという連絡が入った。鶴井が泊まった部屋を見たいと、怪しげなことを言っているというので、これはてっきり、何か摑んだにちがいないと、慌てて追いかけたのだが、結局、まんまと逃げられた」

「あのときはこっちは必死でしたよ。ほんとに身の危険を感じていたのですから。それにしても、柳井のデパートで捕まるとは、まったく予想していませんでした」

「ははは、天網かいかいと言いたいところだが、あれは幸運な偶然でしかないのだよ。もともと、竹内君たちは岩国からここに来て、私と落ち合うことになっていた」

「あ、その前に、ここはいったい何なのですか？」

浅見は訊いた。

「このアジトは、いうなれば外神田のダイシンヴィラの出先機関のようなものだと思ってくれていい。巨大事件の捜査の拠点として使っている」

「巨大事件とは、建設業界と保守党との構造汚職ですか」

「ん？　さあ、それはどうかな、想像に任せるとしか言えないが」

「隠さなくてもいいですよ。僕はすでに大筋については承知しているつもりです。その汚職の温床が旭光病院にあるということも含めてね」

「ふん、そうか、それなら話は早い。いや、じつは竹内君たちがここに到着してしばらくしたころ、その旭光病院を張っていたここのメンバーから、きみが旭光病院の隣の何とかいう……」

「杉浦園芸ですか」

「そう、そこに入ったという報告を得た。おまけに、宮藤氏の愛人と目されている女性が、旭光病院から出てきたのを尾行したメンバーの後ろから、きみの車がつけて来るというのでね、急いでこの二人が飛んで行ったのだそうだ」

「なるほど、じゃあ、やっぱりあのマークⅡがそうだったのか。何となく臭いなとは思ったんですよ」

「それでだ」と、陽一郎は少し怖い顔になって言った。

「肝心な話だが、どうなのかね、きみは問題の証拠物件の在《あ》りかを知っているのではないのかい？」

「知ってますよ」

「ほうっ……」

三人の「捜査官」の視線がいっせいに集中する中で、浅見は笑いながら言った。

「いまはトイレにあります」

小松が「あっ」と言って、まるで自分の責任でもあるかのような勢いで、部屋を飛び出して行った。

小松の手から「証拠物件」を受け取った陽一郎は、読み下す中で何度となく表情が変化した。

「これは大変な物だな……」

呻《うめ》くように言って、竹内美津子に念書を渡した。念書の文面を読んだ二人の部下は、驚きのあまり声も出ない。

「鶴井が大きなことを言っていたのも当然だな。これなら一億でも安い買物だったろう。組織の側なら十倍の値をつけたかもしれない。もっとも、いのちと引き換えでは割が合わないがね」

陽一郎らしい、面白くもないジョークを言った。

「さて、これで鬼に金棒だな。地検も即刻、動けるだろう」

そう言ったとき、ドアがノックされ、大男が窮屈そうに部屋に入って、直立不動の姿勢で報告した。

「ただいま連絡が入りまして、岡村里香を乗せたベンツが、旭光病院に入ったそうであります」

「えっ」と浅見は立ち上がった。

「そのベンツとは、三橋静江さんの車ですか？」

「いえ、三橋静江の姿はありません。同乗者は二人、いずれも組織の男と思われます」

「組織の？　どういうことだろう……拉致されたのじゃないですかね。いや、これは危険だな。兄さん、すぐに踏み込んで救出したほうがいいですよ。そうしてください」

「まあ待てよ」

陽一郎は冷やかに言った。

「私が来たのは、娘さんを救出するのが目的ではないのだ。第一、彼女が拉致されたものかどうかも分からない状況で、警察は何の理由をつけて踏み込むのかね」

「そんなもの、何だって理由はつけられるじゃないですか。警察はいつだってそうやっているのでしょう」

「おいおい、それが刑事局長の身内の言う言葉かね」

「すみません、失言でした」

浅見は焦燥の中で、一応詫びた。

「しかし、その念書があるのだから、強制捜査に入る理由は充分じゃないですか」

「そうはいかないよ、こっちにはまだ令状が取れていない。念書は有力な証拠だが、まだ本物かどうか確認したわけでもない。かりに本物と仮定して、これからすぐに手配したとしても、行動を起こせるのは、明日の朝ということになる」

「それでは遅いでしょう……」

浅見は溜め息をついた。このクールな兄を説得するのは、まったく骨が折れる。

「それじゃ、こういうのはどうです」

浅見は気を取り直して言った。

「旭光病院側から『不法侵入者あり』の通報を受けて、警察が犯人逮捕に駆けつけるというのは？」

「ん？……」

どういうことだ？——と言いかけて、陽一郎は大口を開けて笑いだした。

「ははは、馬鹿なことを考えるものだ」

しかし、すぐに笑いを収めると、心配そうに弟の顔を覗き込んで「無茶はするなよ」と言った。

3

デパートの駐車場はひっそりと静まり返り、要所要所にある常夜灯の明かりが、アスファルトに描かれた白線を浮かび上がらせていた。ポツンポツンと忘れられたような車が三台あるけれど、あのカローラはどこにも見えない。

「やっぱり行ってしまったんですね」

里香は困惑と不満と心細さを込めて、吐息と一緒に呟いた。

「どうしたんじゃろうかなあ……」

峰沢老人も里香の想いに合わせるように、心許ない声を出した。

いったい何が起きたのか、一緒に立ち去った男女が何者なのか分からないが、とにかく浅見が消えてしまったことは事実なのだ。岩国から柳井に来て、デパートの六階で別行動を取るまで、浅見にはどこにもそれを予感させるような素振りはなかった。美容室に行ってくるあいだ、あの場所にずっと待っていてくれることを、里香はこれっぽっちも疑わなかった。

「ま、浅見さんのこっちゃ、あぶないことにはならんようにするじゃろ。念のためにうちに電話でもないか、聞いてみますか」

峰沢は公衆電話まで、小走りに駆けて行った。老人らしい歩幅の狭い駆け方だが、若いころ武道で鍛えたというだけあって、元気なものだ。薄闇の中を遠ざかる峰沢の後ろ姿を見送りながら、里香はほんの少し救われる想いを抱いた。

「どうも、いまのところ何も言うてきとらんようじゃなあ」

峰沢は首を振り振り戻ってきた。

「杉浦のほうにも訊いてみたが、やっぱり何もないらしい。しかし、いずれはどっちかに、連絡がありそうなもんじゃがな」

「何か事故に遭《お》うたのとちがいますか」

「事故?……」と峰沢は渋い顔をした。

「そんな不吉なことは考えんと、しばらく待ったらよろしい」

「でも、一応警察に訊いてみたらどうでしょうか?」

「うーん、ほうじゃな、そうしてみますか……けど、何て言うたらええのかな」

「あ、やっぱりだめですね、やめたほうがいいです」

里香はすぐに提案を引っ込めた。警察に行くのは最後の手段なのだ。

「もう一回、『三輪山』へ行ってみたらどうじゃろか。今度はあんた一人で行ったらええ」

峰沢が言った。

「わしは観光案内所の前で待っちょるから」

「でも、三橋さん、会ってくれるでしょうか？」

「そりゃ分からんが、正面の玄関から訪ねて行けば、相手も知らん顔はでけんのとちがうかな」

それでは三橋静江が困るのかもしれないが、そんな斟酌《しんしゃく》はしていられない――と里香は思った。

八時を過ぎた街はどこの店もシャッターを下ろし、人通りもなく、もう眠りについたような侘しさだ。

途中まで一緒に行って、宝来橋を渡ったところで峰沢と別れた。柳井川の黒い水面に家々の灯がチラチラと揺れるのを見ると、心細さがいっそうつのった。

独りになると、寂しさと一緒に疲労感がどっと押し寄せてきた。思えば何という一日だったろう。十年分もいっぺんに凝縮したほどに、目まぐるしく走り回った。これから先だって、どうなってゆくものやら、まるで見当もつかない。時間が経過し、闇が深まってゆくのが、とてつもなく恐ろしく思えた。

その闇の中に、かすかに『三輪山』の灯が見えてきた。表玄関がある側の通りとはいえ、商店街からは遠く、街灯も少ない。こういう特別な目的でもないかぎり、あまり独りでは歩きたくない場所だ。

『三輪山』まであと三十メートルばかりのところにベンツが停まっていて、いきなりドアが開き、中年の男が現れた。

「岡村さんですね、お待ちしてました」

丁寧な口調で言って、頭を下げた。室内灯にぼんやりと浮かんだ顔の輪郭は、なかなかハンサムで紳士的なイメージだ。

「あの、どなたですか？」

「三橋静江さんに頼まれた者です。たぶん岡村さんが見えるだろうから、お連れするようにと言われております」

男は言って、後部座席のドアを開け、「どうぞ」と勧めた。

ここに来ることがどうして分かったのか――と一瞬、ためらったが、ほかに選択の余地はなかった。里香が乗り込むと、男もつづいて乗って、運転手に「いいよ」と言った。

車はすぐに発進した。

「あの、旭光病院へ行くのですか？」

里香は慌てて訊いた。

「あ、よくご存じで」

男は笑い声で答えた。

「でしたら、ちょっと断って行かないと困りますけど」

「断るっていうと、えーと、さっき見えたお年寄りの方ですか？　三橋さんはその方には会いたくないと言ってます」

「でも、悪い人じゃないのですけど。それに、落ち合う約束をしていますし……」

里香は通り過ぎる闇の中を透かし見たが、ここがどこなのか、もう分からない。「すみません、ちょっと停めてくれませんか」と二度三度、頭を下げたが、運転手はもちろん、男も急に無口で無愛想になった。

言いようのない不安が突き上げてきた。見知らぬ男の言うままに、うっかり乗せられてしまった自分の軽率を、里香はあらためて後悔した。

暗い中でも見覚えのある街角の風景が通り過ぎた。どうやら旭光病院の方角へ向かっていることだけは確かなようだ。それなら、やっぱり三橋静江のいるところへ連れて行ってくれるものかもしれない——と、無理に自分に言い聞かせた。

車は杉浦園芸の前を過ぎて旭光病院の門を入った。しかし、正面玄関へは向かわず、かなりのスロープを登って、建物の左側へ回り込んだ。車のヘッドライトの中に、白い壁と茶色い屋根のポーチが浮かび上がった。ちょっと見には、プティホテルか、しゃれたマンションの玄関を思わせる。そこは正面玄関や通用口とはべつの、もう一つの入口になっているらしい。

「降りて」

男はドアを開け先に降りると、さっきとは別人のように、突慳貪《つっけんどん》に言った。敷石の上に降り立つと、海から吹き上げてきた風が、スカートの裾をひんやりと通り抜けた。里香は思わず両肩を抱いて、身を縮めた。

男は黙って歩きだした。無言のうちに「ついて来い」という意志表示を感じ、里香は男の後ろに従った。運転の男は半開きのドアから身を乗り出すようにして、二人を見送っていた。

白いポーチの白い扉を開けて、男は里香を先に玄関に押し込むようにした。玄関の中も白を基調にしたような、明るい壁に囲まれた空間であった。柱は白に近いベージュだが、よく見ると、壁にはピンクと淡いブルーの細かい花模様のある壁紙を使っている。天井からはシャンデリアが下がり、正面玄関の権威主義的な外観とは対照的にほとんど少女趣味といっていい雰囲気だ。

何の合図もしなかったのだが、タイミングを計ったように、奥から若い男が迎えに出てきた。医者か医局の人間なのか、ほんのかすかだが、薬品の臭いが彼の背中にまとわりついている。

里香の後ろの男は「上がって」と言い、若い男がスリッパを揃えて置いてくれた。里香はまるで操り人形のように、言われるままに動いてスリッパを履いた。

若い男は里香を先導して廊下を行き、三つめのドアをノックした。「おう」と短い応答があった。ドアを内側に開けて、若い男は里香を抱くような恰好で室内に招き入れ、里香が入ると、そのままドアを閉めて行ってしまった。

柔かい絨毯《じゅうたん》を敷き詰めてあるけれど、ざっと見て、畳敷にしたら五十畳ほどもある広い部屋であった。一方の壁に書棚があるところは書斎のようだが、部屋中に薬品の臭いが漂って、研究室のようでもあった。

部屋の奥まったところに、こっちに背を向け、大きなデスクに向かう男がいる。何か書き物をしていて、里香が入ってからずいぶん間を置いて、おもむろに振り向いた。

六十歳ぐらいだろうか。みごとな銀髪で、頰から顎の辺りがふっくらとした、色艶のいい顔の男であった。

「やあ、楽にしなさい」

銀縁の眼鏡をはずし、目を細めて笑いかけながら、里香の前にある肘掛け椅子を指差して言った。

「あの、三橋さんはどこですか?」

里香は立ったままで訊いた。気を許せる相手かどうか、まだ判断がつかなかった。

「いま会えますよ。まあゆっくりしなさい」

半分命令するような口調で言って、里香を坐らせると、男は自分も立ってきて、里香と斜めに向かい合う椅子に腰を下ろした。

(ああ——)と里香は思い出した。映画か何かで見た精神分析のカウンセリングが、これとそっくりな情景だった。そう思って、あらためて部屋の中を見渡すと、書棚には心理学の書物が並び、奥の壁際にはゆったりと寝ころべるような長椅子が、いかにもそれらしく置いてある。

「あの、精神分析の先生ですか?」

里香は恐る恐る訊いてみた。

「ほう、よく分かるね」

男は微笑した。なかなか利口な娘だ——という気持ちが伝わってくる。

「本職はそうだが、いまはこの病院の理事長を務めている。心理学は趣味としては面白いが、商売にはなりにくいのでね」

品のいい顔立ちや身形《みなり》のわりに、言うことが下品に聞こえる。外見とは裏腹に、品性は下劣なのかもしれない。里香は男から視線を逸《そ》らして、左奥の棚と、その下にある奇妙な箱に目をやった。

棚は三層になっていて、玩具箱の中身のような物が所狭しと並べられてある。家のミニチュア、樹木、乗物、動物、人間から怪獣にいたるまで、ありとあらゆる物の模型が揃っている。人間といっても、子供もいれば老人もいるし、サラリーマンも兵隊もいる。飛行機も船もビルも農家も牧場の柵も花壇も、無い物を思い浮かべるのに苦労しそうなほど、何でもありそうだ。

「興味がありそうだね」

理事長は面白そうに言った。

「ずいぶんいろいろ集めていらっしゃるのですね」

「集めた？……ははは、集めたには違いないが、集めるのが趣味というわけではないのだよ。あれは箱庭の材料だ」

「ああ、箱庭がご趣味なんですか？」

「えっ？　ははは、そうか……」

理事長はまた笑った。

「きみは知らんのだね、箱庭心理療法というのがあるのだが」

里香は聞いたような気もするが、知らない——と首を横に振った。

「そうか知らんのか。きみらのような若い女性のあいだでは、人気があると思ったが……まあ、早い話が絵を描いてその人の性格や心理状態を判断するのと同じだね。最初はイギリスの女性が考え出したものだが、とくに日本人には合っているらしい。もともと、日本には箱庭や盆景という趣味の世界があるし、日本の風景そのものが箱庭的であるともいえるからね」

理事長は専門の話となると、気分が乗ってくるらしい。

「あの、これで人間の心理や考えが分かるのですか？」

里香も興味を惹かれて、質問した。

「ああ、かなりの部分が分かると言っていいだろうね。子供は素直に何でも話すというけれど、箱庭をやらせると、おとなも童心に返って自分の内面を表現する。ここに来る政財界のじいさんたちに勧めると、面白がって箱庭を作るのだが、じつに意外な一面のあることがよく分かるよ。たとえばこれだ」

理事長はデスクの引出しからファイルブックを持ってきて、里香の前に広げて見せてくれた。

大きく引き伸ばした箱庭の写真である。なだらかな砂原に花が散らばり、馬が二頭、人が二人、ひっそりと佇んでいるほかには、建物も立木も何もない風景だ。

「これの作者は大手建設会社の会長だったじいさんで、この病院に来てから、べつにどこも悪いところはないのだが、東京へ帰ろうとしなくなった。ときどきここで箱庭を作って喜んでいる。作るのはいつもこんな単調な風景だ。それも砂のひと粒ひと粒に気を配るほど、箱庭の世界にのめり込み浸りきっている。一生のほとんどをビルばっかり建てていた反動のように、こういう風景に憧れるのだろうかねえ。もっとも、巨大なビルを建てたり道路を作ったりするのも、神の目から見ると箱庭作りのようなものかもしれんが」

理事長はいくつか、似たような写真を紹介してから、里香の顔を覗き込むようにして言った。

「どうかね、きみもやってみないかね」

立って棚の下に行き、里香を手招いた。里香は誘われるままに、近寄った。

棚の下には膝ぐらいまでの高さの大きな台があって、その上に幅奥行きとも七、八〇センチもある平たい砂箱が四つ並んで置いてある。それが「箱庭」であることは、四つの内の二つの箱に、すでに「風景」が出来上がっていることで分かった。

箱の中には、あらかじめ砂がたっぷり入っている。その上に棚から品物を取って、自由気儘《きまま》に置いてゆくのである。砂地にスロープを作ったり、花を植えたり、樹木を立てたりするのも自由だ。家を建てるのも、柵を巡らせて牛を放牧するのもいい。軍隊を並べて闘わせることだってできる。

里香は自分では手を出さずに、出来上がっている二つの箱庭を眺めた。

左側の箱庭は味もそっけもなく平坦な砂地に、変哲もない家を建て、その前に真横に一直線の柵を置いてある。柵の家側には女の子が一人立つ。柵の手前にはヘビが数匹、ばらまかれている。ちょっと不気味だが、ただそれだけで、まるで未完成のように見える。もしこれで完成だとしたら、いったい何を表現しようとしているのか見当もつかない。

もう一つの右側の箱庭は、これはかなり完成度が高いというべきなのだろう。砂を深く掘って丘のようなものを作っている。砂が掘られた箱の底は鮮やかなブルーで、これは海か湖を表現したものだ。丘は樹木で覆われ、山裾には人家もいくつか建っている。海には小舟が浮かぶ。そして、丘と海との境目——箱庭のほぼ中央に、真っ赤な鳥居がそそり立っているのが、際立って印象的だった。

「面白いだろう」と理事長は言った。

「写真を撮るためにそのままにしてあるのだが、この二つはきわめて対照的だね。きみはどう思うかな？」

「分かりませんけど」と里香は遠慮がちに小声で言った。

「左のほうの人は、何か病気みたいです。右のほうは、とてもきれいですけど、真ん中の鳥居がちょっと気になりました」

「ほほう、なかなかのものだね。きみは分析医になれるかもしれんな」

理事長は揶揄《やゆ》とも本気とも取れるような口振りで言った。

「たしかに、きみの言ったとおり、左側の箱庭の作者はかなり強度のノイローゼだが、右側の女性はまだほとんど正常といっていい。ただ、どういうわけか、彼女に箱庭を作らせると、必ずこの構図で、しかも鳥居の位置まで同じものが現れる。この執着性はきわめて異常といっていいのだが……」

理事長は里香を振り返り、意味ありげにニヤリと笑った。

「この作者が誰か、分かるかな？」

里香は首を横に振りかけて、「あっ、もしかして、三橋静江さん……」と言った。

「そう、そのとおり。彼女の脳味噌には、生まれた時から赤い鳥居が刷り込まれていたのじゃないかとさえ思えるね」

ジョークのつもりなのだろうけれど、そんなふうに一途《いちず》に同じ風景を追いつづけないではいられないような、静江の生い立ちがどんなものだったのかを想うと、里香は笑う気にはなれなかった。それに、理事長が「脳味噌に刷り込まれて」と、ひどく無機質な言い方をしたことが妙に気になった。

4

「三橋さんは、まだなのでしょうか？」

赤い鳥居から視線を理事長に向けて、そう訊いたとき、里香はふと気がついた。

「あの、さっき理事長さんは『まだほとんど正常』とおっしゃいましたね」

「ああ、そう言ったかな」

「じゃあ、三橋さんは……」

「そう、彼女の心身症は進行中だよ」

心身症がどのようなものか、里香にはよく分からない。ただ、ずっと昔、羽田空港沖で飛行機を墜落させたパイロットが「心身症」だったと騒がれた記憶がある程度だ。

「それ、難しい病気なのですか？」

「いや、大して特別なものではない。人間、誰だって、心の病の根っこを持たない者はいないよ。早い話、きみにだってある。何かきっかけや条件さえあれば、いつ芽を出さないともかぎらない。そいつを抑制したり鎮静させるのがわれわれの心理療法だが、逆に進行させようと思えば、それも可能――つまり諸刃《もろは》の剣というわけだね」

里香は、楽しげに箱庭を眺める理事長の眼を見て、ゾーッとした。この眼の底に潜むのは「治療者」の心ではなく、悦楽を求めるだけのマニアックな悪意だ——と思った。彼が「趣味」と言った意味がよく分かる。いつだったか、テレビで「コレクター」とかいう古い映画をやっていた。少女をまるで蝶々のように蒐集する異常性格男の話だったが、気味が悪いので、途中で観るのをやめたことを思い出した。

「三橋さんはどこなのですか？」

里香は少し非難するような意志を込めて言った。

「ああ、まもなく来ると思うが」

理事長はデスクの上の呼鈴をリンリンと二度鳴らした。しばらくすると奥の部屋に通じるドアが開いて、さっきの若い男がコーヒーを運んできた。理事長は男に、自分のデスクと里香の前のテーブルにコーヒーを置くように命じ、「まあ、お茶でも飲んで少しゆっくりしなさい」と言った。

「ゆっくりはしていられないのですけど」

言いながら、里香はテーブルの上に置かれたカップを取った。ずっと喉の渇きを感じていた。コーヒーのほろ苦い甘さが、こんなに美味しいものだとは思わなかった。

しかしコーヒーを飲み終えると、里香は腕時計を見た。すでに八時を回っている。峰沢はどうしているだろう——いや、浅見は——と焦燥感が突き上げてきた。飲み逃げになるのは悪いかな——と思いながら、思いきって立ち上がった。

「私、やっぱり帰ります」

その瞬間、貧血のようにフラッとするのを感じた。頭の中が空白になるような気分だった。「まあ待ちなさい」と言う理事長の声が急に遠くに聞こえた。

（しっかりしなくちゃ――）

そう心に命じながら、ドアのほうに後ずさり振り向いてノブを回し、引いた。

ドアの向こうに、『三輪山』の前で里香を車に連れ込んだ男が立ちふさがっていた。

「すみません」と脇をすり抜けようとする里香を腕で遮って、男は「どこへ行く？」と言った。

「帰ります」

「いや、それは困る」

「こっちだって困ります。峰沢さん……知り合いを待たせていますので」

「待ってなんかいないよ」

「そんなことはありません、待っています。でなければ、そうですよ、警察に連絡していますよきっと」

警察を強調したのだが、男は「ふん、警察か……」と笑った。

「それより、浅見という男に連絡したいのじゃないんかね？」

「ああ、浅見さんも……」

そこまでが精神力の限界だった。里香は耐えきれずによろけ、闇の中を彷徨《さまよ》うような恰好で元の椅子に戻った。部屋の天井のシャンデリアが回転して見えた。目に紗《しゃ》がかかったように、物の姿がぼんやりしてきた。

「大丈夫かな？……」とこっちを見下ろしている理事長の顔が、やけに大きく雲のように覆いかぶさってきた。

ドアのところにいる男の脇から、べつの人物が入って来るのが見えた。「死んでしまうのじゃないでしょうな」と震え声で近づいて来る。

輪郭のぼんやりとしたその顔に、どこか見憶えがある——と思いながら、里香は意識を失った。

白い霧の中から幽霊のような人の姿が浮かび上がる。二度三度、霧に巻かれ、しだいに鮮明さを加えるにつれ、それが三橋静江であることが見えてきた。

「あ、気がついたのね」と三橋静江は言った。起き上がろうとして、里香は頭に鈍痛を覚え「うっ」と呻いた。

「まだ動かないほうがいいわ」

冷たいタオルが額に載せられ、意識がスーッと回復してゆく。

「どうもすみません」

里香は目を閉じたまま言った。「ううん、いいのよ」と静江はかえってすまなそうに言った。

「あのとき、『三輪山』であなたを追い返したりしなければ、こんなことにならなかったのだもの。でも、あなた、浅見さんが来るって言ってたでしょう。だから裏切られたと思ってしまって」

「すみません、でも、ほんとに浅見さんが一緒だったのです。それが、デパートで、私が美容室に行っているうちに、どこかへいなくなってしまって……」

「そうなの、ほんとだったの……だったら心配だわねえ」

「ええ、心配です、どこへ行ったのか」

「ん？　ああ、そうじゃなくて、浅見さんの身に何かが起きていないかどうかっていうことが心配なのよ。もしかすると、危険なことになっているかもしれない」

「危険なこと、といいますと？」

「誰かに襲われたとか」

「襲われる……」

里香は額のタオルを手にして、体を起こした。三橋静江が心配そうに「大丈夫？」と言うのに頷いてみせた。

いつの間に移されたのか、ここは最前の理事長の部屋ではなく、ずっと小振りの病室のような雰囲気の部屋であった。静江のほかにもう一人、女性がベッドに横になってこっちを見ている。静江よりは若そうだが、ひどく窶れた感じなのと、眼に光がなく虚ろな感じなのが気になった。

「襲われるって、まさか……浅見さんが待っていたのは、あのデパートの中ですよ。周りには大勢人がいたし」

「だめだめ、どこだって安心できませんよ。あの連中がやる気になったら、何でもするのだから。あなただって、ここに連れて来られたじゃないの」

「ええ、でも、あれは三橋さんがあの車を用意されたのとちがいますの？」

「私が？　とんでもない。私はあの後すぐに監禁みたいになって、ここに戻って来たのですもの」

「監禁？……」

「そうですよ。あの長谷川さんだって……」

静江は言って、ベッドの上の女性と里香を対面させるように、体を脇に寄せた。

「あちら長谷川純子さんていうの」

「よろしく、岡村里香です」

お辞儀をしたが、長谷川純子はこっちを見ながら何の反応も示さない。静江が「だめだめ」というように首を横に振った。

「彼女、東京の大きな料亭で仲居さんをしていたのだけれど、ちょっとまずいことがあって、ここに連れて来られて、あの理事長に何かされたらしいのね」

「あの、何かって？」

「ん？　ああ、そういう変なことじゃなくて……いや、やっぱり変なことかな。逆心理療法みたいな何かね。私も准看の資格だけはありますけど専門的なことはよく分からない。ただ、そういう、何ていうのか、精神をコントロールしてしまう方法があるみたい。ひょっとすると、私だって少しずつそうされているのかもしれないけど」

「ああ……」

里香は理事長が言った「まだ」という言葉を思い出して、その話をした。静江は「そう……」と、寒そうに肩をすくめた。

「長谷川さんはここに来て二年近くなるそうだから、効果が現れるまでには、きっともう一年かそこいらはかかるのじゃないかしら。ひどい話だわねえ。でもね、私はたぶん大丈夫だと思うわ。おじいちゃんが元気でいてくれるあいだはね」

「おじいちゃん？」

「うん、宮藤のおじいちゃん。知ってるでしょう、保守党の大物だった宮藤一郎よ。私はね、益田の日赤病院で見込まれて、おじいちゃんの世話をすることになったの。もう九十に近いのに元気なものよ。あのぶんだと、ここの理事長なんかより長生きするわねきっと。ちょっと助平だけど、可愛いとこもあるし……」

三橋静江は何を思い出したのか、クスッと笑った。

「ただのおじいちゃんみたいに見えるけど、あれですごい権力の持ち主なんですって。いまでも政界や財界の大物がゾクゾクやって来るんだから」

「あの……」と里香は遠慮がちに口を挟んだ。そうでないと、静江の饒舌《じょうぜつ》は止まりそうになかった。

「浅見さんのことですけど、三橋さんは浅見さんの義理のお姉さんのお友達なのだそうですね」

「ん？　ええ、まあね。中学のときの同級生で、仲良しだったの。でもいまは住む世界が違ってしまったけど」

「それで、あの写真……」

「そう、厳島へ行ったときの思い出の写真。だけど、あの写真をどうして？……」

「浅見さんのお宅に、お姉さん宛てに送られてきたのだそうです。三橋さんはご存じなかったのですか？」

「送られて？　知りませんよ。どこから送ってきたのかな？」

「益田の消印だったそうです」

「益田……」

「それで、浅見さんはお姉さんに頼まれて三橋さんの行方を探しに歩くことになったのですよ」

「でも、誰がどうして私に内緒で写真を送ったりしたのかしら？」

「写真と一緒に手紙が入っていて、『キジも鳴かずば撃たれまい』とか、書いてあったそうです」

「なあにそれ？　まるっきり脅迫じゃないですか……えっ、そういうことなの？」

静江の顔から血の気が引いた。

「おじいちゃんだわ……」

「宮藤さんですか？」

「うんそう。だって、あの写真、おじいちゃんに見せて、預けっ放しになってるのですもの。島根県の有力な政治家の大貫先生が病気で自宅療養しているとき、宮藤のおじいちゃんがお見舞いに来て、ちょっと気分が悪くなって、益田日赤病院に一週間ばかり入院したの。たまたま私が付き添ったんだけど、そのとき、あの写真を見せて、つい自慢しちゃったのね。親友が警察の偉い人の奥さんになっているって。おじいちゃんはそれを悪用したのよ。ひどいわねえ。だけど馬鹿みたい。いくら奥さんの親友だからって、私なんか人質にしたって、何の役にも立たないのに」

「あの、それは違うみたいですけど」

「違うって？」

「益田で郵便を出したのが、宮藤さんだとは思えません」

「ははは、いやだわ、それはそうですよ。宮藤のおじいちゃんが自分で郵便なんか出すものですか。おじいちゃんには腹心の秘書がいて、いつもおじいちゃんにくっついて歩いてるの。この次の選挙で、おじいちゃんの地盤と看板と、おまけに資金力まで受け継いで政界に乗り出すつもりなのよ。だから、おじいちゃんの命令なら何でも、はいはいって聞いちゃうわ。そうだわ、もしかするとおじいちゃんではなくて、その秘書が勝手にやったことかもしれない」

「それも違うんじゃないでしょうか。浅見さんの話だと、郵便を出したのは、七十歳ぐらいのお年寄りですって」

「ああ、それじゃ、お父さんに頼んだのね、きっと」

静江は事も無げに言った。

「お父さん？」

「そう、秘書のお父さんよ。ステージパパじゃないけど、あのお父さんは、ひとり息子の出世が生き甲斐なんだから。そのときも息子さんについて、益田までノコノコ出掛けてるくらいですものね」

「じゃあ、三橋さんはその人をご存じなんですか？」

「知ってるって……いやだ、あなただって知ってるじゃないの」

「私が？」

里香は驚いて首を振った。

「いいえ、知りませんよ」

「うそ……」

三橋静江は目を丸くした。『三輪山』の裏木戸で「嘘つき！」と非難したときとそっくりの表情だ――。そう思った瞬間、里香は愕然と思い当たった。

「えっ、まさか、峰沢さん……」

「そうよ、そのまさかよ……じゃあ、あなたは知らずに峰沢さんと？」

「そんな……」

里香はもういちど失神しそうだった。頭から血液と一緒に思考能力が消えてゆくような気分であった。

「驚いたわねえ。あなたが峰沢さんのことを知らなかったなんて、考えられないわ。だからあなたが『三輪山』に浅見さんとでなく峰沢さんと現れたとき、私はてっきりハメられたと思ったのよ。小山田さんや鶴井さんが殺されたなんて嘘をついて……」

「嘘じゃありません、それはほんとです」

「えーっ、ほんとなの、それ？」

ほとんど悲鳴のような声を発して、慌ててドアの向こう側の気配を窺った。外がどうなっているのか、誰かがいるのか、里香には分からないことだが、静江はしばらくじっと息をひそめてから、小声で言った。

「じゃあ、美容室で聞いた話は、本当のことだったのね」

「ええ、でもその事件のこと、新聞やテレビにも出ましたけど」

「だめなの、新聞もテレビも見せてもらえない生活なのよ」

静江は悲しそうに顔を歪めた。

「だけど、小山田さんが亡くなったことは知っていたけど、鶴井さんとはつい最近、半月ぐらい前に会ったばかりなのよ。いつ殺されたのかしら？」

「そうですよ、その半月ほど前です。岩国で殺されました」

「それじゃ、私と会った直後だわね……」

静江はいまにも泣きそうな顔になった。いや、あやうく涙があふれかけたのだろう、急いでハンカチを出して目の縁をおさえた。

「じゃ、小山田さんが殺されたことも、ほんとなのね」

「ええ、本当みたいです。二年前に厳島で、台風の夜です」

「そうだったの、それは事故じゃなかったのね」

静江は亡霊でも見たような顔になった。

「あの……」と、里香は遠慮がちに声をかけた。

「三橋さんと鶴井さんはどういう？……」

「ああ、あれよ、高校時代の同級生よ。鶴井さんも小山田さんも、静岡県の袋井商工高校っていう学校の同級生だったの。とても仲良しでね、私と鶴井さんとはちょっと初恋っぽかったかしらねえ。鶴井さんは袋井市、私は森町っていうところに住んでいて、うちの近くの厳島神社でデートしたりして……そうそう、あなた厳島神社が宮島以外にもあるって、知ってます？」

「いいえ、そうなんですか？」

「そうなのよ、あるのよ。でも、静岡県の森町っていうところへ引っ越して、そこで厳島神社に出会ったときは、ほんとにびっくりしたわ。真っ赤な鳥居に厳島神社っていう額がかかっていて、そりゃ、本物の厳島神社とは較べようもないけれど、それを見たときに、パアーッて、いろいろな思い出が広がって、涙が出てきて……はは、ばかみたいな話してるわね」

気丈そうな静江の目に、涙が浮かんだ。

「そんなことありません、分かるような気がします。私も母と一緒に、あっちこっち引っ越して歩きましたから」

「ああ、そうよねえ、あなたのお母さんもご苦労なさったのよねえ。お母さんがあなたのこと、この子だけが私の夢だって、そうおっしゃって……あ、ごめんなさい、泣かしてしまったわね」

「大丈夫です」と里香は袖口で涙を拭って、「お話、つづけてください」と言った。

「そうね、それでね、森町は大好きな土地だったのだけれど、でも、うちはいろいろな事情があって高校を卒業するとすぐに引っ越して、あっちこっち転々として、それっきり三十年近くも会わなかったのだけど、それが思いがけなく、益田の日赤病院でバッタリ出会ったの」

静江はそのときの感激を思い出し、目を輝かせたが、その目がたちまち潤んできて、また慌ててハンカチを使った。

「それで、そのときはじめて小山田さんが亡くなったことを知ったの。鶴井さんは、やつは待ち合わせをすっぽかしたって言っていたわ。どういうことなのか、詳しい話を聞いたら、すっぽかしたわけじゃなかったのよ。だからそれは違うって教えて上げたの。ほんとにばかげているのだけれど、二人は紅葉谷公園の墓所で会おうって約束していたのね。分かる、その意味？」

「あっ、それは岩国と厳島の間違いですね」

「そう、そのとおりなのよ。鶴井さんは仕事でちょくちょく岩国に来ていたものだから、紅葉谷公園といえば岩国だとばかり信じきっていたの。だけど、小山田さんは、ううん、私だってそうだけど、修学旅行で行った厳島神社の裏の紅葉谷公園しか頭にありませんよ。だから、鶴井さんが小山田さんに、誰も人が来なくて、分かりやすいところのつもりで『紅葉谷公園の墓所のところで』と言ったのが、小山田さんには通じなかったのね。でもあなた、よく分かったわねえ」

「違うんです、浅見さんがそうじゃないか言うていたのです、ずっと前から」

「そうなのか、やっぱり頭いいんだ」

静江は束の間、何か思いをめぐらすような表情をしてから、話をつづけた。

「でも、小山田さんが殺されたのだとすると、鶴井さんが言っていた、小山田さんと長谷川さんとのあの話はほんとだったのね」

「あの話って言いますと？」

「彼女、以前東京の一流料亭で仲居さんだったころ、小山田さんと愛人……いやな言葉だけど、愛人関係だったのよ。小山田さんは料亭出入りの商人で、彼女が品物を仕入れる係だったみたい。それでね、ある時、長谷川さんがえらい物を拾っちゃったの」

「あっ、それ、念書ですね？」

「えっ、あなた知ってるの？……」

静江は驚いて、同時に声をひそめるようにして「そのこと、誰にも言っちゃだめよ」と言った。

「念書のことを知ってるなんて分かったら、殺されちゃうから」

「ええ、分かっています」

あなた以上に――と、里香は言いたいくらいだった。

「それでね、拾った念書を小山田さんに見せたらこれは凄いってことになって、小山田さんが預かったの。そして、親友の鶴井さんと、一攫千金《いっかく》をねらう相談をしたわけ。つまり、恐喝っていうこと」

静江は肩を竦《すく》めてみせた。

「ところが、相手方と受渡しの交渉が成立したというのに、小山田さんは鶴井さんとの約束を裏切って、待ち合わせ場所に来なかったわけ。さっき言ったみたいな錯覚だったことが分かったけど、私の説明を聞くまで、鶴井さんはてっきり小山田さんが長谷川さんとデートするのに夢中で、すっぽかしたと思ったそうよ。そのあげく、小山田さんは宮島で台風に遭って死んでしまったから、自業自得だって思っていたみたい」

「でも、小山田さんはなぜ殺されなければならなかったのですか？」

「もし、殺されたのだとしたら、それはたぶん約束を破ったからでしょう。小山田さんは、厳島で品物とお金の受け渡しをするように、先方と約束したのじゃないかしら。だから、念書を持ち歩いている鶴井さんがその場所に現れなければ、先方は騙されたと思ったにちがいないわ」

静江は何とも悲しい顔をした。

「もちろん私は何があったのか、念書のことなんか知らなかったのよ。でもね、私の話を聞いて、鶴井さんは愕然としていたわ。私には何も言わなかったけれど、鶴井さんは自分の錯覚で親友を殺してしまったことに気がついたのね。きっと。それから間もなく、私はここに来ることになってしまったのだけど、それからも今夜あなたと会ったみたいに『三輪山』でこっそり鶴井さんと会っていたの。そしたら、寝物語に……あらいやだ……」

静江はばつが悪そうに顔を赤くした。むしろ若い里香のほうが、何も感じないふりを装った。

「とにかく、鶴井さんが念書の話をしてくれたのね。そして、いよいよ大金を儲けるっていうわけ。詳しい話を聞いて、私はびっくりしたわ。だって、その念書というのが、宮藤のおじいちゃんにモロ、関係しているのだもの。私はやめてって言ったわ。ううん、おじいちゃんのことを思って言ったのじゃないわよ。そんなことをしたら殺されるから、やめてって言ったの。そしたら彼、このままじゃ許せないって言って、そうだ、どうせ売るなら警察に売ろうかなって……それからも、いろいろ気持ちが揺れていたみたい」

静江は深い溜め息をついて、気を取り直したように話を続けた。

「最後に会ったとき、鶴井さんはそれまでの様子と違って、何か決心をしたみたいに、今回の取り引きがうまく行かなかったら金なんかもうどうでもいいとか、日本の国をよくするために使うとか、自棄《やけ》っぱちみたいな、泣きそうな顔をしていたわ。その夜、鶴井さんは岩国に泊まるって言うから、私は岩国国際観光ホテルに岡村三枝子さんていう友達がいるって紹介して、岡村さん——あなたのお母さんのところに電話もしてあげた。その晩なのね、鶴井さんが殺されちゃったのは。そうして、あなたのお母さんまで……」

静江は悲劇の重さに押しつぶされるような辛い口調になって、ようやく話し終えた。

5

街灯や庭園灯の淡い光だけでも、旭光病院の白亜の建物は闇の中に浮かび上がって見える。門柱の中央に立って眺める光景は、どことなく国会議事堂を仰ぎ見るのと似通っていた。

浅見は夜露に濡れるアスファルトの坂をゆっくりと登った。左右の植え込みからは、秋を惜しむ虫の声が弱々しく聞こえる。何となくドラマの終焉《しゅうえん》を予感させるようで、昂揚させるべき気分を湿らせた。

玄関の二重ドアはまだロックされていなかった。ロビーのシャンデリアもあかあかと輝いている。ホテルのフロントのようなカウンターには男が一人だけいて、オートマチックドアの開閉音で、眠そうな目をこっちに向けた。この前のときにはいなかった男だ。浅見は真っ直ぐ男に近づいた。笑顔を作ったつもりだが、緊張しているので泣き笑いのような顔になったかもしれない。

浅見が「今晩は」と言うと、男は、あまり立派ではないブルゾン姿の客を、値踏みするように見て、いかにも仕方なさそうに「いらっしゃいませ」とお辞儀をした。

「どちらさまで？」

「浅見です」

「浅見様……えーと、アポイントを頂戴しておりますか？」

男はノートを調べながら、上目遣いに言った。

「いや、べつに」

「あ、さようで……ではご用件は？」

「宮藤さんに会いたいのですが」

「宮藤さんとおっしゃいますと……えっ、あの宮藤総理で？」

「元総理でしょう」

「えっ、ああさようですが……あの、元総理とお知り合いでいらっしゃいますか？」

気圧《けお》された様子を見せたが、浅見があっさり「いえ」と首を横に振ると、反動的にムッとした顔をした。

「申し訳ありませんが、ご予約のない方はご遠慮いただくことになっております。そのことは門の守衛が申し上げませんでしたか？」

「守衛さんはいませんでしたよ」

「えっ？　そんなはずは……」

男はうろたえて、手元の電話の受話器を取った。夕刻五時から十時の閉門までは守衛がいることになっているのだ。「もしもし」と呼んだが、何の応答もないので、じれったそうにフックをガチャガチャ叩いている。しかし結局、諦めて受話器を置き、その手で電話の脇にある赤青二つのボタンのうち、青いボタンのほうを押した。

「いま、責任者が参りますので、しばらくお待ちください」

男の表情に脅えた色が浮かんでいた。持場を離れるはずがない守衛が、消えてしまったことから、この客がただ者ではないと判断したようだ。

ほとんど間を置かずに、事務室のドアから白衣を着た二人の男が現れた。一人は四十代なかば、一人は三十そこそこで、いずれも屈強な体型をしている。白衣姿は一見すると医者ふうだが、医師免許の代わりに空手の免状でも持っていそうな感じである。しかし二人とも浅見の見知らぬ顔であった。ことによると、昼間と夜間では勤務のスタッフが違うのかもしれない。

「失礼ですが、どのようなご用件で？」

丁寧な言葉づかいだが、口調の迫力からは「何しに来やがった」と言ったように聞こえる。

「宮藤さんか、塚山代議士か、それとも江木副会長にお目にかかりたいのですが」

浅見は平然と言った。二人の男は顔を見合わせた。塚山はともかく、江木は隠密裡にここに入っている。驚いたというより、むしろ呆れた顔つきであった。フロントにいた男が「アポイントは取ってないそうです」と、脇から注釈を加えた。

「お約束もないのにご案内するわけにはいきませんね。どうぞお引き取りください」

出ていかないと、ただじゃすまないぞ――と言いたげだ。いや、その意志を示すつもりか、二人が同時に浅見に向けて一歩を踏み出した。

「念書のことでお話があるとお伝えいただければ、たぶん会ってくれますよ」

浅見がすました顔で言うと、二人は半歩引き下がった。

「念書?……何の念書です?」

「あなたたちのレベルでは知らないでしょう。院長さんか理事長さんか、あるいは塚山さんか宮藤さんご本人に訊いてみたらいかがですか?」

三人は顔を見合わせた。客がハッタリを言っているのかどうか――と、判断を確かめあう表情である。外見はさっぱり迫力のない、ただの好青年だが、その口からとんでもない言葉が飛び出すのに当惑している。

結局、この三人では結論を出せないと踏んだのか、一人が「ちょっと待ってください」とドアの中に引っ込んだ。

まもなく、男に先導されて、恰幅《かっぷく》のいい六十がらみの紳士がやって来た。

「当病院の理事長をやっておる宝田ですが、あなたは？」

「桃太郎という者です」

「桃太郎？……」

宝田理事長は急に見下したような目をして、「なんだ、病人か」と言った。入院患者か、それとも入院を必要とする客とでも思ったらしい。浅見は怒りもせずに言った。

「いえ、僕はいたって健康ですよ。世の中にはびこる邪悪な連中を切る、桃太郎侍にあやかろうという正義の士です」

「正義の士だか何だか知らないが、わけの分からないことを言ってないで、早く帰りなさい。でないと、警察を呼ぶよ」

「どうぞ呼んでください」

「なにっ……」

最初のフロント係が見兼ねて、理事長に「あの、こちら、浅見さんという人です」と告げた。

「浅見？……」

宝田は何かいやなことを思い出したのか、苦い顔をしたが、そんなはずはない――と思い捨てるように首を振った。

「そうか、病人ではないのか。それで、念書がどうしたとかいうことのようだが」

「保守自由連盟本部長宛ての念書を買っていただきたいと思いまして」

「なんだと？　宮藤総理宛ての？」

「元総理ですね」

「ん？　そんなことはどうでもいい。それより、そんなものがあるのかね」

宝田の疑わしい様子が、浅見にはむしろ意外だった。

「あれ？　じゃあ理事長さんは、その件はご存じないのですか？」

「知らんね。私の知らんようなものを売り込みに来ても、なんぼにもならんよ。しかしまあ、せっかくだから、帰りの車代ぐらいなら出してもいいが、いったいいくら欲しいのかね？」

「一億です」

「一億？……ははは、ばかばかしい」

宝田は「つまみ出せ、手に余るようだったら警察を呼べ。不法侵入だと言ってやれ」と言い残すと、浅見に背中を向けた。

「はい」とフロント係が赤いボタンに手を伸ばすのが見えた。二人の男がふたたび左右から近寄ってくる。

「待ってくれませんか、分かりました、じゃあお金は要りません」

浅見は辟易《へきえき》したように肩をすくめた。

「そうか、それがいいよ」

宝田は鷹揚《おうよう》に、いつも病人に語る、諭《さと》すような口調になって言った。

「きみは見たところ、そう悪い人間とは思えない。ちょっとしたいたずらみたいなものなのだろうが、悪ふざけも相手を見てすることだな」

「はい、今後はそうします。ところで、お金は要りませんから、宮藤元総理に会わせてくれませんか」

「なんだと？……」

「ははは、そんな怖い顔をしないでください。これをお目にかければ、元総理は会ってくれるはずですよ」

浅見はポケットから封書を取り出して、宝田に渡した。封を開けかけた宝田に「あ、中身は見ないほうがいいです」と言った。

「ほら、表に『親展』と書いてあるでしょう。勝手に開封して、あとで叱られても知りませんよ」

宝田は封書を捧げ持つようにして、しばらくその処置に窮した恰好だった。それから、脇の年輩のほうの男に「峰沢さんは？」と訊いた。男は「さっき出掛けられました」と答えた。「峰沢」の名前に、浅見は思わず聞き耳を立てた。そういえば、峰沢老人はいまごろどうしているだろう？——。

「しようがないな……」

宝田は諦めたように、「じゃあ、待っていなさい」とロビーを去って行った。ずいぶん長く感じたが、それほどでもなかったのかもしれない。宝田理事長が戻って来るまで、四人の男はひと言も口をきかなかった。

「総理が会ってくださるそうだ」

宝田は何とも不得要領な顔で言った。あの宮藤がどこの馬の骨とも知れぬ男に会うという事態になるとは、信じられないことにちがいない。

宝田が先導し、背後に二人の男を従える恰好で、浅見は赤い絨毯を敷き詰めた廊下を歩いた。この雰囲気が何かに似ていると思ったが、そういえばやはり国会議事堂の内部そっくりなのであった。宮藤はじめ、議員を引退した連中が、栄光の日々を懐かしむための道具立てなのだろう。そう思うと、なんだか物欲しげで、そぞろ哀れを催してくる。

ドアがむやみに広いエレベーターで三階に上がり、廊下の突き当たりのドアを入り、小部屋の奥のドアをノックした。

「入りなさい」と応答があって、宝田理事長はまるでドアマンのような慇懃《いんぎん》さでノブを回し、先に部屋に入って行った。そこは居間というよりなんとなく接見室のような雰囲気のある大きな部屋であった。

正面に保守党の総裁室にあるのと同じ革張りの椅子が置かれ、小柄な宮藤元総理が、置物のようにちょこんと坐っている。ワインレッドを濃くしたような色の地に、襟と袖口に黒の、たぶんシルクらしい布をたっぷりあしらった、見るからに着心地のよさそうなガウン姿だ。

「お連れいたしました」

宝田はそこまでするか——と思えるほどへり下った態度で言った。

「こっちに来なさい」

宮藤は九十歳近いとは思えない、張りのある声で言い、手前の肘掛け椅子を指差した。

浅見は「お邪魔します」とわずかにお辞儀をして、無造作な歩き方で椅子のところまで行き、もういちど「失礼します」と挨拶して腰を下ろした。

宝田はうろたえたように浅見の後につづいた。他の二人も急いで部屋に入りかけた。

「おまえたちは行ってよろしい。宝田君も行きなさい」

宮藤がうるさそうに、ハエでも追い払うような手付きをした。

「は、しかし……」

「いいから、行きなさいと言っておる」

丸顔で、可愛げのある宮藤のどこにそんなものが潜んでいるのかと思わせるほどの、威厳と迫力であった。さすがだ——と、浅見は率直に舌を巻いた。

三人が引き下がり、廊下の気配も完全に消えるのを待って、宮藤は封書の中身を広げて言った。

「これをどうしたのかね？」

「念書の総数は十二枚ありますが、そのうちの一枚だけをコピーして持参しました」

「そうか」

それきりで、宮藤はしばらく念書に見入っていたが、「それで」と言った。

「きみの望みは金か？」

「いいえ」

「そうか、そうだろうな、金には縁のなさそうな顔をしとる」

当たっているだけに、浅見は思わず片頰を歪めて苦笑した。

「希望は三つあります」

「ふん」

「一つは、保守自由連盟を解体していただきたいのですが」

「ほほう、いきなり大層なことを。結社の自由は憲法でも保障されておるが」

「保守自由連盟は保守党の集金マシンでしかないのでしょう」

「それがいかんとは思わんがね。しかし、きみとこの議論をやってみても始まらん。二番目は何だね？」

「念書を出した建設会社のトップ役員を、全員更迭していただきます」

「ははは、私企業に政治が干渉するのは、これも憲法違反だな」

「しかし、念書が公表されれば、好むと好まざるとに拘わらず、職を辞することになるのではありませんか」

「うむ、まあそういうことだが……いいだろう、考えておこう。それから？」

「最後の一つは、この病院に監禁されている女性三人を解放してください」

「女性三人？……何のこっちゃ」

「宮藤さんはご存じありませんか？」

「ああ知らんよ。何という女性かね？」

「一人は長谷川純子さん、東京の料亭、『殿村』の仲居さんだった人です。おそらく、念書を拾った人物ではないかと思われますが」

「ほう、『殿村』の……」

宮藤は懐かしそうに目を細めた。この老人が政界の中枢にいるころは、与野党の有力者や財界の大物を呼びつけて、意のままに操った檜《ひのき》舞台のひとつだったろう。

「そうか、『殿村』の仲居がなあ……」

念書がそこから流れ出たことに、思い当たるものがある様子であった。

「もう一人は三橋静江さん」

「静江？　ばかな、静江はわしの世話をしてくれとる女だ。監禁などはしておらんよ」

「宮藤さんはそのおつもりでも、彼女の自由はきわめて束縛されています。もっとも、それはこの念書のせいでもあるのかもしれませんが」

「ふーん、よう分からんが、静江と念書とどう関係しとるのかね？」

宮藤のポーカーフェイスが演技だとしたらアカデミー賞ものだ——と浅見はおもった。

「三橋さんの知り合い——幼友達のような男性が二人、殺されています。その一人は小山田という人で、かつて長谷川純子さんの手から念書を譲り受けたのではないかと思われます。この人は二年前に厳島で殺されましたが、そのときはすでに念書は彼の友人である、鶴井という人物に渡っていたのです。鶴井氏は念書を武器に、恐喝を働こうとしていたようですが、最近になって、岩国で殺害されました。そう考えてくると、彼ら二人と繋がりのある三橋さんを、あなたが抑えていると推測するのは、当然の帰結だと思いますが、そうではありませんか？」

「ほほう、すると、きみは何かね、わしがその二人を殺害するよう、命じたとでも思っとるのかね？」

「違いますか？」

「ああ、それは違う。わしは念書の件をいまはじめて聞いた。たしかにこの会社と保守自由連盟とは盟約を結んでおることは事実だが、念書の存在は、わしの知らんことだ。しかしまあ、それはいいとして、まだほかにも女がいるというのかな？」

「ええ、残る一人はきょう、この病院に連れ込まれました。岡村里香という人で、彼女の母親もまた、念書の絡んだ事件に巻き込まれ殺害されているのです」

浅見は努めて冷静に、たんたんと語ろうとしているつもりだが、殺された人間の名前を口にするたびに、身内から熱いものが噴き出してきそうだった。

6

宮藤はサイドテーブルの上のボタンを押した。インターホンから男の声が「はい」と答えた。宝田理事長の声らしい。

「峰沢はまだ戻らんか」

「はい、まだでございますが」

「しようのないやっちゃ。きみは知っとるのかな、女を三人……いや二人監禁しとるそうじゃが」

「は？　いえ。滅相もございません」

「隠さんでもよろしい、『殿村』の仲居と、岡……何じゃったかな？」

浅見を見て訊いた。浅見が答えると、「そうじゃ、岡村里香いう娘がおるじゃろ。連れて来なさい。それから静江にも来るように」と命じた。

宝田は二人の女性とともに、恐る恐る現れた。女性は三橋静江と岡村里香――里香は浅見の顔を見ると、「ああ……」と声にならないような吐息を洩らした。

「やあ」と浅見は手を挙げて、里香に近づいた。

「無事でよかった」

里香は口いっぱいに涙が溢れたような顔をして、何も言えずにいる。

「そうなの、あなたが浅見さんの……」

静江が何度も大きく頷いてから、「ほらほら、彼女が泣いていますよ」と、気のきかない男の肩を叩いた。

浅見は慌てて、あまりきれいでないハンカチを出して、里香の頬を伝う涙を拭いてやった。とてもいとおしく、抱き締めてやりたいほど、いとおしく思った。

「もう一人はどうした？　『殿村』の仲居をやっとった女は」

宮藤が不愉快を露わに見せて言った。

「ご病気なんですよ、おじいちゃま」

静江が宮藤のガウンの襟を直しながら言った。

「あほ、そういう呼び方をするな」と、しかし宮藤はまんざらでもない顔である。

「そうか、病気か、だったら宝田君、早う治してやったらよかろう」

「はい、そのようにいたします」

理事長は額に汗を滲《にじ》ませて答えた。

「あら、おじいちゃまはご存じなかったのですか？」

静江が驚いて言った。

「ご存じないって、なんのこっちゃ？」

「長谷川さんは、理事長さんの心理療法で病気になってしまったんですよ」

「ん？　どういうことだ、それは？」

宮藤は上目遣いに宝田を見た。宝田は「いえいえ、そのようなことは……」と、両方の掌を目の前で交差させて否定している。

「それはたぶん、こういうことではありませんか」と、浅見が脇から推論を述べた。

「この書類を持ち出した犯人が長谷川さんであることを知って、書類の行方を追及するために、『殿村』からここに連れ込んだのだと思いますが、違いますか？」

「どうなんだね、宝田君」

宮藤をはじめ全員の視線を浴びて、宝田理事長は背を反らせた。

「じつは、その間の事情につきましては、私は存じておらないのでして……私は長谷川さんが当病院に来てから、彼女の管理一切を任されたという立場でありますので、はい」

「任されたとは、峰沢に任されたのか」

「はあ、まあ……」

「そうか、峰沢か」

宮藤は表情を変えずに頷いた。少時《しばらく》、無言のままの時が流れた。

里香が浅見の耳に口を寄せて、「いま宮藤さんがおっしゃった峰沢さんというのは、あの峰沢さんの息子さんなのだそうです」と囁いた。

「えっ……」

浅見は思わず不用意な声を発してしまった。静寂の中だけに、青天の霹靂《へきれき》ほどの効果で、人々を驚かせた。

「そう、そうだったのか……」

それで何もかもが、いっぺんにクリアーになったような気がした。あの写真と手紙の送り主のことも、旭光病院内の情報がたやすく入手できたことも……。

「まさか……」

浅見は、自分の着想を否定しながら、いやでも最悪のシナリオを想定しなければならなかった。

鶴井明にしろ岡村三枝子にしろ、なぜおめおめと犯人と接触して、あえなく殺されるような目に遭わなければならなかったのか――。ことに鶴井などは、この「仕事」の危険度を充分すぎるくらい弁《わきま》えていたはずだ。念書を三枝子に託したことは、それはつまり、危険に対する覚悟があったことを物語る証拠であって、用心がおろそかになったというわけではないだろう。

それにもかかわらず、鶴井がやすやすと死地に赴《おもむ》き、三枝子が死神を迎え入れたのには、何かしら、安心できる要素があったからにちがいない。

峰沢老人の人の好さそうな外見から、悪意や害意を察知するのは難しい。かりに見抜いたとしても、七十歳の老人に何ほどのことができるか――と気を許しただろう。

しかし、考えてみれば、若いころの峰沢は合気道の達人だったのだそうだ。柳井津から市民ホールまでグングン歩いた歩速には、浅見でさえ置いて行かれそうになった。鍛え上げた肉体はまだ衰えていないにちがいない。

（しかし、まさか——）と、浅見は頭を振って、その考えを払い捨てようとした。あの峰沢が忌まわしい殺人鬼であるなどとは、とても信じたくない。むしろ、ほんの一瞬でも、そう思いかけた自分の脳味噌に嫌悪感さえ抱いた。

その時、慌ただしい足音がドアの外に聞こえ、苛立ちを感じさせるノックがひびいた。宮藤が声を返すのとほとんど同時にドアが開いて、四十歳ぐらいの紳士が入ってきた。浅見が最初に旭光病院を訪れたとき、最後に現れて浅見を追い出した男だ。

紳士は室内の異様な情景にギョッとして、一人一人の顔を見回し、浅見の上にしばらく視線を止めてから、大股に宮藤の脇まで行った。

「先生、この男は……」

浅見を指差し、宮藤の耳に口を近づけて「警察庁の……」と囁いた。

宮藤はこともなげに「分かっておるよ」と手で払い除ける仕草をした。

「えっ、ご存じなので？」

「当たり前じゃ。そんなことも分からんで、日本の舵取り《かじと》ができるか、あほ」

「は、恐れ入ります」

「失礼ですが」と浅見は言った。

「あなたが峰沢さんですか？」

「そう、です」

峰沢は「です」を言うときに、いまいましそうに唇を歪めた。

「念書は、あなたの一存でやったことなのですね？」

「ん？　念書？　何のことだ？」

「これじゃよ、これ。浅見君が持って来よった」

宮藤が不機嫌そうに言って、手にした紙片を峰沢の鼻先でヒラヒラさせた。峰沢は慌てて念書のコピーを手に取った。

「これは……いえ、存じ……」

峰沢は浅見のほうに三、四歩近づくと、念書を突きつけ、「こんな物を持って来て、何だね、これは？」と怒鳴った。

「ご存じないのですか？」

浅見は表情を変えずに訊いた。

「もちろんだ。こんなもの、知るはずがないだろう」

「なるほど、そうですか。それでは、ここに書かれた宛て名である宮藤さんが、検察の追及の矢面に立つことになりますね」

「ば、ばかなっ……こんなでっち上げの出鱈目を、誰が信じるものか」

「信じるかどうかは検察の判断に任せるとして、僕は資料として提出するだけです」

「そんなことはさせん」

「ほうっ……」

浅見はしげしげと峰沢の顔を見つめて、言った。

「失礼ですが、あなたは現在の深刻な事態に対する認識が甘いようですね。あなたの一存でこの念書が証拠として提出されないなどということは、もはやないものと考えられたほうがいいですよ」

「ふん、認識が甘いのはそっちのほうだろう。誰が私の一存だなどと言った？　あんたや私が生まれる前から保守党が培《つちか》ってきた力というものは、すでに国民の意識の中に刷り込まれていることを忘れてもらっちゃ困る。行政も司法も、とどのつまりは保守党政治を存立させることを第一義的に機能しているのだ。そんな紙っ切れを何百枚何千枚積み上げようと、司法は動かないし、国民の投票用紙を買い取ることさえできないに決まっている。そんなものがあるなら、素直にわれわれに渡したほうが利口だよ。さもないと、あんたも……」

「死ぬことになりますか」

浅見は怒りの眼差しを峰沢の目に注いだ。峰沢は「ん？……」とたじろいだが、すぐに「誰もそんなことは言っておらん」と高飛車に怒鳴った。

「しかし、あなたは殺した」

浅見はまばたきもせずに言った。

「二年前は厳島で小山田誠吾氏を、このあいだは岩国で鶴井明氏を、そして岡村三枝子さんを殺した……」

「ばかな、何を証拠にそんなありもしないことを言っているんだ。そんなことをいつまで言ってようと、何の役にも立ちはせんよ。その三つの殺人事件だか何だか知らないが、私は関知しないことだ。第一、アリバイというものがあるだろう。その日その時、私がそこに行ったと証明でもできるのかね。私のほうにはいつでもちゃんとアリバイを証明する材料はある」

昂然《こうぜん》と、峰沢は胸を張った。この自信は揺るぎないものだ——と浅見は思った。浅見特有の勘をもってしても、峰沢の絶対の自信を崩せる気配は感じ取れなかった。おそらく、峰沢の言うとおりなのだろう。そのことはしかし、浅見の思い描き思い捨てた悲劇的な仮説を、あらためて引っ張り出し、再認識させる役割を果たすものでしかない。

「あなたの言うとおりなのでしょうね、きっと」と浅見は悲しげに言った。

「ん？　ああ、そうだとも、私の言ったことに間違いや嘘はない」

峰沢は勝ち誇ったように、（いかがなものでしょう——）という笑顔を宮藤に向けた。

宮藤は反応を示さなかった。顔の筋肉の一本も皺の一つさえも動かさない。宮藤は何もかも見抜いているのだ——と、そのとき浅見は思った。

「岡村里香さんのお母さんが」と、浅見は静かに言った。突然、母親の名前が出て、里香は目を丸くして浅見を見つめた。

「亡くなる直前、里香さんに夢のような話をしたそうです。バレエ教室を作って上げるというのです。いまにして思えば、その資金がまともなものではなかったことは、疑いがありません。危険なお金……ひょっとすると生命の危険さえ予測されるお金だったことを、誰よりもお母さんが知っていたはずです。しかしお母さんは、あえて火中の栗を拾った。お母さんは愛する娘のために夢を見たのです。そのことを、誰が非難できましょう……」

浅見は言葉を止めた。広い部屋の中は、シーンと静まり返っていた。浅見が何を喋りだしたのか、誰もが怪訝そうな顔で、話のつづきを待つ姿勢だ。

「さて……」と浅見は物憂そうに呟いた。疲れていることも事実だった。肉体ばかりでなく、精神も疲労しきっていた。このけだるさをぶつけられる相手はベッドしかないと思った。

「これで失礼しましょう」

噓――という声のない声が、いっせいに全員の口から浴びせられた。宮藤までが口を丸くして、幼児のような表情になった。

浅見は宮藤に一礼して、里香を促すとドアに向かった。里香も状況が摑めないまま、浅見の後ろに従った。

「待った」と宝田が、この男にしては思いきった大声を出した。

「あんた、浅見さん、このままで帰れるはずがないだろう」

「ほう」

浅見は面白そうに振り向いた。

「どうしろとおっしゃるのですか？」

「私はこの病院の理事長だ。あんたの不法侵入に対して、いかようにも処分の方法を講じることができる」

「つまり警察を呼ぶこともできるというわけですか、結構ですね。ついでに不法監禁のほうも告発したらいかがです？」

「処分の方法は、何も警察に頼むばかりとはかぎらんだろう」

「なるほど、得意の心理療法ですか。それともロボトミーの手術でも試みますか。しかし、だとしたら手術を急いだほうがいい。あまり顔を見せないでいると、そろそろ招かれざる客が押し寄せる時間ですからね」

浅見は腕時計を指差して、宝田理事長の目の前に突きつけた。宝田はギクッとして、窓のカーテンの隙間を覗いた。闇の中には何も動くものがない。しかし、その動かない闇が臆病な理事長を脅えさせた。

「ははは……」

宮藤がおかしそうに笑った。

「勝てんようだな、このひとには」

「しかし先生……」

それまで沈黙していた峰沢が、たまらず声を発した。

「きみはもういい」

宮藤は真っ直ぐ浅見を見つめたまま、冷やかに言った。「もういい」という言葉が何を意味したのか、峰沢の顔面が青ざめた。

「浅見さん、さっきのあんたの三つの条件だが、あれは呑むことにするよ」

「そうですか、ありがとうございます」

浅見は恭《うやうや》しくお辞儀をした。

「最後の条件は、いまそうしてお嬢さんが帰るところだからええじゃろ。もう一人の『殿村』のコは、宝田の責任で遠からず戻して上げるようにする。ただ、どうかね、静江はもう少しわしの傍《そば》にいさせてくれ」

浅見は静江に視線を向けた。静江は黙って小さく頷いた。三十余年の流転の日々に耐え抜いた、この気丈な准看護婦の目に、涙が光るのを見て、浅見は「はい」と答えた。

「二番目のやつは何だったか……ああ、ゼネコンのボスどもか。それもいいでしょう。もっとも、無駄な抵抗を試みるやつもおるかもしれん。そのときはあんたか、それともあんたのお兄さんが片付けてくれれば、それでよろしい。それからもう一つのやつだが……」

宮藤は腕組みをして目を閉じ、顔を天井に向けた。

「どうやらわしも、夢を長く見すぎたようじゃな。この日本では、わが保守党のみが太陽のごとく輝いていればよいと信じて、半世紀ものあいだ疑うこともなかったが……考えてみれば、太陽はいつか沈む。ただ、その落日をわしの目の前で見るとは思わなかった。無念ではあるが、それも時の流れ、驕《おご》る平家は久しからずということかな」

小さく肩を揺すって笑い、「しかしなあ、浅見さん」と、細く開けた瞼《まぶた》の奥から、じっと遠くを見つめて言った。

「落日はまた昇るものじゃよ」

浅見は黙ってゆっくりと頭を下げた。それから里香の腕を取って、今度は大股にドアへ歩いた。誰も止めず、声をかける者もなかった。

ロビーで三人の男の不思議そうな目に見送られ、浅見と里香は玄関を出た。オートマチックドアが閉まるのを待っていたように、植え込みの後ろの闇から人影が彷徨《さまよ》い出た。

里香が息を飲んで、浅見の背に隠れた。

「やあ、浅見さん」

峰沢老人は穏やかな口調で言った。

「どうも、夜が更けると冷え込みますなあ。年寄りにはこたえる」

「中にお入りにならないのですか？」

少し体を開くようにして言ったが、闇の中で老人は首を振った。

「いやいや、中はもっと寒い……よければどうです、すこし散歩しませんかな」

そう言って、返事も待たずに、植え込みの中へ歩きだした。浅見がそれにつづき、さらに里香も浅見の背中を押すような恰好でつづいた。

「あ、あなたはお帰りなさい。あの門を出れば、浅見さんのお兄さん方が大勢で出迎えてくれますよ」

老人が言い、「そうしなさい」と、浅見も里香の目に頷いて見せた。里香は頼り無い庭園灯の明かりの中を、何度か振り返りながら、小走りに去って行った。

「あの子には気の毒なことをしました」

足音が遠ざかるのを確かめてから、老人は慚愧《ざんき》にたえぬ——と言いたげな声を洩らした。

「死んだ人たちのほうが、もっと気の毒でしょう」

浅見は冷酷に言った。

「ああ、それはそのとおりですな。しかし、盗人《ぬすびと》にも三分《さんぶ》の理屈を言わせてもらえば、彼らといえども、欲をかきさえしなければ死ぬことはなかったのです」

「欲ではなく、せめて夢とおっしゃってくれませんか」

「ん？……ああ、なるほど、そうですな、夢ですな……」

老人は闇の中で立ち止まった。

「あんた、息子に会いましたか？」

「ええ、お会いしました、宮藤さんの部屋でいろいろお話もしました」

「そうですか、会いましたか……それでは何もかもお分かりですな」

「ええ、何もかも。『殿村』の長谷川純子さんが拾った念書が、すべての悲劇の始まりだったことも、です」

「そうですか。いや、おっしゃるとおりじゃ。あほな息子がガキみたいに、念書を紛失したと泣き言を言うのを聞かんかったなら、わしも狂うたりはせんかった。あと少しで代議士になれるいう息子が、縁もゆかりもない者どもに脅されとるのを、黙って見てはおれんかった。ほんまに恐ろしく、憎かった。文字どおり、殺したいほどな……」

それっきり老人は押し黙った。そのまま眠ってしまったのではないか——と思えるほどの長い沈黙であった。

「愚かな夢を見たものです」

ポツリと言った。

「息子から、あの写真を脅迫状の代わりに送るいうのを聞いて、わしはやめたほうがえぇ、言うたのです。そんなことをしても無駄じゃと。だが、宮藤先生のご指示は動かすことができんかった。あの先生にはこの世の中には自分に逆らう者など、いるはずがないいう確信がおありなのでしょうなあ。警察庁のお偉いさんじゃとて、人間である以上、恐怖心もあるじゃろ、思うとったんと違いますか。けど、そんな思い上がった考え方は、政財界の腐れきった連中には通じるかしれんが、真っ当な人物には逆効果になるじゃろと、わしは不安でならなんだ。しかし、まさかこれほど早くに、その不安が的中するとは思わんかったのです。あなたと観光案内所の前で会って、写真を見せられたときは心臓が停まるかと思った。名刺を頂戴して、益田から出した手紙の宛て先とそっくり同じ苗字と住所が印刷されているのをみたとき、わしはこの世の中には神がおるのだ——と思いましたよ。いや、魔物と言ってもいいかもしれん。さかしらなことをしたつもりで、墓穴を掘っておる。愚かな人間は神の手から逃れようとして右往左往するが、結局は捕まってしまうのですなあ。あなたを見ていると、心の底からそう思いたくなる。恐ろしくなる」

神と較べられて、浅見は返事のしようがなかった。

「宮藤先生と会われたそうじゃが、何かおっしゃっとってですか？」

「ええ、いろいろと……最後に、落日はまた昇ると言われました」

「ほう、そうおっしゃられたか、落日とな……それでは何もかも終わりましたか」

「ええ、終わりました」

しばらく沈黙が流れた。草むらの虫はすでに死に絶えたのか、追悼《ついとう》の歌を奏でることさえしない。異様な静寂の彼方から、潮騒が誘うようなざわめきを送ってくる。

「息子は、息子は……」と、峰沢は舌がもつれたように口走った。

「浅見さん、息子は何もしちょらんのです。わしは息子に頼まれたわけではない。小山田を殺《や》ったときも、脅されて苦しんでおる息子を見かね、息子の代わりに独断で念書を受け取りに行って、あの男に裏切られて、仕方なく殺した。鶴井のときも、岡村三枝子さんのときも、息子はまったく知らんことです。そのことを分かっていただけますかな？　息子は大丈夫でしょうな？」

あの剛直そのもののように思えた峰沢老人が突然うろたえたように「息子」を連発す

るありさまが、浅見にはただ悲しかった。

「はあ、それは、警察が事件への関わりを証明するものを手に入れることができなければ、大丈夫だとは思いますが、僕には何とも言えません」

「そうですか、証明するものが無ければよろしいのじゃな」と峰沢は何度も頷き、「いや、ありがとう」と礼を言った。

「峰沢さん……」

「浅見さん、あなたとは短いお付き合いじゃったが、生涯のうちでいちばん強烈な印象を受けましたよ。ええ思い出になる。どうぞお元気でな」

「峰沢さん……」

「ははは、落日はまた昇りますか……」

闇の中を、門とは逆の方角へ、峰沢の足音は向かった。門前に屯《たむろ》する男たちのことを思いながら、浅見は黙って、じっと立ち尽くしていた。

エピローグ

墓のない紅葉谷公園の中に佇んで、浅見と里香はいずこの何とも知れぬものに向かって祈った。

錦繡《きんしゅう》と呼ぶにふさわしいあざやかな紅葉の上にそそり立つ、千年のいにしえを見てきたような巨大なモミの木が、威圧するように二人を見下ろしている。鹿がつぶらな目を向けながら、三頭五頭と横切って行った。

「ほんとに箱庭みたいな風景ですね」

紅葉谷公園から厳島神社にかけての複雑な造形美にしばし見惚れて、浅見はしみじみと言った。

「日本はどこへ行っても、こういう箱庭みたいな風景に恵まれています」

旅のルポライターらしい、気のきいた台詞を言ったつもりだが、里香は悲しそうに眉を寄せて、「箱庭の中から逃げ出せないのかもしれませんよ」と言った。少し抗議するような言い方だったから、浅見には静江の作った「箱庭」のことを言っているのだな――と分かった。里香は旭光病院の理事長室で見た箱庭のことを、感動をこめて語っていたのだ。

「厳島神社は、全国に二十……いや、細かく調べればもっとあるらしい。三橋さんがあちこちで厳島神社に出会ったとしても、そんなに運命的に考えることはなかったのかもしれない」

「そうなんですか……でも、そのこと、三橋さんには黙っていて上げてください」

「ああそう、それがいいな」

浅見は麓の方向へ踵を返しながら、「あなたは優しいひとだ」と言った。

「浅見さんこそ」

「ははは、峰沢老人は恐ろしいと言ってましたけどね」

照れ隠しに言ったつもりの言葉が、里香にはつらかったらしい。上関《かみのせき》大橋の下の海で峰沢老人の遺体が揚がったと聞いたとき、里香はとめどなく泣いた。自分の母親が殺され、自分もまた殺されたかもしれない老人の死を悼《いた》む里香の気持ちは、たぶん里香自身にも分からなかったにちがいない。

「あの老人の気持ちがいつから変化したのか、僕はいまだによく分からないのですよ。杉浦園芸で旭光病院を見張ったころまでは、たしかに老人は、僕たちが持っているにちがいない念書の在りかを掴み、なんとかして奪い取ろうと努めていたはずです。それまでの二年間、老人は、念書を置き忘れるという致命的な息子の失態をカバーしようとして、必死になって動き回って、そのどれも失敗した。動けば動くほど泥沼にはまりこむ蟻地獄のようなものです。息子は老人にとって星であり夢であった。宮藤元総理の信任もあつく、次期選挙での立候補と当選が約束されていたようなものだそうです。だからそれの実現のためには、あらゆる邪魔者を排除しなければならなかった。ところが、それが突然、ポキンと折れたように終わってしまった。いくらでもチャンスはあったはずなのに、僕たちを殺さなかった。不思議なことです」

「それは浅見さんのせいなのでしょう？」

「僕の？……」

「ええ、そうだと思いますけど」

「そう、ですかねえ……」

峰沢老人の「犯罪」にピリオドを打ったのが自分であることを、浅見はなんとなく認めたくない気持ちだった。まして、峰沢の死が自分のせいだなどと、誰にも指摘してもらいたくなかった。

この日、ゼネコン大手の建設・土木関係の十二社で、いっせいに幹部の人事に交代の兆しがあるというニュースが流れた。表向きは、このところ長期低迷状態にある建設業界に活力を取り戻すための人事刷新――と報じられたが、十二社いっせいにという異常事態の背景には、あい次ぐ汚職事件の摘発に対し、国民の前に襟《えり》を正す姿勢を示すことによって、司直の追及を緩和する狙いがあると観測する論調も少なくなかった。

その大ニュースに押された恰好だが峰沢由紀夫の自殺事件にまつわる続報も、マスコミ各社が追っている。自殺の原因に岩国市で起きた連続殺人事件が絡んでいる可能性があることを、いちばん早く摑んだのは、黒須記者のいる毎朝新聞だった。警察は事実関係の把握に努め、長男の峰沢総一郎と旭光病院理事長宝田雄造を任意で出頭させ、それらの事件と、さらに、二年前の十九号台風の最中、厳島神社前の浜で死亡した小山田誠吾の事件について再調査を進める方針ということであった。

紅葉谷公園を下りきって、社務所の近くで二人連れの内侍にであった。

「あ、浅見さん」と、若いほうの内侍が、少し不謹慎な甲高い声を上げた。駆け寄って、まるで手を取らんばかりだったが、傍らの里香に気づくと身を引いた。

「やあ、辻谷さん、その節はお世話になりました」

「いいえ、こちらこそ」

辻谷友理子はあらためて、しとやかにお辞儀をした。

「『旅と歴史』、見ました。とてもよく撮れていて、母なんかお見合い写真にする言うて、五冊も買うたのです」

「ははは、困ったな、僕は厳島神社を撮影したつもりなんですけどねえ」

浅見と友理子につられて、里香ともう一人の内侍も小さく笑った。

自作解説

この原稿を書いている時点で講談社ノベルス（文芸図書第三出版部）の部長をしている宇山秀雄氏は、僕が一九八八年十月に『江田島殺人事件』を書いた時には、同編集部で僕を担当していた人物だ。のっけからなぜこんな紹介をするかというと、宇山氏が僕の小説作法について、もっともよく知る人物の一人であるからである。

つい最近、ある熱心な読者からの手紙に、「あなたがプロットなしに小説を書くというのは信じられない。たとえば『江田島殺人事件』のプロローグで、近江が短剣で割腹自殺を遂げていた事件が、最後に重要な意味を持つなどといったことは、最初に構成がなされていなければ、絶対に不可能だと思う」といった趣旨のことが書いてあった。

僕がプロットや構成などの準備なしに小説を書くということは、いろいろな機会に言ったり書いたりしている。それに対する一般的な反応は、この手紙に象徴されるように、半信半疑――というより、かなり懐疑的といっていい。読者もそうかもしれないが、評論家の多くも信じていないらしい。評論家の中ではとくに親しくしていただいていた故松村喜雄氏ですら、「あまりそういうことは言わないほうがいいですよ」と忠告していたくらいだ。僕としては、ごく当たり前のことと思って言っているつもりだったのだが、僕の常識は業界の常識ではなかったのかもしれない。近頃はそんなわけで、いくぶんトーンダウンしているが、事実は事実なので、困ってしまう。

ところで『江田島殺人事件』の書き出しで「短剣」の一件を書いたときは、例によって確たる理由も根拠もなかった。山火事の最中に死んだ男が胸に短剣を突き刺していたら、かなりショッキングだろうな——という、場当り的な発想である。「胸」に傍線をつけた点に注意しておいていただきたい。

『江田島殺人事件』の執筆は順調に進み、ホテルセンチュリーハイアットでのカンヅメで最後の追い込みにかかった。宇山氏は刊行予定日を気にしながら、毎日のごとく尻を叩きに来る。物語は最終段階にさしかかり——そして、作者は困惑していた。

近江がなぜ短剣を胸に刺していたのかが、説明できないのであった。

じつに驚くべきことだが、これは事実だ。宇山氏がホテルを訪れるたびに、笑い話のようにそのことを言い、そのうちなんとかなるだろう——などとうそぶいていたのだが、それが次第に深刻になってきた。

原稿枚数は増えるのだが、懸案《けんあん》の解決方法が見つからないままになっている。あたかも「粗忽《そこつ》の使者」が用件を聞き忘れたまま突っ走っているようなものである。目的地に着くまでに用件を思い出す可能性はきわめて小さい。思い出そうにも、もともと知らないのだから。

弱った、どうしようと苦悶しながら原稿を書き綴り、締切りまであと二日か三日というとき、突然、天の啓示のごとく閃くものを感じた。深夜のホテルの一室で、僕は得体の知れぬ衝動で体が震えた。翌日、その「発見」を伝えると、宇山氏も「すごいです」と感動してくれた。推理小説が謎解きやアリバイ崩しのゲーム的な感興を追求する、遊び心だけの文芸ではないということを、そのとき、あらためて痛感した。

このこと一つを取ってみても、僕がまったく構成を練らずに著作に入ることが分かる。いいか悪いかはともかく、それは事実なのである。これはささやかな一例にすぎず、ほとんどすべての作品についてそうやって書いてきた。いや、そうしないと書けないと言ったほうが正確かもしれない。こういう推理作家もいたことを、後世のためにはっきりさせておきたい。

そうそう、忘れずに付け加えておかなければならない。『江田島殺人事件』のプロローグをお読みいただくと分かるのだが、実際には、近江は短剣を腹に突き刺して死んでいる。最初の原稿では「胸」であったものが、なぜ「腹」に変わったのか、それは最終章を読むと納得できる。そしてあなたは、たぶん僕や宇山氏が感じたのと同じ感動を受けるはずだ。

さて、本書『箱庭』もまた、同様のスタイルで書き始められた。最初に決まっていたのは『箱庭』というタイトルと、「厳島神社」をモチーフに使う――という二点だけ。タイトルのほうは、講談社から話があったとき、何の気なしに「箱庭という題名で書いてみようかと思う」と言ったことによる。そう言った背景には、当時、「箱庭心理療法」に興味を抱いていたからである。何か心理サスペンス的なものを書いてみようかな――と思っただけで、さしたる根拠もアイデアもなかった。書いているうちに、あまり「箱庭」には関係ない内容になりそうだったので、題名は別のものにしようと言ったら、編集者の村松卓氏が「いや、『箱庭』はいいタイトルです。せっかくですから、これでいきましょう」と主張して、結局そうなった。単独に考えれば確かにいいタイトルだが、正直言って、羊頭を掲げて狗肉を売ったような気分がしないでもない。

もう一つの「厳島神社」については、トラベルミステリーの取材先――という程度の認識しかなかった。そっち方面へ行ったついでに岩国の錦帯橋にも寄って、さらについでに柳井津から秋吉台へ行き、山口市の湯田温泉に入って――と、完全に観光旅行のノリであったのだ。

もう一つ、「事件」の出発点になった「セーラー服の少女の写真」は、僕のカミさんの女子高時代のエピソードから取った。

場当たり男の僕としては、これだけの材料があれば、小説を書きだすのに躊躇《ちゅうちょ》はない。しかも、幸運（？）なことに、取材に訪れた厳島（宮島）は先年の台風で手ひどい被害を受け、厳島神社は再建途上にあった。台風襲来の夜を語る権宮司さんの体験談も興味深かった。弥山へ登る道は閉鎖されていて、二泊三日の日程を持て余すほどだったが、その台風に関する話を聞いたのが、ストーリーの発端として申し分ない材料になった。

書き始めると、次々に資料が必要になってくる。厳島神社というのが、じつは各地にあることも分かった。その資料を探し出してきてくれたのは文庫編集部の堀山和子氏。その資料で「山梨」を発見したことから、物語はどんどん膨らんでいった。そうして舞台は山陰の益田市へと飛び、最後に柳井市にたどり着く。

柳井市には、長編第九作目の『赤い雲伝説殺人事件』を書くとき、上関町の往復の途中に、ちょっと立ち寄っただけだったが、そのとき、上関の山上からはるかに眺めた対岸に、大きな病院風の建物があった。実際はホテルか、あるいはリゾートマンションだったのかもしれないが、『箱庭』を書いているときにそれを思い出して、病院として使った。地図の上で見ると、柳井市の南隣、平生町の海岸であったらしいことが分かり、あらためて柳井市とその周辺を取材した。

こうしてみると、『箱庭』は、少なくとも移動距離からいって壮大なトラベルミステリーであったことがよく分かる。いや、ただ動き回ったというだけでなく、内容的にも充実していることに、われながら感心する。読み返すと、複雑に入り組んだストーリー展開は、とてものこと、プロットなしに書きだした作品とは信じがたいものがある。またしても嘘つき呼ばわりされそうな不安を感じるのである。

一九九五年十一月

内田康夫

解説

郷原　宏

内田康夫氏が昭和五十五年（一九八〇）に『死者の木霊』をひっさげて颯爽と日本のミステリーシーンに登場してから、今年（二〇〇四）でちょうど二十五年になります。二十五年といえば四半世紀。その年に生まれた赤ちゃんが適齢期を迎え、その年に結婚した夫婦がめでたく銀婚式を迎えるという長い歳月です。歳々年々人同じからず。その間に時代も変われば社会も変わり、ミステリーをめぐる状況も大きく変化しました。内田氏が登場したころに全盛を誇っていたポスト清張（松本清張以後）世代の作家たちは今やほとんど姿を消し、戦争どころか安保も全共闘も知らないよという若い作家たちがミステリー文壇の中心を占めるようになりました。

そんな変化の激しい時代にあって、ひとり内田康夫氏だけは常に日本ミステリーの最前線にあり、しかも最も多数の読者に愛されるベストセラー作家の一人でありつづけました。これはすでに一個のミステリーだといっていいと思いますが、その秘密を解くのに名探偵浅見光彦の脳髄を借りる必要はありません。それはこの作家が自分の人気に溺れることなく、ひたすら良い作品を、面白いミステリーだけを書きつづけてきたからです。今この本を手にしているあなたこそ、その件に関する最も信頼すべき証人の一人だといっていいでしょう。

さて、この『箱庭』は平成五年（一九九三）十一月、四六判ハードカバーの単行本として講談社から書き下ろし刊行されました。内田氏の処女作『死者の木霊』から数えて八十八冊目の著書であり、浅見光彦のデビュー作『後鳥羽《ごとば》伝説殺人事件』（一九八二）から数えて六十一作目の浅見光彦シリーズです。そして『平城山《ならやま》を越えた女』（一九九〇）、『鐘』（一九九一）に続く「文芸ミステリー」シリーズの第三弾でもあります。

浅見光彦シリーズの最高傑作は何かという謎は、名探偵浅見光彦をもってしても容易には解けない難問ですが、この作品がその代表作の一つであることだけは、作者自身の次の証言に照らしてみても明らかです。

《「浅見光彦シリーズ」から僕自身の好みでベストテンを選ぶとしたら、その中にぜひとも入れたいのが『箱庭』である。もっとも、ベストテンは何か――となると難しい。『後鳥羽伝説殺人事件』『津和野《つわの》殺人事件』『白鳥殺人事件』『天河《てんかわ》伝説殺人事件』『江田島《えだじま》殺人事件』『透明な遺書』『沃野の伝説』『華の下にて』『はちまん』と、一応十作品を並べたが、じつはその選考過程でいくつもの作品を切り捨てるのに苦労した。（中略）あれもこれも入れたい作品が目について困った。ひょっとすると、その時々の気分や体調によっても、選び方が変わってくるかもしれない。（中略）しかし、それでも何はともあれ『箱庭』はトップテンから外《はず》すことはない》（『浅見光彦のミステリー紀行』第7

集）

ちなみにこのとき、作者が思い悩んだ末に切り捨てた作品は、『平家伝説殺人事件』『高千穂伝説殺人事件』『漂泊の楽人《がくじん》』『長崎殺人事件』『恐山殺人事件』『日蓮伝説殺人事件』『平城山を越えた女』『浅見光彦殺人事件』『喪われた道』『鐘』『斎王の葬列』『札幌殺人事件』等々です。ああ、なんという壮観、なんという見事なラインアップでしょう。これだけ充実した作品群のなかにあって、《何はともあれ『箱庭』はトップテンから外すことはない》と明言するのですから、この作品に対する作者の思い入れの深さがわかります。

《壮大なプロット、テンポよく流れるように運ぶ語り口、次から次へと提示される謎、意表をつく事実の発見——と、作者自身がそこまで言うかと叱《しか》られそうだが、僕はこの作品に惚《ほ》れ込《こ》んだ》

わが子を語って母親に勝る者はなく、自作を語って作者に勝る者はないといいますが、ここにはこの作品の長所と美点がズバリと示されていて、解説者として付け加えることは何もありません。ただ、こんなふうに手放しで自作に惚れ込むことのできる作者を、物書きの一人として羨ましいと思うばかりです。

作者はまた、《『箱庭』を書くきっかけは二つあった》と前置きして、こう書いています。

《一つは東京女子大の心理学教授・林道義《はやしみちよし》氏と囲碁《いご》仲間だったことから「箱庭療法」と

いうものに触れる機会があり、それをミステリーの中に活用できないかと思ったことで、じつはこれが本来の動機だった。そのときに『箱庭』のタイトルだけが先に決まってい て、執筆のほうはそれを追いかける形で始まった。

もう一つは、日本的な文化の神髄《しんずい》ともいえる箱庭をテーマにするのが面白いと思ったことで、書き始めの段階では、まず箱庭を思わせる風景を取材しようという気持ちが強かった。厳島の安芸の宮島と錦帯橋《きんたいきょう》の岩国を最初の取材先にすることは、したがってごく当然の成り行きだったのである》

これでもわかるように、タイトルの『箱庭』には、作られた風景としての箱庭のほかに、心理療法としての箱庭という二つの意味が含まれています。「箱庭療法」のほうは、第九章「落日はまた昇る」にちょっと出てくるだけですが、風景としての箱庭のほうは、物語の随所に生彩のある筆致で描かれていて、この作品をすぐれて美学的な自然美探勝の物語にしています。内田氏はもともと風景描写の名手として定評がありますが、日本的風景美の極致ともいうべき安芸の宮島（厳島）を描いた次の一節などは、さしずめミステリーにおける風景描写の白眉といっていいでしょう。

《写真で見る厳島は、たいてい海側から眺める風景である。朱塗りの大鳥居を手前に置き、その向こうに鶴翼《かくよく》のように広がる美しい社殿と背後の山々の緑の対照は、まさに日本三景の名に恥じない。

しかし、社殿の内側に入って、逆に回廊越しに大鳥居や海を眺める立場に身を置くと、まったく想像していなかった、玄妙にして不可思議な感慨にとらわれる。

回廊や高舞台の階《きざはし》の足元には、穏やかな海がひたひたと寄せている。波の上、およそ一メートルほどの回廊を歩き、高舞台で舞楽を舞うとき、人びとは自然との一体感——というより、征服感をさえ味わったのではないだろうか。本来は神を崇《あが》め祀《まつ》るべきはずの社殿に、栄耀栄華《えいようえいが》を極めた平家一門の驕《おご》りを表現し尽くしたような気がしてくる。

それにしても美しい。華麗にして荘厳の気配が立ち込めている。浅見は何度となく「すばらしい」を連発しながら、シャッターを切った。白と緋色の内侍姿がこれほどマッチする建造物は、そうざらにはない》

物語は、浅見光彦の兄嫁和子に送られてきた差出人名のない一通の封書から幕を開けます。消印は島根県益田市。入っていたのは「キジも鳴かずば撃たれまい」と書かれた便箋とセピアに色あせた一葉の写真。写真には、ボートに乗った二人のセーラー服の少女が写っていました。三十年前、和子が中学校の修学旅行で宮島に行ったときの写真で、もう一人の少女、三橋静江はその後行方不明になっています。ちなみにこの写真、前記の自作解説によれば、《僕のカミさんの高校時代に撮った、そういう写真があって、そのことがヒントになっている》そうですから、この作品のもう一つの重要なモチーフは、内田夫人のセーラー服姿にあったということになります。

敬愛する和子から兄に内緒で手紙と写真の謎を突きとめてほしいと頼まれた浅見は、寝台特急「出雲」と普通列車を乗り継いで、手紙が投函された益田市へ出かけます。ここにもまた、旅と歴史の旅情ミステリーにふさわしい風景描写が出てきます。
《旅愁を楽しむのは、やはり列車の旅にかぎる。駅前広場に出て、長旅に疲れた腰を伸ばして見上げると、おだやかな秋晴れの空に、日本海の大漁を思わせるいわし雲がまぶしかった》
《浅見が益田に親しみを抱くのは、ここが柿本人麻呂《かきのもとのひとまろ》終焉《しゅうえん》の地であることによる。人麻呂の一生——ことに彼の最期にまつわるさまざまな憶測は、きわめてミステリアスなもので、推理小説の材料にもなっているほどだ。ついでに言うと、もう一つ、画聖雪舟《せっしゅう》が晩年を益田で閉じたことも、よく知られている》
しかし、消印だけを手がかりに写真の少女の行方を追う浅見には、のんびりと旅愁を楽しんだり、人麻呂や雪舟の旧蹟を訪ね歩いたりしている余裕はありません。その代わり、平家の隠れ里のような山奥の集落に、その名も厳島神社という小さな神社があるのを発見します。また地元の老人ホームや病院での聞き込みから、それらしい女性が山口県の柳井市に移ったらしいという事実をつかみます。益田からハイウェイバスで安芸の宮島へ着いた浅見は、取材で出会った内侍から、二年前の台風の日に起きた「殺人事件」の話を聞きます。先に引用した風景描写は、実はこのときのものです。
その後、宮島から山陽本線で柳井へ向かっていた浅見は、車中で一人の女性を見かけます。この作品のマドンナ、岡村里香です。里香は岩国市の観光ホテルに勤める母親との二人暮らし。この日は柳井市の市民ホールで開かれるバレエ発表会に子供たちを引率して行く途中でした。浅見は柳井市観光協会理事長の峰沢老人に案内されて発表会場を訪れ、再び里香と出会います。このシリーズでは、浅見光彦と美しいマドンナたちとの出会いが物語に花を添えていますが、本職のバレリーナである本編のヒロインは、さしずめシリーズ中のプリマドンナだといっていいでしょう。

その夜、岩国観光ホテルに宿泊していた男が、錦帯橋に近い紅葉谷公園の墓地で殺されているのが発見されます。紅葉谷公園は宮島にもあり、二年前の台風の日に殺された男は、その直前に墓地のありかを内侍に尋ねていました。この時点で両事件の関連に気づいた浅見は、警察に先駆けて独自の調査を開始しますが、やがて被害者の部屋係だった里香の母が殺され、事件は思わぬ方向へ発展していきます。名探偵浅見光彦の真価が発揮されるのは実はここからなのですが、ここでこれ以上物語の内容に立ち入るのは、ミステリー読者の「知らされない権利」を侵害することになるでしょう。

こういう美しく爽やかな作品を読むたびに、浅見光彦と同じ時代に生まれ合わせた読者の幸せを、軽井沢のセンセに感謝せずにはいられません。

（文芸評論家）

単行本　一九九三年十一月　講談社刊
ノベルス版　一九九五年十二月　講談社刊
文庫　一九九七年三月　講談社刊

本作品はフィクションであり、実在の個人・団体などとは一切関係ありません。また、作中に描かれている風景、建造物などは現実と異なる点があることをご了承ください。（編集部）

浅見光彦倶楽部について

「浅見光彦倶楽部」は、1993年、名探偵・浅見光彦を愛するファンのために誕生しました。

会報「浅見ジャーナル」(年4回刊)の発行をはじめ、軽井沢にあるクラブハウスでのセミナーなど、さまざまな活動を通じて、ファン同士、そして軽井沢のセンセや浅見家の人たちとの交流の場となっています。

●浅見光彦倶楽部入会方法●

入会申し込みの資料を請求する際には、80円切手を貼り、ご自身の宛名を明記した返信用封筒を同封の上、封書で下記の住所にお送りください。「浅見光彦倶楽部」への入会方法など、詳細な資料をお送りいたします。ファンレターも受け付けております。(必ず、封書の表に「内田康夫様」とご明記ください)

※なお、浅見光彦倶楽部の年度は、4月1日より翌年3月31日までとなっています。また、年度内の最終入会受付は11月30日までです。12月以降は、翌年度に繰り越しして、ご入会となります。

〒389−0111
長野県北佐久郡軽井沢町長倉504
浅見光彦倶楽部事務局

★電話でのご請求は、お受けできませんので、必ず郵便にてお願いいたします。

文春文庫

定価はカバーに
表示してあります

箱《はこ》庭《にわ》

2004年11月10日　第1刷

著　者　内《うち》田《だ》康《やす》夫《お》

発行者　庄野音比古

発行所　株式会社 文藝春秋

東京都千代田区紀尾井町 3-23　〒102-8008
TEL 03・3265・1211
文藝春秋ホームページ　http://www.bunshun.co.jp
文春ウェブ文庫　http://www.bunshunplaza.com

落丁、乱丁本は、お手数ですが小社営業部宛お送り下さい。送料小社負担でお取替致します。

印刷・凸版印刷　製本・加藤製本

Printed in Japan
ISBN4-16-766603-0

（　）内は解説者。品切の節はご容赦下さい。

輪（RINKAI）廻
明野照葉
義母との確執で離婚した香苗は、娘とともに実母のもとに帰る。やがて愛娘の体には痣や瘤ができ始める。「累」の恐怖を織り込んだ明野ホラーの原点。第7回松本清張賞受賞作。（髙山文彦）
あ-42-1

火の壁
伊野上裕伸
五度の火災で、そのたびに保険金を手にしてきた男と、保険調査員の息詰まる攻防。第十三回サントリーミステリー大賞読者賞及び日本リスクマネジメント学会文学賞受賞作。（田中辰巳）
い-41-1

もつれっぱなし
井上夢人
宇宙人も狼男も幽霊も絶対いないと思う方は是非ご一読を。作品全体が一組の男女の「せりふ」だけで構成された摩訶不思議な短篇集。「宇宙人の証明」など全六篇。（小森健太朗）
い-44-1

池袋ウエストゲートパーク
石田衣良
刺す少年、消える少女、潰し合うギャング団……命がけのストリートを軽やかに疾走する若者たちの現在を、クールに鮮烈に描いた大人気シリーズ第一弾。表題作の他三篇収録。（池上冬樹）
い-47-1

うつくしい子ども
石田衣良
九歳の少女が殺された。犯人は僕の弟！　なぜ、殺したんだろう。十三歳の弟の心の深部と真実を求め、兄は調査を始める。少年の孤独な闘いと成長を描く感動のミステリー。（村上貴史）
い-47-2

少年計数機
池袋ウエストゲートパークII
石田衣良
他者を拒絶し、周囲の全てを数値化していく少年。主人公マコトは少年を巡り複雑に絡んだ事件に巻き込まれていく。大人気シリーズ第二弾、さらに鋭くクールな全四篇を収録。（北上次郎）
い-47-3

ミステリー

（　）内は解説者。品切の節はご容赦下さい。

石田衣良
波のうえの魔術師
謎の老投資家とプータロー青年のコンビが、預金量第三位の大都市銀行を相手に知力の限りを尽くし復讐に挑む。連続TVドラマ化された新世代の経済クライムサスペンス。（西上心太）
い-47-4

内田康夫
黄金の石橋
軽井沢のセンセの策略で、俳優・榎木孝明の依頼を受け、浅見光彦は鹿児島へ。榎木の母を恐喝する男が言う「金の石橋」とは？絡み合った謎の背景には、哀しい過去が。（自作解説＋榎木孝明）
う-14-1

内田康夫
氷雪の殺人
利尻島で一人の男が変死を遂げ、浅見光彦に謎のメッセージと一枚のCDが託される。事件の背後に蠢《うごめ》く謀略を追う光彦と兄・陽一郎の前に巨大な「国」の姿が立ち現れてくる。（自作解説）
う-14-2

逢坂剛
水中眼鏡《ゴーグル》の女
精神科医の前に現れた女は黒く塗った水中眼鏡を決して取らなかった。瞼を開くと激痛が走るという。他に心理の暗がりを衝く「ペンテジレアの叫び」「悪魔の耳」を収める。（戸川安宣）
お-13-1

逢坂剛
燃える地の果てに（上下）
最後の一基が見つからない！　南スペイン上空で核を搭載した米軍機が炎上。消えた核兵器は誰の手に？　スパイはどこに？　過去と現在、二つの物語が衝撃的に融合する名品。（木田元）
お-13-2

逢坂剛
デズデモーナの不貞
池袋のバー〈まりえ〉に集う客は、男も女もとんでもない奴ばかり。さえない元刑事が渋々ひきうけた人妻の素行調査。ああ、こんなことなら……。笑いと戦慄に満ちた超サイコ・ミステリ集。
お-13-4

文春文庫

ミステリー

（　）内は解説者。品切の節はご容赦下さい。

幻の祭典
逢坂剛

ヒトラーなど糞くらえ！　'36年、ベルリン五輪に対抗し、水面下で企てられたバルセロナの人民五輪。この「幻」を掘り起す日本人がスペイン現代史の闇に迷い込む。魅惑のサスペンス。

お-13-5

禿鷹の夜
逢坂剛

ヤクザにたかり、弱きはくじく史上最悪の刑事・禿富鷹秋――通称ハゲタカは神宮署の放し飼い。だが、恋人を奪った南米マフィアだけは許さない。本邦初の警察暗黒小説。（西上心太）

お-13-6

斜影はるかな国
逢坂剛

スペイン内戦中に日本人義勇兵がいた。通信社記者の龍門はその足跡を追うべく現地に飛ぶが、その裏には――。スペインの過去と現代を舞台に描く、壮大な冒険ミステリー。（堀越千秋）

お-13-7

冤罪者
折原一

ひとつの新証言で〝連続暴行殺人魔〟河原輝男の控訴審は混迷していく。さらにそれが新たな惨劇の幕開けとなって……。逆転また逆転、冤罪事件の闇を描く傑作推理。（千街晶之）

お-26-1

失踪者
折原一

女たちが次々と消えてゆく……。連続誘拐事件の被害者の腐乱死体が見つかった物置の裏手から十五年前の白骨死体が。真犯人は少年Aなのか？　折原マジック全開の九百枚！（西上心太）

お-26-2

誘拐者
折原一

一枚の写真が男と女の運命を狂わせる。「私の赤ちゃんは、いま、どこにいるの？」。逃げる男と復讐する女の、追跡また追跡、逆転また逆転！　折原マジック超全開！（小池啓介）

お-26-3

（　）内は解説者。品切の節はご容赦下さい。

桐野夏生
錆《さ》びる心
劇作家にファンレターを送り続ける生物教師。十年間堪え忍んだ夫との生活を捨て家政婦になった主婦。出口を塞がれた感情はいつしか狂気と幻へ。魂の孤独を抉《えぐ》る小説集。（中条省平）
き-19-3

桐野夏生
ファイアボール・ブルース2
女子プロレス界きっての強者・火渡。彼女に憧れ、付き人になった近田。同期の活躍を前に限界を感じる近田のケジメのつけ方とは。人気シリーズの連作短篇を集めた文庫オリジナル。
き-19-4

北森鴻
闇色《あんしょく》のソプラノ
夭折した童謡詩人・樹来たか子の「秋ノ聲」の〈しゃぼろん、しゃぼろん〉という不思議な擬音の正体は？　神無き地・遠誉《とよ》野《の》で戦慄の殺人事件が幕を開ける。長篇本格推理。（西上心太）
き-21-1

北森鴻
顔のない男
惨殺死体で発見された空木《うつき》精作は、交友関係が皆無の〈顔のない男〉だった。彼が残したノートを調べる二人の刑事は新たな事件に遭遇する。空木は一体何者だったのか？（二階堂黎人）
き-21-2

黒川博行
封印
大阪中のヤクザが政治家をも巻き込んで探している〝物〟とは何なのか。事件に巻き込まれた元ボクサーの釘師・酒井は、恩人の失踪を機に立ち上がった。長篇ハードボイルド。（酒井弘樹）
く-9-4

黒川博行
カウント・プラン
物を数えずにいられない計算症に、色彩フェチ…その執着が妄念に変わる時、事件は起こる。変わった性癖の人々に現代を映す異色のミステリ五篇。日本推理作家協会賞受賞。（東野圭吾）
く-9-5

（　）内は解説者。品切の節はご容赦下さい。

文福茶釜
黒川博行
剝いだ墨画を売りつける「山居静観」、贋物はなんと入札目録「宗林寂秋」、マンガ世界の贋作師を描く表題作「文福茶釜」など全五篇。古美術界震撼のミステリー誕生！（落合健二）
く-9-6

傷 邦銀崩壊（上下）
幸田真音
先送りされる不正、闇に膨らむ巨額の損失。恋人の死をきっかけに彼の勤め先の邦銀の調査をすすめる州波は、驚愕の真相を摑んだが……。元外資系ディーラーが描く迫真の金融サスペンス。
こ-25-1

偶然の目撃者 北東西南《NEWS》推理館
佐野洋
電話ボックスで珍妙な行為にふける男を見かけたＯＬは……。表題作ほか「運ばれた声」「移動指紋」「数字の遺志」など短篇の名手の技が冴える、都会派ミステリー全九篇。（阿部達児）
さ-3-21

喪服の折鶴
佐野洋
慶事に用いられる折鶴「妹背山《いもせやま》」を黒く塗った脅迫者の真意とは。折り紙が趣味の退職刑事が難事件に挑む人気シリーズは、本格推理にして捕物帳の味わい。折り紙対談併録。（笠原邦彦）
さ-3-23

内気な拾得者 北東西南《NEWS》推理館2
佐野洋
「ホテルであなたの免許証を拾った者です」。突然の電話に怯える男が受けた奇妙な申し出……。表題作ほか「偽装血腫」「不吉な名前」など全九篇。人気シリーズ第二弾！（小日向悠）
さ-3-24

遙かなり蒼天
笹沢左保
若い女性の死体から2ℓの血液が消えた！　深い闇を抱いて帰郷する人妻に迫る魔の手……。佐賀県警の名物刑事は数々の奇怪な事件を快刀乱麻の推理で解決する。九州旅情ミステリー集。
さ-6-22

（　）内は解説者。品切の節はご容赦下さい。

夏の災厄
篠田節子

東京郊外のニュータウンで日本脳炎発生。撲滅されたはずの伝染病が今頃なぜ？　後手に回る行政と浮び上がる都市生活の脆さを描き日本の危機管理を問うパニック小説の傑作。（瀬名秀明）

し-32-1

カノン
篠田節子

学生時代の恋人が自殺する直前に演奏したバッハのカノン。そのテープを手にした日から、瑞穂の周囲で奇怪な現象が起き始める。音楽を軸に紡がれる異色ホラー長篇。（青柳いづみこ）

し-32-2

死神
篠田節子

この世に弱い人間などいるのだろうか。ケースワーカーが遭遇する事件《ケース》を通し、現代人の心の闇と強《したた》かな生命力を描く。表題作他「失われた二本の指へ」「緋の襦袢」等全八篇。（岡田幸四郎）

し-32-3

ハルモニア
篠田節子

脳に障害をもつ由希が奏でる超人的なチェロの調べ。それに魂を吹き込もうと指導する東野の周りで不可解な事件が相次ぐ。天上の音楽を目指す二人の行き着く果ては……。（石堂藍）

し-32-4

レクイエム
篠田節子

「腕を一本、芋の根元に埋めてくれ」。大教団幹部の伯父から託された奇妙な遺言。謎の答えは遠い異国の大自然にあった。現代人の抱える闇がみせる、別の世界への六つの扉。（大倉貴之）

し-32-5

ゴサインタン　神の座
篠田節子

ネパールから来た嫁、次々と起きる奇怪な出来事。失踪した嫁を探し辿り着く神の山ゴサインタン。現代人の漠とした不安と奇跡的な魂の再生を描く山本周五郎賞受賞作。（吉野仁）

し-32-6

（　）内は解説者。品切の節はご容赦下さい。

紫のアリス
柴田よしき
夜の公園で死体と「不思議の国のアリス」のウサギを見た紗季。その日から紗季に奇妙なメッセージが送られてくる。恐怖に脅える紗季を待ち受けていたのは？　傑作サスペンス。（西澤保彦）
し-34-1

ラスト・レース
1986冬物語
柴田よしき
二人の男にレイプされ、奇妙ななりゆきでその一人と同居する羽目になった秋穂。バブルに狂騒する世の中においてきぼりをくってしまった不器用な男女の不思議な恋物語。（島村洋子）
し-34-2

Miss You
柴田よしき
誰かがあたしを憎んでる——。有美は26歳、文芸編集者。仕事も恋も順調な毎日が同僚の惨殺で大きく狂い始める。平凡なヒロインが翻弄される、ノンストップミステリー。（岩井志麻子）
し-34-3

象牙色の眠り
柴田よしき
京都の邸宅街で富豪の家族におきた殺人。屋敷に住むのは美貌の未亡人と息子、前妻の残した長男と長女、二人の家政婦。彼らの秘密が明らかになると……長篇サスペンス。（法月綸太郎）
し-34-4

パンドラ・ケース
よみがえる殺人
高橋克彦
雪の温泉宿に大学時代の仲間七人が集まり卒業記念のタイムカプセルが十七年ぶりに開けられた。三日後、仲間の一人の首無し死体が……。名探偵、塔馬双太郎が事件に挑む。（笠井潔）
た-26-1

星の塔
高橋克彦
東北の山奥に佇む時計塔に隠された悲しい秘密を描く表題作など東北の民話が現代に甦る恐怖小説集。「寝るなの座敷」「花嫁」「子をとろ子とろ」「蛍の女」「猫屋敷」他二篇収録。（野坂昭如）
た-26-2

緋《あか》い記憶
高橋克彦

思い出の家が見つからない。同窓会のため久しぶりに郷里を訪ねた主人公の隠された過去とは……。表題作等、もつれた記憶の糸が紡ぎ出す幻想の世界七篇。直木賞受賞作。（川村湊）

た-26-3

南朝迷路
高橋克彦

隠岐―吉野―長野―青森を繋ぐ後醍醐天皇の黄金伝説。幻のコイン、乾坤通宝は果たして実在するのか。密教集団、立川流の正体とは。塔馬双太郎が挑む歴史長篇ミステリー。（井上夢人）

た-26-4

即身仏《ミイラ》の殺人
高橋克彦

湯殿山麓の映画ロケ地から出土したミイラの所有権を巡って騒動が起こるなかで肝心のミイラが消失、さらに連続殺人事件が。長山と亜里沙、塔馬双太郎が活躍する長篇推理。（小梛治宣）

た-26-5

前世の記憶
高橋克彦

慢性的な頭痛に悩まされ催眠療法を受けた男に甦る、存在するはずのない記憶。それは前世の記憶なのか……？　表題作ほか「針の記憶」「傷の記憶」「匂いの記憶」など七篇。（荒俣宏）

た-26-6

蒼い記憶
高橋克彦

オゾンの匂いがきっかけで甦った花奈子の面影とあの村の記憶。両親が焼け死んだ生き神信仰の村で、男が見たものは？　表題作ほか「夏の記憶」「記憶の窓」など全十二篇。（明野照葉）

た-26-8

地を這う虫
高村薫

――人生の大きさは悔しさの大きさで計るんだ。夜警、サラ金とりたて業、代議士のお抱え運転手……。栄光とは無縁に生きる男たちの敗れざるブルース。「愁訴の花」「父が来た道」等四篇。

た-39-1